KB216419

페스트

서연비람은 조선 시대 왕궁 내, 강론의 자리였던 서연(書筵)에서 강관(講官)이 왕세자에게 가르치던 경전의 요지를 수집하여 기록한 책(비람備覽)을 말합니다. 서연비람 출판사는 민주주의 국가의 주인인 시민들 역시 지속 가능한 과거와 현재, 미래의 이치를 깨우치고 체현해야 한다는 믿음으로 엄선한 도서를 발간합니다.

서연비람 세계문학
페스트

초판 1쇄 2019년 8월 16일 **초판 2쇄** 2021년 8월 31일
지은이 알베르 카뮈
옮긴이 이두성
편집주간 김종성

펴낸이 이은아
펴낸곳 서연비람
등록 2016년 6월 29일 제 2016-000147호
주소 서울시 강남구 도곡로 422, 5층
전화 02-563-5684
팩스 02-563-2148
전자주소 birambooks@daum.net

ⓒ서연비람 2019, Printed in Korea.

ISBN 979-11-89171-21-6 03860

값 12,000원

「이 도서의 국립중앙도서관 출판예정도서목록(CIP)은 서지정보유통지원시스템 홈페이지(http://seoji.nl.go.kr)와 국가자료공동목록시스템(http://www.nl.go.kr/kolisnet)에서 이용하실 수 있습니다.(CIP제어번호 : CIP2019027259)」

페스트

알베르 카뮈 지음
이두성 옮김

차례

일종의 감금 상태를 또 다른 감금을 통해 표상하는 것은 어느 것이든 실제로 존재하는 것을 존재하지 않는 그 무엇으로 표상하는 것과 마찬가지로 합리적이다.   - 대니얼 디포

제1부

이 연대기의 주제가 되는 기이한 사건들은 194X년 오랑에서 일어났다. 일반적으로 생각하자면 그곳은 그런 평범하지 않은 사건들이 일어날 법한 장소는 아니었다. 언뜻 보아도 오랑은 사실이지 평범한 도시이고 알제리 해안에 있는 프랑스의 도청 소재지에 불과하다.

　도시 자체는 솔직히 볼품없다고 하지 않을 수 없다. 평온해 보이는 그 도시가 전 세계 각지에 있는 다른 수많은 상업 도시들과 어떻게 다른지를 알아차리려면 시간이 좀 걸린다. 예를 들어, 비둘기도 없고 나무도 없으며 공원도 없어서, 푸드득거리는 날갯짓도, 나뭇잎 사각거리는 소리도 들을 수 없는, 요컨대 그저 밋밋하기만 한 도시를 상상하게 하려면 어떻게 설명해야 할까. 그곳에서는 계절의 변화조차도 하늘을 바라봐야만 느낄 수 있을 뿐이다. 봄이 오는 것도, 대기의 느낌이나 교외에서 어린아이들이 가져다 파는 꽃바구니를 보고서야 겨우 알게 되는 것이다. 그러니까 시장에서 파는 봄인 셈이다. 여름이 되면 이글거리는 태양이 바짝 마른 집들을 태울 듯 내리쬐고 벽들은 우중충한 재로 뒤덮인다. 그래서 덧문을 닫은 채 그늘 속에서 지낼 수밖에 없는 것이다. 가을엔 반대로 진흙탕으로 온통 홍수를 이룬다. 그럴듯한 맑은 날씨란 겨울이 와야만 겨우 만날 수 있다.

어떤 도시를 알 수 있는 한 가지 손쉬운 방법은 사람들이 그곳에서 어떻게 일을 하고 사랑하고 죽는가를 살피는 것이다. 우리의 이 작은 도시에서 그 모든 것은, 아마도 기후의 영향인지, 한꺼번에 맹렬하고도 멍한 방식으로 이루어진다. 그러니까 사람들은 지루하다 못해, 이런저런 습관이라도 가져 보고자 기를 쓰는 것이다. 시민들은 일을 많이 하는데, 그것은 단지 돈을 벌어 부자가 되기 위한 것일 뿐이다. 그들은 특히 장사에 관심이 많으며, 자기들의 표현에 의하면 무엇보다 사업을 돌보는 데 몰두한다. 당연하게도 그들은 단순한 즐길 거리들을 좋아하는데 여자와 영화, 그리고 해수욕이 그것이다. 하지만 꽤 분별력이 있어서 이런 재미를 토요일 저녁이나 일요일로 미뤄 둔 채 주중에는 돈을 많이 벌고자 노력을 쏟는다. 저녁이 되어 퇴근을 할 때면 일정한 시간에 카페에 모였다가 늘 같은 대로변을 산책하거나 자기 집 발코니에 나와 앉는다. 보다 젊은 축들의 욕망은 격렬하고도 단순하지만 나이 많은 이들의 쾌락이란 그저 공굴리기 협회나 친목회의 회식, 혹은 큰돈을 놓고 벌이는 카드놀이 모임에 그치는 것이다.

　물론 그것이 이 도시만의 특별한 점이 아니며 우리 시대의 모든 이들이 결국 그렇게 살고 있다고 할 수 있을 것이다. 오늘날, 사람들이 아침부터 저녁까지 일을 하고 나머지 시간을 카드놀이나 카페에서 수다를 떠는 데 허비하는 것처럼 자연스러운 일은 또 없을 것이다. 하지만 어떤 도시, 어떤 나라에서는 사람들이 뭔가 다른 것이 있지 않을까 솔깃해하기도 한다. 보통은 그런 것들이 삶을 바꾸지는 않는다. 단지 그런 솔깃함이 있을 뿐이고 그것이 없는 것보다는 나을 뿐이다. 오랑이란 곳은 그와 달라서, 겉보기에도 그런 솔깃함마저 존재하지 않는 그저 현대적인 도시일 뿐이다. 그런 까닭에, 이곳 오랑에서 사람들이 어떻게 사랑을 하는지 구구절절 설명할 필요도 없다. 남녀는 성교라 부르는 행위 속에서 서로를 급속도로 탕진하거나, 혹은 둘만의 기나긴 습관의 늪에 빠진다. 이 두 가지 극단 사이에는 중도가 없는 편이다. 그것 또한 특별한 일은 못 된다. 다른 곳에서와 마찬가지로 오랑에서도, 시간이 없어서, 그리고 별 생각이 없어서, 우리는 알지 못하는 채로 서로 사랑하게 되는 것이다.

　이 도시에서 보다 독창적이랄 것이 있다면 죽는 데 있어서의 어려움이다. 어려움이라기보다는 불편함이라고 하는 것이 맞을 것이다. 병에 걸린다는 것이 절대로 유쾌한 일은 못 된다. 하지만 병석에 누운 이들을 보다 잘 돌보아서 어느 정도 몸을 믿고 내맡길 수 있는 나라와 도시들이 있다. 환자들은 안락함이 필요하고 무언가에 의지하는 성향을 띤다. 그것은 아주 자연스러운 일이다. 하지만 오랑에서의 고약한 기후, 거기서 벌어지는 중요한 거래들, 밋밋한 주변 경관, 빨리 떨어지는 저녁 해, 보잘것없는 오락……, 이 모든 것들은 신체가 건강하지 않다면 견디기 어려운 것들이다. 그곳에서 환자는 외로울 따름이다. 다른 이들이 통화 중이거나 카페에 앉아서 어음이나 선하증권, 할인 따위에 관해 떠벌이고 있는 바로 그 순간에, 더위로 타들어가는 수백 개의 벽 속에 갇힌 채 홀로 죽음을 기다리는 누군가를 상상해 보라. 그러면, 현대적인 죽음일지언정, 그토록 무미건조한 곳에서 닥치는 죽음의 불편함이 무엇인지 이해하게 될 것이다.

　이런 몇 가지 지적으로도 우리 도시가 어떤 곳인지 충분히 짐작은 할 수 있으리라. 그렇다고 해서 뭔가를 과장할 필요도 없을 것이다. 강조하려던 것은 우리네 삶과 도시의 진부한 측면이었을 뿐이다. 하지만 습관이란 게 붙으면 하루하루를 어려움 없이 보낼 수도 있다. 우리의 도시가 바로 그런 습관을 조장하는 바, 좋은 게 좋은 것이라 해도 무방할 것이다. 그런 관점에서 보면, 물론 이곳의 삶이 그리 흥미로운 것은 못된다. 하지만 적어도 우리 고장에서는 무질서란 걸 모르고 산다. 또한 이곳 주민들의 솔직하고 친절하며 활동적인 태도에 방문자들은 항상 적당히 찬사를 보내곤 한다. 탁월한 경관도 녹지대도 없는, 영혼 없는 이 도시가 결국 휴식 비슷한 것을 주기에 이르러 이곳에서 따분하게 잠들게 되는 것이다. 그럼에도 불구하고, 헐벗은 고원 한가운데 위치한 이 도시가 그림을 그려 놓은 듯 완벽한 곡선으로 된 만에 접해 있으며 빛이 충만한 언덕들에 둘러 싸여, 더할 나위 없는 풍경과 맞닿아 있다는 사실을 언급하는 편이 옳으리라. 단지 도시가 만을 등지고 건설된 덕에 바다를 조망할 수가 없어서, 그러려면 일부러 바다를 찾아 나서야 한다는 점은 유감이라고 하겠다.

　여기까지 놓고 보면 이 도시의 시민들이 그해 봄에 벌어졌던 혼란스러운 일들을 전혀 예상할 수 없었으리란 것을 쉽게 수긍할 수 있을 것이다. 여기에 연대기를 기록하고자 하는 일련의 심각한 사건들의 첫 징조가 되는 그 일들 말이다. 이 사실들은 어떤 이들에게는 자연스러워 보일 테고, 또 다른 이들에게는 반대로 어처구니없게 생각될 것이다. 하지만 어찌됐든, 연대기의 서술자가 이런 모순적인 상황을 고려할 수는 없는 일이다. 그의 임무란, 어떤 일이 실제로 발생했고, 그것이 모든 이들의 삶에 영향을 끼쳤으며, 그가 써내려 간 것들이 진실이라는 것을 마음으로 증언해 줄 수없이 많은 목격자들이 존재한다는 것을 알고 있을 때, 단지 '그런 일이 일어났다.'고 기록하는 것일 뿐이다.

게다가 언제든 때가 되면 그가 누구인지 알게 되겠지만, 이 연대기의 서술자는 우연히 상당한 분량의 증언을 수집할 수 있었을 뿐 아니라 그가 말하고자 하는 사건들에 얽혀 들 수밖에 없었는데, 만일 그렇지 않았더라면 이런 일을 벌이고자 할 명분과 자격을 갖추지는 못했을 것이다. 바로 그런 연유로 그는 역사가 노릇을 하게 된 것이다. 역사가라면 당연히, 아마추어일지라도, 자료를 가지고 있는 법이다. 이 이야기의 서술자 역시 자신의 자료를 가지고 있다. 우선 자기 자신의 증언이 있고 다른 이들의 증언 내용들도 존재한다. 서술자의 역할을 수행하며 이 연대기에 등장하는 모든 인물의 속내를 들을 수 있었기 때문이다. 마지막으로, 수중에 넣을 수 있었던 기록들이 있다. 필요하다고 판단되면 그 자료들을 참고할 것이며 내키는 대로 원용할 것이다. 그의 생각 같아서는, 또…… 하지만 지금은 구구절절한 이야기는 생략하고 본론으로 들어갈 때인 듯싶다. 처음 며칠 동안 벌어진 일에 대한 서술은 좀 상세한 설명을 요한다.

4월 16일 아침, 의사 베르나르 리외는 자신의 진료실을 나서다가 층계참 한복판에서 죽은 쥐 한 마리에 발부리를 부딪혔다. 당시에는 아무 생각 없이 그 짐승을 발로 밀어 두고 계단을 내려왔다. 하지만 거리로 나와 생각해 보니 죽은 그 쥐가 그곳에 있을 이유가 없는 것 같아, 발길을 돌려 수위에게 가서 그 사실을 알렸다. 미셸 영감의 반응을 보고 자신이 본 것이 실제로 생뚱맞다는 것을 알 수 있었다. 그곳에 놓인 죽은 쥐가 자신에게는 단지 이상한 일에 불과했으나 수위에게는 절대 말도 안 되는 일이었던 것이다. 아닌 게 아니라 수위의 입장은 단호해서 이 건물에는 쥐가 절대로 살지 않는다는 것이었다. 2층 층계참에 쥐가 있었고 죽은 것 같다고 분명히 말해 줘도 영감은 확신을 굽히지 않았다. 이 건물에 쥐란 있을 수 없으니 필경 누군가가 가져다 놓은 것이다. 요컨대 누가 장난을 친 것이라고.

　그날 저녁, 베르나르 리외가 건물 복도에 서서 집에 들어가기 위해 열쇠를 찾고 있을 때, 그는 털이 젖은 큰 쥐 한 마리가 어스름한 복도 끝에서 나타나 비틀거리고 있는 것을 목격했다. 쥐는 멈춰 서서 균형을 잡으려는 듯하더니, 갑자기 의사 쪽으로 달려오다가 또 멈추어서는 짧은 비명을 지르면서 혼자 맴돌았다. 그러더니 결국엔 축 늘어진 입 사이로 피를 토하며 쓰러지는 것이었다. 의사는 한동안 쥐를 바라보다가 자기 집으로 들어갔다.

그의 생각을 사로잡은 것은 쥐가 아니었다. 쥐가 토해 낸 피가 마음에 걸렸다. 일 년째 병석에 누워 있는 그의 아내는 산속에 있는 요양원으로 내일 떠날 예정이었다. 그가 권했던 대로 그녀는 침실에 누워 있었다. 여행의 피로에 대비하기 위함이었다.

그녀는 미소를 지으며 말했다.

"기분이 아주 좋아요."

의사는 머리맡 램프의 불빛 속에서 그를 향해 있는 그녀의 얼굴을 바라보았다. 리외에게는, 서른 살의, 게다가 병색을 띤 얼굴이긴 하지만, 그녀의 얼굴이 항상 젊을 때의 그것처럼 보였다. 아마도 그녀의 바로 그 미소가 나머지 모든 것을 상쇄하기 때문이리라.

"가능하면 잠을 자도록 해요. 간호사가 열한 시에 올 테니 정오 기차를 탈 수 있도록 내가 데려다주리다."

그가 말했다.

그는 살짝 땀이 밴 아내의 이마에 입을 맞추었다. 그가 방을 나설 때까지 그녀는 미소를 잃지 않았다.

다음 날인 4월 17일 여덟 시경에 수위는 의사 리외를 붙잡고 못된 장난꾸러기들이 죽은 쥐 세 마리를 복도 한가운데 가져다 놓았다고 투덜거렸다. 쥐들이 피범벅인 것으로 보아 큰 덫을 놓아 잡은 게 분명하다는 것이었다. 수위는 범인들이 조롱하며 나타날 것에 대비해 쥐의 다리를 붙잡아 들고 문간에서 얼마간 기다렸으나 아무도 오지 않았다.

"내 이놈들을 꼭 잡고야 말겠소!"

미셸 영감이 말했다.

무슨 일인가 싶어진 리외는 환자들 중 가난한 사람들이 살고 있는 변두리 동네부터 그날의 왕진을 시작하기로 했다. 쓰레기를 훨씬 늦게 수거하는 동네라, 먼지 가득한 직선 도로를 따라 자동차를 타고 가다 보면 보도 가장자리에 내놓은 쓰레기통들을 지나게 된다. 그렇게 길을 따라 가며 리외는 버려진 채소 더미와 더러운 걸레들 속에 내팽겨진 쥐들을 볼 수 있었는데 족히 열 마리가 넘었다.

첫 번째 환자는 길 쪽으로 난 방의 침대에 누워 있었는데 그 방은 침실이자 식사를 하는 부엌이었다. 그는 굳은 얼굴에 주름이 깊이 팬, 나이 든 스페인 사람이었다. 이불 위에 놓인 냄비 두 개에는 완두콩이 가득 담겨 있었다. 리외가 들어오자, 반쯤 일어나 앉아 있던 그는 늙은 천식 환자 특유의 거칠어진 숨을 내뱉느라 뒤로 몸을 젖혀야 했다. 그의 아내가 대야를 가져왔다.

"그런데, 의사 양반, 그놈들 나오던데, 보셨소?

주사를 맞는 동안 노인이 말했다.

"맞아요. 옆집에서도 세 마리를 쓸어 담았대요."

그의 아내가 거들었다.

노인은 두 손을 비벼대며 말했다.

"그놈들이 나온다니까. 쓰레기통마다 득시글대니, 배가 고픈 게지!"

리외는 이어지는 방문에서 동네 사람들이 모두 쥐 이야기를 한다는 것을 쉽사리 확인했다.

회진을 마친 그는 집으로 돌아왔다.

"전보가 와서 올려다 놓았습니다."

미셸 영감이 말했다.

리외는 그에게 또 쥐를 보았는지 물어보았다.

"아, 설마요! 내가 이렇게 지키고 있단 말씀이죠. 녀석들이 꿈도 못 꾼다오."

수위가 말했다.

전보는 리외의 어머니가 이튿날 도착한다는 내용이었다. 몸이 아픈 며느리를 대신해 아들의 집을 돌보러 오는 것이다. 리외가 집에 들어갔을 때 간호사는 이미 와 있었다. 리외는 아내가 정장차림에 화장을 하고 서 있는 것을 보았다. 그는 미소를 지으며 말했다.

"좋아요. 아주 좋아."

얼마 후 기차역에 도착하여 그는 아내를 침대칸으로 이끌었다. 그녀는 찻간을 둘러보았다.

"우리 형편에 너무 비싼 것 아녜요?"

"필요할 땐 해야지."

리외가 말했다.

"쥐 이야기는 다 뭐예요?"

"모르겠어. 기이한 일이긴 한데, 곧 지나가겠지."

그러고는 빠른 어조로 아내에게 용서를 구했다. 좀 더 잘 보살폈어야 했는데 너무 소홀했노라고. 아내는 그만하라는 듯 고개를 저었다.

"당신이 돌아올 즈음이면 모든 일이 잘될 거요. 그때 다시 시작해 봅시다."

"네. 다시 시작해요."

그녀가 눈을 반짝이며 말했다.

잠시 후 그녀는 남편에게서 등을 돌려 차창 밖을 바라보았다. 플랫폼에서는 사람들이 서둘러 올라타느라 법석을 떨며 서로 부딪치고 있었다. 증기를 내뿜는 기관차 소리가 그들에게까지 들려왔다. 그는 아내의 이름을 불렀고 돌아보는 그녀의 얼굴이 눈물에 젖어 있는 것을 보았다.

"괜찮아."

그가 부드럽게 말했다.

눈물 속에 미소가 어색하게 다시 떠올랐다. 그녀는 심호흡을 크게 한번 했다.

"이제 가세요, 다 잘될 거예요."

그는 아내를 껴안았다. 승강장으로 내려간 그의 눈엔 차창 너머 그녀의 미소만 보일 뿐이었다.

"부탁이야. 몸조심해요."

그가 말했다.

그러나 그녀에게는 들리지 않았다.

플랫폼의 출구 근처에서 리외는 어린 아들의 손을 잡고 있는 예심판사 오통 씨와 마주쳤다. 리외는 그에게 여행을 가느냐고 물었다. 큰 키에 머리가 검은 오통 씨는 사교계의 유명 인사라고 불릴 법한 외모에 반쯤은 장의사의 일꾼을 연상시키는 모습으로, 상냥하면서도 짧게 대답했다.

"시댁에 인사차 다녀오는 오통 부인을 기다리고 있소."

기관차가 기적을 울렸다.

"쥐들이⋯⋯."

예심판사가 말했다.

기차 쪽으로 한 걸음 떼던 리외가 다시 출구를 향해 돌아서며 말했다.

"네, 별거 아닙니다."

그 순간 그의 주의를 끈 것은 죽은 쥐들이 가득한 상자를 팔에 끼고 지나가던 역무원의 움직임뿐이었다.

같은 날 오후 진찰을 시작할 무렵, 신문기자라는 젊은이가 리외를 찾아왔는데 아침에도 한 번 왔다 갔다는 것이다. 레몽 랑베르라는 이름이었다. 작은 키에 어깨는 벌어지고 작심한 듯한 얼굴, 맑고 영리해 보이는 눈을 한 랑베르는 간편한 차림이었고 부족함 없이 사는 듯 보였다. 그는 주저 없이 본론부터 말했다. 파리의 큰 신문사에서 아랍인들의 생활 환경에 대해 취재를 하는데 그들의 보건 상태에 대한 정보가 필요하다는 것이다. 리외는 상태가 좋지 않다고 답했다. 리외는 더 깊이 들어가기 전에, 기자로서 진실을 말할 수 있는지 알고자 했다.

"물론이죠."

기자가 답했다.

"내 말은, 제대로 파헤쳐서 고발할 수 있느냐 하는 겁니다."

"'제대로'라고는 말씀드리지 못하겠군요. 하지만 그런 고발은 근거가 없지 않겠습니까?"

리외는 부드러운 어조로, 실제로 그런 고발은 근거가 없을 것이나 그렇게 물음으로써 랑베르가 과연 가감 없는 증언을 남길 수 있는지 없는지가 궁금했노라고 말했다.

"난 가감 없는 증언만을 인정합니다. 그러니 당신에게 기삿거리를 제공할 수는 없겠소."

"생쥐스트 식 화법이로군요."

기자는 미소를 지으며 말했다.

리외는 언성을 높이지 않은 채, 그에 대해 아는 바는 없으나 자신이 살고 있는 세상에 염증을 느끼면서도 다른 인간들과 다를 바 없는 생각을 가지고 있으며 나름대로는 불의와 타협을 거부하기로 결심한 한 인간의 발언이라고 말해 주었다. 랑베르는 어깨를 추스르며 의사 리외를 바라보았다.

"무슨 말씀인지 이해할 수 있을 것 같습니다."

그는 일어서며 이렇게 말했다.

리외는 그를 문까지 배웅해 주며 말했다.

"이해해 주신다니 감사하군요."

랑베르는 짜증이 난 것 같았다.

"네, 알겠습니다. 방해해서 죄송하네요."

리외는 악수를 하고 나서, 지금 오랑에서 어마어마하게 발견되는 죽은 쥐들에 대해 흥미로운 기삿거리가 있을 것이라고 말했다.

"아! 구미가 당기네요."

랑베르가 소리쳤다.

오후 다섯 시, 다시 회진을 나가려던 차에 리외는 계단에서 누군가와 마주쳤다. 아직 젊어 보이는 남자는 육중해 보이는 체구에 얼굴은 커다랗고 뺨은 홀쭉했으며 눈썹이 짙었다. 꼭대기 층에 사는 스페인 무용수들의 집에서 몇 번인가 만난 적이 있는 사람이었다. 장 타루는 열심히 담배를 빨아대며 층계 위 자신의 발치에서 마지막 경련을 일으키며 죽어 가는 쥐를 응시하고 있었다. 그는 회색 눈동자를 굴리며 침착하면서도 뭔가 의미 있어 보이는 표정으로 고개를 들어 리외에게 인사를 하고는, 쥐들이 출몰하는 것이 참으로 묘하다고 말했다.

"그렇소. 하지만 성가신 일이 되고 말 겁니다."

리외가 말했다.

"어떤 의미에서요, 선생님. 그러니까 어떤 의미에서만 성가시다는 말입니다. 이런 일은 당최 본 적이 없다는 것뿐이죠. 하지만 전 흥미롭다고 봅니다. 네, 단연 흥미로워요."

타루는 머리칼에 손을 넣어 뒤로 쓸어 넘기고는 이제는 꼼짝하지 않는 쥐를 다시 바라보았다. 그러고는 미소를 지으며 리외에게 말했다.

"그래도 결국은 말입니다, 선생님. 이건 수위가 해결할 문제지요."

아닌 게 아니라 리외는 대문 옆 벽에 기대어 선 수위를 발견했는데 여느 때와 다름없이 상기된 얼굴로 넌덜머리가 난다는 표정을 하고 있었다.

"그래요, 알고 있단 말예요."

쥐가 또 나타났음을 알리는 리외에게 미셸 영감은 이렇게 대답했다.

"이제는 두세 마리씩 한꺼번에 나타나는 겁니다. 하지만 다른 건물도 마찬가지죠."

그는 기가 죽은 데다 근심에 싸인 것처럼 보였다. 그는 어색한 동작으로 목덜미를 주물렀다. 리외는 그에게 괜찮으냐고 물었다. 수위는 물론 괜찮지 않다고는 말할 수 없었다. 심사가 편치 않다고. 자기 생각에는 정신적인 피로 같다고 했다. 이놈의 쥐들 때문에 충격을 받은 것이니 쥐들이 사라진다면 모든 것이 훨씬 나아질 것이라고.

하지만 다음 날인 4월 18일, 리외가 어머니를 역에서 모셔 오는 길에 마주친 미셸 영감의 얼굴은 한결 더 수척해 보였다. 지하 창고에서 다락방까지 이르는 계단에 쥐 십여 마리가 너부러져 있었던 것이다. 옆 건물의 쓰레기통 역시 쥐들로 가득 차 있었다. 리외의 어머니는 그리 놀라지 않는 눈치였다.

"그럴 수도 있지."

그녀는 은빛 머리에 검고 부드러운 눈을 한 자그마한 여자였다.

"너를 보니 기쁘구나, 베르나르. 쥐 따위는 그에 비하면 아무것도 아니란다."

그도 마찬가지 생각이었다. 어머니와 함께라면 언제나 모든 것이 쉬워 보였다.

그래도 리외는 시청에서 쥐잡이를 담당하는 부서에 전화를 걸었다. 과장을 알고 있었다. 그는 떼를 지어 밖으로 뛰쳐나와 죽어 가는 이 쥐들에 대해 듣고 있을까? 담당 과장인 메르시에는 쥐 이야기를 들었을 뿐 아니라 부둣가에서 얼마 떨어지지 않는 곳에 위치한 자기의 사무실에서도 쥐가 오십여 마리나 나왔다는 것이다. 자신은 그게 정말 심각한 문제인지 잘 모르겠다고 했다. 리외는 확실히 단정 지을 수는 없지만 쥐잡이 담당과에서 나서야 할 것이라고 말했다.

"그래. 지시가 있어야겠지. 자네가 그럴 필요가 있다고 하면 지시가 내려갈 수 있도록 하겠네."

메르시에가 말했다.

"그럴 필요는 당연히 있지."

리외가 말했다.

방금 전에도 그의 가정부가 알려 주길, 자기 남편이 일하는 공장에서 쥐 수백 마리를 처치해야 했다는 것이다.

시민들이 불안해하기 시작한 것은 어쨌든 바로 이 무렵이었다. 18일인 이날부터 공장과 창고들에서 쥐들이 정말 수백 마리씩 쏟아져 나왔기 때문이다. 어떤 때는 너무 느릿느릿 죽어 가는 쥐들의 숨통을 끊어 주어야만 했다. 변두리에서 시내 중심가에 이르기까지 리외가 방문하는 곳마다, 그리고 시민들이 모여 있는 곳마다, 쥐들은 쓰레기통에 산더미처럼 쌓여 있었고 하수구에 줄지어 너부러진 채 그들을 맞았다. 이날부터 석간신문들은 그에 관한 소식을 앞다투어 보도했고 시 당국은 행동을 취할 용의가 있는지, 이 역겨운 사태를 맞아 시민들을 보호하기 위해 어떤 응급조치를 고려하고 있는지 물었다. 당국은 아무런 계획도, 어떤 조치도 준비된 게 없었으나 이 문제를 토의하기 위해 겨우 회의를 시작했다. 쥐잡이 담당과에 내려진 지시는 매일 아침 해 뜰 녘에 죽은 쥐들을 수거하라는 것이었다. 수거가 끝나면 죽은 짐승들을 차량 두 대에 싣고 쓰레기 소각장으로 가서 불태우기로 했다.

그러나 상황은 더 악화되었다. 죽은 쥐들의 수는 점점 늘어만 갔고 매일 아침 수거되는 양도 넘쳐났다. 나흘째 되는 날부터 쥐들은 떼를 지어 밖으로 나와서 죽어 가기 시작했다. 골방에서, 지하에서, 창고에서, 하수구에서, 그것들은 갈 지 자로 줄지어 기어 나와 햇빛 아래 비틀거리며 제자리에서 맴돌다가는 사람 곁으로 가서 죽는 것이었다. 밤이 되면 복도에서, 골목에서 그들이 죽을 때 내지르는 작은 비명을 똑똑히 들을 수 있었다. 아침에는 쥐들이 붉은 꽃송이처럼 자그마한 핏덩이를 뾰족한 주둥이에 묻힌 채 교외의 도랑을 따라 나자빠져 있었는데, 어떤 것들은 부패하여 통통 불어 있었고, 또 어떤 것들은 아직 턱수염을 꼿꼿이 세운 채로 딱딱하게 뻗어 있었다. 시내에서도 층계참이나 안마당에서 삼삼오오 죽어 있는 그들을 쉽게 마주쳤다. 또한 관공서의 홀, 학교 운동장, 카페의 테라스에 한 마리씩 동떨어져 죽어 있기도 했다. 시민들은 시내 가장 번화한 곳에서 그들을 발견하고 질색을 하기도 했다. 아름 광장, 대로들, 프롱드메르 산책로 역시, 군데군데 그것들로 더럽혀 있었다. 새벽에 죽은 쥐들을 수거해 가면 쥐들이 조금씩 다시 나타나기 시작해 낮 동안 점점 더 쌓여만 갔다. 밤거리를 걷던 사람들의 발에 막 숨을 거둔 물컹한 것이 밟히는 일도 종종 있었다. 마치 우리가 살고 있는 집이 뿌리를 내리고 있는 이 땅 자체가, 지금까지 쌓여 있던 응어리를 게워 내, 그간 속으로만 곪고 있던 종기와 피고름들을 밖으로 뿜어내는 것만 같았다. 지금까지 그토록 조용하다가 단 며칠 만에 뒤죽박죽이 된 도시, 마치 건강하던 사람의 짙은 피가 갑자기 거꾸로 솟는 것과도 같이 시민들이 얼마나 기겁을 했을 것인가!

사태가 얼마나 심각했는지, 주제에 상관없이 온갖 종류의 정보와 자료를 제공하는 랑스도크 통신사는 무료로 제공되는 라디오 방송에서 25일 하루 동안에만 6,231마리의 쥐가 수거되어 불살라졌다고 공표하기에 이르렀다. 이 숫자는 도시 전체가 매일같이 목격하던 충격적인 장면들에 분명한 의미를 부여했으며 시민들에게 불안감을 가중시켰다. 그때까지 사람들은 다소 구역질 나는 일들이 벌어지는 것에 투덜거렸을 뿐이었다. 그런데 이제는 그 규모를 어림잡을 수도, 또한 원인을 파악하기도 어려운 이 현상에 어떤 위협이 도사리고 있다는 것을 깨닫게 된 것이다. 천식 환자인 스페인 영감만이 '나온다, 나와.' 하며 신이 난 늙은이같이 계속해서 양손을 비벼 댈 뿐이었다.

4월 28일, 랑스도크 통신사가 수거된 쥐가 8천 마리에 달한다고 보도함으로써 시민들의 불안감은 최고조에 이르렀다. 사람들은 특단의 조치를 요구하며 당국을 비판했으며 바닷가에 집이 있는 사람들은 벌써 그리로 몸을 피할 생각을 했다. 하지만 바로 다음 날에 통신사는 사태가 갑자기 진정되었으며 쥐잡이과에서 수거한 쥐의 양이 무시해도 좋을 정도라고 발표했다. 도시는 안도의 한숨을 내쉬었다.

그런데 바로 그날 점심때, 리외는 집 앞에 차를 세우면서 길 끝에서 수위가 고개를 숙인 채 팔다리를 벌리고 꼭두각시 같은 모습으로 힘겹게 걸어오고 있는 것을 보았다. 영감은 리외도 알고 있는 사제의 팔에 몸을 의지하고 있었다. 그는 파늘루 신부인데 박식하고 투철한 예수교 신부이자 리외가 몇 번 만난 적이 있는, 이 도시에서는 신도가 아닌 사람들 사이에서조차 존경받는 인물이었다. 리외는 그들을 기다렸다. 미셸 영감의 눈은 번질거렸고 숨소리는 거칠었다. 그는 몸이 별로 좋지 않아 바람을 쐬고자 했다. 하지만 목과 겨드랑이 그리고 사타구니에 통증이 심해서 되돌아오지 않을 수 없었고 파늘루 신부에게 도움을 청했던 것이다.

"종기가 난 거요. 과로했던 모양이야."

미셸 영감은 말했다.

의사 리외는 차창 밖으로 팔을 뻗어 영감이 내민 목의 아랫부분을 손가락으로 더듬어 보았다. 나무의 마디 같은 것이 맺혀 있었다.

"누워 계시죠, 체온을 재시고. 오후에 진찰하러 오리다."

수위가 떠나자 리외는 파늘루 신부에게 쥐 사태를 어떻게 생각하는지 물었다.

"오! 아마 전염병이겠죠."

신부는 동그란 안경 너머의 두 눈으로 미소를 지으며 말했다.

전화벨이 울린 것은 리외가 점심을 먹고 나서 아내가 잘 도착했음을 알리는 요양원으로부터의 전보를 읽고 있을 때였다. 그가 전에 돌보던 환자로부터 온 전화였는데 그는 시청 직원이었다. 그는 오랫동안 대동맥협착증을 앓고 있었는데 형편이 어려워 리외가 무료로 돌봐 주곤 했었다.

"네, 저를 기억하시는군요. 이번엔 다른 일로 연락드리는데요. 빨리 와 주셨으면 합니다. 이웃에게 무슨 일이 생겨서요."

숨을 헐떡거리는 목소리였다. 리외는 수위를 떠올렸으나 다음 차례로 미루기로 하였다. 몇 분 후, 그는 변두리 지역에 있는 페데르브 거리의 나지막한 건물의 문을 열고 들어섰다. 서늘하고 악취가 풍기는 계단 한가운데서 그를 맞으러 온 시청 직원 조제프 그랑과 마주쳤다. 오십 줄이 된 그는 길고 동그란 모양의 노란 콧수염을 기르고 있었고 좁은 어깨에 팔다리는 가늘었다.

"이젠 좀 나아졌어요. 하지만 아까는 죽는 줄로만 알았답니다."

리외에게 다가서며 그는 말했다.

그는 코를 풀어댔다. 꼭대기 층인 삼 층의 왼쪽 문에는 빨간 분필로 '들어오시오. 나는 목 매달았소.'라고 적혀 있었다.

그들은 안으로 들어갔다. 뒤집힌 의자 위로 밧줄이 늘어져 있었고 탁자는 한구석으로 치워져 있었다. 밧줄에는 아무것도 매달려 있지 않았다.

"제가 때맞춰 겨우 풀었답니다."

그랑이 말했다.

그는 가장 단조로운 표현만 사용하면서도 항상 적당한 표현을 찾는 것처럼 보이곤 했다.

"그때 마침 제가 외출하던 중이었는데 소리를 들었어요. 문에 적힌 문구를 보고서, 뭐라고 해야 할지, 장난인 줄 알았지 뭡니까. 하지만 야릇한 신음 소리가 나기에…… 그러니까 음산한 소리라고 해야 할지."

그는 머리를 긁적거리며 말했다.

"제 생각에 그가 아주 힘들었을 것 같아요. 당연히 전 안으로 들어갔죠."

그들은 방문을 밀어 열고, 환하지만 가구들이 너저분해 보이는 방으로 들어섰다. 구리로 된 침대에 작고 통통하게 생긴 남자가 누워 있었다. 그는 숨을 크게 들이쉬며 충혈된 눈으로 그들을 바라보았다. 의사는 멈춰 섰다. 숨소리 사이사이에 쥐들의 작은 비명이 들리는 듯했다. 하지만 방구석에는 움직이는 것이라곤 아무것도 없었다. 리외는 침대 쪽으로 다가갔다. 사내는 아주 높은 곳에서 떨어진 것도 아니었고 갑자기 부딪치지도 않아서 척추에는 이상이 없었다. 물론 가벼운 호흡곤란이 있긴 했다. 엑스레이를 찍어 볼 필요는 있었다. 의사는 강심제를 한 대 놓아 주고 며칠이면 모든 게 괜찮아질 거라고 말했다.

"감사합니다, 선생님."

그는 숨이 넘어가는 목소리로 말했다.

리외가 그랑에게 경찰에 신고를 했는지 묻자 그는 당황했다.

"아뇨, 아! 아닙니다. 급하게 우선……."

"그랬겠죠. 내가 신고하리다."

리외가 말을 잘랐다.

그러자 침대에 누워 있던 환자가 꿈틀대며 일어나서는 자기는 괜찮다고, 그럴 필요 없다고 항의하듯 말했다.

"진정하시죠. 별일 아닙니다. 정말로요. 하지만 저로서는 신고를 해야 하니까요."

리외가 말했다.

"오!"

사내가 외쳤다.

그는 몸을 뒤로 털썩 눕히더니 훌쩍거리기 시작했다. 한동안 콧수염을 만지작거리던 그랑이 그에게로 다가갔다.

"자, 코타르 씨, 생각을 해 보시죠. 의사 선생님의 책임이란 게 있지 않습니까. 만일, 예를 들어 당신이 다시 이런 짓을 할 생각을 하기라도 한다면…….”

그러나 코타르는 훌쩍거리다 말고, 다시는 이런 짓을 하지 않을 것이며 잠시 미쳐서 그런 것뿐이다, 단지 자신을 가만 내버려 두길 바란다고 했다.

리외는 처방전을 작성하고 다음과 같이 말했다.

“알겠소. 그만둡시다. 내가 이삼 일 후에 다시 올 테니. 하지만 어리석은 짓을 하지 마시길.”

층계참에서 그는 그랑에게 자신으로선 신고를 할 수밖에 없지만 형사에게 이틀 후에나 조사를 시작하도록 부탁할 것이라고 일러 주었다.

“오늘 밤 그를 지켜봐야 해요. 그에게 가족이 있나요?”

“전 잘 몰라요. 하지만 제가 돌보면 되겠죠.”

그는 고개를 끄덕이며 말했다.

“이 사람도 보시다시피 잘 안다고는 할 수 없죠. 하지만 서로 돕고 살아야죠.”

건물 복도에서 리외는 후미진 구석을 대충 훑어보고는 그랑에게 쥐들이 이 동네에서 완전히 사라졌느냐고 물었다. 하지만 그는 아는 바가 없었다. 쥐 얘기를 들은 적은 있으나 동네일에 별 관심을 기울이지 않았던 것이다.

“그것 말고도 걱정거리가 많답니다.”

리외는 이미 그에게 손을 내밀어 악수를 하고 있었다. 그는 아내에게 편지를 쓰기 전에 빨리 수위를 만나 보아야 했다.

석간신문을 돌리는 신문팔이들은 쥐들의 습격이 끝났다고 소리쳤다. 그러나 리외가 수위를 보러 갔을 때, 환자는 침대 밖으로 반쯤 몸을 내놓고 한 손으로 배를 움켜쥐고 다른 손은 목덜미를 쥐고는 기를 쓰며 벌건 담즙을 오물통에 토하고 있었다. 오랫동안 숨이 끊어질 듯 애를 쓰고 나서 수위는 다시 몸을 눕혔다. 체온은 39.5도였고 목의 멍울과 사지가 부어 있었으며 옆구리에 거무스름한 반점 두 개가 점점 번지고 있었다. 이제는 배가 아프다며 앓는 소리를 했다.

"속이 쓰려. 이 망할 것들이 속을 쑤셔 댄다고."

검게 변한 그의 입술에서 새어 나오는 말은 불명확하게 들렸고 의사를 쳐다보는 튀어나올 듯한 눈에는 두통으로 인해 눈물이 고여 있었다. 그의 아내는 근심어린 표정으로 아무 말 않고 있는 리외를 바라보고 있었다.

"의사 선생님, 어디가 잘못된 걸까요?"

그녀가 말했다.

"어디든지 잘못될 수 있죠. 하지만 아직 아무것도 확실하지 않아요. 오늘 저녁까지는 금식을 하고 정혈제를 써야겠어요. 물을 많이 마셔야 합니다."

아닌 게 아니라 수위는 갈증으로 죽을 지경이었다.

집으로 돌아와서 리외는 동료이자 오랑에서 가장 유력한 의사 중 하나인 리샤르에게 전화를 걸었다.

"아니오. 특이한 점은 발견하지 못했소."

리샤르가 말했다.

리외가 물었다.

"국부 염증을 동반한 발열 같은 것도 없었나요?"

"아, 그러고 보니 염증이 심한 멍울이 있는 환자 둘이 있었지."

"비정상적으로요?"

"음, 아시다시피 정상이라는 것이……."

리샤르가 답했다.

하여간 그날 밤 수위는 헛소리를 했고 열이 40도까지 올라서는 쥐들을 나무라는 소리를 했다. 리외는 고정 농양 치료를 시도했다. 테레빈이 투입되자 수위는 타는 듯한 고통으로 고함을 질러 댔다.

"아! 그놈의 망할 것들!"

만져 보니 멍울은 더 부어 있었고 나무껍질처럼 딱딱했다. 수위의 아내는 제정신이 아니었다.

"밤새 잘 지켜봐요. 무슨 일이 있으면 전화를 주세요."

리외가 그녀에게 말했다.

이튿날인 4월 30일, 푸르고 눅눅한 하늘에는 벌써 포근한 바람이 일고 있었다. 바람은 가장 먼 교외로부터 꽃향기를 싣고 불어왔다. 아침을 깨우는 거리의 소음은 여느 때보다 발랄하고 유쾌하게 들려왔다. 지난 한 주간 도시 전체에 드리웠던 어렴풋한 두려움이 걷힌 이날은 모두에게 새로운 날이었다. 리외 역시 아내의 편지를 받고 안심이 된지라 한결 가벼운 마음으로 수위를 보러 내려갔다. 실제로 아침에 열이 38도로 내렸다. 환자는 쇠약했지만 침대에서 미소를 지어 보였다.

"나아지는 거죠? 그렇죠, 선생님?"

수위의 아내가 말했다.

"좀 기다려 봅시다."

하지만 정오가 되자 열은 갑자기 40도까지 올랐고 환자는 연신 헛소리를 지껄이며 다시 구토를 시작했다. 목의 멍울을 만지니 수위는 고통을 호소하며 자신의 머리를 몸에서 가능한 한 멀리 떼어 놓고 싶어 하는 것 같았다. 수위의 아내는 침대 발치에 앉아 이불 위로 환자의 발을 살짝 잡고 있었다. 그녀는 리외를 바라보고 있었다.

"들어 봐요. 환자를 격리해서 특수 치료를 해야겠어요. 병원에 전화를 걸어 구급차로 이송하도록 합시다."

그가 말했다.

두 시간 뒤, 구급차 안에서 의사와 아내는 환자를 굽어보고 있었다. 진균성 종양으로 뒤덮인 그의 입에서 토막 난 말들이 새어 나왔다.

"쥐들!"

얼굴은 퍼렇게 질린 채 밀랍 같은 입술을 하고 눈꺼풀이 쇳덩이인 듯 처져 밭은 숨을 불규칙하게 내쉬는 그는 멍울 때문에 사지가 뒤틀리고 있는 듯했다. 간이침대 한구석에 쪼그리고 누워, 마치 그것으로 자기 몸을 둘둘 말아 보려는 듯, 혹은 땅속 깊은 곳에서 무언가가 끊임없이 자신을 부르기라도 하는 듯, 수위는 보이지 않는 무게에 짓눌려 숨 막혀 하고 있었다. 아내는 울고 있었다.

"그러니까 이제 더 이상 희망이 없는 건가요, 선생님?"

"죽었습니다."

리외가 말했다.

수위의 죽음은, 당황스러운 징조들로 가득했던 시기가 끝나고 상대적으로 더 어려운, 놀라움이 차츰 급작스러운 공포로 변해 가는 또 다른 시기가 시작되고 있음을 알리고 있었다. 오랑의 시민들은, 이제는 깨닫고 있지만, 자신들의 작은 도시가 쥐들이 대낮에 떼로 몰려나와 죽고 수위가 괴이한 병으로 목숨을 잃는 특별한 장소가 될 수 있다는 사실을 전혀 생각하지 못했다. 그런 면에서 그들은 결국 무지했던 셈이고 이제는 생각을 고쳐먹어야 했다. 모든 것이 거기서 멈추었더라면 틀림없이 습관적인 자신들의 삶으로 돌아갔을 것이다. 그러나 우리의 시민들 중, 수위도 아니고 가난뱅이도 아닌 다른 사람들 역시 미셸 씨가 처음으로 본을 보인 길을 따라가야 했다. 그 순간부터 공포가 시작되었고 그와 더불어 성찰도 행해졌다.

　그러나 이 새로운 사건들에 대해 더 자세히 들어가기 전에, 연대기의 서술자로서 지금까지 설명한 시기에 대한 또 다른 목격자의 의견을 들어 보는 것이 유용하리라 생각한다. 이야기의 초반부에 등장했던 장 타루는 몇 주 전에 오랑에 정착하여 시내에 있는 큰 호텔에 거주하고 있었다. 그는 자신의 수입으로 꽤 넉넉한 삶을 살고 있는 듯했다. 그는 도시에 점점 익숙해져 갔으나 그가 어디서 왔는지, 왜 그곳에 왔는지를 아는 사람은 없었다. 그는 시내 어느 곳에서나 눈에 띄었다. 사람들은 해변에서 수영을 하며 퍽이나 즐거워하는 그를 초봄부터 자주 볼 수 있었다. 호인인데다가 항상 웃는 낯인 그는 대개의 오락거리에 친숙한 듯하면서도 그것들에 얽매이지는 않는 것 같았다. 실은 유일하게 알려진 그의 일상적인 습관이라면 이 도시에 적잖이 살고 있는 스페인 음악가나 무용수들과 자주 교류한다는 것 정도였다.

어쨌든 그의 수첩들 역시 이 어려운 시기에 대한 하나의 연대기가 된다고 할 수 있다. 그러나 그것은 무의미한 일들만을 기록한다는 원칙에 의거하여 작성된 듯한 매우 특별한 연대기에 다름 아니었다. 언뜻 보면 타루는 사물과 존재들에 초연하고자 애쓴다고 할 것이다. 그 전반적인 혼란 속에서 그는 요컨대 이야기가 없는 것들의 이야기꾼이 되고자 노력한 것이었다. 물론 그러한 편파성을 아쉬워하고 마음이 메마른 사람이 아닌지 의심할 수도 있을 것이다. 그럼에도 불구하고 이 수첩들은 그 시기의 연대기로서 부수적이며 상세한 많은 이야기들, 그 기이함 자체가 이 흥미로운 인물을 너무 쉽게 판단하는 것을 머뭇거리게 하는, 나름대로의 중요성을 가지고 있는 정보들을 제공해 줄 수 있었다.

장 타루의 첫 기록들은 그가 오랑에 도착한 날로 거슬러 올라간다. 그 기록들은 시작부터 그토록 볼품없는 도시에 있게 된 그의 야릇한 만족감을 드러내고 있다. 거기서 우리는 시청을 장식하는 청동으로 된 두 개의 사자상에 대한 상세한 묘사, 시내에서 나무가 눈에 띄지 않는 점, 혹은 보기 흉한 집들과 어이없는 도시의 구조에 대한 호의적인 평가를 읽을 수 있다. 또한 타루는 거기다가 전차 안에서나 거리에서 들은 대화를 논평 없이 적어 놓곤 했는데, 좀 더 나중에 캉이라는 이름의 인물에 관한 대화에는 예외적으로 몇 자 적어 놓기도 했다.

타루는 전차의 두 차장이 나눈 대화를 엿듣고 있었다.

"자네는 캉을 잘 알지?"

한 사람이 말했다.

"캉? 그 키가 크고 검은 콧수염을 기른 친구 말인가?"

"맞아. 선로 변경 일을 했었지."

"그래, 그랬지."

"그가 죽었다는데?"

"응? 언제 그랬대?"

"쥐 사태가 나고 나서래."

"저런, 왜 그렇게 됐대?"

"모르겠어. 열병이었나 봐. 원래 건강이 좋진 않았지. 겨드랑이에 종기가 났
는데 이겨 내지 못한 거야."

"그래도 멀쩡해 보였는데."

"아닐세. 폐가 약했지. 그런데도 관악대에서 나팔을 불었지. 계속 나팔을 불
어 대면 몸이 상한다니까."

"이런! 몸이 아플 땐 나팔을 불면 안 되지."

이런 대화를 기록하고 난 뒤 타루는 몸에 좋지 않을 것이 분명한 데도
어째서 캉이 관악대에 들어갔는지, 일요일의 시가행진을 위해서 목숨을 걸

정도로 숨겨진 이유가 무엇이었는지 따위를 자문했다.

타루는 그밖에도 자신의 창 맞은편 발코니에서 종종 벌어지는 장면을 보면서 좋은 인상을 받은 듯했다. 그의 방 창문은 작은 뒷골목으로 나 있었는데 거기서 고양이들이 벽이 드리우는 그늘에서 잠을 자곤 했다. 그런데 매일 점심시간이 지나고 도시 전체가 더위 속에서 졸고 있을 무렵 자그마한 노인이 길 반대편 발코니에 나타났다. 잘 빗어 넘긴 흰머리에 군복 같은 옷을 입어 꼿꼿하고 근엄해 보이는 그는 무심한 듯 다정한 목소리로 '야옹아, 야옹아.' 하고 부르는 것이다. 고양이들은 꼼짝하지 않으면서도 잠이 덜 깬 희미한 눈길을 들어 보였다. 노인이 종이를 잘게 찢어 길 위로 뿌리면 고양이들은 그 흰 나비 떼들에 관심이 팔려 도로 한가운데로 나와서는 마지막 종잇조각들을 붙잡으려 멈칫멈칫하며 앞다리를 내미는 것이었다. 작은 노인은 그때 힘차고 정확하게 고양이들 머리 위로 가래침을 뱉는 것이었다. 가래침이 하나라도 목표물에 맞으면 그는 웃어 댔다.

타루는 오랑이란 도시의 상업적인 면에 결정적으로 매료된 듯하다. 시의 외관도 도심의 활기도 심지어 쾌락조차도 거래상의 필요에 의해 이루어지는 것처럼 보였다. 이런 기발함(수첩에 사용된 단어이다)을 타루는 높이 평가했고 그런 칭찬 중 한 문장은 '맙소사!'라는 감탄사로 끝맺고 있었다. 이 시기에 여행자 타루의 기록이 사적인 성격을 드러낸 것은 이 부분이 유일한 것으로 보인다. 물론 그것이 어떤 의미를 지니는지, 얼마나 진지한 것인지 가늠하기는 어렵다. 그런 식으로 호텔의 어떤 회계원이 죽은 쥐를 한 마리 발견하고 나서 장부에 실수를 저질렀다는 내용 따위를 기록한 후에, 타루는 여느 때보다 흐트러진 글씨체로 다음과 같이 덧붙여 적었다.

> 질문 : 시간 낭비를 하지 않으려면 어떻게 해야 하는가?
> 답 : 시간의 흐름을 제대로 느낄 것.
> 방법 : 치과 대기실의 불편한 의자에 앉아 나날을 보낼 것, 일요일 오후에
> 온종일 발코니에 나가 있기, 모르는 언어로 진행되는 강연을 들을 것, 가
> 장 길고 불편한 기차 노선을 택해 어쩔 수 없이 서서 여행하기, 극장 매표
> 소에 줄을 서 기다린 후에 표를 사지 않기 등.

하지만 이런 언어 혹은 생각의 일탈을 기록한 바로 다음에 수첩은 다시 도시의 전차에 대한 묘사를 상세하게 적어 둔다. 그것들의 조각배 같은 모양새, 애매한 색깔, 일상적인 지저분함 따위에 관해. 그러고는 '주목할 만하다.'라는 문장으로 관찰을 끝맺고 있는데, 물론 그것은 아무것도 설명을 해 주지 못한다.

어찌됐든, 타루가 쥐 이야기에 대해 언급한 부분은 다음과 같다.

오늘은 건너편에 사는 작은 노인이 당황해한다. 고양이가 한 마리도 없다. 길거리에서 무더기로 발견되는 죽은 쥐들 때문에 흥분한 그들이 사라져 버린 것이다. 내 생각에 고양이들이 죽은 쥐를 잡아먹지는 않을 것이다. 내가 키우던 고양이들도 죽은 쥐를 싫어했다. 그럼에도 그들은 지하 창고를 들쑤시고 다닐 것이고 노인은 당황해한다. 그는 빗질을 엉성하게 했고 덜 근엄하게 보인다.

근심이 있어 보인다. 얼마 있다가 그는 안으로 들어간다. 하지만 그 전에 허공에 가래침을 탁 한 번 뱉었다.

오늘 시내에서 전차를 세웠는데 죽은 쥐가 발견되었기 때문이다. 어떻게 거기까지 오게 되었는지 알 길은 없다. 여자 두세 명이 전차를 내렸다. 쥐를 내버리고 전차는 다시 출발했다.

호텔의 야간 경비원은 꽤 신뢰가 가는 사람인데 내게 말하길 이 쥐들 때문에 뭔가 재앙이 닥칠 것 같다고 한다.
"쥐들이 떼로 배에서 도망친다는 건……."
나는 배에서는 그렇지만 도시에서도 그런지는 확인된 바 없다고 말했다. 그럼에도 그의 확신은 변함이 없다. 나는 어떤 재앙이 닥칠 것 같으냐고 물었다. 그는 재앙은 예측할 수 없는 것이므로 알 수 없다고 했다. 하지만 그것이 대지진이라고 해도 놀라지는 않을 것이라고 했다. 나는 그럴지도 모르겠다고 했고 그는 걱정되지 않느냐고 내게 물었다.
"내가 오로지 관심 있는 것은 내면의 평화를 찾는 길입니다."
내가 답했다.
그는 내 말을 완전히 이해한 것 같았다.

호텔 식당에 꽤 흥미로운 한 가족이 있다. 아버지는 키가 크고 야윈 남자였는데 검은 옷을 입고 딱딱한 칼라를 하고 있었다. 머리 가운데가 벗겨지고 좌우로 흰 머리가 한 움큼씩 눈에 띄었다. 작고 둥근 눈, 얄팍한 코, 일자로 다문 입술은 훈련이 잘된 올빼미 같은 인상을 주었다. 그는 항상 첫 번째로 식당 문을 지나서는 옆으로 비켜서서 까만 생쥐같이 자그마한 아내를 들여보내고, 다음으로 영리한 개들처럼 차려입은 아들, 딸을 달고 입장한다. 테이블에 이르면 아내가 자리를 잡기를 기다렸다가 자신도 앉고 다음으로 푸들 두 마리를 자리에 올려 앉힌다. 그는 아내와 아이들에게 '당신', '여러분'이라는 말을 사용하여 말하는데 아내에게는 정중하면서도 호된 말을, 자녀들에게는 단호한 문장을 내뱉는다.

"니콜, 당신은 더할 나위 없이 불쾌한 태도를 갖추고 계시는군요!"

그러면 딸아이가 눈물을 글썽인다. 마땅히 그래야 하므로.

오늘 아침엔 아들 녀석이 쥐 이야기를 듣고 왔는지 흥분해서 그 얘기를 꺼내려고 한다.

"필립, 식탁에서 쥐 이야기를 꺼내면 못 써요. 앞으로 그 단어는 금기어로 합니다."

"아빠 말씀이 맞아요."

검은 생쥐가 거들었다.

푸들 두 마리가 먹이 그릇에 코를 박았고 올빼미는 고갯짓으로 고맙다는 표시를 했으나 별 뜻은 없는 것이었다.

이런 모범적인 예도 있지만 시내에서는 쥐들 이야기가 구설에 많이 오른다. 신문이 논란에 끼어들었다. 보통은 매우 다양한 주제를 다루는 지역 소식란도 지금은 당국을 비판하는 선동적인 내용들로 가득 차 있다.

"우리 시 당국자들은 설치류의 썩은 시체들이 초래할 위험에 대해 알고 있기나 한가?"

호텔 지배인도 쥐 이야기를 하지 않을 수 없다. 하지만 그것은 그가 성질이 나 있기 때문이기도 하다. 품격 있는 호텔 엘리베이터에서 쥐가 나온다는 것은 그에게는 상상할 수 없는 일이었다.

"모두가 마찬가지 상황인걸요."

나는 그를 위로한답시고 이렇게 말했다.

"바로 그게 문제지요. 우리는 이제 다른 사람들하고 똑같은 상황을 맞고 있습니다."

그가 답했다.

사람들이 걱정하기 시작한 이상한 열병의 초기 환자들에 대해 내게 말한 것이 바로 지배인이었다. 객실 청소원 중 한 명이 그 병에 걸린 것이다.

"하지만 전염병은 아닙니다."

그는 재빨리 선을 그었다.

나는 아무래도 상관없다고 했다.

"아! 그렇군요. 당신도 나처럼 운명론자로군요."

나는 그런 말을 한 적이 없고 운명론자도 아니다. 그에게 그렇게 말해 주었다…….

여기서부터 타루의 수첩은 대중들이 이미 불안을 느끼고 있었던 정체 모를 열병에 대해 보다 상세히 기술하기 시작한다. 쥐들이 사라지면서 고양이를 다시 찾은 작은 노인이 침착하게 가래침을 정조준한 이야기를 적으면서 타루는 열병 환자가 이미 열 명에 달하며 대부분의 경우 치명적이었다고 덧붙였다.

참고 자료 삼아 타루가 기록한 의사 리외의 인상을 옮겨 놓는 것도 괜찮을 것이다. 서술자가 보기에도 꽤 그럴듯한 묘사라고 판단된다.

서른다섯쯤 돼 보임. 중간 키, 벌어진 어깨, 거의 직사각형의 얼굴, 짙은 색의 또렷한 눈. 하지만 턱이 튀어나왔음. 강직하고 고른 코, 아주 짧게 자른 검은 머리, 입은 활처럼 휘었고 두터운 입술을 항상 다물고 있음. 그을린 피부, 검은 털 그리고 어두운 옷을 항상 입는 까닭에 약간 시칠리아 농부 같아 보이나 그 차림은 잘 어울림.

걸음걸이가 빠르다. 속도를 늦추지 않고 보도를 따라 내려가지만 세 번 중 두 번은 가볍게 반대편 보도로 뛰어올라 되돌아온다. 운전을 할 때 주의가 산만하고 교차로에서 회전 후에도 방향 지시등을 잘 끄지 않는다. 모자는 쓰지 않는다. 세상사를 다 알고 있는 표정.

타루가 적어 놓은 숫자는 정확했다. 의사인 리외 역시 뭔가를 알고 있었다. 수위의 시신을 격리시켜 놓고 사타구니에 생기는 열병에 관해 묻고자 리샤르에게 전화를 걸었던 것이다.

　"도무지 이해할 수가 없소. 사망자가 둘인데 하나는 48시간 만에, 또 하나는 사흘이 걸렸지. 아침에 보니 분명히 회복 중이어서 내버려 두었는데."

　리샤르가 말했다.

　"다른 환자가 생기면 알려 주십시오."

　리외가 말했다.

　리외는 다른 의사 몇 명에게도 전화를 했다. 그렇게 조사를 해 보니 며칠 만에 비슷한 사례를 스무 건 정도 찾을 수 있었다. 거의 모든 경우가 치명적이었다. 그는 오랑 시 의사회 회장이기도 한 리샤르에게 새로운 환자들에 대한 격리를 요청했다.

　"나 혼자 어쩔 도리가 없어요. 도청이 조치를 취해야지. 그런데 전염의 위험이 있다고 누가 그러던가요?"

　리샤르가 물었다.

　"아무도 그런 말을 하지 않았지만 증상이 심각해 보입니다."

하지만 리샤르는 자신에게 그럴 '자격이 없다.'고 생각하고 있었다. 그가 할 수 있는 일이란 도지사에게 말해 보는 것뿐이었다.

이런 말을 주고받는 사이에 날씨는 험악해졌다. 수위가 죽은 다음 날, 거대한 짙은 안개가 하늘을 뒤덮었다. 도시 위로 짧은 소나기가 억수같이 쏟아졌고 찌는 더위가 뒤를 이었다. 뿌옇게 안개 낀 하늘 아래, 바다는 짙은 푸른빛을 잃은 채 은빛으로 쇳빛으로 번득이며 부서져 바라보기 힘들 지경이었다. 그 봄의 눅눅한 더위보다는 차라리 여름의 타는 듯한 열기가 그리웠다. 고원 위에 나선형으로 세워진 도시라 바다 쪽으로는 거의 트이지 않은 오랑을 침울한 무력감이 짓누르고 있었다. 초벽을 바른 긴 담장들 한가운데서, 먼지투성이 진열창들이 늘어선 거리에서, 더러워진 노란색 전차 안에서, 사람들은 언뜻 하늘 아래 발이 묶인 죄수처럼 느끼기도 하였다. 오직 리외가 돌보던 늙은 환자만이 천식을 이겨 내고 그러한 날씨를 즐기고 있었다.

"푹푹 찌는군. 기관지에는 좋은 날씨지."

그는 이렇게 말하곤 했다.

정말로 찌는 듯한 열기였다. 다름 아닌 바로 열병처럼. 도시 전체가 열병을 앓는 것 같았다. 적어도 리외가 코타르의 자살 시도에 대한 조사에 입회하러 페데르브 거리로 향하던 아침 그의 머릿속을 떠나지 않던 느낌은 그랬다. 하지만 그의 생각에 이런 느낌은 터무니없는 것이었다. 자신을 짓누르고 있는 곤두선 신경과 근심 탓이려니 하면서 머릿속을 좀 정리하는 것이 급선무라고 스스로에게 타일렀다.

그가 도착했을 때 형사는 아직 오지 않았다. 그랑은 층계참에서 기다리고 있었고 그들은 우선 그랑의 집에 들어가 문을 열어 놓고 있기로 했다. 그는 거실에 방이 하나 딸린 집에 간소한 세간만을 들인 채 살고 있었다. 나무로 된 흰 선반에 사전 두세 권이 놓여 있었고 반쯤 지워졌으나 '꽃이 만발한 오솔길'이라는 글씨를 알아볼 수 있는 흑판이 있었다. 그랑에 의하면 코타르는 간밤에 잠을 잘 잤다고 한다. 하지만 아침에 일어나서는 두통 때문에 꼼짝하지 못했다는 것이다. 그랑은 피곤하고 긴장한 듯 보였으며 집 안을 왔다 갔다 하며 뭔가 적혀 있는 종이들로 가득한 두꺼운 서류를 열었다 닫기를 반복했다. 그랑은 리외에게 자신은 코타르를 그리 잘 알지 못하지만 가진 재산은 좀 있는 것 같다고 말했다. 그는 좀 이상한 친구여서 오랫동안 그들은 계단에서 인사하는 정도로만 알고 지냈다고 했다.

"저는 그와 대화한 적이 두 번밖에 없어요. 며칠 전에 제가 집으로 가져오던 분필 상자를 층계참에 쏟았었죠. 붉은색과 푸른색 분필이 들어 있었는데 코타르가 나와서 줍는 것을 도와주었어요. 이런 색분필들을 어디에 쓰느냐고 묻더군요."

그랑은 그에게 고등학교를 졸업한 이후 기억이 가물가물해서 라틴어를 다시 공부하려고 한다고 설명했다.

"그래요. 프랑스어 단어의 의미를 더 잘 이해하는 데 도움이 된다더군요." 리외가 말했다.

그랑은 흑판 위에 라틴어 단어를 썼다. 격 변화와 활용 법칙에 따라 변하는 부분은 푸른 분필로, 변하지 않는 부분은 붉은 분필로 다시 적었다.

"코타르가 잘 알아들었는지는 모르겠지만 흥미를 보이더니 내게 붉은 분필을 달라고 하더군요. 저는 좀 놀라긴 했지만 어쨌든…… 저는 당연히 짐작도 하지 못했죠. 그게 그의 계획에 사용되리라는 것을요."

리외는 그들의 두 번째 대화가 어떤 내용이었는지 물었다. 하지만 서기를 대동하고 도착한 형사가 우선 그랑의 진술을 듣고자 했다. 리외는 그랑이 코타르에 관해 말할 때 그를 항상 '절망한 사람'이라고 지칭하는 것을 알게 되었다. 심지어 어떤 때는 '치명적인 결심'이라는 표현도 사용했다. 그들은 코타르가 자살을 시도한 동기에 대해 대화를 나눴는데 그랑은 단어 선택에 지나치게 신경을 썼다. 결국 '내면의 비애'라는 단어를 택하기로 했다. 형사는 코타르의 태도에서 그가 '자신의 결정'이라 부르는 행동을 예측할 수 있는 징조가 있었는지 물었다.

"그는 어제 제 방문을 두드렸어요. 성냥을 빌려 달란 거였죠. 저는 성냥갑을 건넸고 그가 이웃 사이에 미안하다며…… 그러고는 성냥갑을 돌려주겠다고 하기에 그냥 가지라고 했죠."

그랑이 말했다.

형사는 코타르의 행동에 미심쩍은 점은 없었는지 물었다.

"제가 보기에 이상했던 것은 그가 대화를 하기 원하는 눈치였다는 것입니다. 하지만 저는 뭔가 일을 하고 있었거든요."

그랑은 리외 쪽을 돌아보며 난처한 기색으로 덧붙였다.

"개인적인 작업입니다."

형사는 아무튼 환자를 만나 보기 원했다. 하지만 리외는 우선 코타르에게 미리 얘기를 하고 준비를 하도록 하는 것이 좋겠다고 생각했다. 그가 방으로 들어갔을 때 회색 플란넬 잠옷을 입고 있던 코타르는 침대에서 몸을 일으켜서 불안한 눈빛으로 문 쪽을 바라다보았다.

"경찰이죠, 그렇죠?"

"그래요. 흥분할 필요 없소. 두세 가지 형식적인 조사만 하면 끝이니까."

하지만 코타르는 쓸데없는 짓일 뿐이며 자기는 경찰을 싫어한다고 말했다. 리외는 조금 짜증 섞인 목소리로 말했다.

"나도 경찰을 좋아하지 않아요. 묻는 말에 빨리 사실대로 답하고 끝내는 게 상책이라오."

코타르는 입을 다물었다. 하지만 의사가 문 쪽으로 몸을 돌리려 하자 코타르는 그를 부르며 손을 잡아당겨 침대 곁으로 끌었다.

"환자를 해치진 않겠죠? 목 매단 사람을요. 그렇죠, 선생님?"

리외는 그를 한동안 바라보고 나서 그럴 일은 절대 없을 거라고, 자신 또한 환자를 보호하기 위해 온 것이라고 안심을 시켰다. 그가 긴장을 푸는 기색을 보이자 리외는 형사를 들어오도록 했다.

형사는 그랑의 증언을 코타르에게 읽어 주고 나서 그가 그런 행동을 한 동기가 무엇인지 물었다. 그는 형사는 쳐다보지도 않은 채 '내면의 비애, 그거 좋네요.'라고 답했다. 형사는 다시 그런 짓을 벌일 생각이 있는지 다그쳐 물었다. 코타르는 흥분해서 그럴 일은 다시없을 것이며 단지 자신을 가만 내버려 두면 좋겠다고 답했다.

"분명히 말씀드리는데, 지금 다른 사람들을 불편하게 하는 건 바로 당신이오."

형사는 언짢은 듯한 말투로 말했다.

하지만 리외의 손사래로, 그쯤에서 이야기는 마무리되었다.

"아시겠지만, 그 열병이 돈 이후로 신경 써야 할 일이 태산인데 말입니다."

집을 나오면서 형사는 한숨을 내쉬며 이렇게 말했다.

그는 문제가 심각하냐고 의사에게 물었으나 리외는 자신도 알 수가 없다고 했다.

"날씨가 문제요. 그것뿐이야."

라고 형사는 결론지었다.

분명히 날씨 탓일 것이다. 오후가 되면서 모든 것이 손에 끈적거리며 달라붙는 느낌이었고 왕진을 다닐수록 그의 걱정은 깊어만 갔다. 그날 저녁, 교외에 사는 늙은 환자의 이웃이 사타구니를 꼬집으며 헛소리를 하더니 구토를 했다. 멍울은 수위의 것보다 훨씬 컸다. 그중 하나가 곪기 시작하더니 얼마 안 가서 썩은 과일처럼 짓물러 터져 버렸다. 귀가 후, 리외는 도청의 의약품 보관소에 전화를 걸었다. 그날 그의 진료 일지에는 '부정적 답변'이라고만 적혀 있었다. 이미 다른 곳에서 같은 증상을 보이는 환자들이 그에게 왕진을 청해 왔다. 두말할 필요도 없이, 종기를 째야만 했다. 메스로 십자를 긋기만 하면 피고름이 쏟아져 나왔다. 환자들은 사지를 뒤틀며 피를 흘렸다. 반점이 배와 다리에 생겨났고 멍울은 썩어 가기를 멈추었다가 다시 부풀어 올랐다. 대부분의 경우 환자는 고약한 악취를 풍기며 죽어 갔다.

쥐 사태가 났을 때 그토록 떠들어 대던 언론은 더 이상 어떤 보도도 하지 않았다. 쥐들은 거리에 나와 죽었으나 사람들은 자기들의 방에서 죽어 갔기 때문이다. 신문들은 거리의 이야기만 다루는 법이다. 그러나 도청과 시 당국에서 문제를 의식하기 시작했다. 의사들 각자가 겨우 두세 명의 발병 환자들만을 접하는 동안은 아무도 어떠한 조치를 취할 생각을 하지 못했다. 하지만 그들의 수를 합해 볼 생각을 하는 것으로 충분했다. 그 숫자는 경악할 만한 것이었다. 단 며칠 만에 사망자 수는 기하급수적으로 불어났으며 최근의 기이한 사태를 걱정하는 이들에게 그 열병은 제대로 된 전염병임에 틀림없었다. 리외의 동료이자 나이가 훨씬 많은 의사인 카스텔이 그를 찾아온 것은 바로 그 무렵이었다.

"당연한 일이겠지만 이게 뭔지 알고 있겠죠, 리외?"

카스텔이 물었다.

"분석 결과를 기다리고 있습니다."

"난 알고 있어요. 분석 따위는 필요 없어요. 난 중국에서 의사 생활을 했었고 이십여 년 전에 파리에서도 비슷한 사례를 본 적이 있소. 단지 당시에는 그 이름을 입 밖에 낼 엄두를 내지 못했지. 여론이란 무서운 것이어서 호들갑을 떨어선 안 돼요. 경거망동해선 안 된다는 말이오. '이건 불가능해. 서양에선 완전히 없어진 것을 누구나 알고 있는데.'라고 말하는 동료 의사가 있었죠. 그래요. 누구나 알고 있죠. 죽은 자들만 빼놓고. 자, 리외, 당신도 나만큼이나 잘 알고 있잖소. 이게 대체 무엇인지."

리외는 잠시 생각에 잠겼다. 그의 진료실 창밖으로 굽은 바다에 가닿은 암석 절벽의 등성이가 멀리 보였다. 하늘은 푸른색이었으나 활기를 잃은 빛은 오후가 늘어지면서 더더욱 희미해져 갔다.

"그래요, 카스텔. 믿기 힘들지만 페스트가 확실한 것 같군요."

카스텔은 일어나서 문 쪽으로 다가섰다.

"사람들이 우리에게 뭐라고 말할지도 알고 있겠죠. 온대 지방에서는 그 병이 사라진 지 오래라고."

늙은 의사가 말했다.

"사라졌다는 게 무슨 의미가 있을까요?"

리외는 어깨를 으쓱해 보였다.

"그래요. 잊지 마시오. 파리에서 그 병이 발견된 게 겨우 이십 년 전의 일이라는 걸."

"좋습니다. 그때보다 심각하지 않기를 바랄 수밖에요. 하지만 정말 믿기 힘들군요."

처음으로 '페스트'라는 말이 사람들의 입 밖으로 흘러나왔다. 베르나르 리외가 진료실 저편에 창가에 우두커니 서 있는 이 대목에서 서술자로서 그가 어째서 그렇게 주저하며 놀라워하는지에 대해 설명할 필요가 있을 것 같다. 왜냐하면 뉘앙스의 차이는 있겠으나 그가 보인 반응은 우리 시민들 대부분의 반응과 일치하기 때문이다. 사실 재앙이란 누구에게나 올 수 있는 것이지만 바로 우리 머리 위로 재앙이 닥칠 때는 믿기 힘든 법이다. 세상에는 전쟁만큼이나 자주 페스트가 창궐했었다. 그러나 페스트도 전쟁도 언제나 대비하지 못한 자들을 덮친다. 의사인 리외도 우리 시민들과 마찬가지로 속수무책인 상태였고 그의 주저함은 그 때문이었다. 그 때문에 불안감과 확신 사이에서 주저했던 것이다. 전쟁이 터지면 사람들은 생각한다. '오래가지 않을 거야, 이런 어리석은 상황이.' 물론 전쟁은 어리석인 짓이나, 그렇다고 금방 멈출 수 있는 것은 아니다. 어리석음은 끊임없이 지속되는데, 우리가 자신의 세계에만 파묻혀 있는 것이 아니라면 그 사실을 깨닫는 것은 어렵지 않을 것이다. 오랑의 시민들은 그런 점에서 다른 이들과 마찬가지로 그들 자신만을 생각했던 것이다. 다시 말해 그들은 휴머니스트들이었다. 재앙을 믿지 않았던 것이다. 재앙은 인간의 한계를 벗어난다. 그러므로 우리는 재앙이 비현실적인 것이라 되뇌며 곧 사라질 악몽이라고 생각한다. 그러나 재앙은 사라지지 않는다. 악몽은 다른 악몽으로 이어지며 그 속에서 사람들이 사라질 뿐이다. 우선 휴머니스트들부터. 왜냐하면 그들은 재앙에 대비하지 않았기 때문이다. 우리 시민들이 다른 사람들보다 더 책임이 있는 것은 아니다. 단지 겸손하기를 잊었을 뿐, 그들은 모든 것이 가능하다고 믿었고 다시 말해 재앙이란 불가능한 것으로 여겼던 것이다. 그들은 사업을 계속했으며, 여행을 떠날 준비를 했고, 저마다 견해를 가지고 있었다. 자신들의 미래와 여행 계획과 대화의 시간을 단번에 삭제해 버릴 페스트를 그들이 어찌 예상할 수 있었겠는가. 자신들은 자유 속에 살고 있다고 믿었겠지만 재앙이 존재하는 이상 그 누구도 절대로 자유로울 수는 없는 것이다.

리외가 동료 의사에게 여기저기서 몇몇 환자들이 예고 없이 페스트로 죽어 간다고 인정했을 때에도 그 자신에게조차 위험은 비현실적으로 느껴졌다. 단지 의사로서 고통에 대한 상상력이 다른 이들보다 발달해 있을 뿐이었다. 아무것도 변한 것이 없어 보이는 도시를 창밖으로 바라보며, 불안이라 칭할 수 있는 미래를 앞둔 가벼운 구역질이 얼핏 올라오는 듯했다. 그는 이 병에 대해 알고 있는 모든 것을 머릿속에 정리하려고 애를 썼다. 기억 속의 숫자들이 떠올랐고 역사적으로 페스트가 가져온 서른 번 정도의 큰 재앙 속에서 사망한 이들의 숫자가 일억 명에 달한다는 것에 생각이 미쳤다. 일억 명의 죽음이 과연 무슨 뜻을 지닐까. 전쟁이 났을 때, 한 명의 죽음이 의미하는 것이 무엇인지 어렴풋이 짐작할 수 있을 뿐이다. 사망자란 한 사람이라도 우리가 실제로 눈으로 보아야 실감할 수 있는 것이어서, 역사 속에서 여기저기 널려 있는 일억이라는 숫자는 상상 속의 희미한 안개에 불과한 것이다. 리외는 콘스탄티노플의 페스트를 기억해 냈다. 프로코피우스에 의하면 단 하루 만에 사망자가 만 명 발생했다. 만 명이라면 대형 영화관에 가득 들어찬 관객의 다섯 배에 달하는 숫자이다. 다음과 같이 해 본다면 보다 명확히 가늠이 될 것이다. 다섯 개 극장에서 영화를 보고 나오는 관객들을 모두 시청 앞 광장으로 데려와 죽게 한 뒤, 그들의 시신을 차곡차곡 쌓는 것이다. 이름 모를 사체더미 위에 낯익은 얼굴들을 올려놓을 수 있을 것이다. 하지만 당연하게도 이런 일은 가능하지도 않을 뿐더러 누가 만 명의 얼굴을 알아볼 것인가. 게다가 프로코피우스 같은 이들이 수를 세는 데 능하지 않다는 것은 널리 알려진 사실이다. 70년 전 중국 관동에서는 재앙이 주민들의 관심을 끌기 전에 쥐 4만 마리가 페스트로 죽었다. 하지만 1871년에 쥐를 제대로 셀 수 있는 방법은 없었다. 어림잡아 한 계산이었을 뿐이며 분명히 오류가 있을 것이다. 그럼에도 30센티미터 크기의 쥐 4만 마리를 이어 놓는다면, 그 길이는…….

의사는 초조한 기분이 들었다. 지금까지는 지켜보고만 있었지만 그래서는 안 되었다. 몇 가지 사례가 나타났다고 해서 전염병이 되는 것은 아니니 예방책을 잘 세우면 될 일이었다. 알고 있는 것에서부터 주의를 기울여야 했다. 마비와 탈진, 충혈된 눈, 오염된 입, 두통, 가래톳, 극심한 갈증, 정신 착란, 몸의 반점, 뒤틀리는 내장, 그리고 이 모든 것 다음에 오는…… 이 모든 것 다음에, 한 문장이 리외의 머릿속에 떠올랐다. 의학 교과서에서 이 모든 증상을 나열한 뒤에 마지막으로 오는 말. '맥박이 실낱처럼 가늘게 뛰다가 겨우 움찔하는 몸짓과 함께 갑자기 숨이 끊어져 버린다.' 그렇다. 이 모든 증상 이후에 우리는 그저 실오라기에 몸을 매단 채 4분의 3, 이것이 정확한 수치인데, 네 명 중 세 명이 자신들의 죽음을 재촉하는 그 희미한 몸짓을 어서 빨리하기 위해 몸부림치는 것이다.

의사는 여태 창밖을 바라보고 있었다. 창 저편으로는 봄의 신선한 하늘이, 이쪽 편에는 바로 그 단어가 아직도 진료실 안에 울려 퍼지고 있었다. 페스트. 단지 의학이 부여하고자 했던 의미만을 담고 있는 것이 아니라 누런 회색빛 이 도시와는 어울리지 않는 엄청난 이미지들의 길고 긴 행렬을 담고 있는 단어. 이 시간이면 적당히 활기를 띠는, 소란스럽다기보다는 웅성거리는, 곰곰이 생각해 보면 행복한 도시, 우울하면서도 행복할 수 있다면 분명 행복하다고 말할 수 있는 이 도시와는 어울리지 않는 그 단어. 도시의 이토록 평화롭고도 무심한 조용함은 케케묵은 재앙의 이미지들을 거뜬히 지워 버리고 있었다. 페스트에 휩싸여 새 한 마리 보이지 않게 된 아테네, 침묵 속에서 죽어 가는 이들로 가득 찬 중국의 도시들, 고름이 뚝뚝 떨어지는 시체들을 구덩이에 던져 넣고 있는 마르세유의 도형수들, 페스트의 광폭한 바람을 막기 위해 프로방스에 지어 놓은 거대한 성벽, 야파 시의 흉측한 거지들, 콘스탄티노플 병원의 진흙 바닥에 던져진 채 축축하게 썩어 가는 침대들, 갈고리에 찍혀 끌려가는 환자들, 가장 끔찍한 흑사병이 창궐하던 14세기에 벌어지던 의사들의 카니발, 밀라노 묘지에서 살아남은 사람들이 벌이던 성교, 공포에 질린 런던 시의 시체 운반 수레들, 그리고 어디서나 들려오는 사람들의 끝나지 않는 비명 소리로 가득했던 밤과 낮. 아니다, 이 모든 것 역시 지금 이곳의 평화로운 한낮을 뒤집어엎을 만큼 끔찍하지는 못한 것이다. 창문 너머 보이지 않는 곳에서 느닷없이 울려오는 전차의 경적 소리가 순식간에 그 잔혹함과 고통을 지워 버리는 것이다. 지루한 바둑판처럼 늘어선 집들 끝에 펼쳐진 바다만이 홀로, 한시도 쉬지 못한 불안한 그 무엇이 세상에 도사리고 있다는 것을 증언하고 있었다. 리외는 굽은 바다를 바라보며 루크레티우스가 말했던 페스트가 휩쓸고아친 아테네의 사람들이 바닷가에 쌓았다는 장작더미를 생각했다. 그들은 밤사이 시체들을 그곳에 옮겼는데 자리가 모자라자 산 사람들은 소중한 이들을 그곳에 두기 위해 횃불을 휘두르며 싸웠다. 시신을 아무데나 버려두기보다 차라리 피 흘리며 싸우는 편을 택했던 것이다. 고요하고 어두운 바닷가에서 붉은빛을 뿜으며 타오르는 장작불, 타닥거리는 불통을 튀기며 벌이는 심야의 횃불 전투, 이를 굽어보는 하늘을 향해 솟아오르는, 독기를 품은 자욱한 연기. 우리는 이런 것들을 상상할 수 있다. 그러나 더욱 두려운 것은……

그러나 그 아찔한 상상도 이성 앞에서 오래가지 못했다. '페스트'라는 말이 입 밖에 나온 것이 사실이다. 지금 이 순간에도 재앙이 맹위를 떨치고 희생자 한두 명을 거꾸러뜨리고 있을 것이다. 어쩌랴. 그러나 이 재앙을 멈출 수도 있었다. 필요한 일이란, 인정할 사실들을 분명히 인정하고 불필요한 의혹들은 걷어 내고 상황에 맞는 조치를 취하는 것이었다. 그러고 나면 페스트는 멈출 것이었다. 왜냐하면 사람들은 페스트를 상상하지 못했거나 잘못된 방식으로 상상했을 것이므로. 만일 페스트가 멈춘다면 – 그것이 가장 가능성 있는 일일진대 – 모든 것은 잘될 것이다. 만일 그렇지 않다면 적어도 우리는 페스트가 무엇인지 알게 될 것이고, 당장 어떤 조치를 취할 수 있는지 알게 될 것이며, 결국 그것을 퇴치할 수 있는 방법이 있는지를 알게 될 것이다.

창문을 열자 도시의 소음이 느닷없이 밀고 들어왔다. 이웃한 작업장에서 기계톱 소리가 짧고 반복적으로 들려왔다. 리외는 자신을 흔들어 깨웠다. 확실함은 매일 반복되는 노동 속에 존재했다. 나머지 것들은 실오라기에 의지하거나 무의미한 움직임에 달려 있었으며 거기서 멈추는 것은 불가능했다. 중요한 것은 자신이 맡은 일을 충실히 수행하는 것이었다.

조제프 그랑이 찾아왔다는 기별을 받았을 때 리외의 생각은 거기까지 미쳐 있었다. 시청 직원으로서 다양한 일을 도맡아 하고 있었지만 정기적으로 통계과라든지 호적과에 불려 가서 일을 했다. 사망자 수의 합계를 내는 것도 그의 몫이었다. 거절을 못 하는 성미인지라, 리외에게 합산한 결과를 보여 주는 서류의 복사본을 가져다주기로 약속했던 것이다.

　그는 이웃인 코타르와 함께 들어와서는 서류를 흔들어 보이며 일러 주었다.

　"숫자가 늘어나고 있어요, 선생님. 48시간 동안 열한 명이 죽었다고요."

　리외는 코타르에게 인사를 하고는 몸은 좀 어떠냐고 물었다. 그랑은 그가 의사 선생님께 감사를 표하고 그날의 말썽에 대해 사과하고자 한다고 말했다. 리외는 서류에서 눈길을 떼지 않은 채 말했다.

　"자, 이 병의 이름을 작심하고 제대로 불러야 할 때가 온 것 같군요. 지금까지는 제자리걸음만 했지. 나와 같이 연구소로 갑시다."

　"네, 맞아요. 모든 건 제 이름으로 불러 줘야죠. 그런데 병 이름이 뭐지요?"

　그를 따라 계단을 내려가면서 그랑이 맞장구를 쳤다.

　"그건 말씀드릴 수가 없군요. 설령 말씀드린다 해도 당신에게 도움이 되진 않을 겁니다."

"그것 보세요. 쉬운 일이 없는 법이죠."

시청 직원이 미소를 지으며 말했다.

그들은 아름 광장 쪽으로 향했다. 코타르는 내내 말이 없었다. 거리는 사람들로 북적거리기 시작했다. 이 고장의 짧은 황혼이 벌써 어둠에 밀려 나고 아직 뚜렷이 보이는 지평선 위로 첫 저녁 별들이 떠올랐다. 잠시 후 거리의 가로등이 켜지자 하늘은 어둑해졌고 사람들의 말소리는 한층 더 크게 들렸다.

"죄송합니다만, 저는 이만 전차를 타야겠습니다. 제 저녁 시간은 소중하 거든요. 이 고장 사람들 말대로, 오늘 일을 내일로 미루면……."

그랑이 아름 광장 한구석에서 말했다.

리외는 이미 그랑의 그런 말버릇을 알아채고 있었다. 몽텔리마르에서 태 어난 그는 그 고장의 격언을 들먹이고는, '꿈결 같은 시절'이랄지, 혹은 '환 상적인 불빛'과 같은 근본도 없는 따분한 표현들을 덧붙이는 것이었다.

"아! 그렇지. 저녁 식사 후엔 절대 저 사람을 집에서 나오게 할 수가 없다 니까요."

코타르가 말했다.

리외는 그랑에게 시청 일 때문에 집에 가는 거냐고 물었다. 그는 그게 아 니고 개인적인 일 때문이라고 했다.

"아! 잘돼 가나요?"

리외는 무슨 말이건 해야겠기에 말했다.

"벌써 몇 년째 하고 있으니까 잘되겠지요. 하지만 어떤 면에서는 큰 진전이 없네요."

"그런데 참, 그게 무슨 일이었지요?"

리외는 걸음을 멈추고 물었다.

그랑은 둥근 모자를 자신의 큰 귀까지 다시 푹 눌러쓰며 알 수 없는 말을 중얼거렸다. 리외는 무언가 자기 계발과 관련된 것이라는 것을 어렴풋이 이해했을 뿐이었다. 시청 직원은 어느새 일행과 멀어져서 무화과나무 밑을 종종걸음으로 지나며 마른 대로를 올라가고 있었다. 연구소 문 앞에 다다르자 코타르는 리외에게 한번 찾아뵙고 조언을 구하고 싶다고 말했다. 주머니 속에서 통계 자료를 만지작거리던 의사는 진료 시간에 자신을 찾아오라고 말했다가 생각을 바꾸어서 이튿날 그의 동네에 갈 일이 있으니 오후 늦게 집으로 찾아가겠노라고 했다.

코타르와 헤어지면서 리외는 그랑에 대해 생각하고 있는 자신을 발견했다. 별거 아닐지 모르는, 지금의 페스트가 아닌 과거 역사 속 끔찍했던 페스트 한복판에 있는 그랑을 상상했다. '그는 그런 재앙 속에서도 살아남을 인간이야.' 그는 페스트가 허약한 체질은 비껴가고 특히 원기 왕성한 사람들을 쓰러뜨린다는 것을 읽은 적이 있다. 그런 생각에 골몰하다 보니, 그랑에게 조금 묘한 면이 있다는 느낌이 드는 것이었다.

언뜻 보기에 실제로 조제프 그랑은 딱 시청 말단 직원의 행색이었다. 키가 크고 마른 그의 몸은 오래 입고자 일부러 고른 헐렁한 옷 속에 둥둥 떠다니는 것 같아 보였다. 아래 잇몸의 이는 대부분 남아 있었으나 위턱에는 이가 하나도 없었다. 특히 웃을 때는 윗입술이 말려 올라가 입이 무슨 검은 구덩이같이 보였다. 이런 얼굴에 신학생 같은 몸가짐이며, 벽에 바짝 붙은 채 걷다가 미끄러지듯 문으로 슬쩍 들어가는 기술, 지하 창고의 퀴퀴한 담배 냄새, 아무 의미 없는 다양한 표정들 따위를 덧붙이면, 그가 사무실 책상 앞에서 시내의 목욕 요금을 재검토하거나 쓰레기 수거에 붙게 될 새로운 세금과 관련한 보고서를 위한 자료를 수집하는 것 이외에 다른 일을 하는 것을 상상하기는 힘들다. 심지어 그를 전혀 모르는 사람이 보기에도 눈에 띄진 않지만 없어서는 안 될, 62프랑 30상팀짜리 시청의 일용직 서기를 하기 위해 그는 세상에 던져진 것이었다.

그것은 실제로 그의 임용 서류의 '직능' 란에 기재된 내용이라고 한다. 이십이 년 전, 대학을 마치고 돈이 없어 더 이상 공부를 계속할 수 없기에 그 일을 시작했는데, 그들은 곧 '정식 발령'이 날 것처럼 그에게 말했다고 한다. 하지만 얼마 동안 그가 해야 했던 일은 시의 행정에 까다로운 문제가 생겼을 때 그의 능력을 십분 발휘하는 일뿐이었다는 것이다. 그러다 보면 틀림없이 문서 담당으로 발령이 날 테고 넉넉하게 살 수 있을 거라고 사람들은 말했다. 물론 나 조제프 그랑은 야심을 채우기 위해 움직이는 사람은 아니라고, 그는 우수에 싸인 듯한 미소를 지으며 잘라 말했다. 하지만 정직한 수단을 통해 물질적으로 풍요롭게 살면서 후회 없이 하고 싶은 일을 할 수 있는 미래의 가능성에 그는 몹시 끌렸다. 그가 이 일을 하기로 마음먹은 것은 떳떳한 이유에서였고, 말하자면 그의 이상에 충실하기 위함이었다.

그 후 여러 해 동안 이런 그랑의 잠정적인 상황은 지속되었다. 물가는 몰라보게 뛰었으나 그의 월급은 몇 번의 의례적인 인상에도 불구하고 보잘것 없는 것이었다. 그는 리외에게 일종의 하소연을 하였으나 아무도 귀 기울여 듣는 것 같지는 않았다. 그랑의 특이한 점, 혹은 적어도 그러한 징후는 바로 여기에 있었다. 확실하지 않은 어떤 권리를 주장하지는 못하더라도 그들이 자신에게 약속했던 것에 대해서는 요구할 수 있었을 것이다. 그러나 그를 채용한 국장이 오래 전에 죽은 데다, 사실 그 자신도 어떤 약속을 믿고 들어 왔는지 정확하게 기억이 나지 않았다. 요컨대, 조제프 그랑 자신이, 어떤 단 어를 써서 자기를 표현해야 할지 적절한 말이 떠오르지 않았던 것이다.

리외도 주목했지만, 바로 그런 특징이 우리의 시민, 그랑을 잘 묘사해 주 는 것이었다. 그 때문에 항상 그랑은 별러 왔던 항의 편지를 쓰지 못했고, 필요한 행동을 제때에 밀고 나가지 못했던 것이다. 그의 말을 빌자면, 그는 스스로 확신을 갖지 못하는 '권리'라는 말을 사용할 때 특히 불편함을 느낀 다고 한다. 또 뭔가 빚을 갚을 것을 요구하는 느낌을 주는 '약속'이란 단어도 자신의 보잘것없는 직책이 요구하는 겸손함과 어울리지 않는 뻔뻔함을 드러 내는 것 같아 입 밖에 내기 어렵다고 했다. 또한 '호의', '청원', '감사'와 같은 용어들은 자존심이 허락을 하지 않아서 사용하지 않았다. 이렇게 적절한 단 어를 찾지 못하는 이유로 해서 우리의 시민 그랑은 그 나이가 되도록 변변 찮은 직무를 계속 수행하고 있었던 것이다. 그 나머지는, 역시 리외에게 그 가 말한 바에 따르면, 살면서 그의 경제적인 삶이 꽤 안정되어 있다는 것을 알게 되었는데 결국 수입에 맞춰 지출을 하는 것으로 충분했기 때문이다. 또한 그는 우리 시의 대사업가이기도 한 시장이 힘주어 즐겨 사용하는 말이 매우 적절하다는 것을 시인했는데, 그것은 요컨대(그는 추론의 모든 무게를 떠받치고 있는 단어인 '요컨대'라는 말을 강조했다), 그러니까 요컨대, 굶어 죽는 사람은 본 적이 없다는 사실이다. 어쨌든 조제프 그랑이 영위하는 거의 금욕주의적이라 할 만한 삶은, 요컨대, 그를 이런 걱정에서 벗어나도록 해 준 것이 사실이었다. 그리고 그는 여전히 적절한 단어를 고르고 있었다.

어떤 의미에서 그의 삶은 모범적이라고 할 수 있다. 그는 다른 곳에서와 마찬가지로 우리 도시에서 흔치 않은, 선의의 감정에서 나오는 용기를 간직하고 있는 사람 중 하나였다. 자신에 대하여 털어놓은 얼마 되지 않는 이야기는 우리 시대에 여간해서 고백하기 쉽지 않은 선의와 애착을 담고 있었다. 그는 유일한 친족이며 이 년에 한 번 프랑스에 만나러 가는 조카와 여동생을 사랑한다는 사실을 시인하면서 조금도 부끄러워하지 않았다. 그는 어릴 때 돌아가신 부모님에 대한 추억이 아직까지 마음을 아프게 한다고도 했다. 그는 또 오후 다섯 시가 되면 동네에 부드럽게 울려 퍼지는 종소리를 듣는 일을 무엇보다 좋아한다는 사실을 털어놓았다. 그러나 그토록 단순한 감정들을 전달하기 위한 단어 하나를 고르는 것은 그에게 크나큰 고통이었다. 결국 그런 어려움이 그에게 가장 큰 걱정거리가 된 것이다.

"아! 선생님, 전 제 자신을 표현하는 방법을 배우고 싶습니다."

그가 리외를 만날 때마다 어김없이 하는 말이었다.

의사는 그날 저녁 시청 직원 그랑이 떠나는 모습을 보면서 갑자기 그가 하려던 말이 무엇이었는지를 이해할 수 있었다. 그는 틀림없이 책을 쓰거나 그와 비슷한 것을 끄적거리고 있었을 것이다. 리외는 연구소에 도착해서까지도, 물론 그런 생각이 터무니없다는 것을 알고 있었지만, 어떤 사실 때문에 뜻 모를 안도감을 느꼈다. 존중해도 좋을 만한 괴벽을 가지고 있는 겸손한 공무원이 있는 이 도시에 페스트가 정말 덮칠 수 있다는 것은 믿기가 힘들었다. 바로 그렇다. 그는 페스트가 한창인 도시에 그런 괴벽이 설 자리가 있다는 것을 상상하기 힘들었으며, 그러므로 우리 시민들 사이에서 페스트는 사실 오래가지 못할 것이라고 내다보았다.

다음 날, 터무니없다는 말을 들을 정도로 고집을 부린 끝에 리외는 도청에서 보건위원회를 소집하기에 이르렀다.

　"시민들이 불안해하는 것이 사실입니다. 그리고 수군거리다 보면 모든 것은 과장되지요. 도지사가 내게 '원한다면 빨리 조치를 취합시다. 단, 밖으로 말이 새어 나가지 않도록'이라고 말하더군요. 그는 지금 심각한 사태가 아니라고 철석같이 믿고 있단 말이죠."

　리샤르가 시인했다.

　베르나르 리외는 카스텔을 차에 태우고 도청으로 향했다.

　"도내에 혈청이 없다는 사실을 알고 계시는지요?"

　카스텔이 말했다.

　"알아요. 약품 보관소에 전화를 했었죠. 소장이 까무러치더군요. 파리에서 가져오도록 조치를 취해야 해요."

　"오래 걸리지 않으면 좋으련만."

　"이미 전보를 쳤습니다."

　리외가 답했다.

　도지사는 친절했지만 신경이 곤두서 있었다.

그가 말했다.

"시작합시다, 여러분. 상황을 요약해서 말씀드릴까요?"

리샤르는 그럴 필요 없다고 생각했다. 의사들은 지금 어떤 상황인지 알고 있기 때문이었다. 문제는 어떤 조치를 취하는 것이 옳은가 하는 것이었다.

"문제는, 이 병이 페스트냐, 아니냐 하는 것입니다."

늙은 의사 카스텔이 단도직입적으로 말했다.

의사 두세 명이 탄성을 질렀다. 다른 이들은 머뭇거리는 듯했다. 도지사는 펄쩍 뛰었고 반사적으로 문 쪽을 돌아보았다. 마치 이 엄청난 사실이 복도로 퍼져 나가지 않았는지 확인이라도 하듯이. 리샤르는 자기 생각엔 호들갑을 떨 이유는 없다고 단언했다. 사타구니의 합병증을 동반한 열병이라는 것이 우리가 확실히 말할 수 있는 사실이며 삶 속에서 그러하듯이 과학에서도 추측은 늘 위험하다고 말했다. 누렇게 뜬 콧수염을 조용히 씹고 있던 카스텔은 맑은 눈을 들어 리외를 바라보았다. 그리고 친절한 눈길로 참석자들을 둘러보고는 자신은 이 병이 페스트라는 사실을 너무도 잘 알고 있으며 물론 그것을 공식적으로 인정한다면 끔찍한 조치가 따라야 한다는 것도 잘 알고 있다고 말했다. 사실은 그런 이유로 동료 의사들이 주저하는 것도 알기에 그들을 성가시게 하지 않기 위해 페스트라는 것을 부정하고 싶다고도 했다. 도지사는 흥분해서 잘라 말하길, 어떤 경우든지 그런 식의 추론은 옳지 않다고 했다.

"중요한 것은, 이런 추론이 옳으냐, 그르냐가 아니라 그를 통해 우리가 깊이 생각해 보아야만 한다는 점입니다."

카스텔이 이어서 말했다.

리외가 침묵을 지키고 있었으므로 사람들이 그의 의견을 물었다.

"이것은 장티푸스와 같은 열병이지만 멍울과 구토를 동반하고 있습니다. 저는 멍울을 도려냈고 그것으로 연구소에 분석을 요청한 결과 페스트의 덩어리 균인 것 같다는 결과를 얻었습니다. 더 정확하게 말하자면, 그럼에도 불구하고 균의 특정한 변화 양상이 페스트균에 대한 전통적인 설명과는 일치하지 않는다는 것도 지적하는 바입니다."

리샤르는 그 점 때문에 주저하게 된다는 것을 강조하면서 적어도 며칠 전에 시작된 일련의 분석에 대한 통계 수치가 나올 때까지는 기다려야 할 것이라고 말했다.

"어떤 세균 때문에…… 사흘 만에 비장이 네 배로 붓고 장간막의 멍울이 오렌지만 해져서 죽처럼 물컹해진다면 더 이상 주저한다는 건 어불성설입니다. 감염되는 가정의 수가 점점 늘고 있습니다. 병의 확산이 멈추지 않고 이 추세대로 간다면 두 달 안에 시민 절반이 사망할 위험이 있습니다. 그러므로 여러분이 그것을 페스트라 부르든 성장열이라 부르든 그다지 중요하지 않습니다. 중요한 것은 오랑 시민의 절반이 사망하는 것을 막는 것입니다."

잠시 가만히 있던 리외가 이어 말했다.

리샤르는 위험을 과장하여 비관적으로만 볼 필요는 없으며 자신이 돌보는 환자의 부모들이 무사한 걸 보면 전염성이 입증된 것도 아니라고 지적했다.

"하지만 죽은 경우도 있습니다. 물론 전염이라는 것이 절대적인 것은 아닙니다. 그랬더라면 산술적으로 사망자가 무한대로 늘어나서 인구가 얼마 남지 않을 테죠. 비관적으로 보자는 것이 아니라 대비책을 세워야 한다는 것입니다."

리외가 말했다.

그럼에도 리샤르는 병이 저절로 진정되지 않는다면 확산을 멈추기 위해서는 법으로 정한 중대한 예방 조치를 취해야 할 것이라며 상황을 정리하고자 했다. 그러려면 공식적으로 페스트를 인정해야 하는데, 절대적으로 확신할 수 없는 상태에서는 신중을 기할 수밖에 없다는 것이었다.

"문제는, 법이 정한 조치가 중대한가, 아닌가가 아니라 그것이 시민을 죽음에서 구하기 위해 필요한가입니다. 나머지는 행정적인 문제이고, 바로 그런 경우에 문제를 해결하라고 도지사라는 직책이 있는 것입니다."

리외가 다부지게 말했다.

"물론 그렇소. 하지만 나로서는 이것이 페스트라는 전염병이라고 여러분들이 공식적으로 인정하는 것이 필요합니다."

도지사가 말했다.

"우리가 인정하지 않더라도 오랑 시민의 절반이 사망할 위험에 처해 있단 말입니다."

리외는 말했다.

신경이 좀 날카로워진 리샤르가 끼어들었다.

"진실인 즉, 우리의 동료인 리외 씨가 페스트라고 믿고 있다는 점입니다. 증상에 대한 그의 묘사가 증언하는 대로요."

리외는 증상을 묘사한 적이 없다고 대답했다. 자신이 두 눈으로 본 것을 묘사했을 뿐이라고. 그가 본 것은 멍울과 반점, 착란을 일으키는 고열, 48시간 만에 사람을 죽음에 이르게 하는 열병이었다고. 리샤르 씨는 과연 이 병이 엄격한 통제 조치 없이도 종식될 수 있다고 확언하는 데 대한 책임을 질 것인지.

리샤르는 주저하다가 리외를 바라보며 말했다.

"진실로 당신의 생각을 알고 싶소. 페스트라고 확신하고 있습니까?"

"질문이 잘못되었네요. 이건 용어의 문제가 아니라 시간문제입니다."

"그렇다면 선생의 생각은 페스트가 아닌 한이 있어도 페스트를 대비한 통제 조치가 정말 취해져야 한다는 것이로군요."

도지사가 말했다.

"제 생각을 꼭 알고 싶으시다면, 사실 그렇습니다."

의사들은 서로 의견을 주고받았고 마침내 리샤르가 입을 열었다.

"그렇다면 이 병이 페스트라고 가정하고 앞으로 취해질 행동에 대한 책임을 우리가 져야겠소."

모두가 이 표현에 열렬히 동의했다.

"당신도 같은 의견인가요, 친애하는 동업자 양반?"

리샤르가 물었다.

"어떻게 표현하든 상관없습니다. 다만, 시민의 절반이 죽음의 위험에 처해 있지 않은 것처럼 행동해서는 안 된다는 것입니다. 안 그러면 곧 그렇게 될 것이니까요."

리외가 말했다.

모두가 곤혹스러워하는 가운데 리외는 자리를 떴다. 얼마 후 튀김 냄새와 지린내가 진동하는 외곽 지역에서, 한 여자가 사타구니가 피투성이인 채로 나 죽는다고 소리를 질러 대며 그를 돌아다보았다.

회의가 있은 다음 날, 열병은 조금 더 확산되었다. 신문에도 기사가 실렸지만 대수롭지 않은 지적에 그치는 가벼운 논조였다. 아무튼 그 이튿날, 리외는 도청에서 잘 눈에 띄지 않는 도시의 구석에 재빨리 벽보를 붙여 놓은 것을 볼 수 있었다. 벽보 어디에서도 당국이 상황을 제대로 직시하고 있다는 증거는 찾을 수 없었다. 언급된 조치들은 전혀 엄격하지 않았고 여론을 불안하게 하지 않으려는 생각에 많은 것을 양보한 것이었다. 포고문의 첫머리에, 오랑 시에서 유해한 열병의 몇몇 사례가 보고되었으나 전염성이 있는지는 아직 알 수 없다는 내용이 있기는 했다. 크게 우려하기에는 그 사례들이 아직 뚜렷한 증상을 보이지 않고 있으며 시민들이 냉정을 지킬 것을 믿어 의심치 않는다. 그럼에도 당국은 신중을 기하는 차원에서 모두가 이해할 수 있을 만한 몇몇 예방 조치를 취하기로 했다. 시민들의 이해와 협조 아래 이 조치들이 제대로 시행된다면 전염병의 위험을 완전히 방지할 수 있을 것이다. 그러므로 시민들 각자가 도지사의 이러한 노력에 적극 동참해 줄 것을 조금도 의심하지 않는 바이다 …….

벽보는 이어서 전반적인 대책에 대해 언급을 하고 있는데 그중에는 하수구에 독가스를 주입하는 과학적 쥐잡기라든지 상수도 공급을 철저히 감독하는 따위의 조항이 있었다. 또 시민들에게 청결에 특별히 주의를 기울일 것을 권고했고 몸에 벼룩이 있는 사람은 시 보건소로 출두할 것을 청했다. 다른 한편, 의사가 열병으로 진단한 환자가 있는 가정은 의무적으로 신고하고 병원의 특별실에 환자를 격리시켜 수용하는 데 동의해야 한다고 명하고 있다. 이 병실은 환자들을 최단기간에 가장 잘 치료할 수 있는 시설을 갖추고 있다는 것이다. 추가적인 조항으로, 환자가 있던 방과 이동에 사용된 자동차를 꼭 소독할 것을 당부했다. 나머지는 환자 주변 사람들도 스스로 위생 관리에 철저할 것을 권하는 데 그치고 있다.

벽보를 읽어 내려가던 리외는 휙 하고 뒤돌아서는 진료실로 향했다. 그를 기다리고 있던 조제프 그랑이 새삼 두 팔을 벌려 그를 맞았다.

"그래요. 알고 있어요. 숫자가 또 늘었겠죠."

리외가 말했다.

전날에만 열 명에 달하는 환자가 사망했다. 리외는 그랑에게 코타르를 만나러 갈 참이니 저녁에 다시 보자고 했다.

"잘 하시는 일입니다. 그에게 도움이 될 거예요. 좀 변한 것 같거든요."

그랑이 말했다.

"어떻게 변했단 말이죠?"

"친절해졌어요."

"전에는 친절하지 않았나요?"

그랑은 머뭇거렸다. 코타르가 막돼먹은 사람이었다고는 할 수 없으니 표현이 좀 잘못된 것 같았다. 그는 혼자 틀어박혀 지내고 말이 없으며 어딘가 산돼지 같은 느낌을 주는 사내였다. 자기 방, 싸구려 식당, 어딘가 의뭉스러운 외출, 그것이 그의 삶의 전부였다. 알려지기로 그는 포도주와 리큐어를 취급하는 주류 판매원이었는데 가끔씩 고객인 듯한 사내 두세 명이 그를 찾아오곤 했다. 저녁에는 가끔 집 앞 영화관에 가기도 했다. 그랑은 그가 갱스터 영화를 즐겨 본다는 사실까지 눈치채고 있었다. 어찌됐든 주류 판매원 코타르는 외톨이였고 남을 경계하는 사람이었다.

그랑에 따르면 그런 그가 완전히 달라졌다는 것이다.

"뭐라고 말해야 할지 모르겠지만, 사람들과 타협을 하고 모두를 자신 곁에 두고 싶어 한달까요. 저에게도 자주 말을 걸고 함께 외출하자고 청하는데 번번이 거절할 수가 없었어요. 게다가 그에게 좀 관심이 있기도 하고, 또 제가 그의 목숨을 구하기도 했잖아요."

자살 시도를 하고 나서 코타르를 찾아온 사람은 아무도 없었다. 길거리에서, 거래처에서 만나는 모든 사람들에게 그는 호감을 사고자 했다. 식료품점에서 그렇게나 다정하고 담뱃가게 여주인의 푸념을 그렇게 귀담아 들어주는 사람은 없었다.

"그 담뱃가게 여주인은 정말이지. 무시무시한 꽃뱀이라고요. 코타르에게 그렇게 말했더니 글쎄 내가 착각하고 있다는 겁니다. 좋은 점도 많은 여자인데 그걸 볼 줄 알아야 한다나요."

그랑이 꼬집었다.

코타르는 두세 번쯤 시내의 근사한 식당과 카페에 그랑을 데려갔다. 실은 그런 곳에 자주 드나들기 시작한 것이었다.

"그런 델 가면 기분이 좋죠. 그리고 함께 어울리는 사람도 좋으니까요."

그가 말하곤 했다.

그랑은 식당 종업원들이 코타르에게 각별한 주의를 기울인다는 것을 눈치챘는데 그가 놓고 가는 지나치다 싶은 액수의 팁을 보고 그 이유를 알게 되었다. 코타르는 자신이 그 대가를 지불하고 제공받는 종업원들의 친절에 꽤나 민감한 것 같았다. 어느 날 호텔 지배인이 그를 배웅하면서 외투를 입혀 주었는데 코타르는 그랑에게 이렇게 말했다.

"괜찮은 친구예요. 증언을 해 줄 수도 있겠어."

"무엇을 증언한다는 거죠?"

코타르는 잠시 머뭇거리더니 말했다.

"그러니까, 내가 나쁜 사람이 아니라는 사실을요."

뿐만 아니라 그는 감정의 기복이 심했다. 어느 날 식료품점 주인이 평소보다 무심하게 대하자 말도 안 되게 화가 나서 집에 돌아와서는 몇 번이고 씩씩거렸다.

"딴 놈들하고 한통속이야, 그 망할 자식이."

"딴 놈, 누구하고요?"

"다른 모든 놈들하고."

그랑은 담뱃가게 여주인과의 이상한 장면도 목격한 적이 있었다. 한창 대화가 무르익던 중에 여주인이 최근에 알제에서 있었던 사건으로 세상을 시끄럽게 했던 범인이 체포된 이야기를 꺼냈다. 청년은 상점 종업원이었는데 해변에서 아랍인을 죽인 것이다.

"그런 양아치들은 죄다 감옥에 처넣어야 해. 그래야 우리 같은 사람들이 두 다리 뻗고 자지."

여주인이 말했다.

그런데 코타르가 갑자기 아무 말도 없이 자리를 박차고 가게를 뛰쳐나가는 바람에 여주인은 하던 말을 멈추어야 했다. 그랑과 여주인은 멍하니 그가 사라지는 것을 바라보고만 있었다.

그랑은 그밖에도 코타르에게 생긴 몇 가지 변화를 리외에게 일러 주었다. 코타르는 꽤나 자유주의적인 성향이었는데, 그가 즐겨 쓰는 표현인 '강자가 약자를 잡아먹는 법이다.'라는 말만 보아도 그러하다. 하지만 언제부터인가 그는 오랑의 보수 성향 신문만을 사서 읽었고 그건 공공장소에서 거들먹거리며 읽기 위한 것이라고 밖에는 해석할 수 없는 것이었다. 또한 몸이 회복된 지 얼마 안 되었을 때, 우체국에 가려던 그랑에게 부탁하기를 멀리 사는 여동생에게 우편환으로 이백 프랑을 부쳐 달라는 것이었다. 그런데 그랑이 나가려 하자, '이백 프랑을 부쳐 주세요. 그러면 좋다고 하겠지. 내가 자기 생각을 전혀 안 한다고 믿고 있지만 실은 동생을 많이 사랑하거든요.'라고 하는 것이었다.

한번은 그랑과 흥미로운 대화를 나눈 적이 있었다. 코타르는 그랑이 저녁마다 무슨 일을 그렇게 열중해서 하는지 궁금해했고 그는 대답하지 않을 수 없었다.

"맞죠, 책을 쓰고 계신 거?"

코타르가 물었다.

"그렇게 볼 수도 있지만 그것보단 좀 복잡하답니다."

"와! 나도 그런 거 하고 싶은데."

코타르가 외쳤다.

그랑이 놀란 기색을 보이자 코타르는 말을 더듬으며 예술가라서 좋은 점이 많겠다고 했다.

"왜죠?"

그랑이 물었다.

"예술가는 보통 사람들보다 할 수 있는 게 많은 거 아시잖아요. 여러 가지를 눈감아 주기도 하고."

벽보를 읽은 아침이었다. 리외가 그랑에게 말했다.

"그러니까, 쥐 얘기 때문에 머리가 이상해진 게죠. 그런 사람이 많답니다. 그뿐일 거예요. 아니면 열병이 두려웠던가."

그랑은 맞받았다.

"그건 아닐 겁니다. 선생님, 제 의견을 말씀드리자면……."

쥐 수거차가 투박한 배기음을 내며 그들의 창 아래로 지나가고 있었다. 리외는 말소리가 다시 들리게 될 때까지 잠자코 있었다. 그러고 나서 흥미를 잃은 말투로, 그래서 그의 의견이 무엇인지 물었다.

그랑은 심각한 얼굴로 그를 바라보며 말했다.

"그는 무언가 자신을 책망하고 있는 겁니다."

의사는 어깨를 으쓱해 보였다. 형사가 말했듯이 그것 말고도 신경 쓸 일이 태산이었다.

오후에 리외는 카스텔과 회의를 했다. 혈청은 아직 도착하지 않았다.

"그건 그렇고, 혈청이 쓸모가 있긴 할까요? 이 세균이 워낙 특별해서요."

리외가 물었다.

"오! 그 말엔 동의하지 않아요. 이놈들은 항상 뭔가 특별해 보이지만 근본적으론 한통속이라오."

카스텔이 대답했다.

"적어도 선생님은 그런 추측을 하시는군요. 실은 우리가 그에 대해 아는 것이라곤 하나도 없잖습니까."

"물론 내 추측이죠. 하지만 지금으로선 누구나 마찬가지니까."

이날 하루 종일 의사 리외는 페스트를 생각할 때마다 가벼운 어지럼증이 느껴졌는데, 그게 조금씩 심해지는 것 같았다. 요컨대 자신도 두려워하고 있다는 사실을 인정하기에 이르렀다. 그는 사람들로 북적이는 카페에 두 번이나 들어갔다. 코타르가 그렇듯이 그 역시도 사람의 온기가 그리웠던 것이다. 리외는 그것이 어리석은 일이라고 생각했으나, 그 덕분에 코타르를 방문하기로 한 약속을 기억해 낼 수 있었다.

저녁에 의사는 코타르의 부엌 식탁에서 그를 마주했다. 리외가 집 안에 들어섰을 때 탁자 위에는 탐정소설 한 권이 펼쳐져 있었다. 하지만 이미 저녁 늦은 시간이어서 어스름 속에 책을 읽기는 어려웠으리라. 코타르는 그가 오기 직전에 아마도 어슴푸레한 빛 속에 앉은 채 생각에 잠겨 있었을 것이다. 리외는 그에게 좀 어떠냐고 물었다. 코타르는 자리에 앉으며, 자기는 잘 지내지만 사람들이 자기에게서 신경을 끊는다면 더 잘 지낼 수 있을 것이라고 했다. 리외는 그에게 우리가 항상 혼자 지낼 수만은 없는 법이라고 일러주었다.

"아, 그게 아니라 전 괜히 신경 쓰는 척하면서 귀찮게 구는 사람들을 말한 겁니다."

리외는 잠자코 있었다.

"제 경우를 얘기하는 건 아니고요. 아시잖아요. 이 소설을 읽고 있었단 말입니다. 어느 날 아침 느닷없이 이 불쌍한 남자를 체포하는 거예요. 아무것도 모르는 그를 귀찮게 하는 겁니다. 사무실에서 그의 얘기를 하고 그의 이름을 범죄인 명부에 적어 넣고요. 그게 가당키나 한 일이라 생각하십니까? 한 인간에게 대체 그런 짓을 할 권리가 있나요?"

"경우에 따라…… 어떤 의미에서 아무도 그런 권리 따위는 없지. 하지만 그런 것들은 부수적인 것이라오. 너무 오랫동안 집에 틀어박혀 있으면 안 돼요. 바깥바람을 쐬어야 해."

리외가 말했다.

코타르는 화가 난 듯, 자신은 외출밖에 하는 것이 없으며 필요하다면 동네 사람 모두가 그를 위해 증언해 줄 수도 있을 거라고 했다. 심지어 동네 밖에도 아는 사람은 허다하다고.

"건축가 리고 씨라고 아시나요? 그 사람도 제 친구라고요."

방 안이 어둑해지고 있었다. 변두리의 거리는 활기를 띠기 시작했고, 창밖의 가로등이 켜지면서 안도감이 섞인 탄성이 어렴풋이 들려왔다. 리외는 발코니로 나갔고 코타르가 그를 따랐다. 이 도시의 매일 저녁 풍경이 그러하듯이, 주변의 모든 동네에서 기분 좋은 바람이 사람들의 웅성거림과 고기 굽는 냄새, 그리고 왁자지껄한 젊은이들이 점령하고 있는 거리를 점점 부풀어 오르게 하는 자유의 유쾌하고도 향기로운 울림을 실어 나르고 있었다. 밤, 저 멀리 보이지 않는 선박들이 내지르는 요란한 함성, 바다에서, 그리고 휩쓸려 다니는 군중들에게서 올라오는 희미한 소음, 바로 이 시간, 예전에 리외가 익히 알고 사랑했던 시간이 오늘은 그의 마음을 짓누르는 것 같았다. 그가 알고 있는 모든 것들 때문이었다.

"불을 켤까요?"

리외가 물었다.

등이 켜지자 그 작은 사내는 두 눈을 깜빡이며 리외를 바라보았다.

"그런데 선생님, 만일 제가 병에 걸리면 선생님의 병원에서 저를 돌봐 주실 건가요?"

"안 될 것도 없죠."

그러자 코타르는 혹시 진료소나 병원에 있는 환자를 체포해 가기도 하는지 물었다. 리외는 그런 것을 본 적은 있지만 환자의 상태에 따라 다르다고 했다.

"저는 말이죠, 선생님을 믿습니다."

코타르가 말했다.

그리고 나서 의사에게 자신을 차로 시내에 데려다줄 수 있는지 물었다.

도심에 이르자 거리는 이미 한산해지기 시작했고 불빛은 뜸했다. 아이들은 여태 대문 가까이에서 놀고 있었다. 코타르가 내려 달라고 하자 의사는 그 한 무리의 아이들 앞에 차를 세웠다. 아이들은 고래고래 소리를 지르면서 돌차기 놀이를 하고 있었다. 그중 검은 머리를 바싹 올려붙이고 가르마를 예쁘게 탄, 때 묻은 얼굴의 한 아이가 맑고 대담한 눈으로 리외를 빤히 쳐다보았다. 리외는 고개를 돌렸다. 코타르는 인도에 내려서서 차창 너머로 그의 손을 잡고 쉰 목소리로 힘들게 말을 이어 갔다. 그러면서 두세 번 뒤를 돌아다보았다.

"사람들이 전염병 얘기를 하던데, 그 말이 사실인가요, 선생님?"

"사람들은 늘 떠들어 대죠. 당연한 겁니다."

"맞아요. 그러다가 한 열 명 정도 죽으면 세상이 끝나기라도 한 듯 난리를 피우죠. 그렇게 해서 될 일이 아닌데 말입니다."

모터가 이미 부르릉거리는 차 속에서 리외는 기어에 손을 얹은 채로 있었다. 리외는 진지하고 차분한 얼굴로 여태 자기를 뚫어져라 보고 있는 그 아이를 다시 바라보았다. 그러다가 아이는 느닷없이 이빨을 전부 드러내고는, 맥락도 없이 그를 향해 웃음을 지어 보였다.

"그럼 어떻게 해야 될 일일까요?"

리외는 아이에게 미소를 보이며 코타르에게 물었다.

그는 갑자기 자동차 문손잡이를 그러쥐더니 눈물과 분노가 뒤범벅이 된 목소리로 고함을 쏟아 내고는 달아나 버렸다.

"지진이야! 진짜 지진이라고!"

그러나 지진은 일어나지 않았고, 리외는 다음 날 하루를 도시 구석구석을 종횡무진 누비면서 환자의 가족들과 상담을 하거나 환자 자신들과 힘겨운 대화를 나누는 것으로 다 보내야 했다. 그의 직업이 그토록 힘겹게 느껴진 것은 처음이었다. 지금까지는 환자들이 스스로를 믿고 맡김으로써 의사의 일을 수월하게 했었다. 그런데 처음으로 리외는 환자들이 뭔가를 경계하는 듯 마음의 동요를 보이며 자신들의 병 속에 숨어서 주저하고 있다는 느낌을 받았다. 그에게는 익숙하지 않은 실랑이였다. 밤 열 시가 돼서야 마지막 차례로 도착한, 나이 든 천식 환자의 집 앞에 차를 멈춘 리외는 좌석에서 몸을 일으키기가 너무도 힘들었다. 그는 어둠이 내린 거리, 검은 하늘에 나타났다 사라지는 별들을 쳐다보면서 미적거렸다.

늙은 천식 환자는 침대에서 몸을 일으켜 앉아 있었다. 전보다 숨을 고르게 쉬는 것 같았으며 콩을 하나하나 세어서는 이 냄비에서 다른 냄비로 옮겨 담고 있었다. 그는 유쾌한 기색으로 의사를 맞았다.

"그러니까 의사 선생, 콜레라가 맞는 거요?"

"어디서 그런 말을 들으셨습니까?"

"신문에 났던데, 라디오에서도 그러고."

"아뇨. 콜레라는 아닙니다."

"아무튼 너무들 하시네. 응? 높은 양반들이!"

노인은 발끈해서 말했다.

"그냥 무시하시면 됩니다."

리외가 말했다.

그는 노인을 진찰한 후 그 보잘것없는 부엌 한가운데의 식탁에 앉아 있었다. 그렇다. 그는 겁이 났다. 바로 그 변두리 지역에서 다음 날 아침 십여 명의 환자들이 멍울을 움켜쥔 채 그를 기다리라는 것을 알고 있었다. 멍울을 절개해서 효과를 본 환자는 두세 명뿐이었다. 대부분의 경우 병원 신세를 지게 될 것이고 가난한 자들에게 병원이 무엇을 의미하는지 그는 잘 알고 있었다. '이 사람이 병원 의사들의 실험 대상이 되는 건 싫어요.' 한 환자의 아내가 그에게 말했었다. 그들은 실험 대상이 되는 것이 아니라 단지 죽어 갈 뿐이었다. 결정된 조치들이 충분하지 않다는 것은 너무도 분명했다. '특수 시설을 갖춘 병실'이 뭔지 그는 알고 있었다. 입원해 있던 다른 환자들을 황급히 옮겨 놓은 뒤 창문을 밀폐하고 위생 차단선을 쳐 놓은 병동 두 개를 말하는 것이었다. 유행병이 스스로 멈추지 않는 이상, 당국이 생각해 낸 조처들로 퇴치될 리는 만무했다.

그럼에도 이날 저녁에 있었던 공식 발표는 낙관적이었다. 이튿날 랑스도크 통신사는 시민들이 도청의 조처를 차분히 받아들였으며 이미 서른 명의 환자들이 발병 신고를 해 왔다고 보도했다. 카스텔이 리외에게 전화를 걸어 왔다.

"병동에 병상이 몇 개나 있습니까?"

"여든 개요."

"시내의 환자가 분명 서른 명이 넘겠지요?"

"두려워서 신고를 하지 않은 사람들도 있을 것이고 대부분은 시간이 없는 사람들일 겁니다."

"사망자를 매장하는 문제도 관리가 되고 있나요?"

"아뇨. 제가 리샤르에게 전화를 걸어서 말로만 할 게 아니라 완벽한 조치가 있어야 한다고 했습니다. 전염병을 막기 위한 제대로 된 통제를 하지 않을 바엔 아무것도 소용이 없다고요."

"그랬더니요?"

"자신은 권한이 없다고 하더군요. 제 생각에는 상황이 악화될 것 같습니다."

실제로 사흘 만에 두 개의 병동은 환자들로 가득 찼다. 리샤르는 학교 건물을 하나 비워서 보조 병원으로 사용할 것 같다고 했다. 리외는 백신이 도착하기를 기다리며 멍울들을 절개했다. 카스텔은 오래된 책들을 다시 들춰보며 도서관에 오랫동안 머물러 있기도 했다.

"쥐들은 페스트나 그와 매우 흡사한 병으로 죽어 갔어요. 그 쥐들이 다시 벼룩 수만 마리를 퍼뜨려 놓아 제때에 막지 못한다면 감염자 수가 기하급수적으로 늘어날 것입니다."

카스텔이 결론지었다.

리외는 입을 다물었다.

이 무렵의 시간은 정지해 있는 것만 같았다. 태양은 이전에 쏟아 붓던 소나기들이 파 놓은 구덩이에서 물을 다시 길어 올렸다. 노란빛이 넘쳐나는 아름다운 푸른 하늘, 막 시작된 더위 속에 윙윙거리며 날아가는 비행기들, 이 계절의 모든 것이 나른한 평온함을 퍼뜨리고 있었다. 그러나 불과 나흘 만에 열병은 네 번에 걸쳐 급속도로 퍼져 나갔다. 열여섯 명에서 스물넷, 스물여덟 그리고 서른둘로. 나흘째 되는 날, 한 유치원 건물에 보조 병원이 개설되었다는 발표가 있었다. 여태까지 농담을 지껄이며 불안감을 숨겨 왔던 시민들은 거리에서 보다 낙심한 표정으로 입을 다물고 있었다.

리외는 도지사에게 전화하기로 결심했다.

"이런 조치들로는 불충분합니다."

"나도 숫자를 보고 있소. 걱정스러운 것이 사실이군요."

도지사가 말했다.

"걱정스러운 것이 아니라 분명한 사실입니다."

"정부 차원에서의 명령을 요청하겠소."

리외는 카스텔이 보는 앞에서 전화를 끊었다.

"명령을 기다린다고? 상상력이 부족한 사람들 같으니."

"혈청은요?"

"이번 주 내로 도착할 겁니다."

도청은 리샤르를 통해서, 명령을 청하기 위해 식민지의 수도에 보낼 보고서를 작성해 줄 것을 리외에게 의뢰했다. 거기에 그는 임상적인 설명과 숫자들을 기재했다. 같은 날, 사망자가 마흔 명 정도 발생했다. 지사는 본인이 말한 바대로, 자기의 책임 아래 이튿날부터 기존의 조처들을 보다 강화할 것을 결정했다. 의무적인 발병 신고와 격리 조치는 계속 유지되었다. 환자들 집은 폐쇄하고 소독할 것을, 가족들은 안전 격리 조치에 따르고 사망자의 매장은 앞으로 결정될 조건들에 따라 시에서 직접 관리 감독할 것을 지시하였다. 하루가 지나고 항공편으로 혈청이 도착했다. 그것들은 치료용으로는 충분했으나 전염병이 퍼진다는 전제 하에서는 그 양이 부족했다. 리외가 보낸 전보에 대해서는 비상용 재고는 바닥이 났으나 새로 생산에 착수했다는 답이 왔다.

그러는 사이, 시에 인접한 변두리 지역들로부터 봄이 찾아오고 있었다. 시장에 도착하는 봄. 수천 송이 장미가 길가에 앉은 상인들의 바구니에서 시들어 가며 달콤한 향기를 도시 전체에 퍼뜨렸다. 겉보기에 아무것도 변한 것이라곤 없었다. 출퇴근 시간의 전차들은 여전히 사람들로 꽉 들어찼고 낮 시간에는 한가하고 더러웠다. 타루는 여전히 자그마한 노인을 관찰했고 노인은 고양이들에게 가래침을 내뱉었다. 그랑은 매일 저녁 귀가하여 의뭉스러운 자신의 과업을 계속했고 코타르는 일없이 동네를 맴돌았으며 예심판사 오통 씨는 이전처럼 구경거리를 달고 다녔다. 늙은 천식 환자는 콩을 다른 냄비에 옮기고 있었고 차분하면서도 호기심 어린 표정의 랑베르 기자도 간혹 눈에 띄었다. 저녁에는 똑같은 군중들이 거리를 메웠고 영화관 앞에는 같은 줄이 늘어서 있었다. 아닌 게 아니라 유행병은 조금 소강상태여서 며칠 사이에 십여 명의 사망자가 보고되었을 뿐이었다. 그러다가 또다시 급작스럽게 확장세를 나타냈다. 사망자 수가 다시 서른 명에 달한 날, 베르나르 리외는 지사가 건네준 전보 공문을 받아 읽고는 '이 사람들이 겁을 먹은 게로군.' 하고 말했다. 공문은 다음과 같았다.

　　페스트 사태를 선언하고 도시를 폐쇄하라.

제2부

이 순간부터 페스트는 우리 모두의 문제가 되었다고 말할 수 있다. 지금까지는, 이 기이한 사건들이 안겨다 준 놀라움과 불안에도 불구하고 시민들 각자는 자기 자리에서 그럭저럭 일상을 지속할 수 있었다. 물론 그 상태는 그대로 이어질 것이었다. 그러나 일단 시로 들어오고 나가는 문들이 폐쇄되고 나자 그들은 모두, 서술자를 포함하여, 한 배를 탄 운명이라는 것을 깨달았고 어떻게든 적응해 나가야 했다. 그래서 예컨대 사랑하는 이와의 이별과 같은 지극히 개인적인 감정조차, 첫 몇 주간부터 모든 이들이 공유하는 것이 되었으며, 공포와 함께 이 기나긴 유배의 시간을 지배하는 근본적인 고통거리가 되었다.

문들을 폐쇄함으로써 초래된 가장 눈에 띄는 결과는 마음의 준비가 되지 않은 이들에게 다가온 급작스러운 이별이었다. 어머니와 자식들, 부부들, 연인들, 불과 며칠 전까지만 해도 서로 잠시 동안 떨어져 있는 것이라 믿었던 이들, 기차역에서 몇 마디 당부를 주고받으며 포옹하고 며칠이나 몇 주 후면 다시 볼 수 있으리라 확신했던 이들, 그렇게 인간에 대한 어리석은 믿음에 빠진, 짧은 이별로 인해 일상 속에서 마음을 짓누르던 걱정조차 잠시 잊었던 이들이 느닷없이 서로 떨어져, 하소연할 곳도 없이, 다시 볼 수도, 소식을 전할 수도 없이 생이별을 겪고 말았던 것이다. 왜냐하면 시의 폐쇄는 도청의 결정이 공표되기 몇 시간 전에 이루어졌고 당연히 개인적인 사정은 참작이 되지 않았기 때문이다. 페스트의 갑작스러운 공격으로 말미암은 첫 폐해는 시민들이 마치 사사로운 감정이라곤 없는 사람처럼 행동해야 했다는 것이다. 당국의 결정 사항이 실시된 후 첫 몇 시간 동안 도청은 전화를 하거나 직원들을 붙잡고 사정을 호소하는 민원인들로 들끓었다. 그들의 상황은 하나같이 절실했으나, 당장 조사해서 손을 쓸 수는 없는 것들이었다. 사실인즉, 우리 모두가 '타협'이니 '부탁', 혹은 '예외'라는 말들이 더 이상 아무런 의미가 없는 상황에 처해 있다는 것을 깨닫는 데는 며칠이 걸렸다.

심지어 편지를 써서 소식을 주고받는 사소한 방편들조차 허락되지 않았다. 한편으로 도시는 이제 더 이상 기존의 방식으로 바깥세상과 연결되어 있지 않았으며, 다른 한편, 편지를 통해 세균이 전파되는 것을 막기 위해 서신 왕래를 금지하는 새로운 명령이 발동되었기 때문이었다. 처음에는 일부 특권층이 시 입구를 지키는 보초들과 흥정하여 외부와 메시지를 주고받기도 했다. 그때만 하더라도 전염병의 초기라서 보초들도 인정상의 문제에 양해를 해 주는 것이 당연하다고 여겼다. 그러나 시간이 지나고 보초들 역시 상황의 위중함을 깨달았을 때는 자신들조차 그 파장을 예견할 수 없는 행동에 대해 책임을 지는 것을 거부했다. 시외 전화 역시 초기에는 가능했으나, 공중전화 부스나 전화선에 과부하가 걸려 며칠간 완전히 중단되었다가, 이후에는 사망이나 아이의 출생, 결혼 등 중요한 용건이 있을 때에만 엄격히 통제되어 사용되었다. 우리가 이용할 수 있는 통신수단이란 전보밖에 없었다.

이전에 지성과 마음과 육체로 맺어져 있던 사람들 간의 연대 관계는 이제 단어 열 개가 넘지 않는 부호들로 이루어진 구식 통신수단에 의지해야만 했다. 전보에서 사용할 수 있는 글귀가 제한적이었으므로, 오랜 시간 같이 살아온 이들의 희로애락이나 열정 따위는 '잘 지내고 있음. 당신을 생각해. 사랑해'와 같은 상투적이고 준비된 말들을 주기적으로 주고받는 것으로 요약되었다.

우리들 중 몇몇은 그럼에도 편지 쓰기를 고집하며 외부와 소통할 수 있는 수단을 끊임없이 강구했으나 결국 아무런 소용이 없다는 것을 깨닫곤 했다. 우리가 생각해 냈던 몇 가지 방법이 성공한다손 치더라도 답장을 받기는커녕 그에 관해서는 어떤 것도 알 길이 없었으므로. 몇 주 동안이나 우리는 계속해서 같은 편지를 다시 써 내려갔고, 절절한 호소가 담긴 편지를 다시 베껴 썼다. 시간이 지나자 피 끓는 마음에서 솟아났던 문구들은 어느 순간부터 의미를 잃은 텅 빈 말로 변해 갔다. 그것들을 기계적으로 다시 베끼며, 죽은 문장들을 통해서나마 우리의 고달픈 삶이 아직 버티고 있음을 알리고자 했다. 그러다가 급기야는 그런 황폐한 독백이나 벽에 대고 말하는 것과 같은 메마른 대화보다는, 전보라는 상투적인 통신수단에 호소하는 편이 낫다고 생각하기에 이르렀다.

며칠이 지나고 아무도 오랑에서 빠져나갈 수 없다는 사실이 분명해지자, 우리는 전염병이 돌기 전에 도시를 빠져나간 이들이 다시 돌아오는 것은 가능한지 궁금해졌다. 도청은 얼마간 고심하더니 가능하다는 답변을 보내왔다. 하지만 한번 돌아온 이들은 어떤 경우에도 다시 이곳을 나갈 수는 없다는 것이었다. 돌아오는 것은 자유이나 다시 나가는 것은 가능하지 않았다. 몇몇 가족들은 진지하게 고민하지 않고서 오직 가족들을 다시 보고자 하는 열망 때문에 이 기회를 이용하여 그들을 돌아오도록 하였으나 그런 경우는 흔치 않았다. 페스트의 감옥을 경험한 이들은 얼마 지나지 않아, 돌아올 가족들이 처하게 될 위험이 어떤 것인지를 깨닫고 차라리 이별의 고통을 견디는 편을 택했다. 병세가 가장 절정에 달했을 때의 사지가 찢어지는 고통스러운 죽음에 대한 공포보다 인간적인 감정이 더 강렬했던 경우는 단 한 가지 사례밖에 없었다. 그것은 쉽게 생각할 수 있는 것과 같이, 사랑하는 두 연인이 고통을 넘어 서로를 끌어안는 그런 경우가 아니었다. 그것은 아주 오래전부터 결혼 생활을 함께 해 왔던 늙은 의사 카스텔과 그의 부인의 이야기였다. 카스텔 부인은 전염병이 문제가 되기 며칠 전에 가까운 이웃 도시에 갔다. 그들의 부부생활이 세상에 모범이 될 정도로 행복했던 것은 아니었다. 모든 가능성으로 보아, 그들 자신조차 지금까지 자신들의 결혼에 만족하는지 확신을 갖지 못한다는 것을 서술자는 분명히 말할 수 있다. 그러나 이런 느닷없는 이별이 지속되면서 그들은 서로를 떠나서는 살 수 없다는 것을 깨닫게 되었고, 갑자기 드러난 그 진실 앞에서 페스트는 별것이 아니었다.

그것은 하나의 예외였다. 대부분의 경우 이별은 분명히 전염병이 멈추는 순간에야 비로소 끝나게 될 것이었다. 우리 삶을 이루는 감정들, 우리 자신이 누구보다 잘 알고 있다고 믿었던 그런 감정들(앞서 말한 대로 오랑의 시민들이 가진 열정은 단순한 것들이었다)이 새로운 면모를 보이기 시작했다. 배우자들에게 누구보다 신뢰를 품고 지내 왔던 남편들과 연인들은 자신들이 모르던 질투를 발견했다. 사랑을 가벼이 여기던 남자들은 진중함을 알게 되었다. 어머니 곁에서 자라면서도 다정한 눈길 한번 주지 않았던 아들들의 기억 속에 스며 있는 그녀들의 주름살은 막심한 후회와 염려를 불러일으켰다. 흔적 하나 남기지 않고 미래조차 예측할 수 없는 이 폭력적인 이별은 우리를 몹시 당황케 했고, 매 순간 불현듯 떠오르는 추억들, 이제는 온종일 머릿속을 떠나지 않는 그토록 가깝고도 먼 추억들에 대해 아무런 손을 쓸 수 없게 만들어 버린 것이다. 사실 우리는 이중으로 고통을 겪고 있었다. 우리의 고통, 그리고 헤어져 있는 이들, 아들들과 아내들과 연인들이 겪고 있으리라 머릿속으로만 그리고 있는 고통이 그것이다.

만일 다른 상황 속에 있었더라면 우리 시민들은 일상적인 삶의 바깥에서, 혹은 보다 적극적인 활동을 통해 어떤 탈출구를 찾았으리라. 그러나 페스트로 인해 시민들은 아무런 할 일이 없어졌고, 활기를 잃은 자신들의 도시 내부를 맴돌면서 날이 갈수록 추억이라는 부질없는 놀이에 빠져들고만 있었다. 왜냐하면 그렇게 작은 도시에서, 늘 같은 곳을 지나게 되는 그들의 목적 없는 산책길은, 지금은 헤어져 있는 이들과 함께 걸었던 지난날 바로 그 길이었기 때문이다.

이처럼, 페스트가 우리 시민들에게 처음으로 가져다준 것은 유배 생활이었다. 서술자가 확신하건대, 자신이 당시에 겪은 것을 모두의 이름으로 이곳에 서술해도 무방하리라. 왜냐하면 많은 다른 시민들과 함께 같은 시간을 견디었기 때문이다. 그렇다. 귀양살이의 감정이 바로 우리가 끊임없이 짙어지고 있던 바로 그 공허함이며, 과거로 돌아가거나 반대로 시계바늘을 앞으로 빨리 돌려놓고 싶은 얼토당토않은 욕망이자, 불길 같은 기억의 화살인 것이다. 종종 상상 속에 우리 자신을 내맡겨, 귀가를 알리는 초인종이나 층계를 올라오는 익숙한 발걸음 소리를 기다리거나, 이제는 기차가 더 이상 움직이지 않는다는 사실을 잊은 척하며, 저녁의 급행열차에서 내린 승객들이 우리 동네에 도착할 시간에 집에 미리 와서 기다리기도 하지만, 그런 놀이가 계속될 수 없는 것이었다. 기차가 도착하지 않는다는 분명한 사실을 깨닫는 순간이 언젠가는 오기 때문이다. 그러면 우리의 이별이 지속될 운명에 처해 있으며 그러기에 시간과 타협하고자 노력할 수밖에 없다는 것을 알게 되는 것이다. 그때부터 결국 우리는 감금된 우리의 상황으로 되돌아와 어쩔 수 없이 과거로 회귀해야 했으며, 설사 우리 중 누군가가 미래를 살고자 하는 욕망을 느꼈다 해도, 그는 상상을 믿은 이들이 대가로 결국 치르게 될 상처를 두려워하며 얼마 지나지 않아 단념해 버리는 것이었다.

특히 우리 시민들은 이별의 시간이 얼마나 될지 헤아려 보는 습관을 매우 빨리, 그리고 공공연히 내던져 버렸다. 왜 그랬을까? 예를 들어 가장 비관적으로 생각하는 누군가가 6개월의 시간을 정하고는, 그 기간 동안 닥쳐올 쓰라림을 지레 다 맛보고 나서, 가까스로 그 시련에 대적할 용기를 끌어내서 그토록 긴 시간에 걸쳐 늘어질 고통에 굽힘없이 버티기 위해 마지막 힘을 짜내다가도, 어쩌다 우연히 만난 친구, 신문에 실린 의견, 덧없는 의심이나 느닷없는 통찰 따위들이 페스트가 6개월 이상 가지 말라는 법은 없으며 아마도 1년 혹은 더 이상 지속될지도 모른다는 생각을 갖게 하기 때문이다.

그 순간, 그들의 용기와 의지 그리고 인내가 너무도 어이없이 무너져 내려 이제 다시는 그 구렁텅이에서 빠져나오지 못할 것처럼 보였다. 그 때문에 자신들이 해방될 날을 더 이상 생각하지 않고 미래도 바라보지 않으며, 말하자면 고개를 숙인 채 살아가려고 무진 애를 썼다. 하지만 당연하게도 그런 식의 신중함, 고통을 속이는 방식, 싸움을 외면하기 위해 문을 깊게 걸어 잠그는 것에 대한 대가는 보잘것없었다. 무슨 수를 써서라도 피하고 싶은 그 무너짐의 순간을 외면하면서, 그들은 페스트를 잊을 수 있는 유일한 순간이자 실은 꽤 자주 마주하는 순간, 미래에 사랑하는 이들을 다시 만나는 장면을 머릿속에 그려 보는 그 순간 역시 포기하게 되는 것이므로. 그렇게 그들은 심연과 산꼭대기의 중간에서 좌초된 채, 목적 없는 나날들의 부질없는 추억에 몸을 맡기고, 고통의 땅에 뿌리박지 않으면 힘을 낼 수 없는 떠돌이 유령이 되어, 삶을 살아가는 것이 아니라 그저 둥둥 떠다니고 있었다.

그들은 모든 죄수들과 유형수들이 느낄 법한, 아무짝에도 쓸모없는 기억들을 안고 살아가는 그 깊은 고통을 맛보았다. 그들이 쉬지 않고 되새기는 그 과거 역시 회한의 쓴맛을 남길 뿐이었다. 그들은 자신들이 그리워하는 이들, 그 남자, 그 여자들과 아직 할 수 있었을 때 하지 못했기에 원통하게 여겨지는 모든 것을 과거에 덧붙이고 싶었을 것이다. 또한 죄수의 삶, 상대적으로 행복한 순간을 포함한 모든 숨 막히는 상황에, 곁에 없는 이들을 결부시켰다. 있는 그대로의 상태를 견딜 수 없었으므로. 현재를 참아 낼 수 없고, 과거를 증오하며, 미래를 박탈당한 우리 모두는 인간의 정의나 분노가 쇠창살 너머에 가두어 처넣은 이들과 그리도 닮아 있던 것이다. 결국 그 견딜 수 없는 휴가에서 벗어날 수 있는 유일한 방법은, 상상 속에서 기차를 다시 달리게 하고, 꿈쩍도 않고 침묵을 지키고 있는 초인종을 미친 듯이 눌러 대면서 시간을 때우는 것뿐이었다.

그것은 분명히 유배 생활이었지만 대부분의 경우 자신의 집에 틀어박힌 유배였다. 서술자가 겪은 것은 다른 이들도 공통적으로 겪은 유배였으나, 기자 랑베르나 그 밖의 다른 사람들과 같이 여행 도중에 페스트로 인해 오랑에 갇혀 버렸기에 사랑하는 이들과도 재회할 수 없을 뿐더러 자신의 고향에도 돌아갈 수 없어 이별의 고통이 배가 되었던 이들을 잊어서는 안 될 것이다. 도시 전체의 총체적인 유배 상황에서 그들은 가장 혹독한 귀양살이를 하는 이들이었다. 다른 이들과 마찬가지로 흐르지 않은 시간이 일으키는 불안감 속에 몸서리칠 뿐만 아니라, 공간 속에서도 발이 묶여, 페스트가 엄습한 이 도시와 잃어버린 자신들의 고향을 갈라놓는 벽에 끊임없이 몸을 부딪고 있었기 때문이다. 혼자만이 알 수 있는 고향의 저녁과 아침을 소리 없이 소환하며, 먼지 가득한 이 도시의 거리를 시도 때도 없이 헤매는 이들이 바로 그들이리라. 날아가는 한 마리 제비, 해 질 녘에 맺히는 이슬, 한적한 거리에 태양이 쏟아 놓고 가는 이상한 한줄기 광선과 같은 뜻을 알 수 없는 조짐과 이질적인 메시지들로 그들은 자신들의 불행을 키워 가고 있었다. 그 모든 것에도 불구하고 살아남을 바깥 세계, 그들은 그 세계에 대해 눈을 질끈 감은 채, 너무도 생생한 자신들의 몽상을 어루만지기를 고집하며, 있는 힘을 다해 어떤 불빛, 언덕 두세 개와 좋아하는 나무, 여인의 얼굴 따위들이 다른 무엇과도 바꿀 수 없는 분위기를 이루는 먼 고향 땅의 이미지들을 좇는 것이었다.

마지막으로 연인들에 관한 얘기를 해 보자. 가장 흥미로울 듯하고 서술자가 누구보다 잘 알고 있는 이야기들. 연인들은 더 많은 종류의 불안에 시달리고 있었으며 그 안에 후회라는 감정이 자리한다. 이때의 상황은 그들에게 자신들의 감정을 일종의 열띤 객관성 아래 바라볼 수 있도록 해 주었다. 그런 경우에 자신들의 실수가 뚜렷하게 드러나지 않는 경우는 별로 없었다. 그들은 지금 곁에 없는 이가 무엇을 하고 있는지 구체적으로 그려 보기 어렵다는 사실에서 자신들의 실수를 깨닫는 첫 번째 기회를 얻었다. 그들은 상대가 도대체 어떻게 시간을 보내는지 알 도리가 없는 상황을 안타까워했다. 그것을 대수롭지 않게 생각하고, 사랑에 빠진 사람에게 연인이 뭘 하고 있는지를 아는 것이 행복의 근원일 수는 없다고 떠벌이던 경솔함을 자책했다. 그 순간부터는, 사랑을 되짚어 보고 그것이 왜 불완전했는지를 발견하는 일은 어려운 일이 아니었다. 평상시에 우리는, 의식적이건 아니건 간에, 사랑이란 훨씬 더 멋진 무언가가 될 수 있다는 것을 알고 있으면서도, 우리의 사랑이 보잘것없다는 사실 역시, 어느 정도 담담하게 받아들였다. 그러나 추억이란 좀 더 미묘해서 많은 것을 요구한다. 당연하게도, 외부 세계에서 시작해 우리에게 닥쳐와서는 도시 전체를 뒤덮은 불행이 우리에게 남긴 것은 단지 우리를 분노케 하는 말도 안 되는 고통뿐이 아니었다. 불행은 우리 스스로 괴로워하도록, 그래서 그 고통에 스스로 동의하도록 만들어 버렸다. 그것이 우리의 주의를 흐트러뜨리고 자신의 본색을 은폐하기 위해 이 질병이 사용하던 하나의 수단이었다.

　이렇듯 우리는 각자 하늘 아래 혼자가 되어 하루하루 살아가는 것을 받아들여야 했다. 오랜 시간 동안 사람들을 단련시켜 강인하게 만들 수도 있었던 전반적인 포기 상태는 우선 그들을 경박하게 만들었다. 예를 들어 몇몇 시민은, 해가 뜨거나 비가 오면 그에 따라 마음이 좌우지되는 또 다른 노예 상태에 빠져들었다. 그들은 마치 날씨의 변화를 직접적으로 체험하는 것이 난생처음인 사람들 같아 보였다. 언뜻 비치는 황금빛 햇살에 행복한 표정을 짓는가 하면 비 오는 날에는 얼굴에 두꺼운 장막을 드리우고 생각에 골몰하는 것이었다. 몇 주 전까지만 해도 그들은 이런 허약함, 터무니없는 의존성과는 거리가 있었는데, 그것은 그들 홀로 쓸쓸히 세상을 마주하고 있는 것이 아니라, 어찌 보면 그들과 삶을 함께하는 이들이 그들의 우주 앞에 자리하고 있었기 때문이었다. 그와는 반대로 이때부터 그들은 하늘의 변덕에 지배를 받게 되어, 말하자면 뚜렷한 이유도 없이 괴로워하거나 까닭 없이 희망을 품는 것이었다.

이와 같은 극단적인 고독 속에서 이웃의 도움을 기대한다는 것은 불가능했으며 각자 자기 자리에서 저마다의 근심을 짊어지고 지냈다. 우리 중 누군가 우연한 기회에 무언가를 고백하거나 자신의 심경을 털어놓으면 그에게 어떤 대답을 들려주건 그 말은 그에게 상처가 되곤 했다. 이야기를 들어주는 상대방과 자기 자신이 서로 전혀 다른 얘기를 하고 있다는 것을 알게 될 뿐이었다. 그가 하루 종일 곱씹은 끝에 자신의 괴로움을 털어놓을 때 그가 전달하려던 말은 기대와 열정의 긴 군불에 오랫동안 익혀진 것이었으나, 상대방은 닳고 닳은 감정과 약장사들이나 들먹이는 고통, 혹은 철 지난 우울증 타령을 상상하는 것이다. 호의적이건 아니건 간에 대답은 항상 잘못 짚은 것이 되게 마련이었으므로 어떤 기대도 할 수가 없었다. 그게 아니라면, 특히 침묵을 견디지 못하는 사람들의 경우, 남들이 마음속에 담긴 진실한 언어를 꺼내지 못하는 이상, 자신들 역시 닳고 닳은 장사꾼의 언어를 빌어, 단순한 사실관계나 일화를 다루는 잡지나 일간지의 기사와 비슷한 말투로 이야기하고 마는 것이다. 그 속에서, 가장 견디기 힘든 슬픔이 일상적인 대화 속 상투적인 문구로 탈바꿈하여 떠돌곤 하였다. 페스트의 포로가 된 이들은 그런 대가를 치르고서야 제 집 수위의 동정을 얻거나 듣는 이들의 관심을 끌 수가 있었던 것이다.

그럼에도 불구하고, 이것이 가장 중요한 점이기도 한데, 이런 불안감이 그토록 고통스럽고 텅 빈 마음을 짓누를지언정 페스트 초기의 이 유형자들은 그나마 사정이 나은 편이었다는 것이다. 시민들이 냉정을 잃기 시작한 바로 그 순간에도 그들의 머릿속은 그리워하는 이들에 대한 생각으로 가득 차 있었던 것이다. 모두가 의기소침해 있던 시기에 사랑의 자기중심적인 성격 덕택에 스스로를 방어할 수 있었다. 페스트 생각을 하기는 했으나 그것은 고작 이별의 시간이 끝도 없이 길어질 수 있다는 염려 때문이었을 뿐이었다. 페스트가 한창일 무렵에 그들이 일종의 여유를 잃지 않았던 것도 그 때문인데, 그것은 냉정함으로 착각할 만한 것이었다. 그들의 절망감이 급작스러운 공포에서 그들을 구해 주었으니, 불행에는 좋은 점도 있었던 것이다. 예를 들어, 누군가가 페스트에 걸려 목숨을 잃는다 해도, 본인이 그것에 신경을 쓸 겨를조차 없이 그렇게 되었으니 말이다. 사람의 빈자리와 나누는 기나긴 내면의 대화에 파묻힌 채 그는 지상의 가장 두터운 침묵 속으로 예고조차 없이 던져진 것이다. 그에게는 그 어떤 생각을 할 시간조차 없었다.

우리 시민들이 갑작스러운 유배 생활에 적응하고 있는 동안 페스트는 오랑 시의 입구마다 경비병을 세웠고 오랑으로 향하던 선박들의 뱃머리를 돌려세웠다. 도시가 폐쇄된 이후 자동차 한 대도 시내로 진입하지 못했다. 그 날부터 오랑의 자동차들은 시내를 그저 맴돌고 있는 듯했다. 대로의 위쪽 끝에서 바라본 항구 역시 여느 때 같지 않았다. 연안의 가장 번화한 항구로서 북적대던 일상의 활기는 갑자기 사라져 버렸다. 검역 중인 선박 몇 척은 아직 그 자리에 있었다. 그러나 부둣가에 빈손으로 서 있는 크레인들과 옆으로 뒤집어져 있는 화물 운반차들, 그리고 덩그러니 쌓여 있는 술통과 부대자루들은 이 도시의 무역 또한 페스트와 함께 숨통이 끊겼다는 것을 증언하고 있었다.

　익숙하지 않은 이런 풍경들에도 불구하고 시민들은 자신들에게 대체 어떤 일이 닥친 것인지 제대로 깨닫지 못한 모습이었다. 이별이나 공포와 같은 감정을 모두가 공통적으로 느꼈으나 여전히 개인적인 염려들을 우선시했다. 아직 어느 누구도 페스트를 있는 그대로 받아들이지 않았다. 사람들 대부분은 자신들의 습관이 방해받거나 이익이 침해되는 것에 특히 민감했다. 그들은 신경을 곤두세우거나 짜증을 냈지만 그것은 페스트에 맞설 수 있는 감정들은 아니었다. 예를 들어 그들의 첫 번째 반응은 당국의 행정을 비난하는 것이었다. 언론의 반향을 불러 일으켰던, '시행되는 조치들의 완화를 고려해야 하지 않을까?'와 같은 비판에 도지사가 내놓은 대답은 예상외의 것이었다. 여태까지 신문이나 랑스도크 통신사는 병의 공식적인 통계 수치들을 전달받지 못했는데, 도지사는 통신사에 자료를 매일매일 넘겨주면서 매주 그것을 보도해 달라고 요청했다.

그랬음에도 불구하고 시민들의 반응은 미지근했다. 사실 페스트임이 선언되고 삼 주째에 공표된 302명이란 사망자 수가 의미하는 바는 쉽게 상상할 수 있는 것이 아니었다. 우선 그들 모두가 페스트로 인해 죽었다는 보장이 없었고, 다른 한편, 도시의 어느 누구도 평상시에 사망자가 얼마나 발생하는지 알지 못했기 때문이다. 전체 시민들의 수는 20만 명이었는데 그에 대한 사망자의 비율이 정상적인 것인지를 알 수 없었다. 그런 방면의 정확성이 분명히 필요한 것이겠지만 누가 평소에 사망자 수 따위에 신경을 쓰겠는가. 사람들에게는, 말하자면 비교할 수 있는 기준이 없었다. 숫자가 지속적으로 오랜 기간에 걸쳐 증가하는 것을 보고서야 여론은 진실을 마주할 수 있었다. 5주째에 321명, 6주가 되어서는 345명이 보고되었다. 증가세는 적어도 현저했다. 그러나 그 역시 압도적인 것이 아니어서, 시민들은 불안해하는 가운데에서도, 매우 애석한 상황이지만 결국 일시적이라는 인상을 버리지 못했다.

그들은 여전히 거리를 나돌아 다녔고 카페의 테라스에 자리 잡고 앉았다. 전체적으로 볼 때 그들은 겁쟁이처럼 굴지 않았고, 통탄하기보다는 더 많은 농담을 주고받았으며, 홀가분한 기분으로 일시적일 것이 분명한 불편함을 감수하겠다는 표정을 지었다. 체면만은 차리고 있었던 것이다. 하지만 월말이 다가오자, 그리고 나중에 다시 언급하게 될 기도 주간 동안에, 보다 심각한 여러 가지 변화들이 도시의 풍경을 뒤바꾸어 놓았다. 우선 도지사는 차량 운행과 물자 보급에 관한 조치를 내놓았다. 식량 보급은 제한했고 휘발유는 배급제를 실시했다. 심지어 전기까지 아껴야 했다. 오직 생필품들만 육로나 항공편으로 오랑에 조달되었다. 그렇게 해서 시내 교통량은 점차 줄어들다가 미미하게 되었고, 사치품 가게들은 하루아침에 문을 닫았으며, 다른 가게들 역시 사람들이 문 앞에 줄지어 기다리는 동안 진열창에 품절이라는 표지를 걸어 두어야 했다.

오랑은 이처럼 이상한 외관의 도시가 되어 갔다. 보행자 수가 눈에 띄게 늘었고, 한가해야 할 시간에도, 가게와 회사가 문을 닫는 바람에 할 일이 없어진 많은 이들로 거리와 카페들이 넘쳐났다. 당시까지만 해도 실업이라기보단 휴가에 가까웠다. 예를 들어, 오후 세 시의 오랑은, 푸르기만 한 하늘 아래 시민들이 거리로 뛰쳐나와 갖가지 신나는 행사를 즐길 수 있도록 교통을 통제하고 상점 문을 닫은 축제의 도시가 된 듯한 착각을 불러일으켰다.

자연스럽게도 영화관들은 이 모두의 휴가 기간을 이용해 괜찮은 수익을 올렸다. 하지만 관내에 들어오던 영화 배급은 중단되었다. 이 주째부터 영화관들은 프로그램을 서로 교환해야 했으며 얼마가 지난 후에는 어디서나 같은 영화만을 상영하고 있었다. 그럼에도 수익은 줄어들지 않았다.

그리고 카페들. 포도주와 각종 주류의 매매가 활발했던 도시가 보관 중이던 꽤 많은 양의 재고 덕분에 카페들은 손님들의 수요를 충족시킬 수 있었다.

사실을 말하자면 사람들은 술을 많이 마셨다. '좋은 술은 세균을 죽인다.'라고 표지를 써 붙인 카페도 있었는데, 알코올이 전염병을 예방한다는 속설이 이미 알려져 있던 터라, 사람들은 그 문구에 더욱 확신을 가졌다. 매일 새벽 두시쯤이면 카페에서 쫓겨난 꽤 많은 수의 주정뱅이들이 거리로 쏟아져 나와 저마다의 낙관적인 말들을 내뱉었다.

그러나 이 모든 변화가 어떤 의미에서는 너무나 특별했고, 게다가 빠른 시간 안에 자리 잡았기 때문에, 그것이 정상적이라거나 앞으로도 지속되리라고 생각하기는 어려웠다. 그 결과 우리는 여전히 우리의 개인적인 상념을 우선시하고 있었다.

시의 문이 폐쇄된 지 이틀 후에 병원을 나서면서 리외는 만족스러운 얼굴로 자신을 바라보고 있는 코타르와 마주쳤다. 리외는 그에게 얼굴이 좋아졌다고 인사를 건넸다.

"그래요. 아주 좋습니다. 그나저나 선생님, 이놈의 페스트 말입니다. 거참, 웃을 일이 아닌 것 같아요."

작은 사내가 답했다.

의사는 그에 동의했다. 코타르는 쾌활하다 싶은 말투로 단언했다.

"지금 저절로 병이 멈출 이유가 없다니까요. 모든 게 다 뒤집어질 거라고요."

그들은 한동안 함께 길을 걸었다. 코타르는 자기 동네 큰 식품점 주인이 나중에 비싼 값에 팔고자 식료품을 사재기해 두었는데, 그를 병원에 데려가려고 와 보니 침대 밑에 통조림이 잔뜩 쌓여 있더라고 했다.

"그 친구는 병원에서 죽었어요. 페스트에는 돈도 소용없다고요."

그는, 사실이든 아니든, 페스트에 대한 무궁무진한 이야기를 알고 있었다. 예를 들면, 어느 날 아침 시내에서 병의 증세를 보이던 한 남자가 헛소리를 하면서 밖으로 뛰쳐나와서는, 지나가는 여자를 껴안으며 자신이 페스트에 걸렸다고 소리쳤다는 것이었다.

"자, 그러니까, 우리 모두 결국엔 다 미쳐 버리고 만다는 거죠. 장담합니다요."

코타르는 자기의 주장과는 어울리지 않는 상냥한 어조로 말했다.

같은 날 오후에는 조제프 그랑이, 의사에게 자신의 속내를 털어놓고 말았다. 그는 책상 위에 있는 리외 부인의 사진을 힐끗 보고는 의사를 쳐다보았다. 리외는 아내가 도시 밖에서 요양하고 있는 중이라고 했다.

"어떤 의미에서는 잘된 일이네요."

그랑이 말했다. 의사는, 틀림없이 잘된 일이며 그저 아내가 병이 낫기를 바랄 뿐이라고 했다.

"네! 이해하고말고요."

그랑이 말했다.

리외가 그를 알고부터, 그가 그렇게 많은 말을 쏟아 낸 것은 처음이었다. 여전히 그는 적절한 단어를 고르고 있었지만, 마치 오래 전부터 지금 하는 말을 준비해 왔던 사람처럼 그 단어들을 썩 잘 골라내었다.

그는 아주 어려서, 이웃에 사는 여자와 결혼했다. 심지어 공부를 그만두고 직장에 다니기 시작한 것도 결혼을 위해서였다. 아내인 잔도, 그 역시도,

동네에서 멀리 나가 본 적이 없었다. 그는 잔을 만나러 그녀의 집에 가곤 했는데 잔의 부모들은 말수가 적고 행동이 서투른 이 구혼자를 살짝 비웃었다. 아버지는 철도 노동자였다. 일이 없을 때 그는 창가 한구석에 앉아 그 커다란 두 손을 허벅지에 포개 놓고 생각에 잠긴 채 거리의 움직임을 바라보며 시간을 보냈다. 어머니는 늘 집안일에 바빴고 잔은 그녀를 돕곤 했다. 퍽이나 가냘픈 몸매의 그녀가 길을 건널 때마다 그랑은 조마조마한 마음을 억누를 수 없었다. 그럴 때면, 자동차들이 말도 안 되게 커 보였다. 어느 날 크리스마스 선물을 파는 가게 앞에서 감탄의 눈으로 진열창을 바라보던 잔이 그랑에게 기대며 '너무 아름다워요!'라고 말했고 그랑은 그녀의 손목을 잡았다. 그들의 결혼은 그렇게 결정되었다.

그 후의 이야기는 그랑의 말에 의하면 매우 단순했다고 한다. 다른 모든 사람들처럼, 결혼하고, 아직 조금 더 사랑하고, 일을 하는 것. 일에 치어서 사랑하는 법을 잊는 것이다. 잔도 역시 일을 해야 했다. 그랑의 회사가 그에게 약속했던 일들이 지켜지지 않았으므로. 여기서 그랑의 말을 이해하려면 상상력이 좀 필요하다. 피곤에 지친 그는 될 대로 되라는 식으로 되었고 점점 더 말수가 적어졌으며 그의 젊은 아내가 사랑받고 있다는 느낌을 잃지 않도록 돌보는 일을 게을리 했다. 일에 지친 남편, 가난, 천천히 무너지는 미래, 저녁 식탁을 둘러 싼 침묵…… 그런 세계 속에서 열정이 자리할 곳은 없는 것이다. 아마도 잔은 고통스러웠을 것이다. 그러나 그녀는 그 자리에 있었다. 오랫동안 괴로워하면서도 자신의 고통을 깨닫지 못하는 경우가 있다. 세월이 흘렀다. 나중에 그녀는 떠났다. 물론 그냥 떠난 것은 아니었다.

'당신을 많이 사랑했어요. 하지만 지금은 저도 피곤해졌어요…… 떠나는 것이 행복한 일은 아니지만 새로 시작하기 위해서 꼭 행복해야 할 필요는 없잖아요.' 그녀가 남긴 편지는 대충 이런 내용이었다.

이번에는 조제프 그랑이 고통을 겪을 차례였다. 리외가 말한 대로 그 역시 다시 시작할 수도 있었을 것이다. 그러나 자신이 없었다. 단지 그는 늘 그녀를 생각할 뿐이었다. 그는 그녀에게 편지를 써서 변명이라도 해 보고 싶었다.

그가 말했다.

"하지만 어려워요. 그런 생각은 오래 전부터 해 왔어요. 우리가 서로 사랑할 때는, 아무 얘기도 필요가 없었죠. 하지만 언제까지나 사랑만하고 살 수만은 없잖아요. 어느 순간에 적절한 말을 찾아서 그녀를 붙잡았어야 했죠. 하지만 그러지 못했어요."

그랑은 체크무늬 같은 것이 그려진 손수건에 코를 풀었다. 그러고 나서는 콧수염을 쓱 닦았다. 리외는 그를 바라보고 있었다.

"죄송합니다, 선생님. 하지만 어떻게 말해야 좋을지…… 선생님은 믿음이 가요. 뭐든 선생님한테는 말할 수 있을 것 같아요. 그래선지 감정이 복받치네요."

늙은 그랑이 말했다.

분명하게도 그랑은 페스트와는 다른 세상에 살고 있었다.

그날 저녁 리외는 아내에게 전보를 쳐서, 오랑 시가 폐쇄되었고, 자신은 잘 지내고 있으며, 몸조리 잘 하기를 바란다고 했고, 그녀를 그리워한다고 전했다.

시가 폐쇄되고 삼 주 후, 리외는 병원 입구에서 그를 기다리고 있던 한 젊은이와 마주쳤다.

"혹시 절 기억하시나요?"

젊은이가 말했다.

리외는 그를 알 것도 같았지만 머뭇거렸다.

"이 일이 커지기 전에 아랍인들의 생활환경에 대해 묻고자 선생님을 찾았었지요. 전 레몽 랑베르입니다."

"아! 그렇군요. 그러니까 이제 괜찮은 기삿거리를 찾았겠네요."

리외가 말했다.

그는 신경이 날카로워 보였다. 그는 그 문제 때문이 아니라 리외에게 부탁할 일이 있어서 찾아왔다고 했다.

"죄송합니다. 하지만 전 이곳에 아는 사람이라곤 아무도 없을 뿐더러 우리 신문사의 주재원은 안타깝게도 머저리랍니다."

리외는 그에게 시내의 보건소까지 함께 걸어가자고 권했다. 거기서 몇 가지 지시할 사항이 있었기 때문이다. 그들은 흑인들이 많이 사는 구역의 좁은 골목길을 내려갔다. 저녁이 다가왔으나 전 같으면 시끌벅적했을 이 시간에 묘한 쓸쓸함이 흘렀다. 아직 황금빛인 하늘에 울려 퍼지는 나팔 소리만이 군인들이 자신들의 임무를 수행하고 있다는 인상을 줄 뿐이었다. 무어 양식의 집들을 둘러싼, 푸른색과 황토색과 자주색이 어우러진 벽들 사이를 가로지르는 길고 경사진 골목들을 따라 걷는 동안, 랑베르는 흥분해서 이야기를 늘어놓았다.

그는 자신의 아내를 파리에 남겨 두고 왔다고. 사실을 말하자면 아내라고는 할 수 없었지만 그와 비슷한 것이었다. 그는 도시가 폐쇄되자마자 아내에게 전보를 쳤다. 처음에는 그것이 일시적인 상황이라 생각하고 단지 아내와 편지를 주고받을 생각을 했었다. 하지만 오랑의 동료 기자들은 자기들로서는 할 수 있는 일이 없다고 했고, 우체국에서는 당최 받아주지도 않았으며, 도청의 여직원은 그 앞에서 코웃음을 쳤다. 결국 랑베르는 열 시간 동안 줄을 서서 기다린 끝에 겨우 전보 한 줄을 보낼 수 있었다.

　잘 지냄. 곧 만나.

　하지만 다음 날 아침에 잠이 깨어 문득 들었던 생각은, 결국 이 사태가 얼마 동안 지속될지 알 수 없다는 것이었다. 그는 떠나기로 마음을 먹었다. 직업이 기자인 덕택에 도청의 비서실장과 접촉을 할 수 있었던 그는, 자신은 오랑과 아무런 관계가 없으며 이곳에 머물 하등의 이유가 없는데 우연히 있게 된 것이고, 일단 나가서 검역을 받더라도 우선 빠져나가도록 허락해 달라고 사정했다. 비서실장은 그에게, 잘 알아듣긴 했으나 예외를 둘 순 없다며, 검토는 해 보겠지만 상황이 워낙 위중해서 당장 결정할 수 있는 것은 아무것도 없다고 대답했다는 것이다.
"결국, 전 이 도시에 이방인이죠."
랑베르가 말했다.
"그야 맞는 말이지. 아무튼 병이 빨리 멈추기를 기대해 봅시다."

리외는 랑베르를 위로하면서, 그래도 오랑에서 흥미로운 기삿거리를 찾을 수 있을 것이며, 어떤 일이건 잘 살펴보면 좋은 면이 있는 법이라고 일러 주었다. 랑베르는 어깨를 으쓱해 보였다. 그들은 시내 중심가에 도착했다.

"멍청한 일입니다, 선생님. 전 기사나 쓰려고 이 세상에 태어난 게 아니라고요. 아마도 어떤 여자와 잘 살기 위해 태어났겠죠. 그쪽이 더 그럴듯하지 않나요?"

리외는 그게 더 맞는 말 같아 보인다고 말했다.

시내 중심가 대로에는 여느 때와 같은 군중들은 없었다. 몇몇 행인들이 갈 길이 먼 듯 각자의 집으로 발길을 재촉하고 있었다. 웃는 사람은 하나도 없었다. 리외는 오늘 있었던 랑스도크의 발표 때문이리라 생각했다. 하루가 지나면 시민들은 다시 희망을 품기 시작할 것이다. 그러나 발표가 있는 날만은 사망자 숫자가 머릿속에 너무도 생생히 남아 있는 것이었다.

"그러니까, 그녀와는 만난 지 얼마 안 됐지만 아주 잘 맞는단 말씀입니다."

랑베르는 밑도 끝도 없이 말했다.

리외는 아무 말도 하지 않았다.

"제가 싱거운 얘기를 하고 있군요. 전 단지 제가 병에 걸리지 않았다는 증명서를 떼어 주십사고 부탁드리려 했습니다. 도움이 될 것 같아서요."

랑베르가 말했다.

리외는 고개를 끄덕였다. 그는 자기 다리 위로 넘어진 작은 사내아이 하나를 천천히 일으켜 세워 주었다. 그들은 가던 길을 계속 가서 아름 광장에 이르렀다. 무화과나무와 종려나무의 먼지 낀 회색 가지들이, 더럽게 때가 낀

공화국 여신상 주변으로 미동도 없이 늘어져 있었다. 두 사람은 동상 아래 멈추어 섰다. 리외가 희뿌연 먼지로 뒤덮인 두 발을 차례로 땅바닥에 털었다. 그는 랑베르를 바라보았다. 펠트 모자를 약간 뒤로 젖혀 쓴 채, 셔츠의 칼라는 넥타이 아래로 풀어 헤쳐져 있었고, 수염은 덥수룩한 모습이 고집스럽고 뚱해 보였다.

"선생의 심정은 이해합니다만, 좋은 생각이 아닙니다. 그 증명서를 해 드릴 수가 없어요. 선생이 병에 걸렸는지 아닌지 확실하지도 않을 뿐더러, 설령 안다고 하더라고 내 진찰실을 나서서 도청까지 가는 중에 감염이 되지 않는다는 법도 없고, 게다가……."

이윽고 리외가 입을 열었다.

"게다가?"

랑베르가 물었다.

"게다가, 내가 증명서를 써 준다 한들 별 소용이 없을 거요."

"왜죠?"

"이 도시에 있는 선생 같은 경우에 처한 수천 명의 사람들을 그렇다고 모두 내보낼 수는 없는 노릇이니까요."

"그들이 페스트에 걸리지 않았다고 해도요?"

"그건 충분한 이유가 못 돼요. 한심한 얘기같이 들리겠지만 우리 모두와 관계된 일이오. 있는 그대로 이해할 필요가 있어요."

"하지만 전 이곳 사람이 아니라고요!"

"지금부터는, 안타깝게도 이곳 사람이 맞습니다. 다른 모든 이들처럼."

랑베르는 흥분해서 말했다.

"이건 그야말로 인간성의 문제라고요. 아마 잘 이해하지 못하실지도 모르겠으나 서로 그렇게 잘 통하는 두 사람을 떼어 놓는다는 것이 어떤 것인지 말입니다."

리외는 곧바로 대답하지 않았다. 그러다가 자신은 이해하고 있는 것 같다고 말했다. 진심으로 랑베르가 그의 여인과 재회하기를, 그리고 모든 사랑하는 사람들이 다시 만나기를 바란다고 했다. 하지만 법령과 법률이란 게 있고 페스트가 있는 상황에서, 자신의 역할은 주어진 일을 하는 것뿐이라고 말했다.

"아니요. 선생님은 이해하지 못해요. 선생님은 이성에 따라 말씀하시고 그건 추상적인 말에 불과합니다."

랑베르가 쓸쓸하게 말했다.

의사는 눈을 들어 여신상을 바라보며 말을 이었다. 자신이 이성에 따라 말을 하는지는 모르겠으나 분명한 사실에 의거해서 말하고 있으며 그것이 항상 같은 것은 아니라고. 기자는 넥타이를 고쳐 맸다.

"그렇다면 제가 다른 식으로 문제를 해결해야 한다는 말씀이신가요?"

그는 도전적인 말투로 말을 이어 갔다.

"전 이 도시에서 나가고 말 것입니다."

의사는 그것도 이해할 수 있다고 말하고 하지만 자신과는 관계없는 일이라고 했다.

랑베르는 느닷없이 외쳤다.

"아니요. 선생님과 관계가 있죠. 제가 이렇게 온 것은 사람들이 선생님께서 당국의 결정에 많은 부분 관여하셨다고 했기 때문입니다. 그래서 적어도 한 사람쯤은 사정을 봐주실 수 있을 거라 생각했습니다. 하지만 상관이 없다고 말씀하시는군요. 그 어느 누구의 사정도 고려해 본 적이 없으신 겁니다. 떨어져 있는 그 어느 누구도요."

리외는 그 말이 어떤 의미에서 사실이라고, 누구의 사정도 고려하고 싶지 않았다고 말했다.

"아하, 알겠어요. 공공의 이익에 대해 말씀하시려는 거겠죠? 하지만 공공의 선이란 개개인의 행복으로 이루어진답니다."

리외는 딴 생각을 하다 돌아온 사람처럼 말했다.

"자, 이런 면도 있고 저런 면도 있겠지요. 섣불리 판단해선 안 돼요. 하지만 화를 낼 필요는 없는 거요. 선생이 무언가 방도를 찾는다면 나도 진심으로 기쁠 겁니다. 단지 내 직무 때문에 어쩔 도리가 없는 면이 있다는 말이죠."

랑베르는 안달이 난 듯 고개를 흔들었다.

"알겠습니다. 화를 낸 것은 잘못했습니다. 선생님의 시간을 너무 많이 빼앗았군요."

리외는 일이 어떻게 진행되는지 알려 달라고 했으며 자신을 너무 원망하지 말라고 당부했다. 두 사람이 서로 함께할 수 있는 어떤 계기가 있을 것이라고도 했다. 랑베르는 갑자기 당황한 것 같았다.

"저도 그렇게 생각합니다."

그는 잠시 입을 다물더니 말을 이었다.

"그렇게 생각해요. 내가 원하지 않더라도. 그리고 선생님이 말씀하신 모든 것에도 불구하고요."

그는 머뭇거렸다.

"아무튼 선생님의 생각에 동의할 수는 없습니다."

그는 모자를 이마까지 눌러쓰고는 빠른 걸음으로 떠났다. 그가 장 타루가 묵고 있는 호텔로 들어가는 것이 보였다.

얼마 지나고 나서 리외는 고개를 가로저었다. 신문기자가 자신의 행복에 대해 초조해하는 것도 일리가 있었다. 그러나 자신이 '추상적인 말'의 세계에 빠져 있다는 그의 비판이 과연 옳을까. 페스트가 점점 더 기승을 부려 일주일에 평균 오백 명이 목숨을 잃고 있는 그 병원에서 보낸 시간들이 정말 추상적인 것일까. 그렇다. 이 모든 불행 속에는 어느 정도의 추상성과 비현실성이 존재한다. 그럼에도 그 추상성이 스스로를, 혹은 누군가를 해친다면 그 추상성을 손보아야 할 것이다. 하지만 리외는 그것이 그리 쉽지 않은 일이라는 것을 알고 있었다. 예를 들어 그가 책임지고 있는 이 보조 병원을 지휘하는 일은 쉽지 않았다. 보조 병원은 이제 세 개나 된다. 그는 진찰실 맞은편 방 하나를 접수실로 사용하도록 했다. 바닥을 움푹 파서 크레졸 액이 고인 못을 만들고 그 한가운데는 벽돌로 둘러쳐서 섬을 만들었다. 환자를 그 섬으로 옮겨 재빨리 옷을 벗기면 옷이 물속에 떨어진다. 환자가 몸을 씻고 물기를 닦고 까칠까칠한 환자복으로 갈아입은 뒤에는 리외의 손을 거쳐 병실로 보내지게 된다. 학교의 실내 운동장을 병실로 만들었는데 오백 개의 병상이 지금 거의 다 찬 상태이다. 본인이 직접 접수를 받는 아침 진료 중에 환자에게 백신을 주사하고 멍울을 절개하고 나서 리외는 다시 통계를 확인하고는 자신의 진료실로 돌아가 오후의 진료를 시작한다. 왕진을 나가는 것은 저녁이 되어야 할 수 있고 그러다 보면 대개 밤늦게 귀가하는 것이다. 지난 밤 어머니는 젊은 며느리가 보낸 전보를 아들에게 전해 주면서, 리외의 손이 떨리고 있는 것을 보았다.

그가 말했다.

"네, 떨리네요. 계속하다 보면 신경이 좀 가라앉을 거예요."

그는 강건하고 꾸준했다. 실은 아직은 지치지 않았던 것이다. 그러나 예를 들어 왕진을 나가는 일은 지긋지긋했다. 유행성 열병이라고 진단을 내리는 것은 곧 환자를 당장 데려가야 한다는 뜻이었다. 거기서 추상적인 말들과 그 외의 어려움들이 뒤따르는데 환자가 완치되거나 죽기 전까지는 다시 볼 수 없다는 것을 가족들도 알고 있기 때문이다.

"제발 한 번만 봐주세요, 선생님!"

타루가 묵고 있던 호텔의 객실 담당 청소부의 어머니인 로레 부인이 말했다. 그것은 무슨 뜻이었을까. 물론, 리외에게도 동정심이 있었다. 그러나 그것으로 아무도 도울 수가 없었다. 전화를 걸어야 했고, 곧이어 구급차의 사이렌 소리가 울렸다. 처음엔 창문을 열고 구경하던 이웃들도 얼마 지나지 않아 황급히 창문을 닫았다. 그리고 나면 실랑이와 눈물, 설득, 그러니까 '추상'이 시작된다. 고열과 불안감으로 뜨겁게 달궈진 이 아파트에 광기어린 장면이 연출되는 것이다. 아무튼 환자는 이송되고, 이제 리외는 떠날 수 있다.

처음에는 전화만 걸고 구급차는 기다리지 않은 채 다른 환자를 돌보러 갔다. 그러나 그가 떠나고 나면 부모들은 문을 걸어 잠그고, 이제는 어떤 결말이 날지 뻔히 알고 있는 생이별보다 페스트를 마주하고 사는 편을 택했다. 비명 소리, 명령, 경찰의 출동, 나아가서 무장 군인들…… 그렇게 환자는 체포를 당했다. 그래서 리외는 첫 몇 주간에는 구급차가 도착할 때까지 기다려야 했다. 이후에는 각각의 의사가 왕진을 나갈 때 자원봉사 감독관이 동행하게 됨에 따라 리외는 다른 환자를 보러 달려갈 수 있었다. 그러나 초기에는 매일 저녁, 로레 부인의 집에 갔던 날에 벌어졌던 것과 같은 일이 반복되었다. 부채와 조화들로 장식된 작은 아파트에 들어서면 의사를 맞는 환자의 어머니는 억지웃음을 지어 보이며 이렇게 말하는 것이었다.

"요즘 사람들이 떠들어 대는 그 열병은 설마 아니겠죠?"

리외는 이불과 속옷을 걷어 올리고 말없이 배와 허벅지의 붉은 반점과 멍울의 부은 정도를 들여다보았다. 환자의 어머니는 딸의 다리 사이를 보더니 더 이상 참지 못하고 비명을 질러 댔다. 매일 저녁 어머니들은, 그 모든 치명적인 증상들을 보이고 있는 배를 보고 '추상적'인 얼굴로 그렇게 울부짖었고, 매일 저녁 리외의 팔을 부여잡았고, 의미 없는 말들, 약속들과 오열이 난무했으며, 매일 저녁 구급차가 사이렌 소리를 울리면 온 동네가 그렇게 발작을 일으켰으나, 그것은 모든 고통이 그러하듯이, 덧없는 것일 뿐이었다. 매일 저녁 똑같은 장면이 끝없이 길게 반복되면서 리외는 그 길고 긴 같은 장면이 끝없이 반복되는 이외의 어떤 것을 상상할 수 없었다. 그렇다. 페스트는 추상처럼 단조로운 것이었다. 변한 것이 하나 있다면 그것은 리외 자신일 것이다. 그는 랑베르가 미끄러져 들어간 호텔 문을 바라보던 그날 저녁,

공화국 여신상 아래서 그것을 느끼고 있었다. 자신을 침범하기 시작한, 인정하기 어려운 무관심만을 오로지 염두에 두고서.

피로하기 그지없는 몇 주간이 지나고, 도시 전체가 거리로 쏟아져 나와 일없이 맴돌던 그 황혼녘들이 지나간 후, 리외는 동정심에 맞서 스스로를 괴롭힐 필요가 없다는 것을 깨닫게 되었다. 동정심이 아무런 소용이 없을 때는, 누군가를 동정하는 것이 사람을 피곤하게 만든다. 그리고 그의 고된 나날들에 유일한 위로가 되는 것은, 차츰 마음의 문이 닫히는 자신의 모습을 발견하는 것이었다. 그로 인해 자신의 책무가 가벼워진다는 것을 그는 알고 있었다. 그렇기에 그는 기뻤다. 새벽 두 시에 어머니는 그를 맞이하면서 자신을 바라보는 아들의 공허한 눈빛에 슬픔을 느꼈다. 그러나 그것은 리외가 누릴 수 있는 유일한 위안의 순간이었다. 추상과 싸우기 위해서는 어느 정도 추상을 닮을 필요가 있다. 그런데 랑베르는 어떻게 그것을 느낄 수 있었을까. 랑베르에게 있어서 추상은 자신의 행복을 가로막는 모든 것이었다. 사실, 리외는 그 신문기자가 어떤 면에서는 옳다는 것을 알고 있었다. 뿐만 아니라 어떤 경우에는 추상이 행복보다 강하다는 것도 알고 있었으며 그 점을 염두에 두어야 한다는 것, 그리고 단지 그 경우에만 그 점을 고려해야 한다는 것 역시 알고 있었다. 그것이 바로 랑베르에게 닥친 일이었는데, 나중에 그가 털어놓은 이야기를 통해서 리외는 그 사실을 자세하게 알 수 있었다. 그리하여 리외는, 또 다른 측면에서, 이 긴 시기 동안 우리 시의 삶 전체를 지배했던, 개개인의 행복과 페스트라는 추상 사이의 우울한 투쟁을 조망할 수 있었다.

그러나 어떤 사람들에게 추상으로 보이는 것이 또 다른 사람들에게는 진리로 보이는 것이었다. 페스트가 발병하고 한 달이 지날 무렵에 실로 유행병 사태의 뚜렷한 악화와 파늘루 신부의 격정적인 설교로 인해 분위기가 한층 더 암울해졌다. 미셸 영감이 병에 걸렸던 초기에 그를 도와주었던 예수회 소속의 파늘루 신부는 오랑의 지리학회 회지에 자주 기고하면서 이미 이름이 알려져 있었고 그의 금석문 복원은 권위가 있었다. 그는 현대사회의 개인주의에 대한 일련의 강연을 통해서 그 분야의 전문가보다도 더 많은 청중들을 끌어 모으기도 했다. 그는 강연에서 현대인의 방종과 지난 세기의 반계몽주의를 모두 멀리하는 엄격한 기독교의 열렬한 수호자임을 자처했다. 그렇게, 기회가 있을 때마다 혹독한 진실을 청중에게 가감 없이 토로함으로써 그의 명성은 높아만 갔다.

그달 말에는 우리 시의 고위 성직자회에서 일주일간의 집단 기도 기간을 선포하면서, 나름대로의 방법을 통해 페스트와 싸울 것을 결정했다. 대중들의 신앙심을 고취시키기 위한 이 종교 행사는 일요일에 페스트에 걸렸던 성자인 성 로크에게 봉헌될 장엄한 미사로 끝맺게 되어 있었다. 파늘루 신부는 이 미사에서 강론을 해 달라는 요청을 받았다. 그는 성 아우구스티누스와 아프리카 교회에 대한 연구로 교단에서 각별한 지위를 얻고 있었는데 보름 전쯤부터 그 연구로부터 겨우 빠져나올 수 있었다. 왕성한 의욕과 열정적인 천성을 지닌 그는 자신에게 맡겨진 사명을 기꺼이 받아들였다. 그가 하게 될 설교는 한참 전부터 사람들의 입에 오르내렸으며, 나름대로 이 시기에 있어서의 중요한 사건으로 기록되었다.

기도 주간에 많은 사람들이 참여했다. 평소에 오랑의 시민들이 특히 신앙심이 깊어서는 아니었다. 예를 들어 일요일 아침에 해수욕 하는 사람이 미사에 참석하는 이들의 수와 비슷했다. 그렇다고 갑자기 무슨 계시를 받아서 사람들이 개종을 한 것도 아니었다. 그러나 한편으로는 시가 폐쇄되고 항구가 차단되어 해수욕조차 불가능하게 되었을 뿐 아니라, 다른 한편, 시민들이, 자신들에게 닥친 놀라운 사건들을 마음속 깊이 새긴 것이 아니었음에도, 틀림없이 어떤 변화가 찾아왔다는 것을 직감하는 매우 특별한 정신 상태에 놓여 있었기 때문이기도 했다. 그럼에도 많은 사람들은 유행병이 곧 멈추기를 기대했으며 자신들이 가족과 함께 무사할 것이라는 희망을 품었다. 그래선지 아직은 무슨 수라도 써야 한다는 강박관념을 가지고 있지는 않았다. 페스트는 그들에게 있어 달갑지 않은 방문객이었으며, 그들을 찾아온 것처럼 언젠가는 그들을 떠날 것이라고 믿고 있었다. 충격에 싸였지만 절망에 빠진 것은 아니었으며, 페스트가 자신들의 삶의 모습 자체가 되어 이전까지 어떻게 살아왔는지조차 기억하지 못하게 되는 순간은 아직 도래하지 않았던 것이다. 요컨대 그들은 기다림 속에 있었다. 종교와 관련해서도, 다른 많은 문제들과 마찬가지로, 페스트는 그들에게 독특한 심성을 부여했다. 그것은 열정과도, 무관심과도 동떨어진 것으로서 '객관성'이라고 부를 만한 것이었다. 예를 들어 기도 주간에 참여한 사람들 대부분은, 신자 중 한 사람이 리외에게 보였던 '어쨌든 참여해서 나쁠 건 없죠.'와 같은 태도를 견지했다고 해도 좋을 것이다. 타루 역시도 중국인들은 그런 경우에 페스트의 귀신 앞에서 북을 쳐 댈 것이라고 수첩에 적은 뒤, 실제로 북을 치는 행위가 온갖 예방 조치들보다 효과적인지는 절대로 알 수 없는 노릇이라고 썼다. 덧붙이기를, 그 문제에 답하기 위해서는 페스트 귀신이 존재하는지를 알아야 하는데, 그에 대한 무지로 인해 우리가 가질 수 있는 모든 견해는 무의미해진다고 했다.

시의 대성당은 어쨌든 기도 주간 내내 사람들로 거의 가득 찼다. 처음에는 많은 주민들이 종려나무와 석류나무가 성당 입구까지 늘어져 있는 정원에서, 축원과 기도가 물결을 이루어 거리를 뒤덮는 소리에 귀를 기울이고 있었다. 그러더니 차츰, 앞사람을 따라 성당 안으로 들어가 신자들의 답창에 어색한 목소리를 보탰다. 일요일이 되자 신도들이 엄청나게 몰려와 중앙 홀을 메우고 현관 앞 광장과 계단 꼭대기까지 들어섰다. 전날부터 어두컴컴했던 하늘이 소나기를 뿌렸다. 밖에 서 있던 사람들은 우산을 폈고, 향냄새와 축축하게 젖은 옷 냄새가 성당 안에 퍼지는 가운데 파늘루 신부가 설교단에 올랐다.

신부는 키가 크지 않았으나 다부진 체격이었다. 그가 설교단 가장자리 나무틀을 큼지막한 손으로 꽉 붙잡고 섰을 때, 철로 된 안경 아래 그의 불그레한 뺨은 두껍고 검은 모양의 불룩 튀어나온 두 개의 반점으로밖에 보이지 않았다. 그의 목소리는 크고 열정적이며 멀리까지 잘 들렸다. 그가 '형제 여러분, 여러분에게 불행이 닥쳤습니다. 형제 여러분은 그 불행을 겪어 마땅합니다.'라는 강렬하고 딱 부러지는 한마디를 회중에게 던지자 파문이 일었고 문 앞 광장까지 늘어서 있던 군중들은 동요했다.

논리적으로 보자면, 뒤에 이어지는 그의 말은 이 비장한 첫머리의 단언과 잘 연결되지 않았다. 청중들은 다음 대목을 듣고 나서야 신부가 능란한 웅변술로 단번에 설교 전체의 주제를 후려치듯 제시한 것이라는 사실을 알게 되었다. 파늘루는 그 한마디 바로 뒤에, 이집트에 있었던 페스트와 관련하여 출애굽기를 인용하며 다음과 같이 말했다.

"역사 속에서 이 재앙이 처음으로 나타난 것은 신의 적대자들을 벌하기 위함이었습니다. 파라오가 하느님의 영원한 섭리를 거역하였기에 페스트가 그를 굴복시켰습니다. 유사 이래 하느님은 재앙을 내려 오만한 자들과 눈먼 자들을 무릎 꿇게 했던 것입니다. 이 점을 곱씹어 보시고 무릎을 꿇으십시오."

밖에서는 비가 더욱 거세게 내렸고, 완전한 침묵 한가운데에 울려 퍼진 이 마지막 한마디가 유리창을 때리는 빗소리와 함께 더욱 심오하고 강렬하게 메아리치는 바람에, 몇몇 청중들은 잠시 머뭇거리다 말고 의자에서 미끄러져 나와 기도대에 무릎을 꿇었다. 다른 이들도 그들을 따라 해야 한다고 생각했는지, 의자가 삐걱거리는 소리만 들리는 가운데, 차례차례로, 결국 모든 청중들이 무릎을 꿇고 말았다. 파늘로 신부는 다시 몸을 일으켜 깊은 숨을 한번 들이쉬더니 한층 더 강한 어조로 말을 이었다.

"만일 오늘 페스트가 여러분을 찾아왔다면 그것은 반성할 시기가 도래했다는 것입니다. 정의로운 사람들은 두려워할 필요가 없습니다. 그러나 사악

한 사람들은 마땅히 떨고 있을 것입니다. 우주라는 광대한 곳간에서, 가차 없는 심판의 재앙이 짚과 낟알을 가려낼 때까지 인류라는 밀을 타작할 것입니다. 낟알보다 짚이 더 많을 것이며 선택된 이들보다 부름 받은 자들이 많을 것입니다. 하느님은 이 불행을 원하지 않으셨습니다. 너무 오랫동안 이 세상은 악과 타협해 왔습니다. 너무 오랫동안 우리는 신의 자비에 안주해 왔습니다. 회개만 하면 아무런 문제가 없었으니 모든 것이 가능했습니다. 사람들은 회개라면 자신이 있었습니다. 때가 되면 틀림없이 그렇게 느끼게 마련이니까요. 그러니 그때까지 고민하지 말고 제멋대로 살아도 신의 자비가 나머지를 해결해 줄 것입니다. 그러나 말이죠, 언제까지 그렇게 할 수는 없는 것입니다. 아주 오랫동안 이 도시 사람들을 자비로운 얼굴로 굽어보시던 신께서는 기다림에 지쳤으며, 당신의 영원한 희망은 실망으로 바뀌어 이제 우리를 외면하기 시작한 것입니다. 신의 광명을 잃고 우리는 바야흐로 페스트의 암흑 속에 오래도록 놓이게 된 것입니다.”

누군가가 성미 급한 말처럼 몸을 떨며 콧바람 소리를 냈다. 잠시 입을 다물었던 신부가 좀 더 낮은 소리로 다시 말을 이었다.

“『황금 전설』에 보면 이런 이야기가 나옵니다. 롬바르디아의 훔베르트 왕 시대에 이탈리아는 페스트로 황폐해졌는데, 로마와 파비아에 특히 맹위를 떨쳤던 이 유행병이 얼마나 지독했던지 살아남은 자들이 죽은 이들을 묻는 것조차 힘들었다고 합니다. 선한 천사가 나타나서 사냥용 창을 든 악한 천사에게 명하기를 집집마다 문을 두드리라고 한 것입니다. 그리고 문을 두드린 횟수대로 그 집에서 죽은 자가 생겼다는 이야기입니다.”

이 대목에서 파늘루 신부는 마치 비바람에 펄럭이는 휘장 뒤에 있는 무언가를 가리키듯이 그 짧은 두 팔을 성당 앞 광장 쪽으로 뻗었다. 그가 힘주어 말했다.

"형제 여러분! 지금 거리거리에서 벌어지는 일 역시 이런 죽음의 사냥과 다르지 않습니다. 보십시오, 이 페스트의 천사를. 루시퍼처럼 아름답고 악의 현현처럼 찬란한 천사가 여러분의 지붕 위에 올라서서 오른손에 든 붉은 창을 머리 위로 치켜 올리고 왼손으로는 여러분의 집을 가리키고 있습니다. 아마도 지금 이 순간, 그의 손가락은 여러분의 문을 가리키고 그의 창이 대문을 두드리고 있을지 모릅니다. 지금 이 순간, 페스트가 여러분의 집 안으로 들어가 방 안에 앉아 여러분을 기다리고 있을지 모릅니다. 참을성 있고 주의 깊게, 자신이 세계의 질서 그 자체인 양 확고부동하게 그 자리에 있는 것입니다. 페스트가 여러분에게 내민 손은, 지상의 어떤 힘도, 그리고 분명히 말하건대, 인간이 만들어 낸 덧없는 과학조차도 여러분으로부터 거둘 수 없는 것입니다. 그리고 피비린내 나는 고통의 타작마당에서 두들겨 맞고서 여러분은 짚더미에 내동댕이쳐질 것입니다."

여기서 신부는 보다 풍부한 표현으로 재앙의 비장한 이미지를 상기시켰다. 그는 거대한 나무토막이 도시 위를 빙빙 돌다가 닥치는 대로 후려갈기고 피투성이가 된 채 다시 솟아올라 '진리의 수확을 기다리는 씨를 뿌리기 위해' 인간의 피와 고통을 흩뿌리는 광경을 묘사했다.

긴 이야기가 끝나자 파늘루 신부는 잠시 말을 멈추었다. 머리카락은 이마 위에 흐트러져 있었고 온몸의 떨림이 손을 통해 설교대까지 전달되었다. 그는 나직한 음성으로, 그러나 힐난하는 어조로 다시 말을 이었다.

"그렇습니다. 반성해야 할 시간이 온 것입니다. 여러분은 주일에만 하느님을 찾아뵙고 나머지 시간은 아무렇게나 해도 된다고 믿어 왔던 것입니다. 무릎 몇 번 꿇는 것으로 죄에 물든 무감각이 충분히 보상된다고 생각했습니다. 그러나 신은 미적지근한 분이 아닙니다. 그렇게 드문드문 찾는 관계로는 하느님의 뜨겁게 넘쳐흐르는 사랑을 만족시킬 수 없는 것입니다. 당신께서는 여러분을 더 오래 보고 싶어 하십니다. 그것이 하느님이 당신을 사랑하는 방식이며 사실은 그것만이 사랑하는 유일한 방식입니다. 바로 그렇기 때문에 여러분을 기다리다 지친 하느님이, 유사 이래 죄로 물든 모든 도시에 그랬던 것처럼, 재앙으로 하여금 여러분을 찾아가도록 한 것입니다. 카인과 그의 자식들과도 같이, 노아의 홍수가 닥치기 이전의 사람들처럼, 소돔과 고모라처럼, 파라오와 욥 그리고 저주받은 모든 이들이 자신들의 죄를 알게 되었듯이, 여러분은 이제야 죄가 무엇인지 알게 되었습니다. 우리 시가 여러분과 재앙을 벽으로 둘러싸 막아 버린 그날부터, 이 모든 자들이 그랬듯이, 여러분도 존재와 사물에 대한 새로운 시야를 가지게 된 것입니다. 이제야 비로소 여러분은, 결국 근본으로 돌아가야 한다는 것을 깨달은 것입니다."

습기를 머금은 바람이 중앙홀로 밀려들어와 큰 촛대의 불꽃이 지글거리며 이리저리 휘어졌다. 짙은 촛농 냄새, 기침 소리, 그리고 재채기 소리가 파늘루 신부에게까지 들려왔다. 신부는 높이 평가받은 그 능란한 말솜씨를 발휘하며 다시 주제로 돌아와 조용한 목소리로 말을 이었다.

"여러분 중 대다수가 제가 결국 무슨 말을 하려는지 궁금해하실 줄 알고 있습니다. 저는 여러분을 진리로 이끌고자 하며, 기뻐하는 법을 알려 드릴 것입니다. 제가 말씀드린 모든 것에도 불구하고 말입니다. 충고나 동지애적인 손길이 여러분을 선으로 이끌던 시대는 지나갔습니다. 오늘날 진리는 하나의 명령입니다. 구원으로 가는 길을 여러분에게 가리키고 있는 것은 바로 붉은 창이며 그것이 여러분을 그곳으로 인도합니다. 형제 여러분, 세상 만물에 선과 악, 분노와 동정, 페스트와 구원을 불어 넣은 하느님의 자비는 바로 여기 이곳에 있습니다. 여러분을 사망에 빠지게 하는 페스트가 바로 여러분을 일으켜 세우고 길을 제시하고 있는 것입니다.

아주 오래전에 아비시니아의 기독교인들은 페스트가 영생을 얻는, 신이 내린 효과적인 방법이라고 생각했습니다. 병에 걸리지 않은 이들은 페스트 환자가 사용하던 이불을 몸에 두르고 죽음이 오기를 기다렸습니다. 물론 구원에 대한 그런 광기 어린 열망은 바람직하지 않을 것입니다. 그것은 유감스럽게도 오만함에 가까운 조급함을 보여 줍니다. 신보다 더 급해선 안 되며, 하느님이 영구적으로 세워 놓으신 불변의 질서를 앞당기려는 모든 시도는 이단으로 향하고 있습니다. 하지만 적어도 이 이야기는 교훈을 남기고 있습니다. 혜안을 지닌 여러분에게 그 모든 고통의 밑바닥에 자리 잡고 있는 영생의 달콤한 서광을 보여 주고 있는 것입니다. 그 빛은 해방으로 향하는 황혼의 여정을 밝게 비추고 있습니다. 반드시 악을 선으로 변화시키는 신의 의지를 드러내는 것입니다. 오늘도 마찬가지로 그 빛은 이 죽음과 불안의 떠들썩한 여정을 통해서 본질적인 침묵과 모든 생명의 근본 원칙에게로 우리를 인도하고 있습니다. 자, 형제 여러분, 이것이 제가 여러분에게 드리고 싶었던 크나큰 위안의 말씀인 것입니다. 여러분을 벌하는 설교만이 아니라 부디 마음에 평화를 드리는 말씀도 귀담아 듣고 가시길 바랍니다."

파늘루 신부의 말은 끝난 것 같았다. 밖에는 비가 멎어 있었다. 습기와 햇빛이 뒤섞인 하늘이 보다 싱싱한 빛을 광장에 쏟아 붓고 있었다. 거리에서 웅성거리는 말소리와 자동차가 지나가는 소리, 깨어나는 도시의 온갖 언어들이 흘러 들어왔다. 사람들은 소리를 죽이고 조용히 소지품을 챙기고 있었다. 그러나 신부는 다시 말을 이어서, 페스트가 신이 내린 것이라는 점과 그 징벌적인 성격을 밝혔으므로 자신의 말은 끝났으며, 그런 비극적인 주제를 다루면서 그에 걸맞지 않은 웅변으로 끝을 맺고 싶지는 않다고 말했다. 신부 생각에는 모든 사람들이 자기 말을 잘 이해한 것 같았다. 그는 마르세유에 혹심한 페스트가 닥쳤을 때, 기록자인 마티외 마레가 지옥에 내던져져 구원도 희망도 없이 살아가고 있다고 한탄한 것을 상기시켰다. 그러니까 마티외 마레는 아무것도 보지 못한 것이었습니다! 반면에 파늘루 신부는 모두에게 주어진 신의 구원과 기독교의 희망을 오늘처럼 절실히 느낀 적은 없었다. 그는 시민들이 매일 목도하는 참상과 죽어 가는 이들의 외침에도 불구하고, 그들이 오직 사랑의 말씀인 그리스도의 말씀만을 하늘에 되뇌기를 그 무엇보다도 희망하고 있다고 했다. 나머지는 신이 돌보신다는 것이다.

그 설교가 시민들에게 어떤 영향을 끼쳤는지는 말하기 어렵다. 예비 판사인 오통 씨는 리외에게 파늘루 신부의 강론이 '절대로 반론의 여지가 없는' 것이라고 단언했다. 하지만 모두가 그렇게 분명한 의견을 가진 것은 아니었다. 단지 그 설교로 인해, 지금까지는 어렴풋했던 어떤 생각, 그러니까 알지 못하는 죄로 인해, 상상하지도 못했던 감금이라는 벌을 받고 있다는 생각이 보다 절실해진 것은 사실이었다. 그래서 어떤 사람들은 감금 생활에 적응하며 근근이 삶을 지속해 나가는 반면에, 다른 사람들은 오로지 이 감옥으로부터 탈출해야겠다는 생각에 사로잡혀 있었다.

　사람들은 우선 외부 세계와 차단된 채 살아가는 것을 받아들였다. 자신들의 일상적인 습관 중 몇 가지만을 제한하는 잠정적인 조치라면 받아들일 준비가 되어 있었던 것이다. 그러나 이글거리는 여름이 시작되는 때 밀폐된 하늘 아래 갇혀 살게 된 것을 갑자기 의식하게 된 그들은 이 옥살이가 그들 삶 전체를 위협하고 있다는 혼란스러운 생각에 사로잡힌 나머지, 저녁의 서늘함 속에 조금이나마 기운이라도 차리게 되면 절망적인 행동을 저지르기도 하는 것이었다.

　무엇보다도, 우연의 일치일 수도 있겠으나, 바로 그 일요일부터 시에는 전반적이고도 심각한 공포의 감정 같은 것이 자리 잡아서 시민들이 이제는 정말로 자신들이 처한 상황을 인지하기 시작한 것이 아닌가 하는 생각이 들게 했다. 그런 면에서, 우리 시의 공기가 어느 정도 변했다고 볼 수 있다. 그러나 실은, 그 변화가 분위기로 인한 것인지, 사람들의 마음에서 나온 것인지가 문제였다.

설교가 있은 지 며칠 뒤에 그랑과 함께 그에 대한 얘기를 나누며 변두리 지역으로 향하던 밤, 리외는 두 사람 앞에서 제자리걸음을 하며 비틀거리는 남자와 마주쳤다. 바로 그 순간에, 점점 더 늦은 시간에 점등되던 시의 가로등이 갑자기 환히 켜졌다. 산책자들의 등 뒤에 달려 있는 전등이 눈을 감고 소리 없이 웃고 있는 그 남자를 느닷없이 비추었다. 웃음소리가 소거된 미소로 일그러진 그의 희끄무레한 얼굴 위로 굵은 땀방울이 흘렀다. 그들은 그를 지나쳐 갔다.

"미친 사람이로군요."

그랑이 말했다.

가던 길을 가자고 그의 팔을 잡아끌던 리외는 그랑이 흥분해서 몸을 떨고 있는 것이 느껴졌다.

"머지않아 도시가 미친 사람들로 차고 넘칠 겁니다."

리외가 말했다.

피곤했던 탓인지 리외는 목이 말랐다.

"뭘 좀 마십시다."

그들이 들어간 작은 카페는 카운터 위를 밝히는 램프 하나만이 켜져 있을 뿐이었다. 사람들은 어떤 이유에선지 낮은 목소리로 대화를 나누었고 불그레한 카페 안의 공기는 답답했다. 그랑은 카운터에서 술을 한 잔 시키더니 단숨에 들이켜고는, 놀라는 리외에게 자신은 술이 꽤 세다고 말했다. 그러더니 카페에서 나가고 싶어 했다. 밖에 나오자 리외는 밤거리가 신음 소리로 가득 차 있는 것처럼 느껴졌다. 가로등 위 검은 하늘 한구석으로부터 들려오는, 귀를 멍하게 하는 휘파람 소리는, 뜨거운 공기를 끊임없이 휘젓고 있는 숨은 재앙을 떠올리게 했다.

"다행이지. 다행이고말고."

그랑이 되뇌었다.

리외는 그게 무슨 말인지 속으로 헤아려 보았다.

"다행히도 난 할 일이 있거든요."

그랑이 말했다.

"그렇군요. 그 점은 좋은 일이죠."

리외는 휘파람 소리를 듣지 않기 위해 그랑에게 그 일에 만족하는지 물었다.

"그러니까, 전 제대로 된 길에 들어선 것 같습니다."

"아직 한참 걸리나요?"

그랑은 꽤 신이 나 있었다. 알코올의 열기가 목소리에 섞여 나왔다.

"잘 모르겠어요. 하지만 문제는 그게 아녜요, 선생님. 절대 그게 문제가 아니랍니다."

어둠 속에서도 리외는 그가 팔을 휘두르고 있다는 것을 알 수 있었다. 그랑은 뭔가 할 말을 준비하는 듯하더니 수다스럽게 말을 늘어놓았다.

"제가 원하는 것은 말입니다, 선생님. 제 원고가 출판사에 도착한 날, 편집자가 그것을 읽고서 자신의 동료들에게 '여러분, 모자를 벗으시오!'라고 하면서 자리에서 일어서는 것입니다."

갑작스러운 그의 말에 리외는 좀 놀랐다. 그랑은 손을 머리로 가져가 모자를 벗는 시늉을 하더니 팔을 앞으로 뻗는 것 같았다. 하늘 위에서는 기이한 휘파람 소리가 한층 더 크게 들려오는 것 같았다.

"그럼요. 작품은 완벽해야 합니다."

그랑이 말했다.

문학계의 관행이 어떤지 잘 알지는 못했지만 리외는 일이 그렇게 순조롭게 진행될 것 같은 느낌은 들지 않았고, 예를 들어 출판사 사무실에서 사람들이 모자를 쓰고 있지는 않을 것 같았다. 하지만 누가 알겠는가. 리외는 입을 다물었다. 그는 자기도 모르게 페스트가 내는 기이한 소리에 귀를 기울이고 있었다. 그들은 그랑의 동네에 가까워지고 있었는데, 지대가 약간 높은 곳인지라 시원한 산들바람이 일었고, 도시의 온갖 소음을 쓸어내 주는 것 같았다. 그랑은 멈추지 않고 얘기를 계속했지만 리외는 그가 하는 말을 다 알아들을 수는 없었다. 그가 알아들은 말은, 문제의 작품이 이미 많이 진전된 상태이지만 완벽한 걸작을 만들기 위해 그가 쏟는 노력은 매우 고통스럽다는 것이었다.

"며칠 밤, 심지어 몇 주 동안 단어 하나를 붙잡고…… 어떤 때는 단순한 접속사 하나 때문에……."

여기서 그랑은 말을 멈추고 리외의 외투에 달린 단추 하나를 붙잡았다. 고르지 못한 그의 치아 사이로 단어들이 주섬주섬 새어 나왔다.

"아시겠어요, 선생님? 굳이 따지자면 '그러나'와 '그리고' 중에서 고르는 것은 꽤나 쉬운 일입니다. 그런데 '그리고'와 '이어서' 중에서는 문제가 벌써 어려워지죠. '이어서'와 '그러고 나서'가 나오면 문제는 더 심각합니다. 하지만 뭐니 뭐니 해도 가장 어려운 것은 '그리고'를 꼭 넣어야 하느냐 마느냐를 결정하는 일이랍니다."

"네, 이해합니다."

리외는 이렇게 말하고 다시 걷기 시작했다. 당황한 기색의 그랑은 그를 뒤쫓아 곁으로 다가섰다.

"용서하세요. 오늘 밤 제가 왜 이러는지 모르겠네요."

그가 서둘러 말했다.

리외는 그의 어깨를 툭 치면서, 자기는 그를 도와주고 싶으며 이야기가 매우 재미있다고 말했다. 그랑은 조금 안심한 듯 보였으며, 집 앞에 당도하자 조금 머뭇거리더니 잠시 집에 들르지 않겠냐고 그에게 물었다. 리외는 그러자고 했다.

주방에 들어가자 그랑은 리외에게 깨알 같은 글씨 위에 마구 줄이 그어져 있는 종이들로 뒤덮인 탁자 위에 앉으라고 권했다.

그랑은 의아한 눈으로 자신을 바라보는 의사에게 말했다.

"네, 바로 그겁니다. 뭐 한잔하시겠어요? 포도주가 좀 있답니다."

리외는 거절했다. 그는 종잇장들을 바라보고 있었다.

"보지 마세요. 제 첫 문장이에요. 첫 문장이 정말 힘들더군요. 여간 힘들게 아니었어요."

그랑 역시 종잇장들을 바라보고 있었는데, 마치 거부할 수 없는 어떤 힘에 이끌리듯이 종이들 중 한 장을 집어 들고는 갓도 안 씌운 전등불에 비춰 보았다. 종이가 그의 손에서 떨리고 있었다. 그의 이마가 촉촉해진 것이 리외의 눈에 띄었다.

그가 말했다.

"앉아 보세요. 좀 읽어 주시죠."

그러자 그랑은 리외를 보고 일종의 감사가 담긴 미소를 지었다.

"그러죠, 저도 그러고 싶었나 봅니다."

그는 계속해서 종이를 바라보면서 잠시 기다리다가 자리에 앉았다. 리외는 동시에 어딘가에서 들려오는 불분명한 윙윙거림을 듣고 있었는데 그것은 마치 재앙의 휘파람 소리에 이 도시가 응답하는 소리 같았다. 바로 그 순간, 그는 발밑에 펼쳐져 있는 이 도시와 그것이 이루는 폐쇄된 세계, 그리고 이 도시가 어둠 속에서 억누르고 있는 끔찍한 울부짖음을 지독히도 날카로워진 감각으로 느끼고 있었다. 그랑의 목소리가 어느새 높아져 있었다.

"5월의 아름다운 아침, 우아한 여인이 근사한 적갈의 암말에 올라앉아 불로뉴 숲의 꽃이 만발한 오솔길을 누비고 있었다."

다시 침묵이 찾아왔고, 괴로움에 젖은 도시의 불분명한 소음 역시 다시 찾아왔다. 그랑은 종이를 내려놓고는 그 종이를 계속해서 응시했다. 시간이 얼마 흐르고 나서 그는 고개를 들었다.

"어떻게 생각하세요?"

리외는 첫 부분을 들으니 그 다음 부분이 궁금해진다고 했다. 그랑은 그런 관점은 적절하지 않다고 쾌활한 어조로 말했다. 그는 손바닥으로 종잇장을 내려쳤다.

"이건 대충 써 둔 것에 불과해요. 머릿속에 구상한 것을 완벽하게 표현해 내서 내 문장이 하나 둘 셋, 하나 둘 셋, 달리는 말의 모습 그 자체가 되면 나머지는 그냥 술술 풀릴 겁니다. 특히 그 환상적인 장면은 첫 머리를 읽자마자 '모자를 벗으시오!'라는 말이 튀어나오게 할 거라고요."

그러나 그렇게 되기까지는 할 일이 아직 많았다. 그는 절대로 그 문장을 있는 그대로 인쇄소에 넘기는 데 동의하지 않을 것이다. 왜냐하면 때때로 이 문장이 만족스럽게 느껴짐에도 불구하고 그것이 완전히 현실에 일치하지는 않는다는 것을 깨닫기 때문이다. 어떤 의미에서 그 문장은 잘 읽히는 어조로 되어 있기에 딱히 상투적이라고는 할 수 없어도 상투적인 표현과 비슷해 보일 수가 있다는 것이었다. 아무튼 그랑이 한 말은 어느 정도 그런 의미였고, 순간 창밖으로 사람들이 뛰어가는 소리가 들려왔다. 리외는 자리에서 일어났다.

"제가 어떻게 완성할지 보시게 될 겁니다."

그랑이 말했다. 그리고 창 쪽으로 돌아서서 덧붙였다.

"이 모든 난리가 끝나면 말이죠."

그러나 급히 뛰어가는 발걸음 소리가 다시 들려왔다. 리외는 벌써 계단을 내려가고 있었고 거리로 나오자 두 사내가 그의 앞을 지나쳐 갔다. 그들은 분명히 시의 출입문 쪽을 향해 달려가고 있었다. 실제로 시민들 중 일부는 더위와 페스트 사이에서 이성을 잃은 채 멋대로 폭력을 휘두르며 출입문의 경비를 따돌리고 도시 밖으로 빠져 나가고자 애썼던 것이다.

랑베르와 같은 처지의 다른 이들 역시, 이런 초기의 공황 상태에서 벗어
나고자 노력했는데, 좀 더 집요하고 교묘한 방법을 동원했으나 그렇다고 더
성공적인 것은 아니었다. 랑베르는 우선 공식적인 절차를 계속 밟아 갔다.
그의 말에 따르면 끈기가 모든 것을 이겨 낼 수 있다는 것이 자신의 지론이
며, 그런 식으로 곤경을 헤쳐 나가는 것이 자기 직업이기도 하다는 것이다.
그는 공무원과 유력자들을 많이 만났다. 평소 같으면 무슨 일이든 척척 해낼
수 있는 이들이었으나 이런 상황에서 그들의 능력은 아무 짝에도 쓸모가 없
었다. 그들 대부분이 은행이나 수출과 관련된 모든 문제들, 혹은 감귤이나
포도주 거래 따위에 대한 정확하고 잘 정리된 생각을 가지고 있는 이들이었
다. 또한 소송 문제나 보험에 관해서도 이론의 여지없이 훌륭한 지식을 갖추
고 있었을 뿐 아니라 탄탄한 학벌과 뚜렷한 선의까지 지니고 있었다. 그들에
게서 모든 사람이 가장 놀라는 점은 특히 그들의 선한 의지였다. 그러나 페
스트에 관해서는 그들이 아는 것이라고는 거의 없다고 해도 좋을 것이었다.
  그럼에도 랑베르는 그들 한 사람 한 사람 앞에서 기회가 있을 때마다 자
신의 사연을 하소연했다. 근본적으로 그의 이야기는, 자신은 이 도시 사람이
아니라는 것이었고, 그러므로 특별한 경우로서 검토해 봐야 한다는 것이었

다. 보통은 기자가 찾아간 사람들 대부분은 이 점을 기꺼이 인정했다. 그러나 그런 경우에 처한 사람들이 꽤 많아서 그가 생각하는 것처럼 특별한 경우가 될 수는 없다고 답하기 일쑤였다. 그런 지적에 대해 랑베르는 그렇다고 해서 자신의 논리적 근거가 변하는 것은 아니라고 받아쳤다. 그러나 그들은 사람들이 끔찍하게 생각하는, '선례'라고 부르는, 행정에서 무슨 수를 써서라도 피하고자 하는 것을 만들 위험이 있으므로 행정적 근거에는 일종의 변화가 생기는 셈이라고 답했다. 랑베르가 리외에게 말한 자신의 분류법에 따르면 그런 식으로 사고하는 사람들은 형식주의자의 범주에 속했다. 그들 말고도 달변가 부류가 있는데, 의뢰인인 랑베르에게 이 상황이 그리 오래가지는 않을 것이라고 안심을 시키고, 결론을 내려 달라는 말엔 듣기 좋은 조언만을 남발하고는 랑베르를 위로하며 모든 것은 일시적인 불편함일 뿐이라는 결론을 내리는 이들이다. 바쁜 척하는 부류들은 방문객에게 자신의 상황을 요약해서 적어 놓고 가면 검토해서 알려 주겠다는 이들이다. 또한 무의미한 족속들은 숙박권을 제공한다든지 가격이 저렴한 숙소를 알아봐 주겠다고 했다. 체계적인 친구들은 서류에 내용을 적어 놓게 한 뒤 곧바로 서류철에 잘 분류해 두는 이들이었다. 일에 치여 꼼짝 못 하는 사람들은 그저 두 손 두 발을 다 들고 있었고 귀찮아하는 사람들은 아예 외면을 했다. 마지막으로 가장 수가 많은 전통주의자들은 랑베르에게 다른 기관의 사무실을 알려 주거나 또 다른 절차를 밟아 보라고 권유하기도 했다.

신문기자는 이렇게 사람들을 찾아다니느라 지쳐 나자빠지고 말았다. 하지만 세금을 면제해 주니 국채를 신청하라거나 식민지 주둔군에 지원하라는 내용의 커다란 포스터 앞에 놓인 인조가죽 의자에 앉아 기다리기도 하고, 사람들 표정만 봐도 서류함이나 문서들이 꽂힌 선반을 보듯이 일이 어떻게 돌아갈지 쉽게 짐작할 수 있는 사무실들에 들락날락하다 보니, 도청이니 시청이니 하는 곳이 도대체 무얼 하는 곳인가에 대한 정확한 생각을 가지게 될 수는 있었다. 그가 리외에게 씁쓸한 어조로 말한 바와 같이, 그러고 다니는 통에 상황이 어떻게 흘러가고 있는지 도통 모르고 지낼 수 있었다는 것이 굳이 이점이라면 이점이었다. 그는 페스트가 얼마나 확산되고 있는지 챙길 겨를조차 없었다. 그렇게 해서 시간이 빨리 지나가는 것은 차치하고라도, 도시 전체가 처한 이 상황 속에서, 우리가 만일 죽지만 않는다면, 하루하루가 흐를 때마다 각자 시련이 끝나는 시점에 그만큼 가까이 가는 것이라고 할 수 있을 것이다. 리외도 그 점은 사실이라고 인정하면서도, 지나친 일반론에 불과하다고 생각하지 않을 수 없었다.

어느 순간엔가 랑베르도 희망을 품었다. 도청에서 정확하게 기입해 달라며 보낸 신원 조회 서류를 받았던 것이다. 서류는 그의 신원과 가족 관계, 과거와 현재의 수입을 묻고 있었고, 이력서라고 부를 만한 항목도 있었다. 그는 원거주지로 송환할 만한 이방인들에 대한 조사를 하는 듯한 인상을 받았다. 어떤 기관에서 주워들은 몇 가지 정보들이 이런 느낌을 부추겼다. 그러나 어찌어찌하여 그 서류를 보낸 기관을 찾아냈는데 그들은 '만일의 경우'에 대비하여 그런 조사를 했다는 것이었다.

"어떤 경우를 말하는 겁니까?"

랑베르가 물었다.

그들은 대답하기를, 만에 하나 그가 페스트를 앓다가 사망하면 가족들에게 알리기 위함이기도 하며, 또한 병원비를 시 예산으로 할 것인가 친지들이 와서 지불하기를 기다릴 것인가를 알아보고자 한 것이었다고 한다. 분명히 그것은 그가 자신을 기다리고 있는 여인과 완전히 절연된 것은 아니라는 사실을 증명하고 있었다. 이 사회가 그들을 염려해 주고 있었던 것이다. 하지만 그것은 위로가 될 수 없었다. 그보다 놀라운 점은, 랑베르도 그것을 깨달았는데, 재앙이 한창 기승을 부릴 때조차 기관은 자신의 임무를 계속하고 있으며, 때로 고위 당국에서도 알지 못하는 방식으로, 멀게만 보이는 시기의 일에 선도적으로 개입하고 있다는 사실이었다. 단지 그 일을 위해 설치된 기관이라는 이유만으로 말이다.

이후에 이어진 시기는 랑베르에게 가장 쉽고도, 동시에 어려운 시기였다. 무력감에 빠진 시간이었던 것이다. 그는 모든 기관을 찾아갔고 모든 절차를 밟았으나 그 방면으로는 지금으로서는 출구가 보이지 않았다. 그는 카페를 이곳저곳 전전했다. 아침이면 카페 테라스에 앉아 미지근한 맥주를 앞에 두고, 유행병이 끝나 간다는 희망적인 소식이 혹시 있을까 하여 신문을 펼쳐 들었으며, 거리를 지나는 행인들을 바라보다가 슬픔 어린 그들의 얼굴을 보고는 환멸감에 고개를 돌리곤 하였다. 맞은편 상점들 간판과 이제는 더 이상 마시지 않는 유명한 식전주 광고 문구, 벌써 수백 번이나 읽었던 그 문구들을 한 번 더 보고 난 뒤 몸을 일으켜 누렇게 먼지가 앉은 도시의 거리를 발길 닿는 대로 걸어 다녔다. 고독한 산책길에 카페에 들르고, 카페에서 다시 식당으로 옮겨 다니다 보면 곧 저녁이 되었다. 어느 날 저녁, 리외는 어떤 카페 문 앞에 서 있는 랑베르를 보았는데 그는 들어갈지 말지 망설이고 있었다. 들어가기로 결심했는지 홀을 가로질러 가더니 가장 구석자리에 자리를 잡았다. 당국의 지침에 따라 카페의 조명을 켜는 시간을 늦추던 시각이었다. 황혼이 어두운 물결처럼 홀 안으로 밀고 들어왔고, 해 질 녘의 장밋빛 하늘은 유리창에 반사되었으며, 탁자의 대리석은 막 스며들기 시작한 어둠 속에서 희미하게 빛나고 있었다. 텅 빈 카페 안에서 랑베르는 어렴풋한 형체의 그림자로 보일 뿐이었고 리외는 지금이 그에게 있어 자포자기의 시간임을 짐작할 수 있었다. 그러나 그 시간은 또한 이 도시의 모든 유형자가 저마다 자포자기를 느끼는 순간이기도 했으며, 그들이 한시라도 빨리 해방될 수 있기 위해서는 무엇인가를 하지 않으면 안 되는 순간이기도 했다. 리외는 발걸음을 돌렸다.

랑베르는 기차역에서도 많은 시간을 보냈다. 플랫폼에 접근하는 것은 금지되어 있었다. 하지만 바깥으로 난 대합실 문은 열려 있었고 날이 뜨거울 때면 종종 거지들이 그늘지고 시원한 대합실에 자리를 잡고 있었다. 랑베르는 거기서 옛날 기차 시간표를 훑어보거나 침을 뱉지 말라는 경고 표지판, 혹은 역내 경비원의 안전 수칙 따위를 읽곤 했다. 그러고는 한구석에 자리를 잡고 앉았다. 대합실은 어두컴컴했다. 구형 살수기를 본 뜬 팔각형의 울타리 안에 낡은 무쇠 난로 하나가 몇 달 전부터 싸늘하게 식은 채로 있었다. 벽에는 방돌(Bandol)이나 칸(Cannes)에서의 행복하고 자유로운 삶을 선전하는 포스터가 붙어 있었다. 랑베르는 거기서 결핍의 밑바닥에서 찾을 수 있는 일종의 끔찍한 자유를 누리고 있었다. 적어도 그가 리외에게 말한 바에 따르면, 당시에 그가 가장 견디기 힘들었던 것은 머릿속에 떠오르는 파리의 이미지였다. 낡은 돌들과 분수가 있는 풍경, 팔레 루아얄의 비둘기들, 파리 북역, 팡테옹 근처의 인적 없는 거리들, 그리고 그가 그토록 사랑했었는지 미처 몰랐던 그 도시의 몇몇 장소들을 머릿속에서 떨쳐 버릴 수 없는 나머지 그는 아무 일도 할 수가 없었던 것이다. 리외는 그가 이 이미지들을 사랑의 이미지와 동일시하고 있다고 생각했다. 랑베르가 그에게 자신은 새벽 네 시에 일어나서 파리를 생각하는 것을 즐긴다고 말했을 때, 리외는 그가 두고 온 여인을 떠올리기를 즐기는 것이리라고 자신의 경험에 비추어 쉽게 짐작할 수 있었다. 그 새벽은 그가 사랑하는 여인을 온전히 자기 것으로 소유할 수 있는 시간이었던 것이다. 새벽 네 시에 우리는 아무것도 하지 않고 잠을 잔다. 비록 그 밤이 잠 못 이루는 번민의 밤일지라도. 그렇다. 우리는 그 시간에 잠을 자는 것이다. 그것은 위안이 된다. 왜냐하면, 불안에 젖은 마음이 열망하는 것은 사랑하는 존재를 영원히 소유하는 것이며, 그의 부재의 시간이 닥쳤을 때는, 재회의 날까지 끊임없이 이어질, 꿈조차 꾸지 않는 잠 속에 그 존재와 함께 빠져들어 있는 것이기에.

신부의 설교가 있은 지 얼마 뒤에 더위가 시작되었다. 6월 막바지에 다다랐을 때였다. 설교가 있던 일요일을 온통 적셨던 때늦은 소나기, 그 다음 날이 되자 온 하늘과 집들 위로 여름이 느닷없이 찾아왔다. 열기를 품은 거센 바람이 일어 꼬박 하루 동안 벽들을 바짝 마르게 했다. 꼼짝 않고 태양이 내리쬐었다. 더위와 햇빛의 끝없는 물결이 하루 종일 도시에 넘쳐났다. 아케이드와 아파트들이 늘어선 길들을 제외하고는, 도시 어디에도 눈을 멀게 할 듯한 햇빛의 반사광이 들이치지 않는 곳이 없었다. 태양은 우리 시민들을 길거리 구석구석 쫓아다녔으며, 가던 길을 멈추기라도 하면 사정없이 후려치는 것이었다. 첫 더위가 몰아친 것이 일주일에 칠백에 가까운 숫자를 보이는 희생자의 급증세와 맞물려 일종의 쇠약증이 도시를 휘감았다. 변두리 지역의 평탄한 길들과 테라스가 있는 집들 사이에도 활기는 눈에 띄게 줄었으며, 현관의 문턱에서 시간을 보내던 사람들은 대문뿐 아니라 덧문들마저 모조리 잠가 두었는데 그것이 페스트 때문인지 햇빛을 막기 위함인지 알 수는 없었다. 그럼에도 몇몇 집에서 신음 소리가 새어 나왔다. 이전에는 그런 소리가 나면 호기심 어린 사람들이 귀를 기울이며 거리에 서 있곤 했다. 그러나 곤두선 상태로 긴 시간을 보내고 난 사람들 마음이 이제는 굳어져 버렸는지, 마치 신음 소리가 인간들의 자연스러운 언어이기라도 하듯, 그냥 지나쳐 가거나 혹은 그 아우성들과 함께 살았다.

시로 드나드는 출입문 근방에서 벌어지는 소동으로 군인들은 무기를 사용해야 했고 그 때문에 어딘가 어수선했고 알 수 없는 동요가 있었다. 부상자가 발생한 것은 분명했는데 더위와 공포에 질린 탓인지 모든 것을 과장하곤 했던 시내에서는 그로 인해 죽은 사람이 있다는 말까지 나돌았다. 아무튼 불만이 고조되고 있었던 것은 사실이며, 당국은 지금까지 재앙을 버텨 온 시민들이 폭동을 일으키는 최악의 경우에 대비한 조치를 강구했다. 거듭해서 신문에 게재된 포고문은 외출을 금지한다는 내용이었고 그를 어기는 이들은 징역형에 처한다고 못 박았다. 순찰대가 시내를 누비고 다녔다. 인적도 없이 햇빛에 달구어진 거리에는, 닫힌 창문들이 줄지어 늘어선 사이를 말발굽 소리를 내며 기마 순찰대가 지나다니는 모습이 보였다. 순찰대가 보이지 않게 되면 다시 조심스럽게 무거운 침묵이 위협당한 도시를 짓눌렀다. 벼룩을 옮길 가능성이 있는 개와 고양이를 사살하라는 최근에 내려진 명령에 따라 무장한 특수 인력이 발포하는 총성이 가끔씩 울려 퍼졌다. 그 메마른 폭발음은 도시를 불안 속으로 몰아넣는 데 일조했다.

더위와 침묵 속에서 겁에 질린 우리 시민들 마음에는 모든 것이 평소보다 심각하게만 느껴졌다. 계절의 변화를 알리는 하늘 빛깔이라든지 흙냄새 따위에 모든 이가 그토록 민감하게 반응한 것은 처음 있는 일이었다. 더위가 기승을 부리면 전염병이 보다 확산되리라는 것을 두려움 속에서 누구나 이해하고 있는 가운데, 여름이 완연하게 다가오는 것을 바라보아야 했다. 저녁 하늘을 가로지르는 귀제비의 울음소리는 도시의 상공에서 더욱 앙칼지게 들려왔다. 지평선이 아득해지는 6월의 황혼과는 더 이상 어울리지 않는 소리였다. 꽃들은 더 이상 봉오리 상태로 시장에 도착하지 않았으며, 이미 활짝 피어 버려 아침의 거래가 끝나고 난 뒤엔 먼지가 수북한 보도 위로 꽃잎들을 흩뿌렸다. 분명히 봄은 이미 쇠잔해졌고 지천으로 피었다가 흩어지는 수천 개의 꽃잎으로 헤프게 지나가 버렸다. 이제 봄은 페스트와 더위라는 이중의 무게에 눌려 천천히 스러지다 짓이겨질 참이었다. 시민들에게 그 여름의 하늘, 먼지와 권태에 물들어 시들어 가는 거리는, 매일 점점 더 도시를 힘겹게 만들고 있는 백여 명의 사망자와 같은 위협적인 의미를 지니고 있었다. 끝없이 작열하는 태양, 낮잠과 휴가를 부르는 시간들은 더 이상 이전처럼 바다와 육체의 향연을 부추기지 않았다. 반대로 그것들은 행복한 계절의 구릿빛 광채를 잃어버린 채, 꽉 막힌 고요 속의 도시에 공허하게 울릴 뿐이었다. 페스트의 태양은 모든 빛깔을 앗아갔고 모든 기쁨조차 쫓아내 버리고 만 것이다.

그것은 페스트가 가져온 엄청난 변화 중 하나였다. 시민들은 누구나 유쾌한 마음으로 여름을 맞곤 했었다. 도시는 바다를 향해 창을 열고 젊은이들을 해변으로 쏟아 냈었다. 그해 여름엔 그와는 반대로, 연안 출입이 금지되었고 육체가 누리던 기쁨마저 저지당했다. 이런 상황에서 무엇을 할 수 있단 말인가. 그 당시 우리의 삶에 대한 가장 충실한 이미지를 그려 낸 것은 역시 타루였다. 물론 그는, 라디오에서 한 주간 발생한 수백 명의 사망자 수를 발표하는 대신, 매일매일 92, 107, 120이라는 숫자를 쏟아 낼 때 유행병이 전기를 맞았다고 적으며 페스트의 전반적인 확산을 관찰하고 있었다. '신문과 당국은 페스트와 관련해서 교묘한 꼼수를 쓰고 있다. 그들은 130이 910에 비해서 적어 보이므로 페스트의 무게를 덜어 낸다고 생각하는 것이다.' 또한 그는 비장하거나 연극적인 장면을 묘사하기도 했는데, 덧문들이 닫혀 있는 인적 드문 동네에서 한 여자가 그의 머리 위로 느닷없이 창문을 열더니 고함을 두 번 내지르고는 다시 짙은 어둠에 잠긴 방의 덧문을 닫아걸었다는 이야기 따위가 그것이다. 또한 약국에서 박하 향 목캔디가 사라졌는데 많은 사람들이 혹시 모를 전염을 예방할 수 있다는 생각에서 그것을 사서 빨아 먹었기 때문이라고 적었다.

뿐만 아니라 자신이 즐겨 관찰하는 인물들에 대해서도 쓰고 있다. 고양이를 괴롭히는 키 작은 노인 역시 비참함을 겪어야 했다. 어느 날 아침 총성이 들려왔고, 타루가 묘사했듯이, 납덩이로 된 가래침 몇 발이 고양이 대부분을 사살했으며, 겁에 질린 나머지 고양이들은 그 거리를 떠나고 말았다. 그날, 작달막한 노인은 여느 때처럼 같은 시각에 발코니로 나와서는 적잖이 놀라는 듯하더니, 몸을 굽혀 거리의 양쪽 끝을 유심히 살펴보고 난 뒤, 할 수 없다는 듯 고양이들을 기다리기 시작했다. 손으로 발코니의 철망을 몇 번 두드리고, 조금 더 기다리다가 종이를 좀 찢기도 하고, 다시 들어갔다가 나오기를 반복했는데, 한동안 나와서 기다리다가는 화가 난 듯 창문을 갑자기 확 닫고 사라져 버렸다. 그 후 며칠간을 그렇게 반복하였는데 노인의 얼굴에는 슬픔과 당황함이 점점 더 역력히 나타났다. 일주일이 지난 후, 타루는 언제나처럼 노인이 나타나기를 기다렸으나 허사였다. 짐작할 수 있을 법한 침울함을 간직한 창문은 끝내 열리지 않았다. '페스트 기간에는 고양이에게 침을 뽑지 말 것.', 이것이 그의 수첩에 적힌 결론이었다.

다른 한편, 타루가 저녁에 호텔로 돌아올 때면 근심 어린 얼굴로 로비를 왔다 갔다 하는 야간 경비원과 어김없이 마주치곤 했다. 그는 누군가를 만나기만 하면, 이런 일이 생길 줄 미리 알았다고 말하는 것이었다. 타루는 그가 불행을 예언한 것을 기억한다고 하면서 지진 이야기를 꺼냈더니 늙은 경비원은 이렇게 대답했다.

"아! 차라리 지진이었더라면! 한 번 '와르르' 하고 끝일 텐데…… 사망자 몇 명, 생존자 몇 명, 이렇게 세고 나면 상황은 정리되는 것인데. 하지만 이런 망할 놈의 유행병이라니! 병에 걸리지 않은 사람조차 마음의 병이 걸리게 생겼다니까."

지배인도 당황하기는 마찬가지였다. 시가 폐쇄된 초기에는 도시를 떠나지 못한 여행객들이 호텔에 머물러야 했다. 그러나 페스트가 지속되면서 차츰 그들은 호텔을 떠나 지인들의 집에 머무르길 원했다. 호텔방을 꽉 채웠던 것과 같은 이유로 이제 방들이 텅텅 비어 있는 것은 더 이상 새로운 여행객들이 우리 시에 들어오지 않기 때문이었다. 타루는 호텔에 남은 몇 안 되는 투숙객 중 하나였고, 지배인은 기회 있을 때마다 그에게 말하길, 마지막 고객들에게 친절을 다하고자 하는 그의 의지가 없었다면 오래전에 호텔 문을 닫았을 것이라고 했다. 그는 종종 타루에게 유행병이 얼마나 오래 갈지 짐작해 보라고 청하곤 했다.

타루가 말했다.

"사람들이 그러는데, 추위가 닥치면 이런 종류의 병이 잠잠해진다더군요."

그랬더니 지배인은 흥분해서 말했다.

"아니 이곳에는 제대로 된 추위라는 게 없는데요, 선생님. 아무튼, 그렇다고 해도 몇 달은 있어야 하겠네요."

그는 한동안은 여행객들이 이 도시를 기피할 것이 분명하다고도 했다. 페스트가 관광산업조차 망쳐 놓은 것이다.

식당에서는 얼마간 보이지 않던 올빼미 오통 씨가 다시 나타났는데, 이번에는 영리한 강아지 둘만 그를 뒤따랐다. 나중에 알고 보니, 그의 아내는 어머니를 돌보다가 결국 장례를 치러야 했고 지금은 자신이 격리 중이라는 것이었다.

"별로 달갑지 않아요. 격리 중이건 아니건 그 여자는 의심해 봐야 하고 저들도 마찬가지죠."

지배인이 타루에게 말했다.

타루는 그런 식으로 따지면 모든 사람을 의심해야 한다고 지적했지만 지배인은 막무가내였고 그 문제에 대해선 단호한 생각을 가지고 있었다.

"아닙니다, 선생님. 선생님도 저도 의심해 볼 이유가 없지만 저들은 수상하다고요."

하지만 오통 씨가 겨우 그 따위로 변할 인물이 아니었다. 이번에는 페스트도 힘을 못 쓴 것 같았다. 그는 여느 때와 마찬가지 방식으로 식당에 입장했으며, 아이들보다 먼저 자리에 앉았고, 똑같이 우아하면서도 힐난하는 어조로 아이들을 훈계하고 있었다. 다만 어린 아들의 외모만은 좀 달라져 있었다. 누이처럼 검은색 옷을 입고 조금 움츠러든 자세를 한 아이는 아버지의 작은 그림자처럼 보였다. 오통 씨를 반기지 않는 야간 경비원은 타루에게 이렇게 말했다.

"아! 저 사람은 죽을 때도 정장을 입고 있을 거예요. 그러면 옷을 갈아입을 필요도 없죠. 그냥 곧바로 저세상으로 가면 되겠네."

파늘루 신부의 설교에 대한 이야기도 수첩에 적혀 있었는데 다음과 같은 평과 함께였다.

나는 그 호의적인 열정을 이해한다. 재앙이 시작될 때와 그것이 지나간 후에 사람들은 항상 어느 정도의 수사학을 구사하는 법이다. 처음에는 아직 습관을 잃어버리지 않아서 그리고 사후에는 습관을 이미 다시 찾았으므로. 진실에 익숙해져 침묵하는 것은 바로 불행이 한창일 때이다. 기다려 보자.

끝으로 타루는 의사 리외와 긴 대화를 한 사실을 적어 놓았는데, 단지 좋은 결과들을 보았다는 말로 갈무리했으며, 그날 일과 관련해서는 리외 어머니의 밝은 밤색 눈동자를 언급하며 그렇게 선한 마음이 느껴지는 표정이라면 언제나 페스트를 이길 수 있으리라는 묘한 확언을 남기고는, 이어서 의사가 돌보는 늙은 천식 환자에 대한 내용을 꽤 길게 써 내려갔다.

의사와의 대화가 끝나고 난 후 그들은 함께 그 천식 환자를 보러 갔다. 냉소를 띤 노인은 두 손을 비벼 대면서 타루를 맞았다. 그는 침대에서 콩이 담긴 냄비 두 개를 발밑에 두고 등을 베개에 기댄 채 앉아 있었다. 노인은 타루를 보더니 이렇게 말했다.

"아! 또 한 분이 오셨군요. 세상이 거꾸로 된 게지. 환자보다도 의사가 더 많다니. 다들 빨리들 죽어 나가니까 그런 거죠, 맞죠? 신부 말이 맞아요. 벌 받을 짓을 했지."

이튿날 타루는 예고도 없이 다시 찾아왔다.

수첩에 적힌 바에 따르면 그 늙은 천식 환자의 직업은 잡화상이었다. 오십 살이 되자 일을 할 만큼 했다고 여기고는 자리에 누워서 그 뒤로 일어나지 않았다는 것이다. 하지만 그의 천식은 일어나서 활동을 해도 문제가 없는 것이었다. 얼마 되지 않는 연금으로 일흔다섯이 되도록 태평스럽게도 잘 살아오고 있었다. 그는 시계를 보고 안달하는 것을 못 참아 했는데, 아닌 게 아니라 집 안 어느 구석에도 시계가 보이지 않았다.

그가 말했다.

"시계는, 비싸고 어리석은 물건이라오."

그는 나름대로 시간을 재는데, 특히 유일하게 중요하게 생각하는 식사 시간만은 챙겼고 냄비 두 개를 사용했다. 아침에 일어나면 두 개 중 한 냄비에 콩이 가득 담겨 있었다. 그는 자로 잰 듯 일정한 동작으로 나머지 냄비에 콩을 한 개씩 옮겨 담으면서 그 냄비들로 하루의 중요 일과를 위한 시간을 측정했다.

그가 말했다.

"냄비 열다섯 개를 채울 때마다 한 끼를 먹으면 된다고. 아주 간단하지."

그의 아내 말에 따르면 젊어서부터 그는 그런 조짐을 보였다고 한다. 그는 어떤 것에도 흥미를 느끼지 못했다. 일이나 친구들은 물론이요, 카페도,

음악도, 뿐만 아니라 여자에도 관심이 없었고 산책을 즐기지도 않았다. 단 하루를 제외하고는 도시 밖으로 나가 본 적도 없었다. 가족 일 때문에 알제로 가야 했던 그날 역시 낯선 여행을 계속하지 못하고 오랑에서 가장 가까운 역에서 내려야 했다. 첫 차를 타고 집으로 다시 돌아왔던 것이다.

그의 이런 칩거 생활에 놀라는 기색을 보인 타루에게 그는 이렇게 설명했다. 종교적으로 보면 인간의 삶의 전반부는 상승이고 후반부는 하강인데, 하강하는 삶 속에서의 하루하루는 자신에게 속한 것이 아니며 어느 때건 빼앗길 수 있는 것이다. 그에 대해 우리가 할 수 있는 일이란 없고 그러므로 아무것도 하지 않는 편이 낫다. 그는 자기 말의 모순에도 개의치 않았다. 이어서 말하기를, 신은 분명 존재하지 않는다, 만일 신이 존재한다면 신부는 아무짝에도 쓸모가 없을 테니까. 그러나 타루는 그 뒤를 잇는 노인의 몇 가지 생각을 더 듣고 나서, 이런 그의 철학은 교구에서 자주 모금을 하는 것에 대한 그의 반응과 밀접한 관계가 있다는 점을 깨달았다. 노인에 대해 마지막으로 기록한 내용은 그가 타루 앞에서 여러 번 반복해서 말한 그의 바람이었는데 그것은 매우 간절해 보였다. 그는 아주 오래 살다 죽기를 원했다.

그는 성자일까?

타루는 이렇게 자문했다. 그러고는 스스로에게 이렇게 답했다.

그렇다. 성스러움이 온갖 습관의 총체를 뜻한다면 말이다.

동시에 타루는 페스트가 엄습한 이 도시의 하루를 매우 면밀하게 묘사하려고 노력했는데, 거기에는 그해 여름 동안 시민들이 무엇을 하고 살았는지가 나타나 있었다. '주정뱅이들을 제외하고는 아무도 웃지 않는다. 그런데 그들은 지나치게 많이 웃는다.'라고 적고 그는 다음과 같은 묘사를 시작했다.

　이른 새벽, 아직 인적이 드문 도시를 가벼운 바람이 누비고 있다. 밤사이의 죽음과 한낮의 단말마 사이의 이 시간에는 페스트가 활동을 잠시 멈추고 숨을 들이쉬는 것 같다. 모든 상점이 닫혀 있다. 그러나 몇몇 가게들은 '페스트로 인해 문 닫습니다.'라는 게시판을 붙여 놓아, 잠시 후에도 다른 가게들과는 달리 문을 열지 않을 것임을 알리고 있다. 아직 잠이 덜 깬 신문팔이들은 소리쳐 뉴스를 알리는 대신 길모퉁이에 등을 기대고 서서 몽유병자처럼 신문을 가로등에게 권하고 있다. 잠시 후면 첫 전차 소리에 깨어나 그들은 시내 곳곳으로 흩어져서는 '페스트'라는 단어가 한눈에 들어오는 신문들을 팔 끝으로 내밀 것이다. '가을에도 페스트는 지속될 것인가? B 교수, 아니라고 대답하다.', '사망자 124명, 페스트 94일째의 현황'.

　점점 더 심각해지는 용지난으로 인해 몇몇 간행물들이 지면을 줄여야 했음에도, 『역병통신』이라는 신문이 창간되었다. '병의 진행 상황을 객관적이고 상세하게 시민들에게 전달하고, 앞으로의 전망에 대한 가장 권위 있는 증언을 제공하며, 유명인이나 일반인을 가리지 않고 재앙과 싸우고자 하는 모든 이를 지면을 통해 격려하고, 시민들의 사기를 북돋우며, 당국의 지시를 전달하는 등

한마디로 우리를 위협하는 불행에 맞서 효과적으로 투쟁하기 위해 모든 이의 선의를 규합하는 것.'을 과업으로 내세웠다. 하지만 그 신문은 얼마 안가서 페스트를 예방한다는 새로 나온 특효약 광고를 싣는 데 그치고 말았다.

아침 여섯 시쯤이면 가게가 문 열기 한 시간 전부터 줄을 서서 기다리는 사람들에게 신문이 팔리기 시작하고 이어서 변두리에서 도착하는 사람이 꽉 들어찬 전차 안에서도 팔린다. 전차는 거의 유일하게 이용이 가능한 교통수단이기에, 승차용 발판이나 난간이 부서져 나갈 듯 꽉 들어차서 가까스로 움직이는 형국이다. 신기한 것은 그런 중에서도 모든 승객들은 혹시 모를 전염을 두려워한 나머지 서로 등을 돌린 채 가능한 한 떨어져 있는 것이다. 정류장에 이르면 전차는 짐짝처럼 남자와 여자들을 쏟아 내는데 그들은 내리자마자 일찌감치 서로 떨어져 혼자가 된다. 기분이 나쁘다는 이유만으로 자주 싸움이 일어나는데, 그런 나쁜 기분은 이제 일상이 되고 있다.

첫 전차가 지나가면 도시는 점점 깨어나고 카페들이 문을 여는데 카운터에는 '커피 매진' 혹은 '설탕은 각자 알아서' 따위의 문구가 붙어 있기 일쑤였다. 이어서 상점들이 문을 열고 거리에 사람들이 오가기 시작한다. 동시에 날은 밝아 오고 더위가 7월의 하늘을 납빛으로 만든다. 이때가 할 일 없는 사람들이 큰길로 나와 보는 시간이다. 사람들 대부분이 자신들의 호사를 과시함으로써 페스트를 쫓아 보려고 애쓴다. 매일 열한 시쯤엔 간선도로에 젊은 남녀들이 줄지어 지나가는데 이 엄청난 불행 속에서도 삶에의 열정은 자라남을 느낄 수 있다. 병이 확산될수록 도덕관념도 느슨해질 것이다. 무덤가에서 벌어지던 밀라노의 사투르누스 축제를 여기서 다시 보게 될 것 같다.

　점심에는 눈 깜짝할 사이에 식당들이 가득 찬다. 얼마 지나지 않아 자리를 찾지 못한 사람들이 문 앞에 옹기종기 모여 무리를 형성한다. 무더위로 하늘도 빛을 잃기 시작한다. 끼니를 때우려는 사람들은 햇빛으로 타들어 가는 길가에 쳐진 차양 그늘에서 차례를 기다린다. 식당이 이토록 붐비는 것은 외식이 많은 사람들에게 식료품 보급 문제를 해결해 주기 때문이었다. 하지만 감염에 대한 불안감은 변함이 없었다. 손님들은 오랜 시간 수저를 공들여 닦는다. 얼마 전까지만 해도 몇몇 식당에는 '우리 식당에서는 식기를 끓는 물에 소독합니다.'라고 써 붙였었다. 그러나 차츰 그런 광고 따위를 그만두었는데, 어떻게 하든 손님들은 오게 마련이었기 때문이었다. 사람들은 식당에서 돈을 물 쓰듯 했다. 고급 포도주와 비싼 안주로 시작해서 마치 경쟁하듯이 허겁지겁 먹어 치우는 것이었다. 그 때문에 한 손님이 체했는지 얼굴이 창백해져서는 비틀거리면서 일어나 밖으로 뛰쳐나가는 바람에 난리가 난 적도 있는 모양이다.

　오후 두 시가 되면 도시는 점점 한산해지고, 그때가 바로 침묵과 먼지와 태양, 그리고 페스트가 거리에서 조우하는 시간이다. 커다란 회색의 집들을 따라 사정없이 더위가 흐른다. 그 길고 긴 감금의 시간은 붉게 물든 저녁이 되어서야, 재잘거리는 사람들로 다시 북적이는 도시 위로, 지쳐 쓰러지듯 끝나게 된다. 더위가 찾아온 첫 며칠간은 종종 알 수 없는 이유로 저녁 거리가 텅 비었었다. 하지만 이제는 조금이라도 선선한 기운이 느껴지기만 하면 희망까지는 아니지만 일종의 느슨함이 깃든다. 그때는 너도나도 거리로 나와 귀가 멍하도록 수다를 떨기도 하고 싸움질을 하거나 욕망에 젖어 서로를 탐하는 것이다. 그렇게 쌍쌍의 남녀들과 아우성들을 가득 실은 도시는 7월의 붉은 하늘 아래 헐떡거리는 밤을 향해 표류해 간다. 매일 저녁 대로변에서, 계시를 받았다는 노인이, 펠트 모자에 나비넥타이를 하고 군중 속을 헤쳐 가면서 '신은 위대하시다, 그에게로 오라.' 하고 끊임없이 외쳐 대도 소용이 없다. 그와는 반대로 모두들 그동안 모르고 지냈던 것들, 혹은 신에게 다가가는 일보다 더 절박해 보이는 어떤 것들을 찾아 이리저리 몰려다니는 것이다. 처음에 사람들이 그 병을 단지 평범한 유행병에 지나지 않는 것으로 여겼을 때는 종교가 제 역할을 했다. 그러나 사태가 심각하다는 것을 깨닫고 난 뒤부터 그들은 쾌락이라는 것을 생각해 냈다. 낮 동안 사람들 얼굴을 뒤덮고 있던 불안은 뜨겁고 먼지 가득한 황혼이 내림과 동시에, 일종의 사나운 흥분, 모든 시민을 열에 들뜨게 하는 어색한 자유 속에서 저절로 희미해지곤 했다.

나 또한 그들과 다를 바 없다. 그래서 어쨌단 말인가! 나 같은 인간들에게 죽음 따위는 아무것도 아닌 것이다. 죽음은 그들이 옳았음을 보여 주는 하나의 사건일 뿐이다.

타루가 수첩에 적은 바 있는 리외와의 면담은 그 자신이 요청한 것이었다. 타루를 기다리던 그날 저녁에, 의사 리외는 식당 한구석의 의자에 다소곳이 앉아 있던 어머니를 바라보고 있었다. 집안일을 모두 마치고 나면 그녀는 종일 그렇게 앉아 있곤 했다. 그녀는 무릎 위에 손을 포개어 놓고 기다리고 있었다. 리외는 그녀가 기다리고 있는 것이 자신인지조차 확실히 모르고 있었다. 그럼에도, 그가 돌아오면 어머니의 얼굴에서 무언가 달라진 기색이 보이기는 했다. 고된 삶이 얼굴에 드리운 말없는 그 무언가가 그때면 활기를 띠는 듯싶었다. 그러고는 또다시 침묵에 잠기는 것이었다. 그날 저녁 부인은 창밖으로 이제 텅 비어 버린 거리를 바라보고 있었다. 밤의 불빛은 3분의 2가량 줄어들었다. 이따금씩 아주 희미한 램프가 도시의 어둠 속으로 몇 줄기 빛을 반사시키기도 했다.

　"페스트 기간 동안 전등 빛을 내내 줄여야 할 모양이지?"

　리외 부인이 말했다.

　"아마 그럴 거예요."

　"겨울까지 계속되지는 않았으면 좋겠구나. 아니면 너무 처량할 거야."

　"그러게요."

그는 어머니의 시선이 자신의 이마에 와 닿는 것을 보았다. 그는 지난 며칠간의 불안과 고된 행군으로 자신의 얼굴이 수척해진 것을 알고 있었다.

"일이 힘들었나 보구나, 오늘은?"

어머니가 말했다.

"아, 항상 그렇죠, 뭐."

항상 그렇다! 그러니까, 파리에서 보내 온 혈청은 처음 것보다 효력이 덜한 듯했으며 사망자 수는 증가세에 있었다. 환자의 가족을 제외한 다른 이들에게 예방 차원에서 혈청을 주사할 수 있는 가능성은 여전히 없었다. 일반 시민들에게도 예방접종을 하려면 대량생산이 필요할 것이다. 환자들의 멍울은 제철을 만나기라도 한 듯이 딱딱하게들 굳어져서 칼로도 잘 절개가 되지 않았고 그 때문에 환자들은 고통으로 몸부림쳤다. 전날 밤부터, 새로운 양상을 띠는 유행병 사례 두 건이 발생했다. 페스트가 폐병 형태로 진화한 것이었다. 그날 회의 중에 피곤에 지친 의사들은, 어쩔 줄 몰라 하는 도지사 앞에서, 그런 폐병 형태의 페스트가 입에서 입으로 감염되는 것을 막기 위한 새로운 조치를 요구했으며 그것은 받아들여졌다. 늘 그렇듯이, 여전히 아무것도 확실하지는 않았다.

그는 어머니를 바라보았다. 어머니의 아름다운 밤색 눈동자를 보니 애정 어린 옛 시절이 떠올랐다.

"두려우신가요, 어머니?"

"내 나이가 되면 별로 걱정되는 게 없단다."

"하루가 긴데, 전 집에 있을 틈이 없으니 말예요."

"네가 돌아온다는 걸 알고 있으니 좀 기다려도 아무 상관없지. 그리고 네가 없을 때는 네가 바쁘게 일할 걸 생각한단다. 그래, 소식은 좀 있니?"

"네, 잘 지내고 있대요. 지난 번 전보에 따르면요. 물론 저를 안심시키려고 하는 말이겠지만요."

대문 초인종이 울렸다. 의사는 어머니에게 미소를 보이고 일어나 문을 열었다. 어두침침한 층계참에서 타루는 회색 털로 뒤덮인 큰 곰처럼 보였다. 리외는 방문객을 탁자 앞에 앉도록 권하고, 자신은 안락의자 뒤에 그냥 서 있었다. 두 사람은 방 안에 유일하게 켜진 전등불을 사이에 두고 있었다.

"선생님이니까, 단도직입적으로 말씀드리겠습니다."

타루가 대뜸 이렇게 말했다.

리외는 말없이 고개를 끄덕였다.

"보름이나 한 달 후가 되면 선생님은 이곳에서 아무 쓸모가 없게 되실 겁니다. 사태가 선생님의 역량을 넘어설 테니까요."

"그래요."

리외가 말했다.

"보건위생과 조직이 형편없습니다. 인력과 시간이 턱없이 부족해요."

리외는 그 말 또한 사실임을 인정했다.

"도청에서 건장한 남자들을 동원해서 일종의 민간 봉사대를 만들어 구조 작업 전반에 참여하도록 강제할 거란 얘길 들었습니다."

"잘 알고 계시는군요. 그런데 벌써부터 볼멘소리가 터져 나와서 도지사가 망설이고 있습니다."

"왜 자원 봉사자들을 모집하지 않나요?"

"안 해 본 게 아닙니다. 결과가 신통치 않았죠."

"공식적인 경로로 모집을 했겠죠. 잘 안 될 걸 알면서도 말입니다. 그들에게 부족한 건 상상력입니다. 그 사람들은 이런 어마어마한 재앙에 맞설 재량이 없어요. 고작 생각해 낸다는 게 코감기나 치료할 수 있을 수준이죠. 이대로 놔두면 다 죽고 말아요. 우리도 마찬가지고요."

"그럴지도 모르죠. 그래도 저들이 죄수들을 동원할 생각이라도 했었다는 건 인정해야겠지요. 그 일, 험한 일이라고 부를 만한 일을 처리하기 위해서 말입니다."

리외가 말했다.

"강제 동원 말고, 일반인이 한다면 더 좋을 텐데요."

"저도 동감입니다만, 그러니까 어떤 이유에서 그렇다는 거죠?"

"사람을 사형장으로 보내는 건 질색입니다."

리외는 타루를 쳐다보았다. 리외가 물었다.

"그래서요?"

"그래서 저는 자원 보건대를 조직할 생각을 해 봤습니다. 제게 그 일을 맡겨 주시고 당국은 여기서 빠지는 걸로 합시다. 게다가 그 사람들도 할 일이 태산이잖습니까. 여기저기 친구들이 좀 있는데 그들이 주된 멤버가 되어 줄 수 있을 겁니다. 당연히 저도 참여할 것이고요."

"물론, 짐작하시는 대로 저는 기꺼이 받아들이겠습니다. 이런 일에는 특히 협조가 필요하지요. 도청에 그 의견이 관철되도록 제가 힘쓰겠습니다. 게

다가 그들에게는 선택지가 없으니까요. 하지만……."

리외는 생각에 잠겼다.

"하지만 그런 일을 하다가 목숨을 잃을 수도 있다는 것을 알고 계시겠지요. 어찌됐든 그 점을 지적하지 않을 수 없군요. 잘 생각해 보셨나요?"

타루는 회색빛이 도는 눈으로 그를 바라보고 있었다.

"파늘루 신부님의 설교에 대해 어떻게 생각하시나요, 선생님?"

타루의 질문은 매우 자연스러웠고 리외도 자연스럽게 답했다.

"집단적인 징벌에 대한 생각에 열광하기엔 내가 병원 생활을 너무 많이 했다오. 아시겠지만, 기독교인들은 종종 실제로는 절대 그렇게 생각하지 않으면서도 그렇게 말할 때가 있어요. 보기보다는 괜찮은 사람들이죠."

"하지만 파늘루 신부처럼, 페스트도 나름의 미덕이 있다고, 사람들의 눈을 뜨게 하고 성찰하도록 만든다고 생각하시겠죠!"

의사는 말을 가로막기라도 하듯, 머리를 흔들었다.

"세상의 모든 질병이 다 그렇죠. 하지만 이 세상의 모든 고통에 있어서 진실인 것은 페스트에 있어서도 진실입니다. 그것을 통해 어떤 사람들은 성장하기도 하겠죠. 하지만 그것이 가져다주는 비참함과 불행을 목격하고도 체념하고 페스트를 감수한다면 그 사람은 미친 사람이거나 눈이 멀었든지 비겁한 거겠지."

리외는 언성을 높인 것도 아니었다. 하지만 타루는 그를 진정시키려는 듯 손을 내저었다. 그는 미소를 짓고 있었다.

"그래요. 아직 대답을 안 하셨는데, 잘 생각해 보셨나요?"

리외는 어깨를 으쓱해 보이며 말했다.

타루는 의자에 좀 더 편한 자세로 몸을 파묻으면서 불빛 속으로 고개를 내밀었다.

"선생님은 신을 믿으시나요?"

이번에도 질문은 자연스러웠으나 리외는 머뭇거렸다.

"아니오. 하지만 그게 무슨 의미가 있을까요? 난 어둠 속에 있고, 그 속에서 똑똑히 보려고 노력하고 있을 뿐입니다. 그게 유별난 일도 아니라고 생각하게 된 지 오래입니다."

"그 점에서 파늘루 신부와 생각이 다른 것이군요?"

"그렇지는 않습니다. 파늘루는 학구적인 사람입니다. 사람이 죽어 나가는 것을 실컷 보진 못했기 때문에 진실의 이름으로 말하는 것이죠. 하지만 시골 촌구석의 이름 없는 신부라 할지라도 교구의 신도들을 이끌면서 죽어 가는 사람의 마지막 숨소리를 들어 봤다면 나와 같은 생각일 것입니다. 불행을 통해 신을 증명하려 하기 전에 우선 치유하고 보살피겠죠."

리외는 몸을 일으켰고 이제 그의 얼굴은 어둠 속에 잠겼다.

그가 말했다.

"그만해 둡시다. 묻는 말에는 대답도 안 하시니."

타루는 안락의자에서 꼼짝 않은 채 미소를 지어 보였다.

"대답 대신 질문이나 하나 해도 될까요?"

이번에는 의사가 미소를 지었다.

"수수께끼를 좋아하시는군요. 말씀해 보시죠."

"좋아요. 선생님은 신을 믿지도 않으시면서 왜 그렇게 헌신적이신 거죠? 그에 대해 답을 해 주시면 아마 저도 답을 찾을 수 있을지 모르겠군요."

타루가 물었다.

어둠 속에서 나오지 않은 채 리외는 자신은 이미 답을 했으며, 전지전능한 신을 믿었더라면 치료를 그에게 맡기고 자신은 사람을 돌보는 일을 그만두었을 것이라고 말했다. 그러나 이 세상 그 어느 누구도, 신을 믿는다고 하는 파늘루 신부조차도 그런 신을 믿는 것은 아니라고 했다. 왜냐하면 아무도 전적으로 자기 자신을 온전히 맡기지는 않기 때문이다. 적어도 그런 점에서는 리외 자신도 창조된 그대로의 세계와 맞서 싸움으로써 진리의 길을 가고 있다고 믿는다고 했다.

"아! 그러니까 선생님의 직업관이 바로 그것이로군요?"

타루가 말했다.

"어느 정도는 그렇습니다."

리외는 밝은 쪽으로 다시 몸을 옮기며 말했다.

타루는 나직이 휘파람을 불었고 리외는 그를 바라보았다.

"그래요. 자부심이 굉장하니까 그런 생각을 한다고 믿으시겠죠. 하지만 사실이지 난 꼭 필요한 자부심만을 가지고 있습니다. 내게 어떤 일이 기다리고 있을지, 이 모든 것이 끝나면 어떻게 될지, 나로서는 알 길이 없어요. 지금으로선 환자가 있으니 그들을 치료하는 것뿐입니다. 그러고 나면 그들은 곰곰이 생각을 하겠고 나도 생각하겠죠. 하지만 가장 절박한 것은 그들을 치료하는 일입니다. 내가 할 수 있는 한에서 그들을 보호하는 것,

그게 전부입니다."

"무엇으로부터요?"

리외는 창 쪽으로 몸을 돌렸다. 멀리 보이는 수평선의 보다 어둡고 농밀한 부분 너머로 바다가 있으려니 짐작했다. 단지 피곤함을 느낄 뿐이었다. 동시에, 이 이상한 사내, 하지만 동지애가 느껴지는 이 친구에게 좀 더 마음을 열고자 하는 갑작스럽고도 이유 없는 욕구를 애써 억누르고 있었다.

"나도 모르겠소, 타루. 정말입니다. 나도 알 수가 없어요. 의사 일을 시작했을 땐 어찌 보면 아무런 생각이 없었죠. 직업이 필요했으니까. 다른 일자리와 별반 다를 것도 없는, 젊은이들이 막연히 원하던 그런 직업 중 하나였죠. 아마도 노동자의 아들이었던 나 같은 사람에게 특별히 도전해 볼 만한 일이었기 때문이기도 했고. 그 다음엔 죽음을 목격해야 했습니다. 죽음을 거부하는 사람이 있다는 것을 알고 있나요? 죽는 순간에 '절대로 죽을 수 없어!'라고 소리치는 여인을 본 적이 있나요? 난 있답니다. 그때 깨달았죠. 내가 죽음에 익숙해질 수는 없다는 것을. 난 젊었고 내 환멸감이 이 세계의 질서 자체를 향하고 있다고 생각했죠. 그 후로는 한층 겸허해지기도 했고요. 단지 죽음을 지켜보는 일에는 여전히 익숙해지지가 않더군요. 그 이상은 나도 모르겠어요. 하지만 결국에는……."

리외는 입을 다물더니 다시 자리에 앉았다. 입안이 마르는 것 같았다.

"결국은요?"

"결국……."

의사는 말을 이어 가려다가 다시 주저하면서 타루를 주의 깊게 바라보았다.

"당신 같은 사람이라면 이해할 수 있으리라고 보는데, 그렇죠? 세계의 질서가 죽음을 통해서 확립되는 이상, 사람들이 신을 믿지 않는 것이, 신이 침묵을 지키고 있는 하늘을 우러러보는 대신 죽음에 맞서 온 힘을 다해 싸우는 것이 과연 신이 바라던 바가 아닐는지."

타루가 고개를 끄덕였다.

"네, 전 이해할 수 있습니다. 하지만 거기서 승리한다고 해도 그것은 항상 일시적인 것이겠죠. 그뿐이에요."

리외는 표정이 어두워졌다.

"항상 그렇죠. 알고 있습니다. 그렇다고 해도 그것이 싸움을 멈추어야 할 이유는 되지 않아요."

"그럴 이유는 되지 않죠. 그렇지만 그 경우에 페스트가 선생님에게 어떤 것일지 상상이 갑니다."

"그래요. 끝없이 반복되는 패배지요."

리외가 말했다.

타루는 한동안 의사를 꼼짝 않고 바라보더니 몸을 일으켜 무거운 걸음으로 문 쪽을 향했다. 리외가 그를 따랐다. 타루가 자기 발등을 쳐다보는 듯하다가 입을 열었을 때 의사는 이미 그의 곁에 가 있었다.

"그 모든 것을 누가 가르쳐주던가요, 선생님?"

대답은 즉각적으로 나왔다.

"고통이죠."

리외는 문을 열고 복도로 나와서, 교외에 환자를 보러 가야 하기에 자신도 내려가는 길이라고 했다. 타루는 함께 갈 것을 청했고 리외는 그러자고 했다. 두 사람은 복도 끝에서 리외 어머니와 마주쳤고 리외는 타루를 소개했다.

"친구입니다."

그가 말했다.

"오! 만나게 돼서 정말 반갑네요."

그녀가 돌아섰을 때 타루는 고개를 돌려 다시 한번 그녀를 보았다. 층계참에서 리외는 자동 스위치를 돌려 불을 켜고자 했으나 소용없었다. 계단은 어둠 속에 잠겨 있었다. 리외는 그것이 새로운 절전 조치 때문인가 의아해했으나 알 수 있는 도리는 없었다. 언제부터인가 시내에서 그리고 집집마다 이미 모든 것이 틀어져 가고 있었다. 어쩌면 단지 관리인들이, 그리고 시민들 어느 누구도 이제는 아무것도 돌보지 않기 때문인지도 몰랐다. 하지만 리외는 더 이상 생각을 이어 나갈 겨를이 없었다. 뒤에서 타루의 목소리가 들려왔기 때문이었다.

"한마디만 더 하겠습니다, 선생님. 제가 우스꽝스럽게 보일지도 모르지만, 전 선생님의 말씀이 전적으로 옳다고 생각합니다."

리외는 어둠 속에서 어깨를 으쓱거렸다.

"난 모르겠어요, 정말. 당신은 뭔가를 알고 있나요?"

"아! 전 모르는 게 별로 없답니다."

타루는 무심하게 말했다.

리외는 발을 멈추었고 뒤따르던 타루는 계단에서 발을 헛디뎠다. 타루는 리외의 어깨를 붙잡고서야 바로 설 수 있었다.

"인생을 다 안다고 생각하나요?"

리외가 물었다.

여전히 태연한 목소리의 대답이 어둠 속에서 들려왔다.

"네."

거리로 나온 그들은 꽤 늦은 시간이었음을 깨달았다. 아마도 열한 시쯤 되었으리라. 시가는 고요했고 바스락거리는 소리만 여기저기서 들릴 뿐이었다. 아주 멀리서 구급차의 사이렌 소리가 울려 퍼졌다. 두 사람은 자동차에 올라탔고 리외가 시동을 걸었다.

"내일 병원에 와서 예방주사를 맞도록 해요. 하지만 이 일에 착수하기 전에 마지막으로 말해 두는데, 운 좋게 살아남을 확률은 삼분의 일밖에 되지 않는다는 사실을 잊지 말아요."

"그런 계산은 의미가 없어요, 선생님. 아시잖습니까. 백 년 전에 페르시아의 어느 도시에서 페스트가 창궐하여 모든 사람이 죽었지만 시체를 닦던 사람만이 살아남았다는 겁니다. 쉬지 않고 그 일을 했는데도 말이죠."

"삼분의 일의 확률을 잡은 거죠. 그뿐입니다."

리외는 갑자기 희미한 목소리로 말했다.

"그래도 실은 그 문제에 관해 알아야 할 게 아직은 많군요."

이제 그들은 변두리 지역으로 들어서고 있었다. 헤드라이트가 텅 빈 거리에 빛을 쏟았다. 그들은 차를 멈추었다. 리외는 자동차 앞에서 타루에게 들어가겠냐고 물었고 그는 그러겠다고 했다. 하늘의 부드러운 반사광이 그들의 얼굴을 비추고 있었다. 리외는 갑자기 친근한 웃음을 터뜨렸다.

그가 말했다.

"자, 말해 봐요, 타루. 대체 무엇 때문에 이런 일에 나서려고 하는 거죠?"

"나도 모르겠어요. 아마도 제 도덕성 때문이겠죠."

"어떤 도덕성일까?"

"너그러움."

타루는 집 쪽을 향해 몸을 돌렸고, 리외는 그 늙은 천식 환자의 집 안으로 들어갈 때까지 그의 얼굴을 보지 못했다.

그 이튿날부터 타루는 일에 착수했고 보건대의 초기 멤버들을 소집했으며, 이후에 많은 사람들이 합류하기로 되어 있었다.

　서술자로서 이 보건대를 실제 이상으로 과대평가할 생각은 없다. 오늘날 많은 시민들이 서술자의 입장이라면 아마도 그들의 역할을 과장하고 싶은 유혹에 빠질 수도 있을 것이다. 하지만 서술자가 믿는 바는, 아무리 훌륭한 행동이라도 그에 걸맞지 않게 과도한 중요성을 부여하면 결국 악의 존재에 간접적이고도 강력한 찬사를 보내게 된다는 것이다. 왜냐하면 그 경우에 아름다운 행동은 단지 흔하지 않기 때문에 가치가 있는 것이며, 악의와 무관심이야말로 인간의 행동에 보다 보편적인 동기가 된다고 믿게 되기 때문이다. 서술자가 동의할 수 없는 부분이 바로 그것이다. 세상에 존재하는 악은 대부분 무지에서 나오며 선한 의지 역시, 제대로 된 양식을 갖추지 않는다면, 악의가 초래할 수 있는 피해를 똑같이 불러올 수 있는 것이다. 인간은 대체로 악하기보다는 선하다고 할 수 있으나, 그것이 문제가 되는 것은 아니다. 사람들은 다소간 무지한데, 그것을 미덕 혹은 악덕이라고 부른다. 그러나 모든 것을 다 알고 있다고 믿으면서 자기 자신은 경우에 따라 사람을 죽일 수 있다는 것이야말로 비길 데 없는 악덕인 것이다. 살인자의 영혼은 맹목적이며,

가능한 모든 혜안을 동원하지 않는 진정한 선의나 아름다운 사랑 따위는 존재하지 않는다.

그런 이유로 해서, 타루 덕택에 탄생할 수 있었던 보건대가 만족스러웠다고 할지언정, 객관적인 시각으로 평가되어야 한다는 것이다. 그래서 서술자는 그들의 의지와 영웅주의를 지나치게 찬양하기보다 단지 적절한 중요성만을 부여할 것이다. 그러나 페스트가 할퀴고 간, 우리 시민들의 상처받고 도움을 필요로 하는 영혼들에 대해서는 계속해서 기록해 나갈 것이다.

보건대에 참여한 이들이 그 일을 할 만한 위인들이었던 것은 아니었는데, 실은 해야 할 일이 그것뿐이라는 사실을 알고 있었을 뿐만 아니라, 그런 결심을 하지 않는 것이야말로 당시로서는 생각하기 어려운 것이었기 때문이다. 보건대는 우리 시민들이 페스트에 굴하지 않고 나아갈 수 있도록 도왔고, 그들에게, 병이 돌고 있는 이상 그에 맞서기 위해서 할 수 있는 일을 해야 한다는 것을 일정 부분 설득시켰다. 페스트가 누군가에게 수행해야 할 어떤 의무가 되자, 그것은 있는 그대로의 실체를 드러내기 시작했다. 다시 말해, 모든 사람들이 얽힌 문제로 된 것이다.

그것은 잘된 일이다. 그러나 교사가 2 더하기 2가 4라는 사실을 학생에게 가르친다고 해서 박수를 보내지는 않는다. 그보다는 교사라는 훌륭한 직업을 택한 사실에 대해 박수를 보낼 것이다. 그러니 타루와 주변 사람들이 2 더하기 2가 4라는 사실을 증명하기로 결심한 사실은 찬양받아 마땅하다. 단지, 그들의 선의는 교사의 그것과 같은 것이자 그러한 마음을 지닌 모든 이들과도 같은 것인데, 그런 사람들은, 인간으로서 수치스러워하지 않아도 될 정도로 우리가 생각하는 것보다 그 수가 많다는 것이 적어도 서술자가 확신하는 바이다. 자신들의 목숨을 걸었다는 점에서 그들은 똑같지 않다며 서술자의 생각을 반박할 수 있다는 것도 잘 알고 있다. 그러나 역사 속에서 어느 순간에는 분명히, 2 더하기 2가 4라는 사실을 지적하는 용기를 지닌 이들이 죽임을 당하게 마련이다. 교사는 그 사실을 잘 알고 있다. 하지만 문제는 그러한 논리를 펼쳤을 때 상을 받느냐, 벌을 받느냐 하는 것이 아니다. 문제는 2 더하기 2가 과연 4인가 하는 것이다. 우리 시민 중 당시에 자신의 목숨을 걸었던 이들에게 있어서는, 그들이 과연 페스트 속에 그대로 있느냐, 그리고 페스트에 맞서 싸워야 하느냐 마느냐를 결정하는 것이 문제였던 것이다.

그 무렵 우리 시에서 새로운 도덕을 주장하던 많은 이들은 무릎을 꿇는 수밖엔 아무것도 소용이 없다고 말하면서 돌아다녔다. 타루와 리외 그리고 그들의 친구들은 이런저런 대답을 할 수도 있었으나 결론은 항상 그들이 알던 그대로였다. 어떤 식으로든 싸워야 하며, 무릎을 꿇어서는 안 된다는 것이었다. 가능한 한 많은 사람들을 죽음이나 돌이킬 수 없는 이별로부터 구해내는 것이 지상 과제였다. 그러기 위해서는 단 한 가지 방법만이 존재했는데 그것은 페스트와 맞서 싸우는 것이었다. 그 사실은 경탄할 만한 것이 아니었으며 단지 자명한 것이었을 뿐이다.

그러므로 늙은 카스텔이 되는 대로 재료를 구해다가 그 자리에서 혈청을 만드는 데 자신의 온 신념과 정력을 쏟아 부은 것도 당연했다. 리외와 그는 시를 전염시킨 바로 그 세균으로 배양한 혈청이 외부에서 조달한 혈청보다 직접적인 효과가 있기를 바랐다. 왜냐하면 그 세균은 전통적으로 알려진 페스트균과는 조금 다른 양상을 띠었기 때문이었다. 카스텔은 가급적 빨리 그의 첫 혈청을 얻어 내고자 했다.

또한 영웅적인 면이라곤 전혀 없는 그랑이 보건대의 총무와 같은 역할을 수행하게 된 것 역시 당연한 것이었다. 타루가 만든 조직의 일부는 인구 밀집 지역에서 예방적인 조치를 돕는 데 치중하고 있었다. 그곳에서 필요한 위생관리를 실시하고 소독반원들이 다녀가지 않은 다락이나 지하 창고의 수를 점검했다. 보건대의 다른 팀들은 의사들이 가정을 방문하는 것에 동행하면서 페스트 환자들의 이송을 도왔는데, 심지어 전문 인력이 모자랄 경우에 환자나 사망자를 수송하는 자동차를 운전하기도 했다. 이런 모든 것을 기록하고 통계를 내야 했는데 그랑이 그 일을 도맡아 한 것이었다.

그런 점에서 서술자는, 리외나 타루보다도, 그랑이야말로 보건대가 원활히 돌아갈 수 있게 하는 그 소리 없는 미덕을 나타내는 실질적인 대표자였다고 평가한다. 그는 한순간의 망설임도 없이 흔쾌히 그 일을 수락했는데 그런 선의가 바로 그다운 것이었다. 보잘것없는 일을 통해서나마 자신이 유용했으면 좋겠다고 희망을 피력했다. 다른 일을 하기엔 이미 너무 늙었다는 것이다. 그는 저녁 여섯 시부터 여덟 시까지 자신의 시간을 할애했다. 리외가 그에게 따뜻한 감사를 표하자 그는 놀라서 말했다.

"그것보다 더 힘든 일이 있는데요, 뭐. 페스트가 말썽이니 우리 스스로를 지켜야 하는 건 분명하잖아요. 아! 모든 일이 그렇게 단순하면 좋으련만!"

이렇게 말하고 다시 자신의 첫 문장 얘기를 꺼내는 것이었다. 가끔 저녁에 통계 자료를 작성하는 일이 끝나면 리외는 그랑과 대화를 나누곤 했다. 결국에는 타루까지 그들의 대화에 끼어들게 되었고, 그랑은 두 동지들에게 점점 더 신이 나서 자신의 비밀을 털어놓았다. 두 사람은 페스트가 기승을 부리는 중에도 끈질기게 붙잡고 있는 그의 글쓰기 이야기를 흥미롭게 들어주었다. 결국 그들 역시도, 그러면서 긴장을 늦추는 시간을 가지곤 한 것이다.

"그 말 타는 여인은 어떻게 되었나요?"

타루는 자주 이렇게 물었다.

그러면 그랑은 예외 없이 난해한 웃음을 지으며 말했다.

"따가닥, 따가닥, 말을 타지요."

어느 날 저녁, 그랑은 그 여인을 묘사하는 '우아한'이라는 형용사를 완전히 포기했으며, 실은 그 여자는 '날렵한'이란 말로 표현된다고 말했다.

"그 편이 더 구체적이거든요."

그는 덧붙였다.

어떤 날엔 다음과 같이 수정된 그의 첫 문장을 두 사람에게 읽어 주었다.

'5월 어느 아름다운 아침, 한 날렵한 여인이 근사한 적갈의 암말에 올라앉아 불로뉴 숲의 꽃이 만발한 오솔길을 누비고 있었다.'

"괜찮지 않나요?"

그랑이 말했다.

"여자가 더 눈에 선하죠. '5월 어느 아침'이 나은 것 같아요. '5월의 아침'이라고 하면 말 달림이 좀 늘어지거든요."

그밖에는 '근사한'이라는 형용사가 아주 마음에 걸리는 눈치였다. 그에게는 딱히 와 닿지 않는 표현이었으며, 그는 단번에 자신이 상상하는 화려한 암말을 사진을 찍은 듯이 보여 줄 단어를 찾고 있었다. '살집 좋은'은 어울리지 않았다. 구체적이긴 했으나 경멸의 느낌이 있다는 것이다. '윤기가 흐르는'에 잠시 마음이 흔들렸으나 운율이 어색했다. 어느 날 저녁, 그는 의기양양해서 자신이 찾은 표현을 발표했다. '검은 적갈의 암말'이었다. 그의 말에 의하면 검은색은 은근히 우아함을 내비친다는 것이었다.

"그건 안 돼요."

리외가 말했다.

"아니, 왜죠?"

"적갈이란 말이 품종을 나타내는 게 아니라 색깔을 말하니까요."

"어떤 색깔인데요?"

"글쎄, 어쨌든 검은색이 아닌 어떤 색깔이죠!"

그랑은 충격을 받은 것처럼 보였다.

"감사합니다. 다행히 선생님이 계셔서 망정이지. 아무튼 쉬운 일이 아니라니까요."

"'호사로운'이라고 하면 어떨까요?"

타루가 말했다.

그랑은 그를 쳐다보았다. 그는 생각에 잠겨 있었다.

"그래, 그거야!"

그가 말했다. 그리고 얼굴에 차츰 미소가 되살아났다.

그런 일이 있고 얼마 안 지나서 그는 '꽃이 만발한'이라는 표현이 거슬린다고 털어놓았다. 그는 오랑과 몽텔리마르 이외의 지역에 가 본 일이 없었으므로 그 두 친구에게 불로뉴 숲속의 오솔길에 꽃이 어떤 식으로 만발하느냐고 묻곤 했다. 사실이지 리외나 타루는 그 숲속의 오솔길에서 꽃이 만발하다는 인상을 받은 기억이 없었으나 그 시청 직원이 어찌나 확신하던지 자신들의 기억이 오히려 가물가물했다. 그랑은 그들이 애매하게 대답하는 것을 이상하게 여겼다.

"예술가만이 사물을 제대로 보는 법이죠."

의사가 한번은 그가 몹시 흥분한 것을 보았다. '꽃이 만발한'을 '꽃으로 가득한'으로 바꾸어 놓은 것이었다. 그는 두 손을 비비면서 소리 높여 새로 쓴 첫 문장을 읽었다.

"이제야 보입니다. 이제야 느낌이 와요. 모자를 벗으십시오, 여러분! 5월 어느 아름다운 아침, 한 날렵한 여인이 호사스러운 적갈의 암말에 올라앉아 불로뉴 숲의 꽃으로 가득한 오솔길을 누비고 있었다."

그러나 큰 소리로 읽다 보니 숲의 꽃인지 오솔길의 꽃인지 명징하게 이해되지가 않아 그는 말을 더듬고 말았다. 그랑은 낙심한 얼굴로 주저앉았다. 그러더니 의사에게 그만 가 봐야겠다고 양해를 구했다. 좀 더 생각해 보아야 했던 것이다.

나중에 안 일이지만 이 시기에 그랑은 직장에서 주의가 산만한 모습을 보여서 동료들의 유감을 샀다고 한다. 시청의 인원이 감소하는 바람에 처리할 일들이 태산 같았던 시기였던 것이다. 그 때문에 그의 부서가 골머리를 앓았고, 국장은 일하라고 월급을 주는데 하라는 일을 당최 하지 않는다고 그를 호되게 질책하였다.

"듣자하니, 보건대에서 자원 봉사를 하는 모양이죠? 그건 내가 알 바 아니지만 중요한 건 당신이 맡은 일이오. 이런 끔찍한 상황에서 당신이 조금이라도 보탬이 되려 한다면 당장 자기가 맡은 일이나 제대로 하란 말이오. 그렇지 않으면 다른 일 해 봐야 아무 소용이 없다니까."

국장이 말했다.

"국장 말이 맞아요."

그랑이 리외에게 말했다.

"그래요, 맞는 말이지."

그도 동의했다.

"하지만 신경이 쓰여서 내 첫 문장을 어떻게 끝맺을지 모르겠네요."

그는 '불로뉴'라는 말을 빼 버릴 생각을 했다. 누구나 당연히 어느 숲인지 알 수 있을 것 같아서였다. 그러나 그래도 역시 '꽃'이 실제로는 '오솔길의 꽃'인데, '숲의 꽃'인 것처럼 들리는 것이었다. 그래서 다시 '꽃이 가득한 숲의 오솔길'라고 하면 어떨까 생각해 보았으나 수식어와 명사 사이를 억지로 갈라놓은 듯한 '숲'의 위치가 그에게는 목에 가시 같았다. 그랑은 어떤 날 저녁에는 리외보다도 피곤해 보였다.

그렇다. 그는 자신을 송두리째 빨아들이는 그 연구를 하느라 피곤했다. 그러나 보건대가 필요로 하는 합산과 통계는 게을리 하지 않았다. 매일 저녁이면 카드를 꼼꼼히 정리하고 거기에 필요한 곡선을 집어넣었으며, 가능한 한 자세하게 상황을 제시하고자 시간과 공을 들였다. 리외가 방문하는 병원에 자주 찾아가서는 사무실이나 의무실에서 탁자 하나를 구해 달라고 해서 그가 시청의 자기 자리에서 하던 방식과 똑같이 서류를 손에 들고 자리를 잡곤 했다. 그러고는 페스트라는 질병 자체에서 나는 냄새가 짙어진 공기 속에서 서류의 잉크를 말리고자 종잇장을 흔드는 것이었다. 그럴 때면 말 타는 여인을 생각하지 않으려고 애썼으며 오직 맡겨진 일에만 몰두했다.

그렇다. 사람이란 소위 영웅이라고 하는 본보기를 찾는 성향이 있는 것이 사실이며 이 이야기에서 구태여 한 인물이 영웅이어야 한다면 서술자는 바로 이 보잘것없고 눈에 띄지 않는 영웅, 약간의 선량한 마음과 보기에도 우스꽝스러운 어떤 이상을 가졌을 뿐인 이 인물이 적당하지 않을까 생각한다. 그 이유는, 그럼으로써 진리 본연의 것을 진리에게 되돌려 주고, 2 더하기 2는 4라는 답을, 또한 영웅주의에는 본래의 자기 자리인 부차적인 지위, 그러니까 행복에의 고귀한 욕망 다음에 올지언정, 앞에는 절대 자리할 수 없는 지위를 돌려줄 수 있기 때문이다. 그리고 이 연대기에는 고유한 성격을, 말하자면 노골적으로 고약하지도 않고 천박하고 자극적인 볼거리를 제공하지도 않는, 그저 선량한 감정으로 이루어진 기록물의 성격을 부여할 것이다.

적어도 그것은 의사 리외의 의견이기도 했다. 바깥세상에서 페스트가 만연한 이 도시로 보내오는 선동적인 응원과 격려를 신문이나 라디오에서 접할 때마다 그는 그렇게 생각했다. 항공편이나 육로로 전달되는 구호물자와 함께 매일 저녁 라디오나 신문에서는 동정하거나 찬양하는 논평들이 이제는 홀로 남겨진 도시에 난무하는 것이었다. 그런 서사시적인 어조나 시상식의 연설 같은 말투를 리외는 참을 수 없었다. 물론 그는 이런 염려들이 가식이 아니라는 것을 알고 있었다. 그러나 그것은 인간이 자신들을 보편적인 인간성과 이어 주는 어떤 것을 표현하고자 노력할 때 사용하는 상투적인 언어로 표현될 수밖에 없었다. 그리고 그 언어로는, 예를 들어, 만연한 페스트 속에서 그랑과 같은 사람이 대체 무슨 의미가 있는지를 설명할 수 없으며, 그가 매일 기울이고 있는 보잘것없는 노력을 표현해 낼 도리가 없는 것이다.

자정이 되어 인적이 끊긴 도시의 무거운 침묵 속에서, 조금이라도 눈을 붙이고자 침대에 누울 때, 가끔 의사는 라디오의 스위치를 켠다. 수천 킬로 떨어져 있는 세계의 끝에서 알 수 없는 우애 어린 목소리가 서툴게 연대 의식을 드러내고자 애쓸 때, 실은 어떤 인간도 자신이 직접 겪지 못한 고통은 온전히 나누지 못한다는 끔찍한 무력감이 드러나는 것이다. '오랑이여! 오랑이여!' 격려의 목소리가 먼 바다를 건너왔으나 소용없었고, 리외가 귀를 기울여 보았지만 의미가 없었다. 곧이어 웅변조의 언성이 높아졌으나 그랑과 그 웅변가를 서로 타인으로 만드는 본질적인 거리를 보다 더 두드러지게 할 뿐이었다. '오랑이여! 그래, 잘한다. 오랑이여! 그래, 천만에.' 리외는 생각했다. '사랑하든가 같이 죽든가. 그 외의 다른 선택은 없어. 당신들은 너무 멀리 떨어져 있다.'

페스트가 절정에 이르렀던 시기를 기록하기 전에, 아직 그 재앙이 도시를 완전히 점령하고자 자신의 모든 힘을 다해 마수를 뻗는 동안, 랑베르와 같은 마지막 남은 개인들이 자신의 행복을 되찾고 그 어떤 공격 속에서도 지키고자 했던 자기 몫을 페스트로부터 빼앗아 내고자, 단조롭고도 절박한 노력을 꾸준히도 기울였다는 사실을 돌아볼 필요가 있다. 그것이야말로 자신들을 위협하는 굴종을 거부하는 나름대로의 방식이었으며, 그러한 거부가 굴종보다 어려운 길이었음에도 불구하고 충분히 의미가 있는 것이라고 서술자는 생각한다. 그것이, 덧없으며 스스로 모순을 지니고 있었음에도 불구하고, 당시 우리 각자가 지니고 있던 자부심의 일면을 증언해 주고 있기 때문이다.

랑베르는 페스트가 자신을 완전히 덮치지 못하도록 갖은 노력을 기울였다. 합법적인 방식으로는 시 바깥으로 나갈 수 없다는 것이 확실해졌으므로 다른 방법을 쓰겠노라고 그는 리외에게 말했다. 랑베르 기자는 카페의 종업원에게 이것저것 묻고 다니기 시작했다. 그들이야말로 시내에서 벌어지는 모든 일을 꿰뚫고 있기 때문이었다. 하지만 처음으로 그가 탐문했던 종업원들은 무엇보다 그런 시도를 했을 때 매우 중한 처벌을 받게 된다는 사실에 대해서 특히 잘 알고 있었을 뿐이었다. 그는 한 번은 선동가로 오해받기도 했다. 리외의 집에서 코타르를 만나고 나서야 조금은 진전을 볼 수 있었다. 그날 리외와 코타르는 여전히 기자가 시도했으나 아무런 결과도 얻지 못했던 행정적인 절차에 대해 대화를 나누었다. 며칠이 지난 뒤 코타르는 길에서 랑베르와 마주쳤다. 그는 이즈음 누구에게도 그렇게 하듯이 허물없는 태도로 그를 반겼다.

"여전히 진전이 없나요?"

그가 말했다.

"아무것도요."

"관리들을 믿으면 안 돼요. 그들은 이해라는 걸 모르는 족속이라니까."

"그건 그래요. 그래서 다른 방법을 강구하고 있는데, 쉽지가 않네요."

"아! 그렇군요."

코타르가 말했다.

그가, 실은 자신이 어떤 경로를 알고 있다고 말을 하자 랑베르는 놀라는 눈치였다. 코타르는, 오래전부터 오랑의 카페란 카페는 다 훑고 다녔는데, 거기서 만난 친구가 그런 일을 도모하는 조직이 있다고 귀띔해 주었다고 했다. 사실인 즉, 코타르는 당시의 씀씀이가 지출을 감당할 수 없어, 배급되고 있는 물자를 밀거래하는 일에 가담하고 있었다. 가격이 천정부지로 치솟는 담배와 싸구려 술들을 되파는 것으로 돈을 좀 모았던 것이었다.

"확실한 얘긴가요?"

랑베르가 물었다.

"네, 제게 제안을 하기까지 했으니까요."

"그런데 왜 그 기회를 활용하지 않았죠?"

"절 못 믿으시나요? 전 떠나고 싶은 생각이 없어서 그랬던 거죠. 나름대로 이유가 있답니다."

코타르는 호탕한 표정을 지어 보였다. 그는 잠시 입을 다물었다가 다시 말을 이었다.

"나름의 이유가 뭔지 궁금하지 않나요?"

"추측컨대, 저하고는 상관없는 일이겠죠."

랑베르가 말했다.

"어떤 의미에서는 사실 당신하고 상관은 없죠. 하지만 다른 한편⋯⋯ 그러니까, 분명한 것은 페스트가 발병한 이래로 여기서 난 더 잘 지내고 있다는 겁니다."

랑베르는 그의 말을 잘랐다.

"그 조직과 어떻게 접촉할 수 있나요?"

"아! 그게 쉽지는 않아요. 저와 함께 가시죠."

오후 네 시였다. 후텁지근한 하늘 아래서 도시는 천천히 익어 가고 있었다. 상점들은 모두 차양을 내린 상태였다. 도로는 한적했다. 코타르와 랑베르는 아케이드가 늘어선 길을 오랫동안 아무 말 없이 걸었다. 페스트가 모습을 드러내지 않는 그런 시간 중 한순간이었다. 이런 침묵, 색채와 움직임이 살아 숨쉬기를 멈춘 이 상태는 재앙이 초래한 풍경이기도 했으나, 동시에 여느 여름의 풍경일 수도 있었다. 묵직하게 느껴지는 주변의 공기가, 대기에 스민 위협으로 인한 것인지, 먼지와 타는 듯한 열기 때문인지는 알 수 없었다. 페스트를 만나기 위해서는 관찰하고 깊이 생각해야 했다. 왜냐하면 페스트는 부정적인 징후들을 통해서만 스스로를 드러내기 때문이다. 페스트와 일종의 교감을 느끼고 있는 코타르는 랑베르에게, 예를 들어, 여느 때 같으면 복도 입구에서 옆으로 누워 할딱거리며 어디서도 찾을 수 없을 서늘함을 기다리고 있어야 할 개들, 그 개들이 보이지 않는다고 지적했다.

그들은 팔미에 대로로 들어서서 다름 광장을 건너 마린 구역 쪽으로 내려갔다. 왼편으로 초록색이 칠해진 카페의 테라스에 두꺼운 노란 천으로 된 경사진 차양이 드리워져 있었다. 카페로 들어가면서 두 사람은 이마의 땀을 닦았다. 그들은 초록색 함석 테이블 앞의 접이식 정원 의자에 자리를 잡았다. 홀 안은 완전히 비어 있었다. 파리들이 허공에서 윙윙거렸다. 수평이 맞지 않는 카운터 위에 놓인 새장 안에는 털이 다 빠진 노란 앵무새가 횃대에 힘없이 앉아 있었다. 때가 잔뜩 끼고 거미줄이 빽빽한 벽에 전투 장면을 묘사한 낡은 그림들이 걸려 있었다. 랑베르가 앉은 테이블을 비롯해서 모든 함석 테이블 위에 닭똥이 말라붙어 있었는데 잘생긴 수탉 한 마리가 법석을 피우며 어두운 구석에서 튀어나오는 것을 보기 전까지 그는 어디서 난 것인지 의아해하고 있었다.

그 시간에도 역시 더위는 한층 심해지고 있는 것 같았다. 코타르는 웃옷을 벗고 함석 테이블을 두드렸다. 길고 푸른 앞치마에 둘러싸여 거의 눈에 띄지도 않는 작은 사내 하나가 구석에서 나오더니, 멀리서부터 코타르에게 인사를 하며 다가와서 수탉을 한번 세차게 걷어차고는, 꼬꼬댁 소리에도 아랑곳없이, 무엇을 마시겠냐고 물었다. 코타르는 백포도주를 시키더니 가르시아라는 사람에 대해 물어보았다. 작달막한 사내는 카페에서 며칠째 그를 보지 못했다고 했다.

"오늘 저녁에 올 것 같소?"

"하! 누가 알겠어요. 몇 시에 오시는지는 알고 계시지 않나요?"

사내가 말했다.

"그렇죠. 뭐 중요한 건 아니고. 친구를 하나 소개시켜 줄까 해서."

사내는 앞치마 자락에 젖은 손을 닦았다.

"아! 이분께서도 그 사업을 하시나 보죠?"

"그렇소."

코타르가 말했다.

작은 사내가 코를 훌쩍이며 말했다.

"그럼 저녁에 다시 들르시죠. 그 사람에게 꼬마를 보내 볼게요."

카페에서 나오면서 랑베르는 그 사업이란 게 뭐냐고 물었다.

"뭐긴요, 암거래죠. 시의 출입문에서 물건들을 빼돌려서 비싸게 팔아요."

"아, 그럼 서로 짜고……?"

"당연하죠."

저녁이 되자 차양은 걷혔고 앵무새는 새장 속에서 재잘거렸으며 함석 테이블은 셔츠 바람의 사내들로 북적였다. 그들 중 밀짚모자를 뒤로 젖혀 쓰고 검게 그을린 가슴이 드러날 정도로 흰 셔츠를 풀어 헤친 한 사내가, 코타르가 들어서자 자리에서 일어났다. 햇볕에 그을린 반듯한 얼굴에 검고 작은 눈, 하얀 치아에 손가락에는 반지를 두세 개 끼고 있었는데 나이는 서른쯤 되어 보였다.

"안녕하십니까? 카운터에서 마실까요."

그가 말했다.

그들은 아무 말 없이 세 잔을 연거푸 마셨다.

"나갈까요?"

가르시아가 말했다.

그들은 항구 쪽으로 걸어갔고 가르시아는 무슨 일 때문이냐고 물었다. 코타르는 사업 때문에 랑베르를 소개하려는 게 아니고 이른바 '외출' 때문이라고 했다. 가르시아는 담배를 피우며 앞서서 걸어갔다. 그는 랑베르를 '그'라고 칭하면서 마치 그가 자신들과 함께 있지 않다는 듯, 몇 가지 질문을 던졌다.

"어떤 이유에서죠?"

"여자가 프랑스에 있다오."

"아!"

그러더니 잠시 후에 물었다.

"직업이 뭔데요?"

"신문기자."

"말이 많은 직업이로군."

랑베르는 아무런 말도 하지 않았다.

"내 친구요."

코타르가 말했다.

그들은 아무 말 없이 걸었다. 철조망이 쳐져 있어 출입이 금지된 부둣가에 이르렀다. 그들은 정어리 튀김을 파는 작은 선술집 쪽으로 향했다. 튀김 냄새가 그들에게까지 풍겨왔다.

"아무튼 간에, 내가 아니라 라울한테 얘길 해 봐야 해요. 일단 그를 찾아야 돼요. 쉽지는 않을 거예요."

가르시아가 결론을 내렸다.

"아! 숨어 지내나?"

코타르는 흥미롭다는 듯 물었다.

가르시아는 대답이 없었다. 선술집 근처에서 멈춰 선 그는 처음으로 랑베르 쪽을 돌아보았다.

"모레, 열한 시에 시내 꼭대기 세관 건물 모퉁이에서 만나죠."

그는 자리를 뜨는 듯하더니 두 사람을 돌아보았다.

"돈이 좀 들어요."

그는 다짐을 해 두듯 말했다.

"물론이죠."

랑베르가 고개를 끄덕였다.

잠시 후에 기자는 코타르에게 감사를 표했다.

"오! 아닙니다. 도움이 된다면 저도 기쁘겠네요. 그리고 기자 선생이시니까 언젠가는 제게 갚을 날이 오겠죠."

그는 유쾌한 어조로 답했다.

이틀 후 랑베르와 코타르는 시내 꼭대기로 향하는 그늘조차 없는 큰길을 걸어 올라갔다. 세관 건물의 한 부분은 의무실로 사용하고 있었고, 커다란 대문 앞에는 한 무리 사람들이, 허용되지 않을 게 뻔한 환자의 면회를 기다리거나 얼마 후면 아무 도움도 되지 않을 자질구레한 정보라도 얻어 볼 요량으로 진을 치고 있었다. 어쨌든 인파가 많은 관계로 사람들의 왕래가 잦았고 가르시아가 약속 장소를 이곳으로 정한 것도 그런 점을 고려한 것 같았다.

"거참, 떠나려고 그렇게 고집을 피우시다니. 아무튼 일이 진행되는 건 꽤 흥미롭군요."

코타르가 말했다.

"난 흥미롭지 않은데요."

랑베르가 답했다.

"아! 물론, 위험부담이 있으니까. 하지만 페스트 이전에도 똑같이 위험은 있었죠. 큰 사거리를 건너는 것도 위험하고."

그때 마침, 리외의 자동차가 그들 곁에 멈추었다. 타루가 운전대를 잡고 있었고 리외는 졸고 있는 듯했다. 그는 잠에서 깨어 서로 인사를 시키려고 했다.

"우린 이미 아는 사이죠. 같은 호텔에 있거든요."

타루가 말했다.

그는 랑베르에게 시내까지 태워 주겠다고 했다.

"아뇨, 여기 약속이 있어서……."

리외는 랑베르를 쳐다보았다.

"네, 그래서요."

랑베르가 말했다.

"아! 의사 선생님도 알고 계시나요?"

코타르가 놀라는 눈치로 말했다.

"저기 예심판사가 오시네요."

타루가 코타르 쪽을 보며 일러 주었다.

코타르의 안색이 변했다. 오통 씨가 정말 걸어오고 있었다. 그들을 향해 활기차고도 절도 있는 걸음걸이로 다가와서는 모자를 벗었다.

"안녕하십니까, 판사님!"

타루가 말했다.

판사는 자동차에 탄 사람들에게 인사를 건네고는, 뒤쪽에 서 있던 코타르와 랑베르를 바라보며 고개를 정중하게 숙였다. 타루가 그 연금 생활자와 신문기자를 소개했다. 판사는 잠시 하늘을 올려다보고는 한숨을 내쉬면서, 시절이 참 우울하다고 했다.

"타루 씨, 사람들이 그러는데 예방 조치 시행을 돕고 계신다고요. 저로서는 어떻게 찬사를 드려야 할지 모르겠군요. 의사 선생님, 병이 더 확산되리라 생각하십니까?"

리외는 그러지 않길 바랄 수밖에 없다고 했고 판사는 신의 섭리를 미리 알 수는 없으니 항상 희망을 가져야 한다고 거듭 말했다. 타루는 그에게 이런 상황 때문에 일이 바빠졌냐고 물었다.

"그 반대입니다. 일반적인 법을 다투는 사건은 줄어들었어요. 새로 실시된 조치를 위반하는 경우만을 다루고 있습니다. 기존의 법을 모두가 이렇게 잘 지킨 적은 없었습니다."

"그 말인즉, 상대적으로 기존의 법률이 분명 훌륭하다는 것이겠지요."

타루가 말했다.

판사는 허공에 매달린 채 꿈꾸는 듯한 여태까지의 표정을 거두었다. 그리고 싸늘한 눈길로 타루를 훑어보았다.

"그래서 어쨌다는 겁니까? 법이 중요한 게 아니라 그것을 적용해서 처벌하는 게 중요하죠. 우리로서는 어쩔 도리가 없어요."

"저자가 공적 1호야."

판사가 떠나자 코타르가 말했다.

자동차가 움직이기 시작했다.

잠시 후 랑베르와 코타르는 가르시아가 오고 있는 것을 보았다. 그는 두 사람에게 다가와서는 인사도 했다.

"기다려야 해요."

그들 주위에는 여자가 대부분인 군중들이 쥐죽은 듯 고요하게 기다리고 있었다. 그들 중 거의 모두가, 앓고 있는 친지들에게 전달할 수 있을지 모른다는 헛된 희망을 품고 바구니를 하나씩 들고 있었는데, 더욱 말도 안 되는 일이지만, 그 속에 담긴 식량이 환자들에게 도움이 될지 모른다고 생각하고 있었다. 정문에는 무장한 보초들이 지키고 있었고 이따금씩 야릇한 비명 소리가 건물과 정문 사이에 있는 마당을 가로질러 들려오는 것이었다. 그럴 때면 기다리는 사람들 중 몇몇이 걱정스러운 얼굴을 하고 의무실 쪽을 돌아다보곤 했다.

이 장면을 지켜보고 있던 세 사내의 등 뒤로 '안녕하십니까?' 하는 분명하고도 묵직한 목소리가 들리자 그들은 뒤를 돌아보았다. 더위에도 불구하고 라울은 제대로 옷을 갖추어 입고 있었다. 그는 키가 크고 건장했고, 어두운 색의 더블 정장에 챙이 말려 올라간 펠트 모자를 쓰고 있었다. 얼굴빛은 꽤 창백했다. 갈색 눈동자에 입을 꼭 다문 라울은 빠르고 정확하게 말을 했다.

"시내로 내려갑시다. 가르시아, 자네는 그만 가 보게나."

가르시아는 담배에 불을 붙이고 그들이 멀어져 가는 것을 지켜보았다. 그들은 가운데서 걷고 있는 라울의 보폭에 맞춰 빠른 걸음으로 걸었다.

그가 말했다.

"가르시아한테 얘기를 들었소. 가능합니다. 아무튼 만 프랑은 들어요."

랑베르는 좋다고 했다.

"점심이나 같이하시죠, 내일 마린 거리의 스페인 식당에서."

랑베르는 알겠다고 했고 라울은 악수를 하면서 처음으로 미소를 지었다. 그가 자리를 뜬 뒤에 코타르는 양해를 구했다. 이튿날은 볼일이 있다는 것이 었는데 랑베르도 더 이상 그가 필요하진 않았다.

다음 날, 기자가 스페인 식당으로 들어갔을 때, 모든 손님들이 고개를 돌려 그가 지나가는 것을 쳐다보았다. 햇볕에 말라 버린 누런 골목 아래쪽에 있는 어두컴컴한 지하 식당에는 남자 손님들만 드나들었고 대부분이 스페인 계였다. 하지만 한구석에 자리 잡고 앉은 라울의 손짓에 따라 랑베르가 그쪽으로 움직이자 사람들은 호기심을 거두고 식사를 계속했다. 라울은 키가 크고 마른 체격에 수염이 덥수룩한 사내와 함께였는데, 그는 어깨가 엄청나게 넓었고 말상에 머리는 듬성듬성 나 있었다. 걷어 올린 셔츠 아래로 보이는 길고 가는 팔은 검은 털로 뒤덮여 있었다. 랑베르를 소개하자 고개를 세 번 끄덕거렸다. 라울은 그의 이름을 말하지 않은 채 그냥 '우리 친구'라고만 불렀다.

"우리 친구 생각에 당신을 도울 수 있을 것 같다는군요. 이 친구가 당신에게……."

여자 종업원이 랑베르의 주문을 받기 위해 다가오자 라울은 말을 멈추었다.

"이 친구가 선생에게 우리 동료 두 사람을 연결해 줄 거예요. 그들이 우리가 매수해 놓은 보초들을 소개해 줄 거고. 그게 다는 아닙니다. 보초들이 적당한 시기를 결정해야 할 테고. 가장 쉬운 방법은 선생이 출입문 근처에 사는 그들 보초들 중 한 사람의 집에 며칠간 묵는 겁니다. 하지만 그 전에 우리 친구가 필요한 사람들을 접촉하게 해 줄 것이고 모든 일이 잘되면 그에게 비용을 지불하면 되는 거죠."

토마토와 피망이 들어간 샐러드를 으깨며 집어 삼키던 그 말상의 친구가 머리를 한 번 더 끄덕였다. 그러더니 살짝 스페인 억양이 섞인 억양으로 몇 마디를 내뱉었다. 랑베르에게 이틀 후 아침 여덟 시에 대성당 입구에서 만나자는 것이었다.

"또 이틀을 기다려야 하는군요."

랑베르가 말했다.

"쉬운 일이 아니라니까요. 그 친구들을 찾아야 해요."

라울이 말했다.

그 말상의 사내가 다시 머리를 흔들었고 랑베르는 맥없이 동의했다. 점심 식사의 나머지 시간은 서로 공통의 화제를 찾는 데 쓰고 말았다. 하지만 말상의 친구가 축구 선수라는 것을 랑베르가 알게 된 뒤부터는 모든 것이 수월했다. 그 역시 축구를 제법 즐겼기 때문이었다. 그래서 프랑스 선수권 대회, 영국 프로팀의 실력 그리고 W형 전술에 대해 이야기가 오고갔다. 식사를 마칠 무렵이 되자 말상의 사내는 완전히 신이 나서 랑베르에게 반말까지 써 가며 축구팀에서 센터 미드필더처럼 중요한 위치는 없다는 점을 설득하려 들었다.

"알아들어? 볼 배급을 하면서 경기를 조율하는 게 바로 센터 미드필더란 말이지. 축구란 게 바로 볼 배급이라고."

항상 센터 포워드만을 맡아왔던 랑베르 역시 같은 생각이었다. 그런 식의 대화는, 은은하고 감상적인 멜로디가 흘러나오던 식당의 라디오에서 전날 페스트로 인해 137명의 사망자가 발생했다는 소식을 전할 때까지 계속되었다. 손님 중의 그 누구도 까딱하지 않았다. 말상의 사내가 고개를 끄덕이고 나서 자리에서 일어섰고 라울과 랑베르도 그를 따랐다.

식당을 나서면서 센터 미드필더는 랑베르의 손을 힘주어 잡았다.

"내 이름은 곤잘레스야."

그가 말했다.

그 후 이틀은 랑베르에게는 끝없이 길게만 느껴졌다. 그는 리외의 집으로 찾아가 일의 진행 상황을 자세히 전했다. 그리고 나서는 어떤 집에 왕진을 나서는 리외를 따라 나섰다. 환자로 의심되는 누군가가 기다리고 있는 집

문 앞에서 그는 리외에게 작별 인사를 했다. 복도에서 누군가 소리치면서 뛰어가는 소리가 들려왔다. 의사의 도착을 가족에게 알리는 것이었다.

"타루가 늦지 않고 왔으면 좋으련만."

리외가 중얼거렸다. 그는 피곤한 기색이었다.

"전염병이 너무 빨리 퍼지지요?"

랑베르가 물었다.

리외는 그게 문제가 아니라고, 심지어 통계 수치도 좀 소강상태라고 말했다. 단지 페스트에 맞서기 위한 인력과 수단이 모자란다고 했다.

"물자가 부족해요. 세계 어느 군대에서도 인력으로 모자란 물자를 보충하는데, 지금은 인력도 모자란 상태죠."

그가 말했다.

"외부에서 의사와 보건 인력이 도착했다던데."

"그래요. 의사 열 명하고 백 명의 인력이 왔죠. 그것도 굉장한 숫자이긴 한데 지금 상태를 감당하기에도 빠듯해요. 병이 더 확산되면 모자랄 거요."

리외가 말했다.

리외가 안에서 들려오는 소리에 귀를 기울이고 나서, 다시 랑베르에게 웃음을 지어 보였다.

"그래요, 선생도 빨리 일을 성사시키는 게 좋을 겁니다."

랑베르의 얼굴에 어두운 그림자가 드리웠다.

"아시겠지만, 그런 이유 때문에 떠나고자 하는 건 아녜요."

랑베르가 목소리를 낮추어 말했다.

리외가 자신도 알고 있다고 답했지만 랑베르는 계속 말을 이어 갔다.

"내가 겁쟁이는 아니라고 생각합니다. 적어도 대개는요. 그렇게 느끼게 된 계기도 있었고요. 단지 도저히 참을 수 없는 생각이 몇 가지 있을 뿐이죠."

의사는 그를 정면으로 바라보았다.

"여자 분을 다시 만날 겁니까."

"아마도요. 하지만 이 상황이 지속되고 그동안 그녀가 늙을 거라고 생각하면 참을 수가 없어져요. 서른 살이면 사람이 늙기 시작하는데 모든 것을 누려야지요. 이해하실지 모르겠지만요."

리외가 이해할 수 있을 것 같다고 중얼거리고 있는데, 신이 난 기색의 타루가 왔다.

"방금 파늘루 신부에게 우리와 함께하자고 제안하고 오는 길이에요."

"그랬더니 뭐라고 하시던가요?"

의사가 물었다.

"잠시 생각을 하시더니 좋다고 하셨답니다."

"잘됐군요. 그분이 설교로 듣는 것보다 훌륭하신 분이라는 걸 알게 돼서 기쁘네요."

의사가 말했다.

"사람이란 다 마찬가지죠. 기회가 주어지기만 한다면요."

타루가 말했다.

그는 미소를 짓더니 리외에게 윙크를 해 보였다.

"사람들에게 기회를 제공하는 것이 바로 제 일이기도 하죠."

"실례하겠습니다. 전 이만 가 봐야겠군요."

랑베르가 말했다.

약속한 목요일, 랑베르는 대성당 입구에 여덟 시 오 분 전에 도착했다. 공기는 아직 서늘했다. 하늘에 피어오르는 희고 둥근 잔 구름들은 곧 더위가 몰려오면 단숨에 사라질 것이었다. 잔디는 메말라 있었으나 축축한 냄새가 어렴풋이 올라왔다. 동쪽 집들 뒤로 떠오르는 태양이, 광장을 장식하고 있는, 온통 황금빛으로 뒤덮인 잔 다르크의 투구만을 뜨겁게 덥히고 있었다. 어디선가 괘종시계가 여덟 시를 알렸다. 랑베르는 아무도 없는 성당 입구 쪽으로 몇 걸음을 옮겼다. 성당 안으로부터 오래된 지하실 냄새와 향냄새가 성가의 희미한 멜로디와 함께 흘러나오고 있었다. 갑자기 성가가 멈추었다. 십여 개의 작고 거무스름한 형체들이 성당에서 나와 시내 쪽으로 종종걸음을 하였다. 랑베르는 초조해지기 시작했다. 또 다른 검은 형체들이 큰 계단으로 올라와 입구 쪽을 향했다. 그는 담배에 불을 붙였으나, 아마도 이곳에서는 담배를 피우면 안 되리라는 생각이 들었다.

여덟 시 십오 분이 되자 대성당의 오르간이 은은히 연주되기 시작했다. 랑베르는 어두컴컴한 궁륭 안으로 들어섰다. 얼마 후, 아까 보았던 검은 형체들이 본당에 자리해 있는 것이 보였다. 그것들은 임시로 설치한 제단 앞한구석에 모여 있었는데, 제단에는 시내의 아틀리에에서 급히 제작한 듯한성 로크 상이 놓여 있었다. 무릎을 꿇은 채로 있어서인지 그들은 한층 더움츠러든 듯 보였으며, 마치 희미한 잿빛 속에 응고된 그림자의 편린들이자신들을 감추고 있는 안개보다 겨우 조금 더 두터운 형태로 이곳저곳을 떠다니고 있는 것 같았다. 그 형체들 위로 오르간이 끝없는 변주를 흘려보내고 있었다.

랑베르가 밖으로 나와 보니, 곤잘레스가 이미 계단을 내려가 시내로 향하고 있었다.

"벌써 가 버린 줄 알았지. 그럴 만도 했고."

그가 기자에게 말했다.

그는 멀지 않은 곳에서 친구들을 여덟 시 오 분 전에 만나기로 약속했는데, 이십 분을 기다려도 그들이 나타나지 않았다고 변명을 했다.

"무슨 일이 생긴 게 확실해. 이런 일을 하다 보면 종종 문제가 생기곤 하지."

그는 다음 날 같은 시각에 전몰 용사 기념비 앞에서 만나자고 다시 약속을 했다. 랑베르는 한숨을 한번 내쉬고는 모자를 뒤로 젖혀 넘겼다.

"이런 일은 별것도 아니지. 한 골 넣으려면 기습 공격도 하고 패스도 해야 하고 이 모든 게 조화를 이뤄야 하잖나. 생각을 좀 해 보게."

곤잘레스는 웃으며 단언했다.

"물론. 하지만 축구 경기는 한 시간 반이면 끝나지."

랑베르가 말했다.

전몰 용사 기념비는 오랑에서 바다가 보이는 유일한 위치에 있었는데, 항구를 굽어보는 절벽을 따라 이어지는 짧은 산책로 가까이에 있었다. 이튿날 랑베르는 약속 시간보다 일찍 와서 전몰 용사의 명단을 주의 깊게 훑어보고 있었다. 몇 분 뒤 두 남자가 가까이 와서 그를 무심히 쳐다보더니 산책로의 난간에 팔꿈치를 기대고 서서 텅 빈 부둣가를 넋을 잃고 바라보는 것이었다. 두 사람은 키가 엇비슷했고, 둘 다 푸른 바지와 짧은 소매의 줄무늬 선원 복장이었다. 신문기자는 조금 떨어져 벤치에 앉아서는 한가로이 그들을 바라보았다. 그가 보기에 두 사람은 분명히 스무 살도 채 넘지 않은 것 같았다. 그때 곤잘레스가 사과의 손짓을 하면서 걸어오는 것이 보였다.

"저기 우리 친구들이 있군."

그가 말했다. 그러고는 랑베르를 두 젊은이들에게로 데려가서 마르셀과 루이라는 이름으로 소개를 했다. 정면에서 보니 두 사람은 많이 닮아서 랑베르는 그들이 형제려니 하고 생각했다.

"자, 이제 소개도 했으니, 일 얘기를 해야지."

곤잘레스가 말했다.

마르셀인지 루이인지가, 자신들이 보초를 서는 순서가 이틀 후면 시작돼서 일주일 간 계속되는데 가장 적당한 날이 언제인지 알아보아야 한다고 했다. 서쪽 문을 네 사람이 지키는데 나머지 두 사람은 직업군인들이라는 것이었다. 그들을 이 일에 끌어들일 수는 없는 노릇이었다. 그들을 믿을 수도 없거니와 그랬다가는 비용이 더 들 수도 있었다. 하지만 가끔 두 동료 군인이 자신들이 알고 있는 바의 뒷방에서 밤중에 한동안 머무르기도 한다는 것이다. 마르셀인가 루이인가는 랑베르가 출입문 근처에 있는 자신들의 집에서 지내면서 기다리면 찾으러 오겠노라고 제안했다. 그 다음에 문을 통과하는 것은 아주 쉬운 일이라는 것이다. 하지만 서두르는 게 좋은 것이, 얼마 전부터 도시 바깥에 이중으로 초소를 설치한다는 말이 돌고 있었기 때문이었다.

랑베르는 그에 동의하고 마지막 남은 담배 몇 대를 그들에게 권했다. 두 사내 중 아직 말을 하지 않은 사람이 곤잘레스에게 돈 문제는 해결이 된 건지, 선금을 받을 수 있는지 물었다.

"아냐, 그럴 필요 없어. 이 친구는 괜찮아. 비용은 출발하면서 치르기로 하세."

곤잘레스가 말했다. 그들은 다시 약속을 잡았다. 곤잘레스는 이틀 후 스페인 식당에서 저녁을 하자고 제안했다. 거기서 곧장 보초들의 집으로 갈 수 있다는 것이었다.

"첫날 밤은 내가 같이 있어 주지."

그가 랑베르에게 말했다.

다음 날, 랑베르는 호텔의 자기 방으로 올라가다가 계단에서 타루를 마주쳤다.

"리외를 만나러 갈 건데 같이 가실까요?"

타루가 말했다.

"매번 실례가 되지 않는지 걱정입니다."

랑베르는 주저하며 말했다.

"그렇지 않을 겁니다. 저에게 선생 얘기를 자주 해요."

신문기자는 생각에 잠겼다.

"그렇다면, 저녁 식사 후에 시간이 나시거든, 늦어도 좋으니 두 분이 호텔 바로 들르시죠."

신문기자가 말했다.

"그야 리외의 사정과 페스트의 사정에 달렸죠."

타루가 답했다.

그러나 밤 열한 시쯤 되어 리외와 타루는 호텔 바로 들어섰다. 길고 비좁은 공간에 서른 명 정도의 사람들이 팔꿈치를 부딪치며 큰 소리로 떠들어 대고 있었다. 페스트로 인해 침묵에 잠겨 있던 시내에서 방금 도착한 두 사람은 귀가 멍멍해져서 걸음을 멈추었다. 아직까지 술을 팔고 있는 것을 보고서야 그런 소란을 이해할 수 있었다. 카운터의 맞은편 끝, 등받이 없는 의자에 앉아 있던 랑베르는 그들에게 손짓을 했다. 타루가 큰 소리로 떠들던 옆 사람을 조용히 밀쳐 내서 자리를 만들며 랑베르를 사이에 두고 리외와 마주섰다.

"술을 못 드시는 건 아니죠?"

"천만에요. 그 반대죠."

타루가 말했다.

리외는 자신의 잔에서 풍기는 쌉쌀한 허브 향을 맡아 보았다. 이런 난리법석 가운데 대화를 나누기란 어려웠고, 랑베르는 술을 들이키는 데 집중하고 있는 것 같았다. 그가 이미 취한 상태인지 의사는 가늠할 수가 없었다. 좁은 홀 안에 있는 두 개의 테이블 중 하나에는 해군 장교가 양팔에 여자를 안고 얼굴이 벌겋게 된 뚱뚱한 사내에게 카이로에 있었던 장티푸스에 관해 떠벌리고 있었다.

"수용소 말이야. 원주민들을 수용할 수용소를 만들었지. 환자용 천막을 치고 그 주위엔 보초선을 둘러쳤다고. 가족들이 민간요법으로 만든 약재들을 몰래 가지고 들어오면 쏴 댔단 말이야. 끔찍한 일이지만 그랬어야만 했어."

다른 하나의 테이블엔 세련된 차림의 젊은이들이 있었는데 무슨 말을 하는지는 알아들을 수 없었다. 그들의 대화는 높은 곳에 설치된 축음기에서 쏟아져 나오는 「세인트 제임스 인퍼머리」의 리듬에 파묻혀 사그라들었다.

"잘돼 갑니까?"

리외가 목소리를 높여 물었다.

"돼 가는 중입니다. 이번 주 안으로 될지도 모르겠어요."

랑베르가 말했다.

"유감이군요."

타루가 소리치듯 말했다.

"왜죠?"

타루는 리외를 바라보았다.

"오! 타루는 당신이 여기 있으면 우리에게 도움이 될 거라 생각해서 하는 말씀입니다. 하지만 전 떠나려는 당신의 마음을 십분 이해하고 있죠."

리외가 말했다.

타루가 술을 한 잔씩 더 돌렸다. 랑베르는 걸터앉아 있던 바의 의자에서 내려와 처음으로 정면으로 타루를 바라보았다.

"제가 당신들에게 어떻게 도움이 될 수 있죠?"

"글쎄요, 우리 보건대에 도움이 되겠죠."

타루가 천천히 자신의 술잔에 손을 가져가면서 말했다.

랑베르는 여느 때같이 골똘히 생각에 잠긴 표정을 짓더니 다시 의자에 올라앉았다.

"보건대 일이 사람들에게 도움이 될 거라고 생각하지 않으시나요?"

타루가 자신의 잔을 비우고는 그의 얼굴을 찬찬히 살펴보았다.

"도움이 많이 되죠."

기자가 이렇게 대답하고 잔을 들이켰다.

리외는 그의 손이 떨리고 있는 것을 보았다. 분명히 그는 많이 취한 것 같았다.

다음 날 랑베르가 두 번째로 스페인 식당에 갔을 때, 그는 입구에 의자들을 내다 놓고 더위가 한풀 꺾여 초록빛과 황금빛으로 물든 저녁 시간을 즐기고 있던 한 무리의 사내들 한가운데를 지나갔다. 그들은 매캐한 향이 나는 담배를 피우고 있었다. 식당 안은 텅 비어 있었다. 랑베르는 곤잘레스를 처음 만났을 때 앉았던 구석진 곳의 테이블에 자리를 잡았다. 그는 여자 종업원에게 일행을 기다리고 있다고 말했다. 일곱 시 삼십 분이었다. 사내들이 조금씩 홀 안으로 들어와 앉았다. 음식이 나오기 시작하자 둥글고 낮은 천정 아래로 먹먹하게 울리는 식기 부딪치는 소리와 말소리가 가득했다. 여덟 시가 되어서도 랑베르는 여전히 기다리고 있었다. 불이 켜졌다. 새로운 손님들이 들어와 그의 테이블에 앉았다. 그는 식사를 주문했다. 여덟 시 삼십 분, 그는 곤잘레스도 두 젊은이도 보지 못한 채 식사를 마쳤다. 그를 담배를 여러 대 피웠다. 홀 안은 조금씩 비어 갔다. 밖은 빠르게 어두워지고 있었다. 바다에서 불어오는 미지근한 바람이 창가의 커튼을 슬며시 들어 올리곤 했다. 아홉 시가 되자 랑베르는 홀에 혼자 남았고 여자 종업원이 놀란 얼굴로 그를 쳐다보고 있는 것을 알아챘다. 그는 계산을 하고 밖으로 나갔다. 식당의 맞은편 카페의 문이 열려 있었다. 랑베르는 카운터 쪽에 자리 잡고 서서 식당 입구를 한동안 주시했다. 아홉 시 반이 되어서야 그는 호텔로 향했다. 주소도 모르는 곤잘레스를 어떻게 찾을까 고민했으나 아무런 방도가 떠오르지 않았고, 모든 것을 처음부터 다시 시작해야 한다는 생각에 마음이 어두워졌다.

나중에 그가 리외에게 말한 바에 따르면, 바로 그 순간, 구급차가 쏜살같이 뚫고 지나가는 어둠 속에서 그가 깨달은 것은, 자신과 여인을 갈라놓고 있는 벽을 통과해 나가기 위해 온 힘을 쏟는 시간 동안 바로 그녀를 잊고 지내 왔다는 사실이었다. 하지만 모든 경로가 또다시 막혀 버린 지금, 그는 자신의 욕망 한가운데 그녀를 다시 되살려 냈고, 느닷없는 괴로움이 폭발하듯 그를 따라붙었다. 그는 타는 듯한 아픔으로부터 도망치고자 호텔을 향해 마구 달리기 시작했다. 그러나 고통은 사라지지 않았고, 그는 관자놀이가 쑤시듯 아파 왔다.

다음 날 아침 아주 이른 시각에 그는 리외를 찾아가 코타르를 어떻게 다시 볼 수 있을지 물었다.

"제가 할 수 있는 일이란, 다시 그 경로를 찾아내는 것뿐입니다."

그가 말했다.

"내일 저녁에 와 보세요. 이유는 모르겠지만 타루가 코타르를 만나겠다고 했어요. 그가 열 시에 올 겁니다. 그러니 열 시 반쯤 오도록 해요."

리외가 말했다.

다음 날 코타르가 도착했을 때, 타루와 리외는 예기치 않게 완치된 한 환자에 대한 얘기를 나누고 있었다.

"열 명 중 하나죠. 그 환자가 운이 좋은 겁니다."

타루가 말했다.

"아, 그럼 그건 페스트가 아니었네요."

코타르가 말했다.

하지만 두 사람은 그 환자가 앓던 병이 페스트가 맞았다고 확인해 주었다.

"그런데도 환자가 나았다면 그건 말도 안 돼요. 저보다 더 잘 아시잖아요. 페스트는 용서가 없다는 걸요."

"보통은 그렇죠. 하지만 끈질기게 버티다 보면 가끔 놀랄 일이 생기기도 한답니다."

리외가 말했다. 코타르가 웃었다.

"그럴 것 같지 않은데요. 오늘 저녁 발표된 숫자가 얼마인지 들으셨어요?"

타루는 연금 생활자를 너그러운 표정으로 바라보았다. 그는 숫자를 들어 알고 있으며 상황이 심각하다고 말했다. 하지만 그것이 무엇을 증명하는가. 그는 더 엄격한 조치들을 시행할 필요가 있다고 했다.

"네? 그런 조치들을 이미 시행하고 있지 않나요?"

"그렇죠. 하지만 각자가 자기 자리에서 그런 대책을 실천해 나가야죠."

코타르는 그게 무슨 말인가 하는 얼굴로 타루를 쳐다보았다. 타루는 아직 많은 사람들이 그저 손을 놓고 있는데, 유행병은 우리 모두의 문제이고 각자 자신의 의무를 다해야 한다고 말했다. 보건대의 문은 누구에게나 열려 있다고 덧붙이기도 했다.

"그것도 좋은 생각이긴 하지만 별 소용은 없을 겁니다. 페스트란 놈이 너무 강력해요."

"우리가 할 수 있는 일을 다 해 보고 나면 알게 되겠죠."

타루가 침착한 어조로 말했다.

그런 대화가 오가는 사이 리외는 책상에 앉아 진료 카드를 옮겨 쓰고 있었다. 타루는 의자에 앉아 이리저리 몸을 움직이고 있는 코타르를 바라보고 있었다.

"코타르 씨, 우리와 함께 일을 해 보는 건 어떨까요?"

코타르는 불쾌한 기색으로 자리에서 일어나서 둥근 모자를 집어 들고 말했다.

"제가 상관할 일은 아닌 것 같은데요."

그러고 나서 도전적인 말투로 이렇게 말을 이었다.

"사실 저는 페스트 속에서 사는 게 편해요. 제가 왜 페스트와 맞서는 데 끼어들어야 하는지 이유를 모르겠군요."

타루는 뭔가 생각난 듯 이마를 한번 툭 쳤다.

"아, 그렇지! 제가 깜빡했네요. 페스트가 아니었다면 당신은 체포되었을 텐데 말이죠."

코타르는 갑자기 움찔하더니 넘어질 뻔했는지 의자를 붙잡고 바로 섰다. 리외는 뭔가를 적다 말고 심각하고도 흥미롭다는 표정으로 그를 쳐다보았다. 연금 생활자가 소리쳤다.

"누가 그런 말을 하던가요?"

타루는 놀란 듯이 말했다.

"아니, 당신이 말했잖아요. 적어도 의사 선생님하고 저는 그렇게 이해했는데요."

갑자기 주체할 수 없는 분노에 휩싸인 코타르는 알아들을 수 없는 말을 우물거렸다.

"흥분하지 마세요. 저나 의사 선생님이나 당신을 고발할 일은 없으니까요. 당신 사건은 우리하곤 상관도 없어요. 그리고 우리가 결코 경찰을 좋아해 본 적도 없고요. 자, 좀 앉으시죠."

타루가 말했다.

연금 생활자는 의자를 보고 좀 머뭇거리다가 앉았다. 한동안 잠자코 있다가 그는 한숨을 내쉬었다.

"오래된 이야기를 다시 끄집어낸 거예요. 다 잊은 줄 알았는데. 어떤 놈이 불었나 보죠. 나를 소환하더니 조사가 끝날 때까지 협조해 달라고 하더군요. 결국 체포될 거라는 걸 알았어요."

그는 인정했다.

"중죄인가요?"

타루가 물었다.

"그건 말하기 나름이죠. 하여간 살인은 아니라고요."

"금고나 징역형쯤 되나요?"

코타르는 매우 풀이 죽어 보였다.

"금고형이겠죠. 운이 좋으면……."

그러나 잠시 후에 그는 다시 열을 올리며 말했다.

"그건 실수라고요. 누구나 실수를 하잖아요. 그것 때문에 내가 잡혀가서 집에도 못 있고 하던 일도 못 하고 아는 사람도 못 만나고 한다는 생각만 해도 몸서리가 쳐져요."

"아! 그래서 목을 맬 생각을 했던 거로군요?"

타루가 물었다.

"네. 바보짓이었죠, 물론."

리외가 처음으로 입을 열어 코타르에게 그의 불안을 자신은 이해할 수 있으며, 모든 일이 잘 해결될 수도 있을 거라고 말했다.

"오! 지금으로선 제가 두려워할 일이 없다는 것은 알아요."

"그러니까, 우리 보건대에는 들어오지 않겠군요."

타루가 말했다.

코타르는 모자를 양손으로 굴리면서 불안정한 시선을 타루에게 보냈다.

"저를 원망하진 마세요."

"그럴 리가요. 하지만 우리 적어도 병균을 일부러 퍼뜨리는 일은 하지 말자고요."

타루는 미소를 띤 채 말했다.

코타르는 난색을 띠며 자신이 페스트를 원한 것은 아니고 그냥 저 혼자 발생한 것뿐이며, 지금 유행병이 기승을 부리고 있는 것이 자기 탓은 아니라고 손을 내저었다. 그때, 랑베르가 문 앞에 도착했고 연금 생활자는 활기를 되찾은 목소리로 덧붙였다.

"게다가 내 생각엔, 당신들 일은 별 성과를 얻지 못할 거란 말이죠."

랑베르는 코타르 역시 곤잘레스의 주소를 알지 못한다는 것을 알게 되었다. 하지만 그 작은 카페에 다시 가 보면 된다는 것이었다. 그들은 다음 날로 약속을 잡았다. 리외가 일이 어떻게 돼 가는지 알고자 했으므로, 랑베르는 자신의 방으로 주말 밤 아무 때나 타루와 함께 와 달라고 그를 초대했다.

아침에 코타르와 랑베르는 작은 카페로 가서 가르시아에게 그날 저녁이나 아니면 다음 날에 만나자는 약속을 남겨 두었다. 그들은 그날 저녁에 와서 그를 기다렸지만 허사였다. 이튿날에는 가르시아가 있었다. 그는 아무런 말없이 랑베르의 이야기를 들었다. 그는 이야기를 직접 듣지는 못했지만, 그 구역 전체에서 집집마다 수색을 하기 위해 24시간 동안 출입금지를 실시했으며 곤잘레스와 두 청년이 봉쇄선을 넘지 못했을지도 모른다고 했다. 그가 할 수 있는 일이란 다시 라울과 연결을 시켜 주는 일밖에는 없었다. 그리고 당연히 이틀 안으로는 어렵다는 것이었다.

"알겠소. 다시 처음부터 시작해야 한다는 것이로군."

랑베르가 말했다.

이틀 후, 거리 한 모퉁이에서 만난 라울은 가르시아의 추측이 옳았음을 확인해 주었다. 아랫동네의 통행이 금지되었었던 것이다. 다시 곤잘레스와 접촉을 해야 했다. 또다시 이틀 후, 랑베르는 그 축구 선수와 점심을 먹고 있었다.

"우리가 멍청했군. 다시 만날 방법을 마련해 두었어야 했는데."

곤잘레스가 말했다.

랑베르도 같은 생각이었다.

"내일 아침에 같이 우리 애들한테 가 보세. 가서 일을 확실히 해 두자고."

다음 날, 그들은 집에 없었다. 그래서 그 다음 날 점심에 리세 광장에서 보자고 메모를 남겨 두었다. 랑베르는 집에 돌아왔고, 오후에 타루가 그를 보았을 때는 안색이 하도 좋지 않아서 깜짝 놀랄 정도였다.

"일이 잘 안 돼 가나요?"

타루가 물었다.

"처음부터 또 시작하려니 그러네요."

랑베르는 다시 그를 초대했다.

"오늘 밤에 와 주세요."

저녁에 두 사람이 랑베르의 방에 갔을 때 그는 침대에 뻗어 있었다. 그는 몸을 일으켜서는, 준비해 두었던 잔에 술을 따라 주었다. 리외는 잔을 받으면서 일이 제대로 되고 있는지 물었다. 신문기자는 한 바퀴 돌아서 원점으로 돌아왔다고 하면서 마지막 약속이 남아 있다고 말했다. 그는 술을 한 모금 들이켜고 덧붙여 말했다.

"당연히 그들은 오지 않겠죠."

"꼭 그렇게 생각할 필요는 없잖아요."

타루가 말했다.

"아직 이해를 못 하셔서 그래요."

랑베르가 어깨를 으쓱해 보이면서 말했다.

"뭘요?"

"페스트 말입니다."

"아! 그래요. 아직 이해하지 못 하신 겁니다. 페스트는 계속해서 처음부터 다시 시작하게 되어 있단 말입니다."

리외가 반응했다.

랑베르는 방 한구석으로 가서 작은 축음기 뚜껑을 열었다.

"그 곡이 뭐지요? 나도 아는 곡인데."

타르가 물었다.

랑베르는 그건 「세인트 제임스 인퍼머리」라고 말해 주었다.

디스크가 한창 돌아가고 있는 중에 두 발의 총성이 멀리서 들려왔다.

"개 아니면 탈주자로군."

타루가 말했다.

잠시 후 디스크가 멎었고 구급차 소리가 또렷하게 들려왔다. 사이렌은 점점 커지더니 호텔 창밖을 지나면서 줄어들다가 결국 들리지 않게 되었다.

"이 판은 재미가 없어요. 오늘만 벌써 열 번은 들었을 걸요."

랑베르가 말했다.

"그 정도로 좋아하세요?"

"아뇨, 이것밖엔 가진 게 없어요."

그러더니 잠시 후에 이렇게 말했다.

"처음부터 다시 시작하게 되어 있다고 말씀드렸잖아요."

그는 리외에게 보건대가 어떻게 돼 가고 있느냐고 물었다. 지금은 다섯 개 그룹으로 나뉘어 활동을 하는데 다른 그룹이 더 만들어지길 기대한다는 대답이었다. 신문기자는 침대에 걸터앉아 손톱을 다듬느라 아무런 생각이 없는 것처럼 보였다. 리외는 침대 한쪽에 웅크리고 있어 작아 보이나, 한편 힘 있게 느껴지는 그의 옆모습을 살피고 있었다. 그는 랑베르가 자신을 주시하고 있는 것을 갑자기 깨달았다.

"그런데 선생님, 선생님의 보건대에 대해 많이 생각을 해 봤어요. 제가 함께하지 않는 것은 제 나름대로 이유가 있기 때문입니다. 그렇지 않았으면 온 힘을 다해서 도왔을 걸요. 전 스페인 전쟁에 종군한 적도 있답니다."

랑베르가 말했다.

"어느 편이었죠?"

타루가 물었다.

"패자 편이었죠. 하지만 그 이후 전 생각한 바가 좀 있었어요."

"어떤 생각을요?"

타루가 다시 물었다.

"용기에 대해서요. 이제 전 인간이 위대한 행동을 할 수 있는 존재란 걸 알고 있어요. 하지만 그가 위대한 감정을 품을 수 없는 존재라면 전 흥미가 없어요."

"인간이란 모든 것을 할 수 있는 존재여야겠군요."

"그렇지 않아요. 인간은 고통을 견디지도 못하고 오랫동안 행복할 수도 없어요. 그러니까 가치 있는 일이란 아무것도 할 수가 없는 거죠."

그는 두 사람을 바라보더니 말을 이었다.

"말해 봐요, 타루 씨. 당신은 사랑을 위해 죽을 수 있나요?"

"모르겠네요. 그럴 수 없을 것 같아요, 지금은."

"그것 보세요. 하지만 당신은 소신을 위해 목숨을 바칠 수는 있잖아요. 그건 빤히 보인다고요. 그런데 전 어떤 관념을 위해 죽는 사람에게 넌덜머리가 나요. 전 영웅주의를 믿지 않아요. 그건 너무 쉬운 길일 뿐더러 사람을 해친다는 것을 알게 됐죠. 제가 관심 있는 건 사랑하는 대상을 위해 살고 그를 위해 죽는 것입니다."

리외는 기자의 말을 주의 깊게 듣고 있었다. 그를 줄곧 바라보면서 리외는 부드럽게 말했다.

"인간은 하나의 관념이 아니에요, 랑베르."

랑베르는 침대에서 벌떡 일어났다. 얼굴은 벌겋게 상기되어 있었다.

"관념이죠. 인간은 하나의 어설픈 관념입니다. 사랑에 등을 돌리는 순간부터 말예요. 바로 우리가 그렇습니다. 더 이상 사랑을 할 수 없게 된 거죠. 그러니 체념하자고요, 선생님. 사랑할 수 있게 되길 기다리자는 말입니다. 그게 정말로 불가능하다면 그냥 모든 사람이 해방되기를 기다립시다. 영웅 놀이는 집어치우고요. 전 그 이상 아무것도 하지 않겠습니다."

리외는 갑자기 맥이 풀린 듯 자리에서 일어났다.

"당신 말이 옳아요, 랑베르. 완전히 맞는 말이죠. 그러니 무슨 일이 있어도 당신이 하려는 일로부터 마음을 돌려놓지 않을 겁니다. 그 일은 정당하고 좋은 일 같으니까. 그래도 이 말만은 해야겠군요. 이 모든 것은 영웅주의와는 하등 관련이 없어요. 진정성 문제입니다. 이렇게 말하면 비웃을지도 모르겠으나 페스트에 맞서 싸울 수 있는 유일한 길은 진정성입니다."

"진정성이란 게 대체 뭐죠?"

랑베르가 갑자기 심각한 얼굴로 물었다.

"그 말이 일반적으로 어떤 의미를 지니는지는 모르겠소. 하지만 내 경우로 말하자면 주어진 일에 충실히 완수하는 것입니다."

"아! 전 제게 주어진 일이 무엇인지 모르겠군요. 아마도 사랑을 선택한 것이 바로 제 잘못이겠죠."

랑베르는 화가 난 듯 말했다.

리외는 그를 마주 보았다.

"아닙니다. 당신이 잘못한 거라곤 아무것도 없어요."

그가 힘주어 말했다.

랑베르는 생각에 잠긴 듯 그 두 사람을 바라보았다.

"추측하건대 당신들 두 분은 이 일에서 잃을 게 아무것도 없겠죠. 좋은 편에 선다는 건 쉬운 일이니까요."

리외는 자기 잔을 비웠다.

"자, 우린 할 일이 있어요."

그가 밖으로 나갔다.

타루가 그의 뒤를 쫓았다. 그는 나가려다 말고 뭔가 생각난 듯 돌아서서 기자에게 말했다.

"의사 선생님의 부인이 여기서 수백 킬로 떨어져 있는 요양원에 계시다는 것을 알고 계셨나요?"

랑베르는 놀란 듯한 몸짓을 해 보였으나 타루는 이미 자리를 떠나고 없었다.

다음 날 아침 이른 시각에 랑베르는 의사에게 전화를 걸었다.

"제가 이 도시를 떠날 방도를 찾을 때까지 함께 일하는 것을 허락하시겠습니까?"

수화기 너머 잠시 침묵이 흐르더니 대답이 들려왔다.

"좋아요, 랑베르. 고마워요."

제3부

페스트의 포로들은 이처럼 일주일 내내 자기 자리에서 나름의 투쟁을 계속했다. 그들 중 랑베르와 같은 몇몇 사람들은 우리가 본 바와 같이 자유인으로서 행동했으며, 아직 선택을 할 수 있는 자유가 있다고 상상하고 있었다. 그러나 실은 이즈음, 그러니까 8월 중순에는 이미 페스트가 모든 것을 다 점령해 버렸다고 말할 수 있었다. 더 이상 개인적인 운명 따위는 없었으며 페스트라고 하는 집단적인 역사, 모두가 공통적으로 느끼는 감정들이 존재할 뿐이었다. 가장 지배적인 감정은 이별과 유배에서 비롯된 것으로 거기에는 공포와 반항이 내재해 있었다. 그런 이유에서 서술자는, 더위와 페스트가 절정에 달했던 그 즈음의 전반적인 상황, 특히 그 예로 살아 있는 사람들의 폭력, 사망자의 매장, 그리고 헤어진 연인들의 고통 등을 묘사하는 것이 적절할 것이라 생각한다.

　그해의 한가운데를 지나는 시점에 페스트가 휩쓸고 있는 도시에 바람이 며칠간이나 불어 닥쳤다. 오랑의 주민들은 특히 바람을 두려워하는데, 그것은 도시가 세워진 고원에 자연적인 방어막이 전혀 없었기에 바람이 거침없이 시의 거리거리에 광폭하게 들이쳤기 때문이었다. 몇 달 동안이나 도시를 식혀줄 비 한 방울 내리지 않아 시내는 잿빛 먼지로 뒤덮여 있었는데, 그것이 거센 바람에 한 꺼풀씩 벗겨져 나갔다. 바람은 그렇게 거리에 먼지와 종잇장들의 소용돌이를 일으켜, 이제 점점 그 수가 줄기만 하는 산책자들의 다리를 후려치곤 했다. 그들은 손으로, 손수건으로 입을 가리고 몸을 앞으로 숙인 채 발걸음을 재촉해야 했다. 저녁에는 각자 마지막이 될지도 모르는 그날 하루를 좀 더 길게 끌어 보고자 무리 지어 모이는 대신, 집으로, 카페로, 서둘러 들어가는 적은 무리의 사람들이 눈에 띌 뿐이었다. 그래서 며칠간은 그 시기면 훨씬 더 빨리 찾아드는 황혼녘에 이미 거리에 인적이 끊어지고 바람만이 쉼 없이 울음소리 같은 것을 토해 내고 있었다. 여전히 시야에 들어오지 않는, 파도가 높게 이는 바다로부터 해초와 소금 냄새가 풍겨 올라왔다. 텅 빈 도시, 먼지로 희뿌옇고 바다 냄새로 찌든 이 도시는 바람의 외침만을 사방에 울리면서 불행 속에 신음하는 하나의 섬과도 같았다.

지금까지 페스트는 시내 중심가보다 인구가 더 조밀하고 살기에 불편한 변두리 지역에 훨씬 더 많은 희생자를 내왔다. 그러나 이제는 갑자기 상업지구에 바싹 다가와서 자리를 잡는 듯했다. 주민들은 바람이 전염병의 씨를 날려 보낸 것이라고 탓을 했다. '바람이 카드를 뒤섞어 놓았다.'고 호텔 지배인은 표현했다. 어찌됐건 간에 중심가의 주민들은 자신들의 차례가 돌아온 것을 느끼고 있었다. 한밤중에 자신들의 집 바로 근처에서, 페스트의 우울하고 맥없는 호출로 구급차 소리가 창밖으로 점점 더 자주 들려왔기 때문이었다.

도시 안에서조차 특별히 피해가 큰 지역을 격리하고 일손을 거들 수 있는 남성들을 제외한 이들에게 외출을 금하는 조치가 강구되었다. 그곳에 살던 이들은 이런 대책이 유난히 그들을 홀대하는 것이라고 여기지 않을 수 없었으며, 아무튼 자신들과 비교되는 보다 자유로운 다른 지역의 주민들을 무슨 자유인이라도 되는 것처럼 바라보았다. 반면에 다른 구역의 주민들은, 역시 힘든 시기를 보내면서도, 어떤 동네 사람들은 자신들보다 더 답답하게 갇혀 지낸다는 사실에서 위안을 얻곤 했다. '항상 나보다 자유롭지 못한 사람이 있다.'는 말이 당시 그들이 유일하게 품을 수 있었던 희망을 요약해 주고 있다.

　거의 이 시기에 즈음해서 특히 시의 서쪽 출입문에 접해 있는 위락 지구에 화재가 빈번하게 발생했다. 나중에 알고 보니, 격리 수용에서 돌아온 이들이 가족들의 죽음과 불행을 목도하고 이성을 잃은 나머지, 자신들의 집을 불태움으로써 페스트를 죽일 수 있다는 환상에 사로잡혀 그런 일을 저지르는 것이었다. 거센 바람까지 겹쳐, 지역 전체를 지속적인 위험에 빠뜨리는 일이 자주 일어났으나 그러한 시도를 저지하기란 매우 어려웠다. 당국은 소독으로 전염의 위험을 충분히 제거할 수 있다는 사실을 알렸으나 헛수고였고, 그 순진한 방화범들에게 무거운 형을 내리는 법령을 선포하는 것 말고는 방법이 없었다. 불행한 이들을 두렵게 하는 것은 감옥에 가는 것 자체가 아니었고, 시의 감옥에서 확인되는 사망률이 극도로 높은 까닭에 징역은 곧 사형과 같다는 주민들의 확신이었음에 틀림이 없을 것이다. 물론 그런 믿음이 근거가 없는 것은 아니다. 분명한 이유로 인해, 페스트는 무리지어 살고 활동하는 이들, 군인, 종교인, 죄수들을 유난히도 악착같이 괴롭혔던 것이다. 일부 죄수들이 격리되어 있긴 했으나 감옥은 하나의 공동체였으며, 우리 시의 형무소에서 죄수만큼이나 많은 간수들이 그 병에 희생되고 있었다는 사실이 그것을 잘 드러내 준다. 페스트라고 하는 우월한 처벌자의 입장에서 보면, 형무소장에서부터 신참 죄수에 이르기까지 모든 사람이 같은 형을 선고받은 처지였으니 아마도 처음으로 감옥 안에서 절대적인 정의가 실현된 것이라고 볼 수도 있을 것이다.

당국이 자신들의 임무를 수행하다 사망한 간수들에게 훈장을 수여할 생각을 함으로써 이 평준화된 공동체에 위계를 부여하려고 했으나 소용없는 일이었다. 계엄령이 선포된 상태였고 어떤 의미에서 간수들은 동원된 것이나 마찬가지여서 그들에게 사후에 무공훈장을 수여했다. 죄수들이야 그에 대해 어떤 항의도 하지 않았지만, 군부에서는 그것을 탐탁지 않게 받아들였고 대중의 머릿속에 개운치 않은 혼란을 일으킬 수 있다는 정당한 지적을 하기도 했다. 당국은 그들의 요구를 고려하여, 가장 간단한 방법은 사망한 간수들에게 방역 표창을 수여하는 것이라는 생각을 했다. 그러나 이미 사망한 간수들에게 훈장을 다시 뺏을 수는 없는 노릇이었음에도 불구하고 군부는 여전히 그에 대해 비판적인 관점을 유지하고 있었다. 다른 한편, 방역 표창은 무공훈장에 비해서 사기 진작 효과가 덜하다는 단점이 있었는데, 유행병이 창궐하는 시기에 그런 표창을 받는다는 것이 대단한 일은 아니었기 때문이었다. 그러니 모든 사람들이 불만이었다.

게다가 교도소 당국은 종교계의 지도부처럼 움직일 수가 없었으며, 그보다는 차이가 덜 나지만 군대와도 좀 다른 행정을 폈다. 시에 두 개 있는 수도원의 수도사들은 신앙인의 가정에 임시로 분산해서 수용되었다. 그런 식으로, 사정이 허락할 때마다 작은 부대들 역시 병영에서 분리되어 학교나 공공건물에 나뉘어 주둔하였다. 페스트는 겉으로는 포위된 주민들에게 연대를 강요하면서도, 동시에 전통적인 결합의 형식을 무너뜨렸으며 개인들을 각자의 고독 속으로 함몰시켰다. 그것은 혼란을 초래했다.

이러한 모든 상황들은, 드센 바람까지 겹쳐지면서, 몇몇 사람들의 정신에도 불을 지른 것 같았다. 시의 출입문은 늦은 밤에 다시 공격의 대상이 되었는데, 이번에는 여러 번에 걸쳐 무기를 든 작은 그룹에 의해서였다. 총격전이 벌어졌으며 부상자가 발생했고 몇몇은 탈주하기도 했다. 감시초소의 경비가 더 강화되면서 그런 시도는 곧 잠잠해졌다. 그러나 그런 사실만으로도 시내는 일종의 혁명적인 분위기로 술렁였고 몇 번의 폭력적인 사태가 발생하기도 했다. 화재가 발생했거나 보건 상의 이유로 폐쇄된 집들을 대상으로 약탈이 자행되었다. 사실을 말하자면 그런 행동들이 미리 계획되었다고 보기는 어려웠다. 대부분의 경우, 갑자기 생긴 기회에 그때까지만 해도 점잖던 사람들이 비난받을 행위를 저질렀고, 덩달아 다른 사람들도 따라 했던 것이다. 광란에 휩싸인 사람들이 아직 화염에 불타고 있는 집으로 달려가 고통에 망연자실하고 있는 집주인이 보는 눈앞에서 그런 짓을 저지르기도 했다. 집주인이 아무런 반응을 보이지 않자 구경하던 많은 사람들이 그들이 하는 짓을 따라 하기 시작했고, 어두운 거리에는 사그라지는 불길과 어깨에 진 가구와 세간들이 만들어 내는 일그러진 그림자들이 희미한 빛을 받으며 사방으로 도망가는 모습이 목격되었다. 그런 사건들 때문에 부득이 당국은 페스트 비상령을 계엄령과 같은 수준으로 실시하여 그에 준하는 법령을 적용하게 되었다. 약탈자 두 사람이 사살되었으나 그것이 다른 사람들에게 어떤 충격을 주었는지는 알 수 없는 것이, 그토록 많은 사람들이 죽어 가는 마당에 두 명의 사망자란 바닷가의 모래알 하나와 같이 눈에 띄지 않았던 것이다. 실은 그러한 사건들이 꽤 자주 발생하였음에도 불구하고 당국은 개입할 엄두조차 내지 못했다. 모든 주민들에게 충격을 준 유일한 조치는 등화관제의 실시였다. 밤 열한 시부터 완전한 암흑 속에 잠긴 도시는 꿈쩍 않는 돌덩이와도 같았다.

달이 떠 있는 밤하늘 아래, 도시에는 희끄무레한 벽들과 곧게 뻗은 거리들만이 늘어서 있을 뿐, 한 그루 나무의 검은 그림자가 드리우는 법도, 산책자의 발소리나 개들의 짖는 소리가 잠을 깨우는 법도 없었다. 침묵에 싸인 대도시는 활기를 잃은 커다란 입방체들의 조합에 불과했고, 소리 없이 잊힌 자선가들이나 청동의 형상 속에 영원히 갇혀 버린 옛 위인들의 초상들만이 돌이나 쇠로 만든 인공의 얼굴을 통해, 한때 인간이었던 존재의 쇠락한 이미지를 떠올리게 하고 있을 뿐이었다. 그 보잘것없는 우상들은 무거운 하늘 아래, 생명이 자취를 감춘 네거리 광장에 자리를 차지하고 있었다. 그 투박하고 무감각한 흉상들은 우리가 맞이한 굳어 버린 세계, 혹은 적어도 그 최후의 질서, 그러니까 페스트와 돌과 밤이 모든 소리를 숨죽이게 만들어 버린 도시 속 공동묘지의 질서를 잘 형상화하고 있었다.

그러나 밤은 또한 모든 이들의 가슴속에도 있었으며, 망자의 매장에 관해 떠도는, 전설과도 같은 진실은 시민들을 안심시키는 것과는 거리가 있었다.

매장에 관한 이야기를 하지 않을 수 없기에 서술자는 양해를 구하고 싶다. 그에 관해 비난을 받을 여지가 있으리라 생각하면서도, 이 시기 동안 매장이 끊이지 않았으며, 어떤 의미에서 모든 시민들이 이 매장의 문제를 고민하지 않을 수 없었기 때문에 서술자 역시 그래야 했다는 것이 유일한 변명거리가 될 것 같다. 아무튼 서술자가 그런 종류의 의식에 흥미가 있어서가 아니란 점은 밝혀 둔다. 그 반대로 살아 있는 사람들과 어울리는 것을 더 좋아한다. 예를 들자면 해수욕을 즐긴다. 그러나 해수욕은 금지되어 있었고, 살아 있는 사람들은 온종일 죽은 자들의 세계에 굴복하게 되지 않을까를 걱정하는 처지였다. 그것은 명백했다. 물론 눈을 가린 채 아무것도 보지 않고 거부하고자 발버둥 칠 수도 있겠으나, 명백한 진실은 결국 모든 것을 제자리로 가져다 놓는 무서운 힘을 가지고 있는 법이다. 예를 들어 사랑하는 이들을 땅에 묻어야만 할 때, 무슨 수로 우리는 그것을 거부하겠는가.

그러니까 초기에 우리 장례의 특징적인 점은 바로 '신속함'이었다! 형식적인 모든 것은 간소화되었고, 일반적으로 장례식이라고 부를 만한 예식은 생략되었다. 환자들은 가족들과 멀리 떨어져 죽어 갔으며 밤을 지새우는 의식은 금지되었다. 그래서 저녁에 죽은 사람들은 혼자 누워서 밤을 보내야 했고 낮에 죽은 사람들은 당장 매장되었다. 가족들에게 부고를 알리긴 했으나 대부분의 경우에 그들은 망자를 찾아 움직일 수가 없었다. 환자와 함께 살았던 경우 그들도 격리를 당하고 있었기 때문이다. 가족들이 함께 살지 않았던 경우에는 지정된 시각에야 겨우 도착해서 시신을 볼 수 있었는데, 그것은 이미 염이 끝나고 입관되어 묘지로 출발하는 때였다.

예를 들어 그러한 절차가 리외가 담당하는 그 임시 병원에서 행해졌다고 가정하자. 학교 본관 건물 뒤쪽에 출구가 있었고 관들을 놓아두는 커다란 창고는 복도와 면해 있었다. 가족들이 찾아와 마주하는 것은 그 복도에 덩그러니 놓인 관이고 그나마 이미 뚜껑이 닫힌 채인 것이다. 이내 가족들에게 당장 가장 중요한 일을 하도록 시키는데, 그것은 가족의 대표가 이런저런 서류에 사인을 하는 것이다. 그러고 나면 시신을 자동차에 옮겨 싣는데, 지붕이 있는 화물차에 싣거나 때로는 커다란 구급차를 개조한 차량을 이용할 때도 있다. 가족들이 아직도 운행이 허락된 택시를 한 대 잡아타면 차들은 시 외곽의 길을 전속력으로 달려 묘지에 도착한다. 묘지 문 앞에서는 헌병이 차를 세우고 공식적인 출입증에 도장을 찍어 주고 옆으로 비키는데, 그것 없이는 우리 시민들이 이른바 '마지막 거처'에 입장할 수가 없는 것이다. 이내 차들은 네모진 터에 다다르고, 거기에는 수많은 구덩이들이 어서 채워지기만을 기다리고 있다. 성당에서의 장례 절차는 생략되었으므로 그곳에서 신부 한 명이 시신을 맞이한다. 기도를 올리는 동안 관을 차에서 내리고 줄로 엮어서 끌고 가 구덩이 아래 바닥에 안치시키면 신부는 성수채를 흔드는데, 그때 이미 첫 삽의 흙이 관 뚜껑 위로 쏟아져 튀는 것이다. 구급차는 소독하기 위해 먼저 떠나 버렸고 삽에서 쏟아지는 흙무더기가 점점 더 둔탁해지는 사이 가족들은 택시 안으로 사라져 버린다. 그리고 십오 분 후에 그들은 집에 도착해 있다.

이렇게 모든 것이 가장 **빠르게**, 위험을 최소화하는 방식으로 처리되었다. 처음에는, 의심할 나위 없이, 가족들 마음은 억장이 무너지는 것 같았다. 그러나 페스트가 창궐한 시기에 그런 것을 일일이 고려한다는 것은 불가능했으며 효율성 앞에서 모든 것을 희생해야만 했다. 초기에는 주민들은 그렇게 사정이 돌아가는 것 때문에 괴로워했는데, 꽤 많은 사람들이 죽더라도 제대로 격식을 갖추어서 땅에 묻히고자 하는 욕구를 가지고 있었기 때문이었다. 그러나 얼마 지난 후에는, 다행인지 모르겠으나, 식량 공급 문제에 어려움을 겪으면서 주민들은 당장 눈앞에 필요한 것들에 더 관심을 갖게 되었다. 먹기 위해서 줄을 서고 서류를 작성하고 이런저런 절차를 밟느라 혈안이 되어, 시민들은 주변에서 사람들이 죽어 가는 방식, 언젠가 자신들도 같은 운명에 처할 것이면서도, 그런 방식에 대해 심사숙고할 시간이 없었다. 고통스럽게 느껴져야 할 이런 물질적 결핍이 결국에는 다행이라 여겨질 정도였다. 앞서 본 것처럼 페스트가 그렇게까지 맹위를 떨치지 않았어도 모든 일은 그럭저럭 순조로웠을 법도 했다.

왜냐하면 관을 구하기가 점점 힘들어지기 시작했고 수의를 만들 천과 묘지의 묘 자리도 부족했기 때문이다. 뭔가 방법을 찾아야 했다. 가장 간단한 해결책은, 역시 효율성 때문이겠지만, 장례를 합동으로 치르고 필요한 경우 병원과 묘지를 오가는 횟수를 늘리는 것이었다. 예를 들어, 리외가 책임지고 있는 병원의 경우 당시 관이 다섯 개 있었다. 그 관들이 다 채워지면 구급차에 실었다. 묘지에 도착하면 관에서 내린 쇳빛의 시신들을 다시 수레에 실어 이런 용도에 쓰려고 비워 둔 헛간에 두고 기다렸다. 관들은 살균제를 뿌려 소독한 뒤 다시 병원으로 옮겨지고, 그런 과정을 필요한 만큼 반복했다. 이 모든 것은 조직적으로 잘 돌아갔으며 도지사는 만족감을 표시했다. 심지어

지사는 리외에게, 어찌됐든 옛 페스트의 역사에 기록된 바대로, 흑인 노예들이 시체 손수레를 끌고 가도록 하는 것보다는 낫지 않으냐고 말했다.

"네. 별반 다르진 않지만 우리는 카드를 작성하죠. 분명히 큰 진보라고 할 수 있겠네요."

리외가 말했다.

행정적인 면에서는 성공적이었으나 그런 매장 방식이 점점 불미스러운 양상을 띠었으므로 도청은 가족들이 장례에 참여하는 것을 배재하기로 했다. 가족들은 묘지의 입구까지만 올 수 있었고, 이마저도 공식적으로 허용된 것은 아니었다. 왜냐하면 매장 절차의 마지막 부분에 조금 변화가 생겼기 때문이었다. 묘지의 한쪽 끝 유향나무로 가려진 공터에 엄청나게 큰 구덩이를 팠다. 남자용과 여자용, 두 개였다. 이런 점에서 볼 때 행정 당국은 그나마 예법을 존중했다고 볼 수 있다. 부득이하게 남자건 여자건 체면도 볼 것 없이 무더기로 마구 포개 놓음으로써, 마지막 정숙함마저 포기하게 된 것은 아주 뒤의 일이었다. 다행히 그런 최후의 혼란은 재앙의 맨 마지막 시기에 도래했다. 지금 우리가 묘사하는 이 시기에는 구덩이의 구분이 있었고 도청에서도 그것을 고집했다. 각각의 구덩이 바닥에 두껍게 뿌려 놓은 생석회가 연기를 뿜으면서 부글부글 끓었다. 그 생석회 더미가 쌓인 구덩이 입구에서는 거품이 발생해 공기 속에서 방울방울 터졌다. 구급차의 왕복이 끝나면, 수레들의 행렬이 약간 뒤틀린 형태의 벌거벗겨진 시신들을 구덩이 바닥에 서로 거의 맞닿도록 나란히 내려놓고, 그 위에 생석회를 덮은 다음 흙을 쏟아 부었다. 그러나 끝까지 덮는 것이 아니라 다음에 올 손님들을 위해 일정한 높이까지만 덮는 것이다. 다음 날엔 가족들을 불러 서류에 날인을 하도록 하는데, 예를 들자면 그것이 사람과, 개와의 차이였던 것이다. 사람의 죽음은 항상 관리가 가능하니까.

　이 모든 작업을 하려면 인력이 필요했는데, 언제나 모자라기 일보 직전이었다. 공식적으로 이 일을 하던 간호사들과 무덤 파는 인부뿐만 아니라 나중에 급히 투입된 인력들 역시 많은 수가 페스트로 사망했다. 주의를 기울여 봤자 언젠가는 전염이 되고 마는 것이다. 그러나 곰곰이 생각해 보았을 때 가장 놀라운 것은, 페스트가 발생한 전 시기에 걸쳐서 그런 일을 하는데 필요한 인력이 실제로 부족한 적은 없었다는 사실이다. 가장 아슬아슬했던 시기는 페스트가 절정에 이르기 바로 얼마 전이었는데, 의사 리외의 걱정이 근거가 없었던 것은 아니었다. 고위직이건, 그가 말하는 막노동이건 인력은 충분하지 않았다. 그러나 페스트가 정말 도시 전체를 집어삼킨 뒤부터는 그 위력이 오히려 실용적인 결과를 가져왔다. 시의 경제생활 전체를 엉망으로 만들어 버려서 많은 사람들이 할 일을 잃었기 때문이다. 대부분의 경우, 그 실업자들이 고위직 간부를 대체하지는 못했으나 막일을 할 노동자가 필요할 때는 일을 쉽게 만들었다. 그때부터, 사실은 궁핍함이 공포보다 무섭다는 것을 알 수 있었는데, 위험한 일일수록 높은 대가를 받는다는 사실이 그를 증명하기도 했다. 보건과에서는 일을 하고자 하는 청원자의 명단을 확보할 수 있었는데, 결원이 생기기라도 하면 명단의 첫 머리에 있는 사람에게 통지를 했고 그 사이에 그 사람이 무슨 일을 당한 경우가 아니라면 틀림없이 호출에 응하였다. 유기수든 무기수든, 죄수를 동원해야 하는지 오랫동안 고민하던 지사는 그런 최후의 선택을 피할 수 있었다. 실업자들이 있는 한은 버틸 수 있다고 생각한 것이다.

8월 말까지 시민들은, 정숙한 방식은 아닐지 몰라도 그럭저럭 자신들의 '마지막 거처'에 질서 있게 안치되었으므로, 당국은 의무를 잘 수행하고 있다는 판단을 하고 있었다. 그러나 마침내 최후의 수단을 사용하게 된 얘기를 하기 위해서는 사건의 전개를 좀 빠르게 할 필요가 있을 것 같다.

8월부터 페스트로 인한 사망자 수가 절정에 이르러 줄어들지 않으면서 누적된 희생자의 숫자는 시의 작은 묘지가 수용할 수 있는 한계를 훨씬 넘어서게 되었다. 담장을 헐고 그 주변 공터를 망자들에게 내주었지만 별 소용이 없었고, 다른 방도를 찾아야만 했다. 우선 매장을 밤사이에 하기로 결정했는데 그것이 여러 가지를 전부 고려하지 않아도 되는 편리함을 주었다. 구급차에는 점점 더 많은 시체를 포개어 쌓을 수 있었다. 변두리 지역에서 포고령을 무시하고 등화관제 이후에도 거리를 다니는 이들, 혹은 일 때문에 그럴 수밖에 없는 얼마 안 되는 사람들은, 백색의 길쭉한 구급차들이 적색등을 끈 채 사이렌만을 울려 대며 한적한 골목길을 전속력으로 달려가는 모습을 볼 수 있었을 것이다. 시체들은 서둘러 구덩이에 던져졌다. 점점 더 깊이 파 놓은 구덩이의 바닥에 미처 떨어져 닿기도 전에, 삽으로 퍼부은 석회가 얼굴을 짓이기고 흙더미가 그 익명의 시체들을 뒤덮는 것이다.

그러나 얼마 지나지 않아, 다른 곳에다 더 넓은 장소를 구해야만 했다. 도지사는 포고령을 내려 영구 임대된 묘지를 몰수하고 거기서 발굴된 유골을 전부 화장터로 보냈다. 이제 곧 페스트로 인한 사망자 역시 화장터로 보내게 될 터였다. 하지만 시의 동쪽 바깥에 있는 오래된 화장터를 사용해야 했고, 그 때문에 경비 초소도 멀리 이동시켰다. 시청의 한 직원이 낸 아이디어에 당국의 일이 훨씬 수월해질 수 있었다. 예전에 해안가 절벽을 다녔으나 지금은 쓸모가 없어진 전차를 활용하는 방안이었는데, 전동차와 전기기관차의 의자를 없애는 등 내부를 개조하고 선로를 화장터 쪽으로 돌려서 그곳을 기점으로 삼는 것이었다.

그리하여 여름의 막바지 내내, 그리고 가을의 빗줄기 가운데서도, 깜깜한 한밤중에 승객조차 태우지 않은 낯선 열차가 바다 위 절벽을 따라 덜컹거리며 가는 장면이 눈에 띄곤 했다. 급기야 주민들도 그게 대체 무엇이었는지 알게 되었다. 순찰대가 주민들이 절벽에 오르는 것을 금지했음에도 불구하고, 몇몇 무리들은 파도 위쪽으로 불쑥 나와 있는 바위를 슬그머니 기어올라서는 전차가 지나갈 때를 기다려 전동차 안으로 꽃다발을 던지는 것이었다. 그러면 꽃과 시체를 실은 전차가 더욱 요동치며 가는 소리가 여름밤에 울려 퍼지곤 했다.

아침마다 어찌됐든 처음 며칠 동안에는, 두꺼운 연기가 구역질나는 냄새를 풍기며 시의 동쪽 지역에서 피어올랐다. 의사들의 전반적인 견해는 그 발산물이 불쾌하긴 해도 인체에는 무해하다는 것이었다. 그 구역 주민들은 페스트가 그런 식으로 하늘에서 자기 머리 위로 쏟아져 내린다고 확신한 나머지, 당장 집을 버리고 떠나겠다고 위협을 했다. 복잡한 배기 장치를 설치해 연기를 다른 방향으로 보내고 나서야 주민들의 원성은 잠잠해졌다. 그러다가 거센 바람이 부는 날에야, 동쪽에서 흘러 들어오는 희미한 냄새가 자신들이 새로운 질서 속에 놓여 있으며 페스트의 불길이 매일 저녁 자기들이 바치는 조공을 게걸스럽게 집어삼키고 있다는 것을 새삼 상기시키는 것이었다.

페스트가 가져온 극단적인 모습들이 바로 그런 것이었다. 하지만 전염병이 더 이상 악화되지 않은 것은 그나마 다행스러운 일이었다. 왜냐하면 기발한 행정적 아이디어나 도청의 실무적 능력으로도 어떻게 해 볼 수 없는, 심지어 화장터의 수용 능력마저도 한계를 초월하는 상황까지도 닥칠 수 있었기 때문이다. 리외는 당국이 그럴 경우 시신을 바다에 던져 버리는 절망적인 방법까지도 고려하고 있다는 것을 알고 있었다. 시체에서 흘러나오는 끔찍한 거품이 푸른 바닷물 위에 떠다니는 광경을 그는 어렵지 않게 상상할 수 있었다. 또한 사망자 통계가 계속해서 증가한다면 어떤 유능한 조직이라도 버텨 낼 재간이 없을 것이며, 사람들이 시체 더미 위에 쓰러져 거리에서 썩어 갈 것이고, 도청에서도 손을 쓸 수 없는 상황이 되어, 죽어 가는 사람들이 백주에 대로에서 정당한 분노와 어리석은 희망이 뒤엉킨 심정으로 살아 있는 이들을 부여잡고 늘어지는 장면을 보게 될 것이라는 사실을 그는 알고 있었다.

그렇게 불 보듯 뻔한 일, 그리고 그에 대한 근심이 우리 시민들이 겪고 있는 유배와 이별의 감정을 떠받치고 있었다. 그런 점에서 서술자는, 옛 전설에서 들은 대로의, 용기를 북돋아 주는 영웅담이나 눈부신 미담과 같은 극적인 이야기들을 이 연대기에서 전할 수 없는 것이 얼마나 아쉬운지 모르겠다. 사실 재앙처럼 따분한 것도 없는데, 크나큰 불행이란 긴 시간 지속되는 것이므로 단조로울 수밖에 없는 것이다. 실제로 그 속에 살았던 이들에게 페스트의 끔찍한 나날들이란, 잔인하고도 화려하게 확 타오르는 불길 같은 것이 아니라 끝없는 답보 상태처럼 보이지만 지나고 보면 모든 것이 짓이겨져 있는 그런 것이었다.

그렇다. 페스트는 처음에 의사 리외의 머릿속을 떠나지 않았던 이미지, 사람을 흥분시키는 거대한 재앙의 이미지와는 아무런 상관이 없었다. 페스트는 무엇보다도 빈틈없이 이루어지는 신중하고 꼼꼼한 하나의 기능이었다. 그러기에, 한마디 덧붙이자면, 서술자는 아무것도 배반하지 않기 위해서, 특히 스스로를 배반하지 않기 위해서 객관성을 고집했던 것이다. 이야기들이 서로 일관된 관계를 유지해야 한다는 기본적인 제약이 따르는 경우를 제외하고, 서술자는 예술적인 효과를 위해서 어느 것도 수정하거나 덧붙이려고 하지 않았다. 그러한 객관성을 유지하기 위해서는 서술자가 다음과 같이 말해야 할 것이다. 가장 일반적이건 가장 치명적이건, 이 시기의 가장 큰 고통이 이별의 감정이라면, 그리고 페스트의 이 단계에서 이별의 감정에 대한 새로운 묘사를 하는 것이 솔직히 필요한 일일지라도, 그러한 이별의 고통 자체가 이미 비장함을 상실하고 있다는 것을 부정할 수는 없다는 것이다.

우리 시민들, 적어도 이별 때문에 가장 괴로워했던 이들이 이러한 상황에 익숙해져 버린 것일까. 딱히 그렇다고 말하는 것이 옳지는 않으리라. 그보다는 정신적으로나 육체적으로 메말라 버렸기 때문에 그들은 괴로워했다고 하는 편이 정확할 것이다. 페스트 초기에는 잃어버린 존재들을 너무도 생생히 기억했고 그들을 그리워했다. 그러나 사랑하는 이들의 얼굴과 웃음, 나중에서야 행복했다는 것을 깨달은 그 나날들을 그들이 또렷이 기억했음에도 불구하고, 그런 생각을 하는 바로 그 순간에, 상대방은 이제 그토록 먼 곳이 되어 버린 그 장소에서 무엇을 하고 있는지를 상상하는 것은 쉽지 않았다. 말하자면 그때 그들에게 기억은 살아 있었지만 상상력은 부족했던 것이다. 페스트의 두 번째 시기가 되자 그들은 기억마저 잃기 시작했다. 상대방의 얼굴을 잊은 것이 아니라 같은 말이겠으나, 얼굴을 이루는 살을 잃은 것이었고 마음속에서 더 이상 그 얼굴을 알아보지 못하게 된 것이다. 그리하여 그들은 첫 몇 주간은 사랑이 남긴 환영만을 부여잡고 있는 상황에 괴로워했고, 이후에는 추억들이 지닌 희미한 색조마저도 옅어지면서 그 환영들조차 더욱 야위어 갈 수 있다는 것을 깨닫게 된 것이다. 기나긴 이별의 끝자락에 가서는 더 이상 두 사람만의 오붓했던 시간도, 언제든지 손으로 만져 볼 수 있던 그 존재가 어떻게 자기 곁에 살았었는지조차도 그들은 상상할 수가 없었다.

이런 점에서 볼 때 그들은, 상상력이 빈약하였기에 그만큼 더 효율적일 수 있었던 페스트의 질서 속으로 완전히 편입되었다고 볼 수 있었다. 우리 중 그 어느 누구도 격앙된 감정을 품지 못했다. 모든 이들은 단조로운 감정만을 느꼈으며 '이제 끝날 때도 됐지.' 하고 시민들은 말하곤 했다. 재앙의 시기에는 집단적인 고통이 끝을 보기를 바라는 것이 당연했다. 그들이 실제로 그렇게 되기를 바랐기 때문이다. 하지만 그것은 페스트 초기의 분노나 성마름을 담아 내뱉는 말은 아니었으며, 그들에게 아직 남아 있는 명료하지만 보잘것없는 이성이 중얼거리는 것에 불과했다. 첫 몇 주간의 사나운 격정이 사그라지자 일종의 의기소침한 상태가 뒤를 이었는데, 그것을 체념이라고 부르는 것은 옳지 않겠으나, 일시적이나마 재앙을 허락한 것이 아니라고는 할 수 없을 것이다.

우리 시민들은 재앙에 보조를 맞춰야 했고, 흔히 말하듯이 적응했는데, 그것은 달리 어쩔 방도가 없었기 때문이었다. 당연히 그들은 불행과 고통을 겪는 모양새였으나 그것을 신랄하게 느끼고 있지는 않았다. 그런데 예를 들어 의사 리외는 그것이 바로 불행이며, 절망에 익숙해지는 것이야말로 절망 자체보다 위험한 것이라고 생각하고 있었다. 이전에는 이별한 상태로 있는 사람들이 실제로 불행하지는 않았다. 그들의 고통 속에는, 방금 꺼져 버린, 어떤 번득이는 영감 같은 것이 있었던 것이다. 이제 그들은 길모퉁이나 카페에서, 혹은 친구들 집에서 평온하고 산만하게 소일하고 있는데, 그 따분한 눈빛 때문에 도시 전체가 역의 대합실이라도 된 느낌이었다. 직장을 계속 다니는 이들은, 페스트가 그러하듯이, 꼼꼼하면서도 생기를 잃은 태도로 일을 해 나갔다. 모든 이들이 하찮은 사람이 되었다. 헤어진 사람들은 그리워하던 이들에 관해 처음으로 거리낌 없이 말하기 시작했다. 다른 사람들이 쓰는 말투, 페스트의 통계 수치에 대해 말하는 투로 자신들의 이별을 회고하였다. 지금까지는 집단적인 불행에서 극구 따로 떼어 놓고 생각하던 자신들의 고통을, 이제는 그저 뭉뚱그려 이야기해도 좋은 것이었다. 기억도 희망도 잃은 채 현재에 안주하게 된 것이었다. 사실을 말하자면 모든 것이 자신들의 현재로 환원되었다. 페스트가 모든 이들에게서 사랑할 수 있는 힘과 우정을 지킬 수 있는 힘까지도 앗아 가 버리고 만 것이 사실이다. 왜냐하면 사랑은 얼마간의 미래를 필요로 하는데 우리에겐 지금 이 순간만 남아 있을 따름이었으므로.

물론 이것이 절대적인 것은 아니었다. 헤어진 이들이 모두 이런 상태에 이르기는 했으나 그들이 어느 순간 동시에 그렇게 된 것은 아니었으며, 그런 상태에 길들여지고 난 뒤에도 섬광처럼 갑자기 되돌아온 명료한 의식이 더 생생하고 고통스러운 감수성을 그 유형자들에게 되돌려 놓을 때가 있기 때문이었다. 그럴 때면 페스트가 멈출 때를 가정하고 현실을 떠나 새로운 계획이라도 세우는, 기분을 바꾸는 시간이 필요했다. 그리고 의지와는 상관없이, 어떤 은총이라도 입은 듯, 대상조차 없는 질투심이 살을 에듯 파고드는 것을 느껴야 했다. 다른 이들은 느닷없이 새로 태어난 듯 주중의 어떤 날이면 그 무감각 상태에서 뛰쳐나오기도 했는데, 그것은 물론, 떨어져 있는 이와 늘 무언가를 함께하던 일요일과 토요일 오후였다. 또는 하루가 저물 무렵 어떤 애수에 휩싸여 지나간 기억들이 생생히 되살아날 것 같은 느낌에 젖어 있기도 하지만 그 예감이 항상 맞는 것은 아니었다. 그런 저녁의 시간은 신앙인들에게는 양심을 확인하는 시간이겠으나 공허함 말고는 확인할 것이 없는 죄수나 유형자들에게는 가혹한 시간이었다. 저녁은 그들을 한동안 부여잡고 있을 뿐, 이내 그들은 무기력한 상태로 돌아가 페스트 안에서 문을 걸어 잠그는 것이었다.

이미 짐작했겠으나, 그것은 바로 가장 개인적인 것을 포기하는 것을 뜻한다. 페스트의 초기에 그들은 남들에겐 아무런 의미가 없지만 자신에게는 중요한 소소한 일들이 그토록 많았다는 것에 놀랐으며 사실 사회생활이라는 것이 그렇다는 것을 경험한 것이기도 했다. 그러나 지금은 그 반대로 타인들이 관심을 갖는 것에만 관심을 두고 남들이 생각하는 대로만 생각했으며, 자신들의 사랑마저도 가장 추상적인 모습을 띠게 되었다. 그들은 그만큼이나 페스트 속에 내팽개쳐져 있었고, 때로는 잠과 같은 무력감 속에서 '멍울이라도 생겨서 끝장이 났으면!' 하고 생각하는 자신을 발견하고 놀랄 정도였다. 그러나 실은 그들은 이미 잠들어 있는 것이었으며, 이 모든 시간이 기나긴 잠에 불과한 것이었다. 도시는 눈을 뜬 채 잠들어 있는 사람들로 가득차 있었으며 그들은 겉으로 보기에 다 아물었던 상처가 한밤중에 별안간 다시 벌어지는 흔치 않은 순간에만 자신들의 운명에서 벗어날 수 있었다. 그러면 느닷없이 벌떡 깨어나 아무렇지 않은 듯 상처의 벌어진 곳을 더듬어 만지다가, 섬광처럼 스치는 고통, 다시 생생해진 그 고통과 함께 사랑하는 이의 아연실색하는 얼굴을 되찾는 것이었다. 그랬다가 아침이면 다시 재앙으로, 그러니까 평범한 일상으로 돌아가는 것이다.

어쩌면 이별한 사람들이 도대체 어떤 모습이었냐고 묻고 싶을 것이다. 하지만 대답은 별것이 없다. 그 어떤 특징도 없는 모습이었으니까. 혹은 다른 사람들과 다르지 않았고 지극히 평범했다고 말할 수 있을 것이다. 그들은 이 도시의 평온함과 유치한 소란을 함께했다. 겉으로 보기에 냉정함을 유지했음에도 비판적인 감각은 상실했다. 예를 들어 그들 중 가장 지적인 부류의 사람들 역시 다른 사람들과 다름없이 신문을 뒤적이면서, 혹은 라디오 방송에 귀를 기울이면서 페스트가 곧 끝난다고 믿을 만한 이유를 찾는 척했다. 또한 권태에 지친 신문기자들이 빈둥거리다가 그럭저럭 쥐어짠 논설을 읽고 헛된 망상에 불과한 희망을 갖거나 근거 없는 걱정을 하기도 했다. 나머지 사람들은 맥주를 마시거나 환자를 돌보거나 게으름을 피우거나 지칠 때까지 일을 했다. 혹은 서류를 정리하거나 레코드판을 틀거나 했는데 그것말고는 서로의 존재를 구별할 수 있는 방법이 없었다. 다시 말해 그들은 더 이상 아무런 선택도 하지 않았다. 페스트가 그들에게서 가치에 대한 판단을 앗아 간 것이다. 그것은 사람들이 이제는 어떤 옷을 고를지 어떤 식료품을 살지조차 그리 따지지 않는 태도를 보면 알 수 있었다. 모든 것을 한 덩어리로 구별 없이 받아들였던 것이다.

마지막으로, 초기에 이별한 사람들을 지켜 주던 일종의 흥미로운 특권 같은 것이 이제는 사라졌다고 말할 수 있을 것이다. 사랑의 에고이즘과 그로부터 얻는 특혜가 바로 그것인데, 그것을 잃고 만 것이다. 적어도 이제는 상황이 분명해졌으며 재앙은 모든 이들을 예외 없이 건드리고 있는 것이다. 시의 출입문에서 들려오는 총소리 한가운데서, 그리고 우리의 삶과 죽음을 가르는 도장들, 화재와 통계 카드, 공포와 그 밖의 형식적인 절차들 속에 파묻혀, 치욕스러우면서 잘 관리되는 죽음이 보장된 가운데, 끔찍한 연기와 구급차의 태연한 사이렌 소리 속에서, 우리는 서로 깨닫지 못하는 사이 모두가 깜짝 놀랄 만한 재회와 평화의 시간을 기다리며 유배의 빵으로 허기진 배를 채우고 있었다. 우리들 사랑은 의심할 여지없이 여전히 그곳에 있었으나, 단지 무용지물이었고, 짊어지기에 무거웠으며, 마음속에선 생기를 잃은 채, 마치 범죄나 처벌과도 같이 황폐한 존재가 되어 있었다. 사랑은 이미 미래가 없는 인내가 돼 버렸고, 고집스러운 기다림에 불과했던 것이다. 그런 점에서 우리 시민들 중 어떤 이들의 태도는 시내 곳곳의 식료품점 앞에 길게 늘어선 줄을 연상케 했다. 그것은 무한정 지속되는 환상 따윈 사라진, 똑같은 체념이자 똑같은 너그러움이었다. 단지 이별에 관한 한은, 그 감정을 천배는 크게 간주해야 할 것이다. 왜냐하면 그것은 다른 종류의 배고픔이었고, 이전에는 모든 것을 집어 삼킬 수 있을 만한 것이었기 때문이다.

어찌 됐든, 이 시의 이별자들이 어떤 정신 상태에 처해 있는지 정확히 알고자 하는 사람이 혹시 있다면, 그 영원히 되풀이되던 저녁들, 남녀들이 거리거리로 쏟아져 나오는 동안 나무 한 그루 없는 도시 위에 내리던, 먼지로 가득한 황금빛 저녁들을 다시 떠올릴 필요가 있을 것이다. 왜냐하면 이상하게도, 아직 햇빛이 떠나지 않은 그 시간의 테라스 쪽으로 올라오는 것은, 여느 때 같으면 도시의 모든 언어를 이루고 있었을 자동차들과 기계들의 소음 대신 발자국 소리와 아득한 목소리가 뒤섞인 거대한 웅성거림뿐이었는데, 그것은 답답한 하늘에 울리는 재앙의 휘파람 소리에 발맞추어 움직이는 수천 개의 구두창이 고통스럽게 미끄러져 가는 소리였으며, 우리 마음속의 사랑을 대신하는 맹목적인 고집에 가장 충실하고 가장 음울한 목소리를 저녁마다 전달하며 천천히 도시 전체를 채우고 있는, 숨 막힐 듯 끝없이 계속되는 제자리걸음 소리였기 때문이다.

제4부

9월과 10월, 두 달 동안 페스트는 도시 전체를 자신의 발밑에 접어 두었다. 모든 것이 답보 상태였기 때문이다. 끝나지 않을 것만 같은 몇 주 간의 시간 동안 수십만의 사람들이 제자리걸음만을 하고 있었다. 안개와 더위와 비가 차례로 하늘을 덮었다. 남쪽에서 몰려온 찌르레기와 개똥지빠귀 떼가 소리 없이 하늘 높이 날았다. 그러나 그것들은 파늘루 신부가 상기시켰던, 이상한 나무토막이 휘파람 소리 같은 것을 내며 지붕 위를 빙빙 돌았다는 재앙의 이미지가 그들을 얼씬 못 하게 하기라도 한 듯, 도시를 우회하여 지나갔다. 10월 초에는 세찬 소나기가 도시를 휩쓸었다. 이 시기 동안 그 거대한 제자리걸음을 제외하고는 어떤 의미 있는 일도 벌어지지 않았다.
　리외와 그의 친구들은 그즈음 자신들이 얼마나 지쳐 있는지를 깨달았다. 사실 보건대 사람들은 그 피로를 견디기 어려워했다. 의사 리외는 친구들과 자기 자신에게서 느껴지는, 이상하게 자라나는 무관심을 보면서 그 사실을 눈치챘다. 예를 들자면, 지금까지 페스트와 관련한 모든 소식들에 비상한 관심을 보이던 그들이 이제는 별 신경조차 쓰지 않게 된 것이다. 얼마 전부터 격리 시설 중 하나를 호텔에 설치하고 랑베르에게 임시로 관리를 맡겼는데, 그는 그가 담당하고 있는 이들의 숫자를 정확하게 꿰고 있었다. 그는 갑자기

병의 징후를 보이는 이들을 신속하게 이송할 수 있는 시스템을 손수 만들었을 뿐더러, 그에 대한 세세한 사항까지도 모두 알고 있었다. 격리 수용자들에게 미치는 혈청의 영향에 대한 통계 역시도 줄줄이 외우고 있었을 정도였다. 하지만 지금 그는 페스트 사망자의 주간 수치가 어떻게 되는지 알지 못했으며 병이 확산되고 있는지 물러가고 있는지조차도 모르고 있었다. 그는 어쨌든 곧 탈출할 수 있으리라는 희망을 간직하고 있었다.

다른 사람들 경우엔, 밤낮으로 자신들의 일에 파묻혀 신문도 읽지 않고 라디오도 듣지 않았다. 누군가 통계 수치를 말해 주면 관심을 갖는 표정을 지어 보이지만 실제로는 멍한 채로 그저 흘려듣고만 있는 것이었다. 큰 전쟁에 동원된 병사들이 과중한 작업에 지쳐 일상적인 임무를 실수 없이 수행하는 데만 전념할 뿐, 결정적인 작전도 휴전의 날조차도 기대하지 않게 된 상태를 상상하면 될 것이다.

페스트와 관련된 수치의 계산을 수행하고 있는 그랑도 그것이 의미하는 전반적인 상황을 짚어 내지는 못했을 것이다. 피로를 잘 견디고 있는 타루나 랑베르, 리외와는 달리 그랑의 건강은 한 번도 좋았던 적이 없었다. 하지만 그는 시청에서의 보조 서기직과 리외를 돕는 일, 그리고 밤에 집에서 하는 작업을 동시에 해내고 있었다. 그 지속적인 탈진 상태에서 그는, 페스트가 끝나면 모르긴 몰라도 일주일은 완전히 휴가를 얻어서 —모자를 벗으시오— 자신의 작업을 본격적으로 해 보겠다는 생각 따위를 습관적으로 반복하면서 버티고 있었던 것이다. 그는 또한 갑자기 감상적으로 돌변하기도 했는데, 그럴 때면 리외에게 두서없이 잔의 얘기를 꺼내며 지금 이 순간 그녀가 어디에 있을지, 신문을 읽으면서 자신을 생각하고 있을지 따위를 자문하는 것이었다. 리외가 자신의 아내에 대해 아무렇지 않게 말하고 있는 자신을 깨닫고 놀란 것도 그랑과의 대화 도중이었다. 여태까지는 그런 적이 한 번도 없었기 때문이었다. 자신을 안심시키는 아내의 전보가 어느 정도 신빙성이 있는지 확신할 수 없어서, 그는 아내가 있는 요양원의 담당 의사에게 전보를 쳐 보기로 결심하였던 것이다. 그에 대한 답신으로 환자의 상태가 나빠졌으며 병세가 악화되는 것을 막기 위해 최선을 다할 것을 다짐하는 내용의 전보를 받았다. 그는 그 소식을 혼자만 알고 있었는데, 피곤함 때문이 아니라면 어떻게 그랑에게 그 얘기를 털어놓게 되었는지 설명할 방도가 없었다. 시청 직원은 잔에 대한 얘기를 리외에게 하고 나서 그의 아내 소식을 물었고, 그에 대해 리외가 답을 한 것이다.

"아시겠지만, 요즘은 그런 병이 잘 낫는다더군요."

그랑이 말했다.

리외는 그에 동의하면서 아내와 떨어져 있는 기간이 길게 느껴지기 시작한다고, 아내가 병을 이기는 것을 도울 수도 있었을 텐데 지금은 아내 혼자 너무나 외로울 것 같다고만 말했다. 그러고 나서는 입을 다물었고 이어지는 그랑의 질문에는 얼버무리듯 대답할 뿐이었다.

다른 사람들도 사정은 마찬가지였다. 타루는 비교적 잘 버텼지만, 그의 수첩을 놓고 보면 호기심은 여전히 충만했으나 이전처럼 다양한 것들을 기록해 두지는 않게 된 것을 알 수 있었다. 이 시기 내내 사실 그는 코타르에게만 흥미를 가지고 있었던 것이 분명했다. 호텔에 격리 시설이 생기고 나서부터 리외의 집에서 지내고 있던 그는, 저녁에 리외나 그랑이 통계 수치를 알려 줘도 듣는 둥 마는 둥이었다. 그는 이내 자신이 전반적으로 흥미를 가지고 있는 오랑 생활의 소소한 이야기들로 대화의 주제를 돌리곤 했다.

카스텔에 대해 말하면, 그가 의사 리외에게 혈청이 준비되었다고 알려 주러 온 날, 호텔로 막 이송되어 온, 상태가 절망적으로 보이던 오통 씨의 아들에게 첫 번째로 주입을 해 보기로 결정을 하고 나서 리외가 그 오랜 친구에게 최근의 통계를 알려 주고 있었는데, 리외는 그가 안락의자에 푹 파묻힌 채 어느새 세상모르고 잠들어 있는 것을 알아차렸다. 평소에는 부드러우면서도 어딘가 신랄한 분위기를 풍기며 영원한 청춘이 느껴지던 그 얼굴이, 갑자기 맥이 풀렸는지 벌어진 입술 사이로 침을 흘리면서 피로와 노쇠의 기미를 드러내는 것을 보고 리외는 목구멍이 메어 오는 것을 느꼈다.

그런 약한 모습들을 보면서 리외는 자기 자신의 피로를 진단할 수 있었다. 그는 자신의 감수성을 통제할 수 없었다. 대개는 긴장한 채 굳어져 메말라 있던 그의 감수성이 가끔씩 풀어져 버려, 더 이상 스스로도 어찌할 수 없는 감정 속으로 자신을 몰아넣곤 했다. 그때 그가 자신을 방어할 수 있는 방법이란 그 단단히 굳어진 감정 속으로 숨어 버리거나 풀어진 내면의 매듭을 다시 조이는 것 외엔 다른 방법이 없었다. 계속 나아가기 위해서는 그것이 좋은 방법이란 것을 그는 알고 있었다. 그밖에, 그는 큰 환상을 가지고 있지도 않았으며 피로가 그나마 남아 있던 환상마저 걷어 가 버렸다. 왜냐하면 끝을 알 수 없이 지속되는 그 시기에 그의 역할은 더 이상 환자를 고치는 것이 아니라는 것을 알고 있었기 때문이었다. 그의 역할은 진단하는 것이었다. 발견하고 관찰하고 묘사하고 기록하고, 그러고는 선고를 내리는 것, 그것이 그의 임무였던 것이다. 환자의 아내들은 그의 손목을 부여잡고 목 놓아 외쳤다.

"선생님, 그이를 살려 주세요!"

그러나 그는 누구를 살려 내기 위해 거기 있었던 것은 아니었으며 단지 격리를 명령하기 위해 있었던 것이었다. 그때 그가 사람들의 얼굴에서 보았던 분노가 무슨 소용이 있겠는가.

"참 매정하시군요."

어느 날 누군가가 그에게 말했다. 천만에, 그는 인정이 많은 사람이었다. 그 인정 덕분에 그는 매일 스무 시간을 버티며, 살려고 태어난 인간들이 죽어 가는 꼴을 보고 있는 것이었다. 그 인정 때문에 그는 매일 같은 일을 다시 시작할 수가 있는 것이었다. 이제 그에게는 딱 그 정도의 인정만 남아 있는 것이다. 그 인정으로 어떻게 사람을 살릴 수 있단 말인가.

그렇다. 그가 하루 종일 베풀고 있던 것은 구조가 아니라 정보일 따름이었다. 물론 그것을 사람의 직분이라고 부르기는 어려울 것이다. 그렇지만 공포에 질려 무수히 쓰러져 가는 군중들 틈에서 누가 여유롭게 인간다운 직분을 수행할 수 있단 말인가. 피곤한 것이 오히려 다행이었다. 리외에게 좀 더 힘이 남아 있었다면 도처에 퍼져 있는 이 죽음의 냄새가 그를 감상적으로 만들었을지 모른다. 하지만 네 시간밖에 잠을 자지 못했을 때, 우리는 감상적일 수가 없다. 그때 우리는 모든 것을 있는 그대로, 그러니까 정의에 따라, 끔찍하고도 어이없는 정의에 따라 에누리 없이 바라볼 뿐이다. 그리고 다른 이들, 즉 사형선고가 내려진 이들 또한 그것을 분명히 느끼고 있었다. 페스트 이전에는 사람들이 그를 구원자처럼 여겼다. 알약 세 개와 주사 한 대면 모든 것이 다 해결되었고 사람들은 그의 팔을 붙들고 복도까지 배웅을 나왔다. 그것은 기분 좋은 일이었으나 위험한 일이기도 했다. 반면에 지금은 군인들을 동반하고 총의 개머리판으로 문을 두드려야 가족들이 문을 열어 주는 것이다. 그들은 리외를, 그리고 인류 전체를 자신들과 함께 죽음으로 데려가고자 했을지 모른다. 아! 사실이지 인간은 인간 없이는 살 수는 없는 노릇이고, 리외 역시 저 불행한 이들과 마찬가지로 아무것도 가진 게 없는 사람이었으며, 그들을 두고 떠났을 때 마음속에 솟아나던 동정심의 몸서리침을 자기도 똑같이 받아 마땅한, 그런 사람이었던 것이다.

끝없이 길어지던 그 몇 주간, 이별에 처해진 자기의 상태에 대한 생각과 더불어 그런 생각들이 의사 리외의 머릿속을 흔들고 있었던 것이다. 뿐만 아니라 그는 친구들의 얼굴에 얼핏 비치는 그림자들을 통해서도 그런 생각을 읽을 수 있었다. 하지만 재앙에 맞선 이 투쟁을 계속하는 모든 이들을 차츰 갉아먹는 탈진 상태의 가장 위험한 폐해는, 외부적인 사건들이나 다른 사람의 감정에 대한 무관심이 아니라, 스스로를 되는 대로 내버려 두는 그런 무심함이었다. 실제로 그들에게는 이제 절대적으로 필요한 행위가 아니거나 힘에 부치는 일이라고 생각되는 행위들을 피하는 경향이 생겨났다. 그래서 점점 더 자주, 정해진 위생 규칙들을 소홀히 하고, 자신들에게 실시해야 할 여러 차례의 소독 중 몇 가지를 잊기도 했으며, 전염에 대한 예방조치마저도 하지 않은 채 폐병 형태의 페스트 환자를 보러 달려가는 것이었다. 감염된 집에 가야 한다는 것을 바로 직전에 통보받았을 때, 필요한 소독약을 몸에 뿌리러 정해진 장소로 다시 돌아가거나 하는 일이 생각만 해도 피곤하기 짝이 없었기 때문이었다. 거기에 진정한 위험이 도사리고 있었는데, 페스트에 맞선 싸움 자체가 그들을 페스트에 가장 취약하게 만든 셈이었다. 그들은 결국 운을 믿었던 것인데, 운이란 그 어느 누구에게도 속하지 않았기 때문이다.

그러나 이 도시엔 지쳐 보이지도 않고 낙심한 것 같지도 않은 한 인물이 있었는데, 그가 드러내는 것은 그야말로 만족감 그 자체였다. 코타르였다. 그는 다른 사람들과의 관계는 계속 유지하면서도 여전히 거리를 두고 있었다. 그러면서도, 그는 타루의 시간이 허락하는 한 자주 그를 만나기로 결심했다. 그것은 그가 자신의 사건을 잘 알고 있기 때문이기도 하거니와 보잘것없는 연금 생활자인 자신을 변함없이 다정하게 대해 주기 때문이기도 했다. 아무리 봐도 놀라지 않을 수 없는 일인데, 타루는 그의 고된 노동에도 불구하고 언제나 호의를 잃지 않고 친절했다. 저녁이면 피곤에 지쳐 녹초가 되어 있다가도 다음 날이면 늘 다시 기운을 차리곤 했다.

"그 친구하고는 얘기가 통해요. 남자니까요. 마음이 맞는 거죠."

코타르는 랑베르에게 이렇게 말했다.

그런 이유로, 그 시기에 타루의 수첩은 코타르라는 인물에게로 차츰 집중되었다. 타루는 코타르의 반응과 생각을 있는 그대로, 혹은 자신이 해석하는 대로 일목요연하게 그려 내고자 노력했다. 그는 수첩의 여러 페이지를 차지하는, '코타르와 페스트의 관계'라는 제목이 붙은 부분에서 그런 내용을 적어 두었는데, 여기서 그것을 간단히 소개하는 것이 좋을 듯하다. 연금 생활자에 대한 타루의 전반적인 생각은 다음 문장으로 요약할 수 있다. '그는 성장하고 있는 인물이다.' 게다가 겉으로 보기에 실제로 그는 기분 좋게 지내며 성장하고 있었다. 사태가 변해 가는 추이에 대해 그는 불만이 없었다. 종종 그는 타루에게 다음과 같은 말로 속마음을 터놓곤 했다.

"물론 더 나아지지는 것은 아니죠. 하지만 적어도 모든 이들이 한 배를 탄 거라고요."

타루는 이렇게 덧붙였다.

물론 그도 다른 사람들과 마찬가지로 위협받고 있다. 하지만, 그렇기에, 다른 사람들과 함께 그 위협을 감수하고 있는 것이다. 그리고 확신하건대 그는 자신이 페스트에 걸릴 수 있다는 사실을 심각하게 받아들이지 않고 있다. 그는 큰병에 걸렸거나 심각한 불안에 시달리고 있는 사람은 동시에 다른 병이나 불안으로부터 면제된다는 생각으로 살고 있는 듯한데, 그것이 그리 멍청한 생각도 아니다. 그는 내게 이렇게 말했다. '사람이 여러 가지 병에 한꺼번에 걸리지 않는다는 것을 알고 계시나요? 선생이 말기 암이나 심각한 결핵같이 치료가 불가능한 중병에 걸렸다고 생각해 보세요. 그럼 페스트나 장티푸스 따위는 절대 걸리지 않을 겁니다. 말도 안 되죠. 게다가, 그게 다가 아니에요. 암 환자가 교통사고로 죽는 걸 본 적은 없잖습니까.' 사실이든 아니든 이런 생각이 코타르의 기분을 좋게 만든다. 그가 원하지 않는 것이 한 가지 있는데, 그것은 다른 사람들로부터 떨어져 있는 것이다. 그는 혼자서 갇혀 지내느니 다른 사람들에게 시달리는 편을 택할 것이다. 페스트 덕분에 비밀스러운 조사나 서류, 정보 카드,

수수께끼 같은 예심, 그리고 즉각적인 체포 따위는 없을 것이었다. 정확히 말하자면 더 이상 경찰이란 존재가 없는 것이고, 지난 일이건 새로운 사건이건 범죄 따위도 없으며, 죄인도 없는 것이다. 단지 요행 같은 사면을 바라고 있는 사형 선고받은 이들만이 존재할 뿐이고, 그중에는 심지어 경찰 자신들도 있다.

이렇게 코타르는, 물론 타루의 해석에 의한 것이지만, 시민들이 내보이는 불안과 동요의 징후를 다음과 같은 너그럽고도 여유로운 만족감을 가지고 바라볼 만한 근거를 가지고 있는 것이다. '계속 떠들어 보라지. 난 당신들보다 그걸 먼저 겪었어.'

다른 사람과 떨어져 있지 않기 위한 유일한 방법은 결국 생각을 똑바로 하는 것이라고 내가 아무리 말해 줘도 소용이 없는 것 같다. 그는 나를 쏘아보며 이렇게 말했다. '그 말대로라면 다른 사람과 어울릴 수 있는 사람은 아무도 없을걸요.'라고 하더니, '마음대로 생각하셔도 저야 상관없죠. 정말입니다. 사람들이 함께 있도록 만드는 유일한 방법은 페스트를 더 전파시키는 거라고요. 주위를 한번 둘러보세요.' 사실을 말하자면, 난 그의 말을 이해할 수 있다. 현재의 삶이 얼마나 그를 편하게 만드는지도. 한때 바로 자신이 보이던 반응과 마주칠 때 어찌 그것을 한눈에 알아보지 못하겠는가. 모든 사람을 전부 자기편으로 만들고자 하는 각자의 시도, 종종 거리에서 헤매고 있는 사람에게 길을 알려 주며 베푸는 친절, 혹은 때로 그들에게 보이는 불쾌한 반응, 호화스러운 식당에 몰려 가는 이들의 왁자지껄함과 거기서 늦게까지 시간을 보낼 때의 만족감, 매일 저

녘 영화관으로 우르르 몰려들어 줄을 서고 극장과 댄스홀을 꽉 메우고는 다시 쏟아져 나와 밀물처럼 공원들과 거리로 퍼져 나가는 인파, 모든 접촉을 피하고자 하는 머뭇거림, 그러나 한편으로는 사람들을 다른 사람들에게로, 팔꿈치를 팔꿈치에게로, 성기를 성기에게로 다가가게 하는, 인간의 체온에 대한 갈망. 다만, 여자 문제가 예외였는데, 그의 외모가 아무래도……. 짐작컨대, 여자들을 보러 갈 준비가 되었다가도 나쁜 취미를 붙여 나중에 후회하게 될까 봐 포기하고 말았을지도 모르겠다.

결국, 페스트는 그에게 약이 되었다. 페스트는 고독하면서도 고독하기를 원하지 않는 이들과 공모 관계인 것이다. 실제로 그는 분명한 공모자이며, 그것을 즐기고 있는 공모자였다. 그는 자기 눈앞에 보이는 모든 것, 즉 여러 가지 미신, 얼토당토않은 공포, 불안한 영혼들의 과민함, 페스트에 관해 말하는 것을 될수록 피하고 싶어 하면서도 끊임없이 그에 대해 말하는 강박증, 페스트가 두통으로부터 시작된다는 것을 알고 난 뒤부터 조금만 머리가 아파도 펄쩍 뛰며 창백해지는 버릇, 그들의 신경질적이고 예민하며 불안정한 감수성, 그래서 무관심을 모욕으로 받아들이고 바지 단추 하나 잃어버린 것을 애석해하는 그런 감수성, 이 모든 것들과 공모 관계였던 것이다.

타루는 저녁에 코타르와 외출하는 일이 잦아졌다. 그러고 나서는 수첩에다, 어떻게 그들이 해 질 녘이나 밤중에 어둠 속 군중에 뒤섞여 어깨를 나란히 맞대고, 어쩌다 한 번씩 가로등이 던지는 번쩍이는 빛을 받아 밝아졌다 어두워지는 한 무리의 사람들, 페스트의 한기에 맞서 자신들을 지켜 줄 열띤 쾌락을 향해 떠밀려 가는 인간들의 행렬을 따라갔는지를 적어 두었다. 몇 달 전에 코타르가 사람들 속에서 찾아다니던 호사스러움과 삶의 넉넉함, 그가 꿈꾸었으나 만족을 맛보지는 못했던 그 절제 없는 향락을 이제는 시민들 전부가 찾아 나선 것이었다. 물가는 하늘 높은 줄 모른 채 오르고 있었으나 사람들은 돈을 물 쓰듯 뿌렸고, 사람들 대부분이 생필품이 부족했음에도, 불필요한 것들에 자기들 가진 것을 그토록 쉽게 탕진한 적은 없었다. 결국 실업 상태를 뜻할 뿐인 한가로움을 달래기 위한 온갖 유희들이 차고도 넘쳤다. 타루와 코타르는 한때 자신들의 관계를 숨기는 데 급급했던 한 쌍의 남녀를 오랫동안 따라가 보기도 했는데, 그들은 이제 뜨거운 열정에 사로잡혀 마음을 놓았는지, 주변의 군중들은 아랑곳하지 않고 서로 꼭 껴안은 채 시내를 당당하게 활보하는 것이었다. 코타르는 감동한 듯, '아! 역시 젊음이 좋군!' 하고 중얼거렸다. 그는 집단적인 흥분, 여기저기 뿌려지는 놀라운 액수의 팁과 눈앞에서 펼쳐지는 연애 이야기 한가운데서 마음이 벅차올라, 아주 큰 소리로 떠들었다.

그렇지만 타루가 보기에 코타르의 태도에 딱히 악의가 있는 것은 아니었다. 그가 '난 당신들보다 그걸 먼저 겪었어.'라고 했을 때 그것은 우월감보다는 불행을 드러내는 것이었다. 타루는 다음과 같이 적었다.

그는 이 도시의 벽들과 하늘 사이에 갇혀 버린 그 유형자들을 사랑하기 시작한 것 같다. 예를 들어, 기회만 주어진다면 그는 그들에게 이 사태가 그렇게 암울한 것만은 아니라고 기꺼이 말해 줄 것이다. '저들이 뭐라고 하는지 알고 계시죠?' 하고 그는 단언하듯 내게 말했다. '페스트만 끝나면 난 이걸 하겠다, 페스트가 물러가면 저걸 하겠다…… 그들은 가만히 있지 못하고 오히려 자기들 삶을 망치고 있어요. 자기들이 얼마나 팔자가 좋은 건지 알지도 못한단 말입니다. 내가, 예를 들어, 체포되면 나는 이런 걸 해 보겠다, 이렇게 말할 수 있을까요? 체포는 시작이지 끝이 아니라고요. 하지만 페스트는…… 내 생각을 말해 볼까요? 저들은 스스로를 흘러가도록 내버려 두지 않기 때문에 불행한 거라고요. 내가 지금 그냥 하는 말이 아녜요.'

사실, 그가 그냥 하는 말은 아니다.

라고 타루는 덧붙였다.

그는 오랑 시민들의 모순을 정확하게 파악하고 있었는데, 그들은 서로를 가깝게 만들어 줄 온기를 뼈저리게 필요로 하면서도, 동시에 경계심 때문에 서로를 멀리하면서 스스로를 그런 욕구에 내맡기지 못하고 있었던 것이다. 이웃조차 믿을 수 없는 것이, 내가 모르는 사이 페스트가 옮을 수도 있는 일이고, 방심한 틈을 타서 병을 전염시킬 수도 있다는 것을 너무도 잘 알고 있기 때문이다. 코타르처럼, 친해지고 싶은 상대임에도 불구하고 그들이 혹시나 밀고자일지도 모른다는 생각에 항상 의심해 온 사람이라면 그런 감정을 이해할 수 있을 것이다. 페스트가 어느 날 갑자기 자신의 어깨에 손을 얹을지도 모르며, 아니면 아직 멀쩡히 살아 있다고 기뻐하는 순간을 기다려 그렇게 찾아올지 모른다고 늘 생각하고 있는 사람들에게 우리는 충분히 공감할 수 있다. 그런 일이 생길 수 있는 한은, 그는 공포 속에서도 편안함을 느끼는 것이다. 하지만 그는 이 모든 것을 그들에 앞서 겪었기에, 그런 불확실성이 주는 잔혹함을 그들과 완전히 똑같이 느끼지는 못하리라 생각한다. 요컨대, 아직 페스트로 죽지 않고 있는 우리들과 함께, 그는 자신의 자유와 삶이 파괴되기 일보직전이라는 것을 매일매일 느끼면서 살고 있는 것이다. 하지만 자신은 이미 그 공포를 겪어 보았으니까 이제는 다른 사람들이 그것을 맛보는 것이 당연하다고 그는 생각하고 있다. 더 정확히 말해, 혼자서 짊어지고 있는 것보다 그 공포가 덜 무겁게 느껴지는 것이다. 그 점에서 그는 잘못 생각하고 있는 것이고, 그래서 다른 사람들보다 그를 이해하는 것이 어려운 것이다. 하지만 결국 바로 그 점 때문에, 다른 사람들보다 그를 이해하는 데 더 노력해 볼 필요가 있기도 하다.

타루의 수첩에 적힌 그 부분은 코타르와 페스트에 걸린 사람들에게서 동시에 나타나는 매우 독특한 의식을 잘 드러내 주는 어떤 이야기로 끝을 맺는다. 그것은 그 시기의 힘들었던 분위기를 거의 있는 그대로 보여 주는 에피소드이기에 서술자로서 중요하게 생각하는 바이다.

그들은 「오르페우스와 에우리디케」를 상연하는 시립 오페라 극장에 갔다. 코타르가 타루를 초청한 것이었다. 페스트가 시작되던 봄에 오랑을 방문한 한 오페라단의 공연이었는데, 그들은 유행병 때문에 발이 묶여 부득이하게 남게 되었고, 오랑 시의 오페라 극장과 합의 하에 일주일에 한 번씩 공연을 다시 올리게 된 것이었다. 그렇게 몇 달 전부터 매주 금요일이면 우리 시의 극장에는 오르페우스의 탄식에 젖은 멜로디와 에우리디케의 무기력한 호소가 울려 퍼지고 있었다. 그렇지만 이 공연은 연이어 대중들의 호평을 샀고 매번 막대한 수익을 올렸다. 가장 비싼 좌석에 자리한 코타르와 타루는, 가장 세련되게 차려입은 시민들로 발 디딜 틈이 없었던 아래층을 굽어볼 수 있었다. 막 도착한 사람들은 입장 시간을 놓치지 않으려고 서두르고 있었다. 장막 앞의 눈부신 조명 아래 연주자들이 조용히 악기를 조율하는 동안 이 줄에서 저 줄로 옮겨 다니며 우아하게 인사를 하고 있는 사람들의 실루엣이 뚜렷하게 눈에 띄었다. 가벼운 웅성거림 속에서 점잖게 대화를 나누며, 사람들은 불과 몇 시간 전 어두컴컴한 거리에서는 볼 수 없었던 자신감을 되찾은 듯했다. 옷차림이 페스트를 쫓아낸 것이다.

1막이 상연되는 동안 오르페우스는 익숙하게 탄식을 흘려보냈고, 튜닉 차림의 몇몇 여성들이 주인공의 불행에 대해 해박한 해설을 했으며, 아리에타 형식의 사랑 노래가 울려 퍼졌다. 청중들은 조용하고도 열띤 반응을 보였다. 오르페우스가 2막의 곡조에서 지옥의 주인에게 눈물로 호소할 때, 대본에는 없는 떨리는 음성을 섞어서 비장함을 조금 과장한 것을 눈치챈 사람은 거의 없었다. 그가 보여 준 몇 번의 발작적인 몸짓 역시, 가장 주의 깊은 이들의 눈에도 가수의 연기에 실감나는 스타일을 부여하는 효과로 보일 따름이었다.

3막에 가서 오르페우스와 에우리디케의 유명한 듀엣 곡(에우리디케가 연인에게서 떠나가는 장면이다)이 시작되고서야 좌중에서 어떤 술렁임이 일기 시작했다. 가수는 마치 청중이 동요하기 시작한 이 순간만을 기다려 왔다는 듯이, 아니면 더 분명하게도, 무대 아래에서 흘러나오는 수군거림이 그 가수의 심정을 확인해 주기라도 한 듯이, 바로 그 순간에 고대 의상을 입은 몸의 팔다리를 쩍 벌린 채로 기괴한 몸짓을 하며 무대 앞으로 걸어 나와서는, 전원적인 느낌의 무대 장식 한가운데서 털썩 쓰러지고 말았던 것이었다. 그 무대 장식은 늘 시대에 맞지 않는 것이긴 했으나, 관객들의 눈에는 그때 처음으로, 끔찍하게도 상황과 어울리지 않는 것이 되고 있었다. 동시에 오케스트라는 연주를 멈추었으며 일 층 객석의 사람들이 일어나서 천천히 자리를 떴는데, 처음에는 조용하게, 성당에서 미사를 마치고 나오듯, 혹은 빈소에서 문상을 마치고 나오듯, 여자들은 치마를 여미고 고개를 숙인 채로, 남자들은 함께 온 여성들의 팔꿈치를 붙잡고 보조 의자에 부딪히지 않도록 주의하면서 극장을 빠져나가기 시작했다. 그러나 차츰 움직임이 빨라져 속닥거리는 소리는 고함 소리로 변했으며, 군중들은 출구 쪽으로 서둘러 몰려들다가 마침내 비명을 지르며 서로 밀쳐 대는 것이었다. 코타르와 타루는 그저 일어선 채, 당시 자신들의 삶이 어떠했는지를 보여 주는 한 광경 앞에서 홀로 남아 꼼짝 않고 있었다. 무대 위엔 사지가 굳어 버린 광대의 모습으로 쓰러져 있는 페스트가, 객석에는 미처 챙기지 못해 붉은 의자 위에 두고 간 부채나 레이스 달린 장식품 따위가 보여 주는, 이제는 쓸모없게 된 그 모든 호사스러움이 나뒹굴고 있었다.

랑베르는 9월 초순에 리외 옆에서 성심성의껏 일을 했다. 단지 곤잘레스와 두 젊은이를 한 고등학교 앞에서 만나기로 약속을 한 날엔 휴가를 청했다.

그날 정오에 곤잘레스와 신문기자는 두 녀석이 웃으면서 오고 있는 모습을 보았다. 그들은 지난번에는 운이 나빴지만 그 정도는 각오했어야 한다고 말했다. 아무튼 이번 주는 그들이 경비를 서는 차례가 아니고 다음 주를 기다려야 한다, 그때 다시 시작해야 한다는 말이었다. 랑베르는 말 한번 잘했다고 했다. 곤잘레스는 다음 주 월요일에 약속을 잡자고 했다. 하지만 이번에는 랑베르가 마르셀과 루이의 집에 있기로 했다. "자네하고 나하고 약속을 하는 거야. 만일 내가 오지 않으면 이 친구들 집으로 직접 찾아가게. 어디 사는지 알려 줄 테니." 그러자 그때 마르셀인지 루이인지가 가장 간단한 방법은 지금 이 동지를 데려가 보는 것이라고 했다. 랑베르가 까다롭지만 않으면 네 사람이 먹을 만한 음식이 있으며, 그렇게 하면 그도 사정이 어떤지 알게 될 것이라고 했다. 곤잘레스는 아주 좋은 생각이라고 했고 네 사람은 항구 쪽으로 내려갔다.

마르셀과 루이는 마린 구역의 맨 끝, 해안가 산턱의 도로로 향해 있는 시의 출입문 가까이에 살고 있었다. 작은 스페인 양식의 집이었는데, 벽이 두껍고 페인트가 칠해진 나무 덧문이 있었으며 내부는 장식도 없이 휑하니 어두컴컴했다. 청년들의 어머니가 쌀밥을 내왔는데, 그녀는 웃음 띤 얼굴에 주름이 많이 팬 스페인 노파였다. 곤잘레스는 놀라는 기색이었는데, 시내에는 이미 쌀이 떨어져 가고 있었기 때문이었다.

"시 출입문에서 적당히 마련해 오죠."

마르셀이 말했다.

랑베르는 먹고 마셨다. 곤잘레스가 이 사람이야말로 진짜 친구라고 떠드는 동안 신문기자는 앞으로 다가올 한 주일에 대해서만 생각하고 있었다.

실제로는 이 주일을 기다려야 했는데 경비병의 수를 줄이고자 교대를 보름마다 하기로 되었기 때문이었다. 그 보름 동안 랑베르는 몸을 아끼지 않고 쉴 새 없이, 어떻게 보면 눈을 딱 감고 새벽부터 밤까지 일을 했다. 늦은 밤이 되어서야 깊은 잠에 빠질 수 있었다. 한가로이 지내다가 갑자기 이런 고된 일을 하다 보니 그는 꿈도 꾸지 않았고 기운이 빠질 대로 빠져 있었다. 그는 곧 탈출할 거란 계획을 거의 입 밖에 내지 않았다. 한 가지 특기할 만한 일이 있었는데, 일주일이 지난 후 그는 처음으로 리외에게 전날 밤 취하도록 술을 마셨다고 털어놓았다. 바에서 나오면서 그는 갑자기 사타구니가 부어오르고 팔이 겨드랑이에서 잘 움직여지지 않는 것 같은 느낌을 받았다. 그는 페스트에 걸렸다고 생각했다. 그때 그가 할 수 있었던 유일한 행동은, 나중에는 쓸데없는 행동이었다는 데에 리외도 동의했지만, 시의 가장 높은 곳에 뛰어 올라가, 여전히 바다는 보이지 않지만 하늘을 좀 더 잘 볼 수 있는 조그만 광장에서 도시의 벽들 너머로 아내의 이름을 크게 소리 질러 부른 것이었다. 집에 돌아와 몸에 아무런 감염의 징후가 보이지 않자 그는 갑자기 발작을 일으킨 것이 좀 멋쩍게 생각되었다. 리외는 그렇게 행동한 것을 이해할 수 있다고 하면서 덧붙였다.

"아무튼, 그러고 싶을 때가 있는 법이라오."

"오늘 아침에 오통 씨가 당신 얘기를 하더군요."

랑베르가 막 자리를 뜨려 하자 리외가 생각난 듯 말했다.

"내가 당신을 아냐고 묻던데. 그러더니 '밀수꾼들하고 어울리지 말라고 충고 좀 하시죠. 눈에 띄니까.'라고 하더군요."

"그게 무슨 말이죠?"

"그 말인즉슨, 서둘러야 한다는 거죠."

"감사합니다."

랑베르는 리외의 손을 잡으며 말했다.

문 앞에서 그는 갑자기 돌아섰다. 리외는 페스트가 시작된 이래 처음으로 그가 웃는 것을 보았다.

"그런데 왜 제가 떠나는 것을 막지 않으시는 거죠? 충분히 그러실 수 있을 텐데요."

리외는 언제나처럼 고개를 끄덕이더니, 그것은 랑베르의 문제이고, 그가 행복해지기를 택한 이상 자신은 반대할 명분이 없다고 했다. 자신은 이 문제에 있어서 어떤 것이 옳고 어떤 것이 그른지 판단하는 것이 불가능하다는 것이다.

"그렇다면 왜 저보고 서두르라는 거죠?"

이번에는 리외가 미소를 지어 보였다.

"그건 아마도, 나 역시 행복해지기 위해 무언가를 하고 싶기 때문이겠죠."

이튿날, 그들은 아무런 말도 하지 않고 묵묵히 함께 일을 했다. 그 다음 주에는 랑베르가 마침내 그 작은 스페인 집으로 거처를 옮겼다. 그들은 거실에 그의 침대를 마련해 주었다. 식사 때도 청년들은 집에 오지 않았고, 또 랑베르에게 가능한 한 밖에 나가지 말라고 했기에, 그는 대부분의 시간을 혼자 지내거나 그들의 나이 든 어머니와 대화를 나누곤 했다. 그녀는 야위었지만 활동적이었고 늘 검은 옷을 입었다. 갈색 얼굴에 주름이 있었는데 머리칼은 아주 깨끗한 흰색이었다. 말수가 적었는데, 랑베르를 바라볼 때는 두 눈가득 미소가 담겨 있었다.

한번은 그녀가 랑베르에게 부인에게 페스트를 옮기게 될까 봐 걱정되지 않느냐고 물었다. 그는 그럴 가능성도 있긴 하지만 극히 희박하고, 그보다는 이곳에 남아 있으면 영영 헤어지게 될지도 모른다고 말했다.

"그분은 상냥하시겠죠?"

노파는 미소를 지으며 말했다.

"아주 상냥하죠."

"예쁘고요?"

"그런 것 같네요."

"아! 그래서 그러시는군요."

그녀가 말했다.

랑베르는 생각을 해 보았다. 그것도 물론 맞는 말이지만 단지 그것 때문일 수는 없었기 때문이다.

"신을 믿지 않으시나요?"

매일 아침 미사에 나가는 그 여자가 말했다.

랑베르가 믿지 않는다고 인정했더니, 노파는 또다시 '그래서 그러시는군요.' 하고 말했다.

"부인을 만나셔야 해요. 당신 생각이 맞습니다. 그렇지 않으면 뭐가 남겠어요?"

나머지 시간에 그는, 장식도 없이 회만 바른 벽 주변을 빙빙 돌면서 못으로 박아 둔 부채를 만지작거리거나 식탁보에 달린 둥근 술들의 개수를 세거나 했다. 저녁이 되면 청년들이 집에 돌아왔다. 그들은 아직 때가 안 되었다는 말을 제외하고는 별말이 없었다. 저녁 식사 후에 마르셀은 기타를 연주했고 그들은 아니스 향이 나는 술을 마셨다. 랑베르는 생각에 잠긴 것처럼 보였다.

수요일에 마르셀은 귀가하면서 이렇게 말했다.

"내일 저녁이야. 자정에. 준비하고 있어."

그들과 함께 보초를 서던 두 사람 중 하나가 페스트에 걸렸고 방을 함께 쓰던 나머지 하나는 격리 중이라고 했다. 그래서 한 이삼일 동안은 마르셀과 루이, 두 사람만 근무를 한다는 것이다. 밤사이에 그들은 세부적인 사항들을 점검할 생각이었다. 이튿날이면 여기를 떠날 수 있을 것이다. 랑베르는 고맙다고 했다.

"기쁜가요?"

노파가 물었다.

그는 그렇다고 대답했으나 생각은 다른 곳에 가 있었다.

이튿날, 하늘은 우중충했고 습하고 숨이 막혀 오는 더운 날씨였다. 페스트 관련 소식은 달갑지 않았다. 스페인 노파는 여전히 평정심을 잃지 않았다. 그녀는 말했다.

"이 세상엔 죄가 있다오. 그러니 그럴 만도 하지!"

마르셀이나 루이처럼, 랑베르도 웃통을 벗은 채로 있었다. 하지만 어떻게 해 봐도 땀이 어깨와 가슴팍으로 흘러내렸다. 덧문이 닫혀 있어 어두컴컴한 집 안에서 그들의 상반신은 갈색으로 번들거렸다. 랑베르는 아무 말 없이 서성거렸다. 오후 네 시가 되자 그는 갑자기 옷을 입더니 나가겠노라고 했다.

"조심해. 오늘 밤 자정이야. 모든 준비가 다 돼 있다고."

마르셀이 말했다.

랑베르는 리외의 집으로 갔다. 리외의 어머니는 랑베르에게 시내 꼭대기에 있는 병원에 가 보라고 했다. 초소 앞에서는 여전히 같은 군중들이 꾸물거리고 있었다.

"물러들 서요!"

한 경관이 눈이 튀어나올 듯 소리쳤다. 사람들은 물러섰으나 여전히 제자리에서 맴돌고 있었다.

"기다려 봤자 소용없다니까요."

말하는 경관도 웃옷이 땀에 흠뻑 젖어 있었다. 사람들의 생각도 마찬가지였으나, 살인적인 더위에도 불구하고 그들은 떠나지 않았다. 랑베르가 통행증을 경관에게 보여 주자 그는 타루의 사무실을 가리켰다. 사무실 문은 마당

쪽으로 나 있었다. 랑베르는 사무실에서 나오는 파늘루 신부와 마주쳤다.

약품 냄새와 축축한 시트 냄새가 나는 흰색의 작고 더러운 방에서 타루는 검은 나무 책상 앞에 앉아 소매를 걷은 채 팔뚝에 흐르는 땀을 손수건으로 닦고 있었다.

"아직 안 떠났나요?"

그가 물었다.

"네. 리외하고 얘기를 좀 하고 싶은데요."

"지금 병실에 있어요. 하지만 꼭 그를 만나지 않아도 된다면 좋겠는데."

"왜죠?"

"과로한 상태라 가능하다면 제 선에서 해결하려고요."

랑베르는 타루를 쳐다보았다. 그는 야위어 있었다. 피로 때문에 그의 눈빛과 얼굴이 일그러져 있었고 튼튼한 두 어깨는 둥그렇게 움츠러들었다. 문 두드리는 소리가 나더니 흰 마스크를 쓴 간호사가 들어왔다. 그는 타루의 책상 위에 카드 한 묶음을 내려놓더니, 마스크 때문에 코가 막힌 소리로 '여섯이요.'라고 내뱉고는 다시 밖으로 나갔다. 타루는 신문기자를 쳐다보았고, 이어서 카드를 부채꼴 모양으로 펼쳐 보였다.

"근사한 카드죠? 아니야, 실은 간밤의 사망자들이라오."

그의 이마에 주름이 잡혔다. 그는 카드를 다시 고르게 추렸다.

"이제 남은 일은 숫자 계산뿐이랍니다."

타루는 책상을 짚고 일어났다.

"곧 떠나시나요?"

"오늘 밤, 자정에요."

타루는 그렇다면 자신도 기쁘다며 랑베르에게 몸조심해야 한다고 말했다.

"진심으로 하시는 말씀인가요?"

타루는 어깨를 으쓱해 보였다.

"내 나이가 되면 어쩔 수 없이 진심을 말하게 되죠. 거짓말하는 건 너무 피곤하니까."

"타루, 의사 선생님을 만나고 싶습니다. 죄송합니다."

신문기자가 말했다.

"알고 있어요. 그는 나보다 인간적이죠. 갑시다."

"그런 말이 아닙니다."

랑베르는 어렵사리 말을 꺼내고는 입을 다물었다.

타루는 그를 쳐다보더니 문득 미소를 지었다.

그들은 좁은 복도를 따라 걸었는데, 밝은 초록색으로 칠해진 벽에는 마치 수족관의 내부를 비추는 듯한 조명이 떠돌고 있었다. 맞은편 그림자들의 이상한 움직임이 비쳐 보이는 이중 유리문이 있는 곳에 다다르기 직전에 타루는, 벽장들로 가득 찬 아주 작은 방 안으로 랑베르를 들여보냈다. 그는 그 벽장들 중 하나를 열어 살균 소독기에서 흡수성 가제 마스크 두 개를 꺼내더니, 랑베르에게 하나를 내밀며 쓰라고 하였다. 신문기자가 그게 어디 도움이 되는지 묻자 타루는 도움은 되진 않지만 다른 사람들에게 신뢰감을 주긴 한다고 말했다.

그들은 유리문을 밀고 들어갔다. 계절에 아랑곳없이 창문을 완전히 밀폐해 놓은 엄청나게 큰 방이었다. 벽의 위쪽으로 환풍기들이 윙윙거렸는데, 그 구부러진 날개들이 두 줄로 늘어선 회색 침대 위에서 끈적거리는 뜨거운 공기를 휘젓고 있었다. 사방에서 아련하고 때론 날카로운 신음 소리가 들려왔는데 한 목소리로 단조로운 탄식을 이루고 있었다. 흰 옷을 입은 사람들이 창살이 쳐진 높은 유리벽으로 쏟아지는 가혹한 햇빛 속에서 느릿느릿 움직였다. 랑베르는 이 방 안의 끔찍한 더위가 몹시도 불편했는데, 그 때문에 신음 소리가 나는 어떤 형체 위로 몸을 굽히고 있던 리외를 알아보기조차 어려웠다. 의사는 두 명의 간호사가 침대 양쪽에서 두 다리를 꽉 붙들고 있는 한 환자의 사타구니를 째고 있었다. 그는 몸을 일으켜 조수가 내민 쟁반 위에 수술 도구를 던지듯 내려놓고는, 한동안 꼼짝 않은 채 간호사가 붕대를 감아 주고 있는 환자를 쳐다보았다.

"무슨 소식이라도 있나요?"

타루가 다가서자 그가 물었다.

"파늘루 신부가 랑베르를 대신해서 격리소를 맡기로 하셨어요. 벌써 일을 많이 했고요. 랑베르 없이 검역반 3팀을 다시 편성하기만 하면 될 겁니다."

리외는 고개를 끄덕였다.

"카스텔의 첫 혈청이 준비됐어요. 시험해 보자고 하더군요."

"아! 그거 잘됐군요."

"참, 그리고 랑베르가 여기 와 있어요."

리외는 돌아다보았다. 마스크 너머로 눈을 찌푸리며 신문기자가 와 있는 것을 보았다.

"여기서 뭘 하시오? 여기 있을 사람이 아닐 텐데."

타루는 오늘 밤 자정으로 일이 결정되었다고 하자 랑베르는 '원칙적으로는요.' 하고 덧붙였다.

그들 중 한 사람이 말을 할 때마다 마스크가 불룩해지면서 입 있는 부분이 축축해졌다. 마치 조각품들이 대화를 하는 것처럼 어딘가 비현실적이었다.

"말씀을 좀 드리고 싶었습니다."

랑베르가 말했다.

"괜찮으시다면 같이 나가죠. 타루의 사무실에서 기다려 줘요."

잠시 후에 랑베르와 리외는 의사의 자동차 뒷좌석에 자리를 잡았다. 타루가 운전대를 잡았다.

"휘발유가 없어요. 내일부터는 걸어 다닙시다."

타루가 시동을 걸면서 말했다.

"선생님, 떠나지 않고 여러분과 함께하고 싶습니다."

랑베르가 말했다.

타루는 아무런 반응을 보이지 않았다. 그는 운전을 계속했다. 리외는 피로에서 깨어나지 못하고 있는 것 같았다.

"그럼 부인은요?"

그가 희미하게 물었다.

랑베르는 다시 생각을 해 보았는데, 자신의 생각이 달라진 것은 아니지만 만일 지금 이곳을 떠난다면 부끄러움을 느끼게 될 것이라고 말했다. 그러면 두고 온 여인을 사랑하기에도 마음이 편치 않으리라는 것이었다. 그러나 리외는 몸을 일으켜 세우며 단호한 어조로, 그건 어리석은 생각이며 행복을 선택하는 데 부끄러울 일이 어디 있냐고 말했다.

"그래요. 하지만 혼자만 행복한 것은 부끄러울 수 있어요."

랑베르가 말했다.

잠자코 있던 타루는 고개도 돌리지 않은 채, 만일 랑베르가 사람들과 불행을 함께 나누기 원한다면 앞으로도 행복을 누릴 시간은 결코 없을 것이니 어느 쪽이든 선택을 해야 할 것이라고 말했다.

"그게 아닙니다. 전 늘 제가 이 도시에서 이방인이라고, 여러분들과도 아무 상관이 없다고 생각해 왔어요. 하지만 이젠 제가 본 게 있고, 원하든 아니든 간에 저도 이곳 사람이란 것을 알겠어요. 이 전부가 우리 모두와 관련된 일이란 것도요."

랑베르가 말했다.

아무도 입을 열지 않았다. 랑베르는 짜증이 난 것 같았다.

"다들 잘 아시잖습니까! 그렇지 않다면 이 병원에서 대체 무슨 일을 하신다는 거지요? 그래서 두 분은 이 길을 선택하신 건가요? 행복을 포기하고?"

타루도 리외도 여전히 대답이 없었다. 의사의 집에 가까워질 때까지 침묵은 오래 계속되었다. 랑베르는 다시, 아까의 질문을 힘주어 되풀이했다. 리외만이 그에게 몸을 돌렸다. 그는 힘들게 몸을 일으켰다.

"미안합니다, 랑베르. 하지만 난 잘 모르겠어요. 원하신다니 우리와 함께 남도록 해요."

리외가 말했다.

자동차가 크게 방향을 트는 바람에 그는 말을 멈추었다. 그러고는 앞을 바라보면서 다시 말을 이었다.

"세상에 사랑하는 것으로부터 고개를 돌릴 만한 가치가 있는 것은 아무것도 없어요. 하지만 나 역시 그렇게 하고 있군요. 왜 그러는지 나도 이유를 알 수 없지만."

그는 쿠션에 다시 몸을 기댔다.

"그건 하나의 사실입니다. 그뿐이죠. 기록해 두고 어떻게 되는지 봅시다."

그는 지친 듯 말했다.

"뭐가 어떻게 되는지 본다는 거죠?"

랑베르가 물었다.

"아! 병도 고치고 어떻게 되는지도 보고, 동시에 할 수는 없겠군요. 우선 가능한 빨리 치료를 합시다. 그게 급선무이니."

리외가 말했다.

자정이 되어 타루와 리외는 랑베르에게 그가 검역을 해야 할 구역의 지도를 그려 주고 있었다. 손목시계를 보고 나서 고개를 들다가 타루는 랑베르와 눈이 마주쳤다.

"그들에게 미리 말은 했나요?"

신문기자는 시선을 피했다.

"한마디 남겨 두었어요. 두 분을 뵈러 오기 전에요."

그는 힘겹게 말했다.

카스텔의 혈청을 시험할 수 있었던 것은 10월 하순이었다. 사실 그것은 리외의 마지막 희망이었다. 만일 또다시 실패하고 만다면, 몇 달 간 더 유행병이 기승을 부리거나 이유 없이 작정한 듯 멈추거나 간에, 도시는 속수무책으로 페스트의 변덕 아래 놓이게 될 것이 확실하다고 의사는 생각하고 있었다.

　카스텔이 리외를 만나러 오기 바로 전날, 예심판사 오통 씨의 아들이 병에 걸리는 바람에 온 가족이 예방 격리소에 들어가야 했다. 바로 얼마 전에 격리소에서 나온 아이 어머니는, 다시 한번 그곳의 신세를 져야 했다.

　정해진 규칙을 준수하는 것을 좋아하는 그 예심판사는, 아이의 몸에서 병의 징후를 발견하자마자 리외를 불렀다. 리외가 도착했을 때 아이의 부모는 침대 발치에 서 있었다. 그들의 어린 딸은 멀리 떨어져 있었다. 아이는 쇠약해진 상태여서 아무 소리 못하고 진찰을 받았다. 의사가 고개를 들자 판사의 시선이 그를 기다리고 있었고, 그 뒤로는 창백해진 얼굴의 어머니가 손수건을 입에 가져다 댄 채 눈을 둥그렇게 뜨고 의사의 기색을 주시하고 있었다.

　"역시 그게 맞죠?"

　판사는 냉정한 목소리로 물었다.

"그렇습니다."

리외가 다시 한번 아이를 바라보며 대답했다.

어머니의 눈이 휘둥그레졌다. 하지만 여전히 아무런 말이 없었다. 판사도 입을 다물었다. 잠시 후에 한층 낮은 목소리로 말했다.

"그렇다면 선생님, 정해진 대로 해야겠군요."

리외는 여전히 손수건을 입에 대고 있는 어머니를 보지 않으려고 시선을 피했다.

"곧 이송될 수 있을 겁니다. 전화를 할 수 있다면요."

리외는 주저하며 말했다.

오통 씨는 그를 전화가 있는 곳으로 안내하겠노라고 했다. 그러나 리외는 그의 아내에게 몸을 돌리고 말했다.

"죄송합니다. 부인께서도 짐을 챙기셔야 할 것 같습니다. 왜 그런지는 알고 계시겠죠."

부인은 몸이 굳은 것처럼 보였다. 단지 바닥을 바라보고 있었다.

"네, 그렇게 하겠어요."

그녀는 고개를 끄덕이며 말했다.

그들과 헤어지기 전 리외는 뭔가 필요한 것이라도 있는지 묻지 않을 수 없었다. 부인은 여전히 말없이 리외를 바라보기만 할 뿐이었다. 그러나 이번에는 판사가 눈길을 피했다.

"없습니다."

오통 씨가 말했다. 그리고 침을 한번 삼키면서 말을 이었다.

"하지만 제 아들을 살려 주십시오."

예방 격리는 처음엔 단순히 형식적인 절차에 불과했지만 리외와 랑베르가 매우 엄격하게 다시 조직했다. 특히 가족끼리도 언제나 서로 떨어져 있을 것을 요구했다. 그들 중 하나가 알지 못하는 사이에 병에 걸렸다고 해도, 그것이 전파될 수 있는 기회는 막아야 했기 때문이다. 리외는 판사에게 그 취지를 설명했고 그도 좋다고 했다. 하지만 부부가 안타깝게 서로를 마주 보고 있는 모양새를 보고, 리외도 그 이별이 얼마나 서로에게 당황스러운지를 느낄 수 있었다. 오통 부인과 어린 딸을 랑베르가 맡고 있는 호텔의 격리소로 보내기로 하였다. 하지만 판사에게는 도청이 시립 운동장에다 도로교통과에서 빌려 온 천막으로 마련한 격리촌밖에는 다른 자리가 없었다. 리외가 그 점에 대해 양해를 구했는데, 오통 씨는 모두가 똑같은 규칙을 적용할 수밖에 없다며 그에 따르는 것이 옳다고 했다.

아이는 병상을 열 개 가져다 놓은, 옛 교실에 설치된 보조 병동으로 이송되었다. 스무 시간이 지났는데, 리외는 상태가 절망적이라고 판단했다. 그 작은 몸은 아무런 저항도 하지 못하고 전염병으로 만신창이가 되어 갔다. 막 생겨난 아주 작은 멍울들이 너무 아파, 가냘픈 사지를 꼼짝하지도 못했다. 이미 진 것이나 다름없었다. 그렇기 때문에 리외는 카스텔의 혈청을 아이에게 시험해 볼 생각을 했던 것이다. 바로 그날 저녁, 식사를 하고 나서 그들은 오랜 시간에 걸쳐 접종을 했지만 아이는 어떤 반응도 보이지 않았다. 이튿날 새벽녘에, 이 결정적일지도 모를 시험이 어떤 결과를 가져올지 지켜보기 위해 모두가 아이 곁으로 모여들었다. 마비 상태에서 깨어난 아이는 이불 속에서 경련하듯 몸을 뒤틀었다. 리외와 카스텔 그리고 타루는 새벽 네 시부터 그의 곁에서 병이 순간순간 어떻게 진행되고 멈추는지를 지켜보 았다. 침대 머리맡에 선 타루의 커다란 몸집이 약간 구부정해 있었다. 카스 텔은 침대 발치에 서 있는 리외 곁에 앉아 완전히 초연한 모습으로 오래된 서적을 뒤적이고 있었다. 차츰, 옛 학교의 교실 안으로 햇살이 번져 드는 것 과 때맞추어 다른 사람들이 도착했다. 먼저 파늘루가 도착하여 타루와 침대 를 사이에 두고 벽에 기대어 섰다. 얼굴에는 고통스러운 표정이 비쳐 있었 고, 혼신을 다해 힘써 온 지난 며칠간의 피로가 핏줄이 곤두선 그의 이마에 주름을 그어 놓았다. 이번엔 조제프 그랑이 도착했다. 일곱 시였는데, 그 시 청 직원은 헐떡거려서 미안하다며 사과를 했다. 그는 오래 머물러 있을 수 없다면서, 뭔가 알게 된 것이 있느냐고 물었다. 리외는, 아무 말도 못하고 두 눈을 감은 일그러진 얼굴로, 꼼짝 못한 채 있는 힘을 다해 이를 악물고는, 베갯잇도 없는 기다란 베개 위로 고개만 연신 좌우로 돌리고 있는 아이를 가리켰다. 방 한구석에 그대로 걸려 있는 흑판 위에 오래 전에 적어 둔 방정 식이 보일 만큼 날이 완전히 밝았을 때, 랑베르가 도착했다. 그는 옆 침대 발치에 기대어 서서 담배를 꺼냈다. 하지만 아이를 한번 쳐다보고 나서는 담배를 주머니에 도로 넣었다.

카스텔은 앉은 채로 안경 너머의 리외를 바라보고 있었다.

"아이 아버지 소식은 있나요?"

"아니요. 지금 격리 수용 중이니까요."

리외가 말했다.

리외는 아이가 신음하고 있는 침대의 난간을 꽉 움켜쥐었다. 갑자기 뻣뻣해져서 다시 이를 악물고 허리를 뒤틀며 팔다리를 벌리고 있는 어린 환자에게서 눈을 떼지 않았다. 군용 모포 아래 벌거벗은 작은 몸에서 모직 냄새와 함께 시큼한 땀 냄새가 올라왔다. 아이는 조금씩 몸이 늘어지더니 팔다리를 침대 가운데로 모으고는, 여전히 눈을 감고 입을 다문 채 숨만 더 가쁘게 쉬고 있었다. 리외와 타루의 시선이 마주쳤으나 타루는 눈길을 피했다.

몇 달 전부터 계속된 그 무서운 병이 사람을 가리는 것이 아니었기에 그들도 어린아이들이 죽는 것을 이미 보았으나, 이날 아침처럼 시시각각으로 번져 가는 아이의 고통을 좇아가며 지켜본 적은 없었다. 물론 죄 없는 그 아이들에게 가해지는 고통은 언제나 있는 그대로의 모습으로, 다시 말해 절대 말이 되지 않는 일로 그들 눈에 비쳐 왔다. 적어도 지금까지는 어떤 의미에서 추상적으로만 있을 수 없는 일이라고 느꼈을 뿐이었다. 죄 없는 존재가 죽어 가며 느끼는 고통을 그렇게 오랫동안, 그렇게 똑똑히, 눈앞에서 목격한 적이 없었기 때문이었다.

바로 그 아이가, 마치 누가 배를 물어뜯기라도 한 듯, 가냘픈 신음을 내뱉으며 다시 몸을 구부리고 있었다. 그 가느다란 몸뚱이가 페스트의 광풍에 휘어지고 고열을 품은 쉴 새 없이 불어오는 뜨거운 바람에 꺾어지기라도 한 듯, 아이는 오한과 발작적인 소스라침으로 동요하며 한참 동안이나 몸을 접은 채로 있었다. 한 차례 광풍이 지나가자 아이의 몸은 좀 이완되었고, 신열이 물러가는 듯하면서 독기가 스민 축축한 모래사장에 헐떡거리는 몸을 누인 것 같았는데, 그 휴식조차 이미 죽음과 닮아 있었다. 세 번째로 타는 듯한 열기가 밀려와 아이의 몸을 살짝 들어 올리자, 다시 움츠린 아이는 자신을 불사르는 불길에 질려 침대 한구석으로 바싹 붙어서는, 담요를 집어던지며 미친 듯이 고개를 흔들어 대는 것이었다. 뜨거워진 눈꺼풀 아래로 솟아나는 굵은 눈물이 납빛이 된 얼굴 위로 흘러내렸고, 발작 끝에 탈진한 아이는, 뼈만 앙상한 다리와 사십팔 시간 만에 살이 다 녹아 버린 팔에 경련을 일으키며, 엉망이 된 침대 위에서 십자가에 못 박힌 것처럼 기이한 자세를 취하고 있었다.

타루가 몸을 굽혀서, 그의 투박한 손으로 눈물과 땀이 범벅이 된 그 조그만 얼굴을 닦아 주었다. 얼마 전부터 카스텔은 책을 덮고 어린 환자를 바라보고 있었다. 그는 입을 열었으나 갑자기 이상한 목소리가 튀어나와 기침을 하고서야 말을 이을 수 있었다.

"아침에 보이는 일시적인 해열도 없었죠, 리외?"

리외는 없었다고 대답하면서, 하지만 아이가 보통의 경우보다 더 오래 버티고 있다고 말했다. 벽에 기댄 몸이 좀 처져 있는 파늘루가 어렴풋이 말했다.

"죽을 거라면, 고통만 더 오래 겪는 셈이지."

리외는 갑자기 그를 향해 몸을 돌려 무언가를 말하려 하다가 입을 닫았다. 자제하려고 애쓰는 빛이 역력한 채로 다시 아이를 바라보았다.

햇빛이 그 교실 안으로 한가득 들어왔다. 다른 다섯 개의 침대에서 형체들이 허공을 휘저으며 신음 소리를 냈는데 약속이라도 한 듯이 하나같이 차분했다. 교실 맞은편 끝에서 고함을 치는 유일한 사람이 있었는데, 고통이라기보다는 놀라움을 표현하는 듯한 작은 외침들이 규칙적으로 새어 나왔다. 그것은 병 초기의 공포는 아닌 것 같았는데, 환자들도 그렇게 생각하는 것 같았다. 그들이 병을 받아들이는 태도에는 이제 일종의 암묵적인 동의 같은 것이 있는 것으로 보였다. 단지 그 아이만이 혼자서 온 힘을 다해 싸우고 있었다. 리외는 이따금씩 아이의 맥박을 쟀는데, 실은 그럴 필요가 있어서가 아니라 꼼짝하지 못하는 무력감에서 벗어나기 위한 것이었다. 눈을 감으면 아이의 뛰는 맥박이 자신의 요동치는 피와 뒤섞이는 것처럼 느껴졌다. 그러면 그는 사형선고를 받은 아이와 한 몸이 된 것 같아, 아직 성한 자신의 온힘을 다해 지켜주고자 애를 썼다. 그러나 그 두 심장의 박동은 일 분가량만 일치했을 뿐, 곧 어긋나기 시작해 아이는 점점 뒤쳐져 가고 그의 노력도 허사가 되고 마는 것이다. 그러면 그는 그 가느다란 손목을 놓고 자리로 돌아가곤 하였다.

회칠을 한 벽을 따라서 햇빛이 장밋빛에서 노란빛으로 변해 갔다. 더위를 머금은 아침이 유리창을 두드리고 있었다. 그랑이 떠나면서 다시 오겠다는 말을 남겼으나, 누구의 귀에도 잘 들리지 않았다. 모두가 기다리고 있었다. 여전히 두 눈을 감고 있는 아이는 좀 잠잠해진 것 같았다. 짐승의 발톱같이 되어 버린 두 손은 침대의 옆면을 힘없이 긁적거렸다. 손을 다시 올려 무릎 근처의 담요를 긁다가, 갑자기 아이는 무릎을 굽혀 허벅지를 배 쪽으로 갖다 대고는 움직이지 않았다. 처음으로 두 눈을 뜬 아이는 자기 앞에 서 있는 리외를 바라보았다. 이제는 잿빛의 찰흙처럼 굳어 버린 얼굴의 움푹 파인 곳에서 입이 벌어졌다. 그와 거의 동시에 비명이 아주 길게 새어 나왔는데 호흡은 거의 느껴지지 않았다. 단조롭고 불협화음 같은 무언의 항의로 그 공간을 가득 채워 버린 아이의 갑작스런 비명, 인간의 소리라기엔 너무도 이상하여 마치 세상 모든 인간에게서 동시에, 한꺼번에 터져 나오는 것만 같았다. 리외는 이를 악물었고 타루는 고개를 돌렸다. 랑베르는 카스텔 근처의 침대 가까이로 다가갔고 카스텔은 무릎에 펼쳐져 있던 책을 덮었다. 파늘루는 병으로 더럽혀진 아이의 입, 모든 세대에서 들려오는 비명이 가득 차 울려 퍼지는 그 입을 바라보았다. 그가 슬며시 무릎을 꿇고 나직한 소리로, 그러나 뒤쪽에서 누군가 끊임없이 내뱉는 탄식에도 불구하고 똑똑히 들리는 목소리로 다음과 같이 말하는 것을 모두 당연하게 받아들였다.

"하느님이시여, 이 아이를 구하소서."

그러나 아이는 계속해서 비명을 질렀고, 주변의 환자들도 요동을 쳤다. 아까부터 줄곧 반대편 끝에서 규칙적인 소리를 질러 대던 그 환자도 탄식의 속도가 점점 빨라지더니 급기야 제대로 된 비명을 지르기 시작했고, 다른 환자들의 신음 소리 또한 커져만 갔다. 흐느낌의 물결이 그 방 안으로 밀려들어 파늘루의 기도 소리를 뒤덮어 버렸고, 리외는 침대 난간 막대에 매달린 채 피로와 환멸감에 젖어 두 눈을 질끈 감았다.

그가 다시 눈을 떴을 때 타루가 그의 곁에 와 있었다.

"난 가 봐야겠어요. 더 이상 참을 수가 없어요."

리외가 말했다.

그런데 갑자기 다른 환자들이 잠잠해졌다. 리외는 아이의 비명이 잦아든 것을 깨달았는데, 소리가 점점 더 작아지더니 이내 멈추고 말았다. 그를 둘러싸고 다시 탄식 소리가, 이번에는 나지막하게, 방금 끝을 본 싸움이 먼 곳으로 울려 보낸 메아리처럼 들려왔다. 싸움이 끝난 것이었다. 카스텔은 침대 맞은편으로 가서 이제 끝났다고 말했다. 입을 벌린 채 아이는 헝클어진 담요의 움푹 팬 부분에 가만히 누워 있었고, 눈물 자국이 남은 얼굴에, 몸은 갑자기 더 작아진 것처럼 보였다. 파늘루가 다시 침대로 다가가서 강복의 몸짓을 했다. 그러고는 옷깃을 여미고 중앙 통로를 지나 밖으로 나갔다.

"모든 걸 다시 시작해야 하나요?"

타루가 카스텔에게 물었다.

늙은 의사는 고개를 끄덕였다.

"아마도요. 아무튼 아이는 오래 버텼어요."

그는 어색한 미소를 띠었다.

리외는 이미 자리를 떠났는데 심상찮은 얼굴에 너무도 빠른 걸음걸이로 파늘루를 지나쳐 가는 바람에 그는 리외의 팔을 붙잡으며 말했다.

"자, 선생님."

리외는 여전히 흥분한 태도로 몸을 돌리더니 격하게 한마디를 내뱉었다.

"하! 적어도 이 아이만은 아무 죄가 없다는 것을 잘 알고 계실 테죠!"

그리고 돌아서서는 파늘루에 앞서 교실 문을 나가, 학교 운동장 한구석으로 걸어갔다. 그는 먼지로 뒤덮인 작은 나무들 사이 벤치에 앉아 눈 속까지 적시고 있던 땀을 닦았다. 가슴을 짓이기던 지독한 응어리를 풀어 보고자 고함이라도 치고 싶었다. 더위는 무화과나무 가지들 사이로 천천히 내려앉

왔다. 아침의 푸른 하늘이 희뿌연 구름으로 뒤덮여 대기는 한층 더 숨이 막혔다. 리외는 벤치에 아무렇게나 몸을 기댔다. 그는 나뭇가지들과 하늘을 바라보며 호흡을 천천히 가다듬었고 피곤함을 조금씩 되삼켰다.

그의 뒤에서 목소리가 들려왔다.

"왜 그렇게 노여움에 가득 차서 내게 말을 했나요? 내게도 이 광경은 참기 힘들었습니다."

리외는 파늘루를 돌아보고 말했다.

"그래요, 용서하십시오. 피곤이 사람을 이상하게 만드나 봅니다. 이 도시에선 오로지 분노밖에 느끼지 못하는 때가 가끔 있어요."

"이해합니다. 우리 힘으로 어찌할 수 없는 것에 대해선 분노하게 마련이지요. 하지만 우리가 이해할 수 없는 것을 사랑해야 할지도 몰라요."

파늘루가 속삭이듯 말했다.

리외는 몸을 벌떡 일으켰다. 그는 있는 힘과 온갖 격정을 다해 파늘루를 노려보고는 머리를 가로저었다.

"아닙니다, 신부님. 저는 사랑에 대해 다른 생각을 합니다. 어린이들이 고통당하도록 창조된 세계라면 저는 죽는 순간까지 거부할 것입니다."

파늘루의 얼굴에 당황한 기색이 스쳤다.

"아! 선생님, 나는 방금 은총이라는 것이 과연 무엇인지를 깨달았습니다."

신부는 슬픈 목소리로 말했다.

그러나 리외는 다시 벤치 깊숙이 몸을 기대어 앉았다. 다시 엄습한 피로의 바닥으로부터 그는 부드러운 어조로 대답했다.

"제게는 그런 깨달음이 없다는 걸 전 잘 알고 있어요. 하지만 그에 대해서 신부님과 토론하고 싶지는 않습니다. 우리는 신성모독이나 기도를 넘어서, 서로를 이어 주는 무언가를 위해 함께 일하지 않았나요. 단지 그것만이 중요할 뿐입니다."

파늘루는 리외 곁으로 앉았다. 그는 감동한 것 같았다.

"그래요, 맞아요. 당신도 나처럼 인간의 구원을 위해 일하고 있는 겁니다."

그가 말했다.

리외는 웃는 얼굴을 하려고 애를 썼다.

"인간의 구원이란 말은 제게 너무 거창합니다. 거기까지는 모르겠어요. 인간의 건강을 걱정할 뿐, 건강이 우선이죠."

파늘루는 머뭇거렸다.

"선생님."

이렇게 말하고 신부는 입을 다물었다. 그의 이마에도 땀이 줄줄 흐르기 시작했다.

"그럼, 다음에 뵙죠."

신부가 중얼거리고 일어섰을 때 그의 눈은 반짝이고 있었다. 신부가 떠나려 하자, 생각에 잠겨 있던 리외가 일어나서 그에게로 다가섰다.

"다시 용서를 구하겠습니다. 앞으로 그런 일이 없도록 하겠습니다."

파늘루는 손을 내밀고 서글프게 말했다.

"그래도 당신을 설득하진 못했군요!"

"그게 뭐 중요하겠습니까. 제가 증오하는 것은 죽음과 고통이라는 것을 잘 알고 계시잖아요. 신부님께서 원하시든 아니든 간에, 우린 그것을 견디고 그와 싸워 나가기 위해 함께하고 있는 겁니다."

리외는 파늘루의 손을 잡았다.

"그것 보세요. 하느님도 이제 우리를 떼어 놓진 못할 겁니다."

리외가 애써 눈길을 피하며 말했다.

보건대에 참여한 이후로 파늘루는 병원을 떠난 일이 없었고, 페스트가 난무하는 장소에 머물러 있었다. 그는 보건대원들 가운데에서도 자신이 있어야 할 자리라고 여겨지는 곳, 그러니까 최전선에 있었다. 죽음의 광경을 보지 않을 수 없었다. 원칙으로 그는 혈청 주사를 맞아 안전하지만 자신도 죽을 수 있다는 생각이 낯설지는 않았다. 겉으로 보기에 그는 항상 냉정을 잃지 않았다. 그러나 아이가 죽는 모습을 오랫동안 지켜본 그날 이후로 그는 변한 것 같았다. 그의 얼굴에서 점점 더 긴장감이 엿보였다. 그리고 그가 리외에게 미소를 지으며 '사제가 의사에게 진찰을 받을 수 있는가?'라는 제목의 소논문을 준비하고 있다고 말한 날, 리외는 평소 파늘루가 하는 말보다 뭔가 심각한 것이 있다는 인상을 받았다. 리외가 그 논문의 내용을 알고 싶다고 하자, 파늘루는 남성들이 모이는 집회에서 설교할 때 적어도 그중 몇 개의 주제를 소개할 것이라고 말해 주었다.

"선생님이 그때 오셨으면 합니다. 그 주제에 관심이 있으실 테니."

신부는 바람이 심하게 부는 어느 날 그의 두 번째 설교를 했다. 사실을 말하자면 청중석은 첫 번째 설교 때보다 드문드문했다. 그것은, 그런 장면이 이제 시민들에게 더 이상 새로운 관심거리가 되지 못하기 때문이었다. 도시 전체가 겪고 있는 고난의 상황에서 '새로움'이라는 말조차 그 빛을 잃어버린 것이다. 게다가 사람들 대부분은, 종교적인 의무를 완전히 저버리거나 그것을 철저히 부도덕한 사생활로 덮어 버리진 않았으나, 일상적인 신앙 행위 대신 비이성적인 미신에 몰두하는 것이었다. 미사에 참석하기보다 수호 메달을 목에 걸거나 성 로크의 부적을 지니고 다니는 것에 더 열심이었다.

예언서에 대한 무절제한 원용을 그 예를 들 수 있을 것이다. 사실 봄까지만 해도 사람들은 병이 언젠가는 물러가기를 기대하면서도 아무도 다른 사람에게 정확히 언제쯤 그 끝을 볼 수 있을지 묻지 않았는데, 그것은 페스트가 그렇게 오래 갈 줄 예상하지 못했기 때문이었다. 하지만 시일이 지나면서 그 불행이 끝나지 않을지도 모른다는 걱정을 하기 시작했고, 그와 동시에 병의 종말이야말로 모든 희망의 대상이 되었던 것이다. 그러면서 옛 점성술사나 가톨릭 성자들이 쓴 예언서가 돌아다니기 시작한 것이었다. 시내의 인쇄업자들은 그런 심리를 이용해서 한몫 챙길 수 있겠다는 생각을 재빨리 했고, 시중에 돌아다니는 책들을 대량으로 찍어 내서 배포했다. 대중의 지칠 줄 모르는 호기심을 눈치챈 그들은 시립 도서관들을 뒤졌고, 야사들을 짜내어 찾아낸 그런 종류의 증언들을 시중에 퍼뜨렸다. 역사 속에서 그런 예언들을 더 이상 찾아내지 못하게 되자, 신문기자들에게 주문하여 그런 내용을 쓰도록 했는데, 그들은 지난 세기의 선배들 못지않게 그 분야에서 탁월했다.

그중 어떤 예언들은 신문에 연재되기까지 했는데, 그에 대한 사람들의 호기심이란 건강하던 시절에 염문 이야기를 읽던 열성보다 더하면 더했지 못하진 않았다. 그들 중 어떤 것들은 그 해의 연도나 사망자 수, 혹은 페스트 아래서 지난 달의 숫자 따위를 이용한 기이한 계산에 근거하기도 했다. 또 어떤 이들은 역사 속에 가혹하게 기록된 페스트와 흡사한 점(그것을 예언서 는 '불변의 상수'라고 불렀다)을 들어 비교하기도 했는데, 그것 역시 이상한 계 산에 의지했으며, 그를 통해 현재의 상황에 비추어 본 가르침을 발견했다고 주장하기도 했다. 하지만 대중들이 그 무엇보다 흥미로워하는 것은, 묵시록 의 어조로, 바로 이 도시 얘기라고 해도 무방할 일련의 사건들을 예고하는 것이었는데, 그것은 실은 너무도 복잡해서 어떻게 해석을 해도 상관없을 법 했다. 사람들은 노스트라다무스와 성 오딜 따위를 매일같이 들먹였고 항상 효과가 있었다. 그런데 모든 예언에 공통되는 것은, 항상 사람을 안심시키는 것으로 끝맺는다는 것이었다. 다만 페스트만은 그렇지 않았다.

그렇게, 이런 미신들이 우리 시민들에게 종교의 역할을 대신하고 있었기에, 파늘루의 설교가 있었던 성당의 좌석이 사분의 삼밖에 차지 않았던 것이다. 설 교가 있던 날 저녁, 리외가 도착했을 때는, 입구의 덜거덕거리는 문틈으로 스 며든 바람이 청중들 사이를 여기저기 헤집고 다니고 있었다. 냉랭하고 조용한 성당에 오직 남성 청중들만 모여 있는 가운데, 리외는 자리를 잡고 앉아 신부 가 설교대로 올라가는 것을 보았다. 그는 첫 설교에 비해 부드럽고 신중한 어 조로 말을 했는데, 이야기 중 여러 번에 걸쳐 청중들은 어떤 머뭇거림을 눈치 챘다. 더 이상한 것은, 그가 더 이상 '여러분들'이라고 하지 않고 '우리들'이라 는 말을 사용했다는 점이다.

하지만 그의 목소리는 점점 더 단호해져 갔다. 그는 먼저, 페스트가 여 러 달 동안 우리 곁에 있었으며, 그 병이 우리 식탁에, 우리가 사랑하는 이들의 침대 머리맡에 자리하고, 우리 곁에서 걸어 다니며 직장에서 우리가 오기만을 기다리고 있는 것을 무수히 많이 보았으니, 우리도 이제는 그 병을 더 잘 알고 있다는 것, 그러므로 페스트가 우리에게 끊임없이 전하고 있었던 메시지를, 처음에는 놀란 나머지 그것을 귀 기울여 듣지 못했을지 모르나, 지금은 더 잘 받아들일 수 있을 것이라는 지적으로 설교를 시작했다. 지난번에 파늘루 신부가 바로 이 자리에서 설교한 내용은 여전히 진실이다, 혹은 적어도 그것이 그의 신념이었다. 그러나 누구나 그래 본 적이 있듯이, 그는 가슴을 치고 후회했으며 아마도 여태 후회하고 있는데, 그때는 아무런 자비심 없이 생각하고 설교를 했던 것이다. 하지만 모든 것에서는 늘 배울 것이 있다는 것 또한 사실이다. 기독교도는 가장 가혹한 시련에서조차 얻는 것이 있다. 바로 그것이 여기서 기독교인들이 정말 추구해야 하는 은혜이며, 어떤 것을 얻을 수 있는지, 어떻게 그것을 찾을 수 있는지를 생각해야 한다는 것이었다.

그 순간, 리외 주변에 있던 사람들은 팔걸이 사이에 깊숙이 몸을 기대며 가능한 한 편한 자세를 취하고자 애를 썼다. 쿠션을 덧댄 입구의 문들 중 하나가 조용히 덜거덕거렸다. 누군가가 일어나서 문을 붙잡고 있었다. 리외는 이 움직임에 정신이 팔려 다시 말을 이어 가는 파늘루 신부의 설교를 듣는 둥 마는 둥 했다. 대강의 요지는 페스트로 인해 벌어지는 사태를 논리적으로 설명하려 하지 말고, 그로부터 배울 수 있는 것을 배우고자 노력해야 한다는 것이었다. 리외는, 신부의 설교에 따르면 설명할 수 있는 것은 아무것도 없다고 이해했으나 확실하진 않았다. 파늘루가, 신에 뜻에 따라 우리가 이해할 수 있는 것이 있는 반면, 어떤 것은 이해할 수 없다고 힘주어 말했을 때 리외는 귀가 솔깃했다. 세상에는 분명히 선과 악이 있고 그 둘은 보통 쉽게 구분이 된다. 하지만 문제가 되기 시작하는 것은 바로 악의 내부에 있다. 예를 들어 명백히 필요한 악이 있고 명백히 불필요한 악이 있다. 지옥에 빠진 돈 후안과 어린아이의 죽음이 있다. 탕아가 벼락을 맞는 것은 당연하지만 아이의 죽음은 이해할 수 없는 것이다. 그런데, 사실인즉, 어린이의 고통과 그 고통이 가져오는 끔찍함, 그리고 그 고통을 설명해 주는 이유를 찾아내는 것보다 더 중요한 것은 세상에 없다. 삶의 나머지 부분에서는 신은 우리에게 모든 것을 용이하게 해 주시며, 거기까지는 종교가 큰 의미가 있는 것은 아니다. 하지만 여기서는 반대로, 우리를 막다른 골목으로 밀어 넣고 있다. 우리는 그렇게 페스트의 장벽 아래 놓여 있으며, 그 죽음의 그림자 속에서 은혜를 찾아야 한다. 그런데 파늘루 신부는 자신에게 주어진 특권, 쉽게 그 벽을 기어오를 수 있는 기회마저 거부한다는 것이다. 아이를 기다리고 있는 영원한 희열이 그의 고통을 보상해 줄 것이라고 말하는 것은 쉬운 일이겠으나, 실은 자신은 그에 대해 전혀 아는 바가 없다. 영생의 기쁨이 한순간 인간의 고통을 보상해 줄 수 있다고 누가 확실히 말할 수 있는가. 자신들이 섬기는 주님이 온몸과 영혼에 고통을 받았을진대, 만일 그런 말을 한다면 그는 절대 기독교인이 아닐 것이다. 그렇다. 신부는 막다른 골목에 남아 있을 것이다. 아이의 고통을 눈앞에서 보며 십자가가 상징하는 것처럼 사지가 찢어지는 고통을 충실히 따르면서 말이다. 그리고 오늘 설교를 듣고 있는 이들에게 주저 없이 이렇게 말하고 싶다는 것이다.

"형제 여러분, 때가 왔습니다. 모든 것을 믿거나 모든 것을 부정해야 합니다. 그런데 여러분 중 누가 감히 모든 것을 부정할 수 있겠습니까?"

리외가 신부가 이단으로 가고 있다는 생각을 할 틈도 없이, 파늘루는 그런 명령, 그런 요구를 받는 것이야말로 기독교인의 은총이라고 다시 힘주어 말하고 있었다. 그것이 또한 기독교인의 덕성이기도 하다는 것이다. 신부는 자신이 말하려고 하는 덕성의 과격한 면이 보다 관대하고 전통적인 도덕에 익숙한 사람들에게 충격을 줄 것임을 알고 있다고 했다. 그러나 페스트 시대의 종교는 평범한 일상 속의 종교와 같을 수 없으며, 행복한 시기에는 우리의 영혼이 휴식을 얻고 기쁨을 누리기를 신이 인정하고 심지어 바라기까지 하시지만, 불행이 극에 달했을 때는 영혼 또한 과격한 것이 되기를 원하고 계신다는 것이다. 신은 오늘 자신의 피조물에게 은총을 베푸시어, 그들을 '전체 아니면 무'라는 가장 큰 덕성을 되찾고 받아들여야만 하는 불행 속에 두셨다는 것이다.

지난 세기에 어떤 불경한 작가가 교회의 비밀을 폭로한다면서 연옥 따위는 존재하지 않는다고 주장하였다. 그 주장을 통해 그가 암시하는 바는, 중간이란 없으며 천국과 지옥만이 존재할 뿐, 우리는 각자의 선택에 따라 구원을 받거나 혹은 저주를 받게 된다는 것이었다. 그런데 파늘루에 따르면 그것은 방탕한 영혼만이 생각해 낼 수 있는 이단이라는 것이다. 연옥은 분명히 존재하기 때문에. 하지만 연옥을 기대하기 어려운 시대, 별것 아닌 가벼운 죄를 논하기 어려운 시대가 분명히 존재하며, 그 시대에는 모든 죄가 치명적이며 모든 무관심은 죄가 되어 전체 아니면 무라는 것이다.

파늘루는 말을 멈추었고, 리외는 그 순간 바깥에서 탄식하듯 거세지는 바람이 문 아래로 새어 드는 소리를 더 잘 들을 수 있었다. 바로 그때 신부는 다시 말을 이어 갔는데, 전부를 받아들인다는 덕성은 평상시의 좁은 의미로 받아들여서는 안 되며, 그것은 흔한 체념이나 까다로운 겸허함도 아니라는 것이었다. 그것은 일종의 굴종인데, 굴종하는 사람의 의지가 동반된 굴종이었다. 물론 어린이의 고통은 정신적으로나 감정적으로 굴욕적인 것이다. 그러나 그렇기 때문에 그것을 감내하고 그 안으로 들어가야 하는 것이다. 파늘루는 자신이 하고자 하는 말이 참 말하기 어려운 것인데, 신이 그것을 원하기 때문에 바로 그것을 원해야 한다는 것이었다. 그렇게 기독교인은 아무런 거리낌 없이, 모든 출구가 닫혀 버린 가운데, 근본적인 선택의 끝까지 갈 수 있다. 모든 것을 부정하는 지경에 이르지 않기 위해 모든 것을 믿는 것을 택하게 될 것이다. 멍울이란 인간의 몸이 감염을 물리치는 과정에서 생기는 자연스러운 치유 과정임을 깨닫고 지금 이 순간에도 순박한 여성들이 성당에 가서 '주여, 멍울을 내려 주소서.' 하고 기도하는 것과 같이, 비록 그것을 이해할 수 없다 할지라도, 기독교인은 신의 뜻에 자신의 모든 것을 맡길 줄 알아야 할 것이다. 우리는 '이것은 받아들일 수 있지만, 저것은 받아들일 수 없어.'라고 할 수는 없으며, 우리에게 주어졌으나 받아들일 수 없는 것의 핵심을 향해 뛰어듦으로써, 바로 우리 스스로 선택을 하게 될 것이다. 아이들이 겪는 고통은 우리에겐 쓰디쓴 빵이지만, 그 빵이 없다면 우리의 영혼은 영적인 배고픔으로 죽어 갈 것이다.

　여기서 파늘루 신부가 말을 멈출 때면 으레 새어 나오던 웅성거림이 들리기 시작했는데, 갑자기 신부는 청중들을 대신해 묻는다는 듯한 표정으로 '그렇다면 우리는 대체 어떻게 해야 합니까?' 하고 힘주어 말을 이었다. 짐작하건대 사람들은 숙명론이라는 그 끔찍한 단어를 입에 올릴 것이다. 그렇다면 그도 마다하지 않겠는데 단, 그 말 앞에 '능동적'이라는 형용사를 붙일 수 있다면 말이다. 다시 말하지만, 그가 지난번에 얘기한 아비시니아의 기독교인을 따라 해서는 안 될 것이다. 또한, 신이 내린 그 병에 대항하는 불신자들에게 페스트를 내려 주십사고 하늘을 향해 큰 소리로 기도하며 기독교인 보건대원들에게 입던 옷을 벗어 던지던 페르시아의 페스트 환자들은 흉내 낼 생각조차 말아야 한다는 것. 반대로, 지난 세기에 전염병이 유행할 때, 영성체를 하면서 병균이 잠복해 있을지 모르는 축축하고 따뜻한 입술과의 접촉을 피하고자 핀셋으로 성체를 집어 주던 카이로의 수도사를 모방해서도 안 될 것이다. 페르시아의 페스트 환자들과 카이로의 수도사들은 똑같이 죄를 지은 것이다. 전자로 말하면 어린이의 고통을 전혀 생각하지 않은 것이고, 후자로 말하자면 반대로 고통에 대한 인간적인 두려움이 모든 것을 압도해 버린 경우이다. 두 경우 다, 중요한 문제를 비껴간 것이다. 그들 모두 신의 목소리에 귀를 막았다. 이밖에 파늘루가 상기시키고자 하는 다른 경우들도 있었다. 마르세유를 휩쓸었던 페스트에 관한 기록에 의하면 메르시 수도원의 여든한 명의 수도사 가운데 네 명만이 살아남았다. 그 넷 중 세 명은 도망을 친 것이었다. 기록자들은 거기까지만 적고 있는데 그 이상을 말하는 것은 그들의 일이 아닌 까닭이었다. 하지만 그 내용을 읽으면서 파늘루 신부의 생각은 일흔일곱의 시체들과, 특히 도망친 세 동료들을 떠나보내고, 혼자 남은 단 한 사람의 수도사에 미친 것이다. 신부는 설교단의 가장자리를 주먹으로 내려치면서 외쳤다.

"형제들이여, 혼자 남은 한 사람이 될지어다!"

재앙으로 혼돈에 빠진 이 사회가 채택한 현명한 질서와 예방책들을 거부하라는 것은 아니었다. 무릎을 꿇고 모든 것을 포기하라고 설교하는 도덕가들의 말을 들어서도 안 된다. 어둠 속에서 손을 더듬어 조금씩 앞으로 나아가며 선을 행하고자 노력해야 하는 것이다. 그것말고는, 모든 것을 신의 뜻에 맡기어 그것이 아이들의 죽음일지라도 받아들일 것이며 개인적인 구원을 찾아 나서서는 안 되는 것이다.

이 대목에서 파늘루 신부는 마르세유에 페스트가 유행했을 때 높은 위치에 있었던 벨쥉스 주교를 상기시켰다. 전염병이 막바지에 다다른 시기에 주교는 자신이 할 수 있는 일을 다 하고 더 이상 어찌할 도리가 없다는 생각에, 먹을 것을 준비해서 집에 담을 쌓고 틀어박혔다. 주교만을 믿고 따랐던 시민들은, 고통이 극에 달하면 감정이 격화되듯, 주교에게 분개하여 그에게 병을 옮기려고 집을 시체로 에워쌌으며, 더 확실히 그가 죽기를 바라는 마음에 벽 너머로 시체를 던지기까지 했다. 이처럼 마지막 순간에 급격하게 약해진 주교는 그 죽음의 세계 속에서 고립되어 있다고 믿었으나, 결국 시체들이 하늘에서 머리 위로 떨어져 내리고 만 것이었다. 우리도 그와 같을지니, 페스트 속에서는 고립된 섬이란 존재하지 않는다는 것을 명심해야 할 것이다. 그렇다. 중간이라는 것은 없다. 신을 증오하거나 혹은 사랑하거나 둘 중에 하나를 선택을 해야 하므로, 우리는 인정하기 어려운 것마저도 받아들여야 하는 것이다. 그런데 누가 감히 신을 증오하는 편을 택하겠는가.

파늘루는 결론을 내리겠다며 이렇게 말했다.

"형제 여러분, 신의 사랑은 몹시 어려운 사랑입니다. 자기 자신을 완전히 내려놓고 사사로움을 돌보지 않을 것을 전제로 합니다. 하지만 오로지 그 사랑만이 어린아이들의 고통을 지울 수 있으며, 그것만이 그 죽음을 필연적인 것으로 만들 수 있습니다. 왜냐하면 그 죽음을 이해하는 것은 불가능하며 우리는 단지 그것을 필요로 할 수 있을 뿐이기 때문입니다. 이것이 여러분과 함께 나누고자 한 어려운 가르침인 것입니다. 이것이야말로 인간의 눈에는 잔인하지만 신이 보시기에 결정적인 믿음이며, 우리는 거기에 다가가야 하는 것입니다. 우리는 이 무시무시한 이미지에 다가서야 합니다. 그 꼭대기에서 모든 것은 서로 뒤섞이며 동등해질 것이고, 눈으로 보기에 정의롭지 못한 것에서 진리가 솟아오를 것입니다. 그렇게 해서 프랑스 남부의 많은 성당에서 수 세기 전부터 페스트 환자들이 설교대의 포석 아래 잠들어 있으며, 사제들은 그 무덤 위에서 설교를 하고, 그들이 전파하는 정신은 어린아이들의 죽음마저 그 일부를 이루는 죽음의 재로부터 피어나는 것입니다."

리외가 밖으로 나왔을 때 거센 바람이 반쯤 열린 문 사이로 밀려들어 와 신자들의 얼굴을 정면으로 후려쳤다. 바람은 비의 냄새, 젖은 보도의 냄새를 성당 안으로 실어 와서 그들이 나오기도 전에 도시의 모습이 어떠한가를 짐작하게 해 주었다. 리외 앞에는, 막 성당에서 나오던 한 늙은 신부와 젊은 부사제가 바람에 날리는 모자를 붙잡느라 애를 먹고 있었다. 나이 든 신부는 그러면서도 방금 전 설교에 대한 평을 멈추지 않고 있었다. 그는 파늘루의 호소력 있는 웅변술을 칭찬했으나 설교 내용에 담긴 도발적인 생각에 대해서는 우려를 나타냈다. 그는 평가하기를, 그 설교가 강인함보다는 불안감을 드러내고 있으며 파늘루 나이의 사제라면 그래서는 안 된다고 했다. 젊은 부사제는 바람에 맞서 고개를 숙인 채로, 자신이 파늘루를 자주 만나서 그의 사상이 어떻게 변해 왔는지 잘 알고 있는데, 그의 논문은 보다 도발적이어서 분명히 출판 허가를 얻지 못할 것이라고 말했다.

"그의 사상이란 게 대체 뭔가?"

늙은 신부가 말했다.

그들이 성당 앞뜰에 이르자 바람이 요란한 소리를 내며 그들을 에워쌌고 젊은 부사제의 말을 가로막았다. 그가 말을 할 수 있게 되자 다만 다음과 같이 말했다.

"사제가 의사에게 진찰을 받는 것은 모순이란 말입니다."

파늘루의 설교 이야기를 자신에게 전한 리외에게 타루는, 전쟁 중에 눈알이 빠져 버린 한 청년의 얼굴을 보고 신앙을 잃은 어떤 신부를 알고 있다고 말했다.

"파늘루가 옳아요. 죄 없는 사람이 눈을 잃었을 때 기독교인은 신앙을 잃거나 빠져 버린 눈알을 받아들이거나 해야겠죠. 파늘루는 신앙을 잃길 원하지 않으므로 갈 데까지 가는 거예요. 그런 뜻이었을 겁니다."

타루가 말했다.

타루의 이런 의견이 나중에 올 불행한 사건들 그리고 당시 주변 사람들에게 불가해하게 보였던 파늘루의 행동을 이해하는 데 조금이나마 도움이 될 것인가. 그에 대해서는 각자 판단해 보기 바란다.

설교가 있고 나서 얼마 후, 파늘루는 이사 준비를 하느라 바빴다. 페스트 때문에 사람들이 끊임없이 이사를 하던 시기였다. 타루가 호텔을 떠나 리외의 집에 머물러야 했던 것처럼, 파늘루 신부도 교구에서 배정해 준 아파트를 떠나, 아직 페스트에 걸리지 않은 한 나이 든 신도의 집에 머물러야 했다. 이사를 하는 동안 신부는 피로와 불안감이 점점 더 커지는 것을 느꼈다. 그가 집주인의 존경을 잃은 데는 그런 이유도 있었다. 그녀가 성 오딜의 예언이 썩 잘 들어맞는다고 열렬히 자랑하자, 물론 피곤한 탓도 있겠지만 신부는 가벼운 짜증을 냈던 것이다. 이후 적어도 부인의 중립적인 호의라도 얻어 볼까 하는 요량에 노력을 좀 해 보았으나 소용이 없었다. 이미 나쁜 인상을 남기고 만 것이다. 그래서 매일 저녁, 거실에 앉아 있는 안주인의 뒷모습을 멍하니 바라보다가, '안녕히 주무세요, 신부님.'이라고 뒤도 돌아보지 않고 쌀쌀맞게 내뱉는 밤 인사를 떠올리며, 뜨개질한 레이스 더미들이 넘쳐나는 방 안으로 들어가곤 했던 것이다. 바로 그러던 어느 날 저녁, 신부가 자려고 눕는 순간, 머리가 지끈거리고 며칠 전부터 기미가 있었던 미열이 손목과 관자놀이에 치밀어 오르는 것을 느꼈다.

그 다음에 벌어진 일은, 안주인이 전하는 말을 통해 알려진 것밖엔 없다. 여느 때처럼 부인은 일찍 일어났다. 시간이 지났는데도 신부가 방에서 나오지 않는 것을 이상히 여긴 부인은 한참을 망설인 끝에 그의 방문을 두드리기로 결심을 했다. 그녀가 들어가 보니 신부는 밤새 한숨도 못 자고 아직 누운 채였다. 그는 숨 막혀 했으며 평소보다 얼굴이 상기되어 있었다. 그녀의 표현에 따르면 신부에게 공손하게 의사를 부르는 게 어떠냐고 제안했으나, 그가 거절했는데 어찌나 거세게 반발을 하던지 기분이 불쾌할 정도였다고 한다. 결국 부인은 포기하고 방에서 나올 수밖에 없었다. 신부는 잠시 후에 벨을 눌러 부인을 불렀다. 그는 부인에게 좀 전에 성질을 낸 일을 사과하고는, 절대 페스트일 리가 없으며 그 어떤 징후도 느끼지 않았고 단지 일시적인 피로일 뿐이라고 말했다. 노부인은 점잖게 대답하길, 의사를 부르자는 제안은 그런 뜻에서가 아니었으며, 어차피 신의 손에 달린 자신의 안전에 대해서는 아무런 생각이 없으며, 단지 자신에게도 어느 정도의 책임이 있는 신부님의 건강을 생각했을 뿐이라고 말했다. 하지만 신부는 말이 없었고, 집주인은, 본인의 말에 따르자면 자기 의무를 다하고자 하는 생각에서, 다시 의사를 부르자고 제안을 했다. 그러나 신부는 또 한 번 거절하면서 그 이유를 설명했는데, 부인은 그 말을 잘 알아듣지 못했다는 것이다. 자신의 원칙에 위배된다는 이유에서 신부가 의사의 진찰을 거절했다는 것을 부인은 알아들은 것 같은데, 바로 그 점이 그녀는 이해가 가지 않는다고 했다. 결국 부인은 몸에 열이 높아서 신부가 머리가 이상해진 것으로 결론짓고 탕약을 가져다주는 데 만족해야 했다.

이런 상황에서 할 일을 제대로 다해야겠다고 결심한 집주인은, 매 두 시간마다 환자의 상태를 살폈다. 그녀를 가장 놀라게 한 것은 신부가 하루 종일 쉴 없이 몸부림을 친 것이었다. 담요를 걷어찼다가는 다시 끌어오고, 젖은 이마에 손을 계속 갖다 대는가 하면, 몸을 일으켜 숨이 막힐 듯이 쉰 소리로 잦은 기침을 토해 내는 것이 온몸을 쥐어짜는 것처럼 보였다. 그럴 때면 목구멍 깊숙한 곳에서 숨을 막히게 하는 솜뭉치를 꺼내지 못해 안달하는 것 같았다. 그런 발작을 계속하다가는, 완전히 지쳐 버린 채 몸을 뒤로 털썩 눕히는 것이었다. 마지막으로, 다시 반쯤 몸을 일으켜서는 짧은 시간 동안 정면을 응시하는데, 지금까지의 모든 몸부림보다도 더 격렬하게 눈을 부릅뜨는 것이었다. 노부인은 여태껏 환자의 의사에 아랑곳없이 의사를 부를지를 망설이고 있었다. 그렇게 야단법석을 피웠지만, 단순히 열이 나서 발작을 한 것뿐일 수도 있었기 때문이었다.

오후가 되어, 그래도 그녀는 다시 신부에게 말을 걸어 보았는데, 알아듣기 힘든 몇 마디만을 들었을 뿐이었다. 그녀는 다시 제안을 반복했다. 그러자 신부는 몸을 일으켜, 반쯤 숨이 막힌 상태로, 의사는 필요 없노라고 분명히 말하는 것이었다. 그때 집주인은, 다음 날까지 기다려 보고 신부의 상태에 차도가 없다면 랑스도크 통신사가 라디오를 통해 하루에 열 번씩 반복하는 그 번호로 전화를 걸겠다고 다짐을 했다. 자신의 책무를 다하고자 계속해서 주의를 기울이던 여주인은 밤사이에 그의 방에 들락날락하며 상태를 살펴볼 생각이었다. 하지만 그날 저녁 신부에게 새로 끓인 탕약을 가져다주고 나서 잠시 눕는다는 것이, 다음 날 새벽에야 잠에서 깨고 만 것이다. 그녀는 부랴부랴 신부에게 달려갔다.

신부는 꼼짝 않고 누워 있었다. 전날 밤엔 얼굴이 극도로 상기된 상태였는데 이제는 보랏빛을 띠고 있었고 아직 얼굴 모양이 통통한 그대로였으므로 더욱 눈에 띄었다. 신부는 침대 위에 걸려 있는 다채로운 빛깔의 작은 진주 샹들리에에 시선을 고정시키고 있었다. 노부인이 들어서자 그는 그녀에게로 고개를 돌렸다. 안주인에 의하면 그는 간밤에 하도 고생을 해서 어떤 반응도 보일 힘이 없는 것처럼 보였다. 좀 어떠냐고 묻는 그녀의 말에 그는 이상하리만치 무심한 말투로, 상태가 좋지 않으며 의사를 부를 필요는 없고 규칙대로 병원에 이송시켜 달라고 말했다. 겁에 질린 노부인은 전화기로 달려갔다.

정오가 되어 리외가 도착했다. 집주인의 말을 듣고 난 리외는 파늘루의 말대로 이미 늦었다고 대답했다. 파늘루는 여전히 무심한 태도로 그를 맞았다. 리외가 신부를 진찰한 결과, 목구멍이 막히고 호흡이 곤란한 것을 제외하고는 놀랍게도 멍울이 발견되지 않았을 뿐더러, 폐에서도 그 어디에서도, 페스트의 징후는 보이지 않았다. 그러나 맥박이 너무도 약했고 전반적인 상태가 너무 좋지 않아 별 가망이 없어 보였다.

그가 파늘루에게 말했다.

"페스트의 주요 징후는 아무것도 없습니다. 하지만 역시 의심되는 점이 있으니 격리해야 할 것 같습니다."

신부는 공손함을 드러내는 듯한 이상한 미소를 보이더니 입을 다물었다. 리외는 전화를 하러 나갔다가 다시 돌아왔다. 그는 신부를 바라보며 부드럽게 말했다.

"제가 곁에 있겠습니다."

신부는 기운을 차리는 듯했고 의사를 향한 눈길에는 일종의 따스함이 되살아났다. 그리고 가까스로 입을 열었는데 그 어조가 슬픈 것인지 아닌지는 분간하기가 어려웠다.

"감사합니다. 하나 성직자에게는 친구가 없답니다. 모든 것을 신에게 맡긴 몸이니까요."

그는 침대 머리맡에 놓인 십자가상을 달라고 해서 손에 쥐더니 고개를 돌려 그것을 바라보았다.

병원에 가서도 파늘루는 입을 열지 않았다. 그는 모든 치료에 힘없이 몸을 내맡기면서도 십자가만은 손에서 놓지 않았다. 그런데 신부의 증세는 여전히 분명치 않았다. 리외의 머릿속엔 계속해서 의문이 남았다. 페스트인 것 같기도 했고 아닌 것 같기도 했다. 아닌 게 아니라 얼마 전부터 페스트는 진단을 혼란스럽게 만드는 것을 즐기는 것 같았다. 하지만 파늘루의 경우에는 그런 불확실함이 아무런 의미가 없다는 것이 곧 드러났다.

열이 한층 더 올랐다. 기침 소리가 더 거칠어졌고 하루 종일 환자를 고통으로 쥐어짰다. 저녁이 되어서야 겨우 신부는 목구멍에 걸려 있던 솜뭉치를 뱉어냈다. 그것은 빨간색이었다. 고열로 그토록 법석을 떨면서도 파늘루는 무심한 눈빛을 잃지 않았으며, 이튿날 아침 죽은 채로 발견됐을 때, 침대 밖으로 반쯤 몸을 늘어뜨린 그의 눈빛은 아무것도 말하고 있지 않았다. 그의 카드에는 이렇게 적혔다.

사인 불명.

그해 만성절은 여느 때와는 달랐다. 물론 날씨는 시기에 어울렸다. 급작스러운 변화로 늦더위가 단번에 서늘한 공기에게 자리를 내주었다. 예년과 마찬가지로 찬바람이 끊임없이 불어왔다. 커다란 구름들이 지평선 끝에서 끝으로 이동하면서 집들 위로 그림자를 드리웠다. 구름이 지나가고 나면 11월 하늘의 찬 햇빛이 황금색으로 다시 비추었다. 거리에는 그해 첫 레인코트가 등장했다. 고무를 입힌 번들거리는 재질의 옷을 입은 사람들의 수가 눈에 띄게 늘어났다. 실은, 200년 전에 남프랑스에서 페스트가 유행했을 때 의사들이 자신들을 보호하기 위해서 기름을 먹인 옷을 입었다는 보도가 있었다. 상점들은 전염을 피하고자 하는 사람들의 생각을 이용해 철지난 옷들의 재고를 처분할 수 있었다.

　그러나 이런 계절에 관한 소식도, 찾는 사람이 없어 묘지가 텅 비어 있다는 사실을 잊게 할 수는 없다. 예전 같으면 전차는 국화의 흐릿한 향기로 가득했고, 여자들은 친지가 묻힌 장소를 찾아 꽃으로 장식하고자 무리지어 다니곤 했다. 그날은 오랫동안 고립과 망각 속에 있었던 고인을 찾아 위로하는 날이었기 때문이다. 하지만 그해에는 아무도 더는 죽은 이들을 생각하고 싶지 않았다. 실은 이미 너무나 많이 생각했던 것이다. 적당한 회한과 깊은 애수를 안고 그들을 찾아가는 것은 과거의 일이 되었다. 그들은 이제 우리가 일 년에 한 번씩 찾아가서 그동안 소홀했던 것을 사과하는, 방치된 이들이 아니었다. 죽은 이들은, 잊어버리고 싶은 불청객이었다. 그런 이유로 그해의 만성절은, 말하자면 적당히 넘어간 것이었다. 코타르에 의하면 —타루는 그의 말투가 점점 더 냉소적이 되어 간다고 느꼈는데— 하루하루가 죽은 이들을 위한 날인 만성절인 것이다.

실상은 페스트의 불꽃은, 기뻐하듯 화장터에서 매일같이 점점 더 기세 좋게 타올랐다. 날이 가면서 사망자 수가 증가하지 않는 것은 사실이었다. 그러나 페스트는 절정의 상태에 편안히 자리 잡고는, 성실한 공무원처럼 정확하고 규칙적으로 하루 할당량의 살인을 행하는 것이었다. 원칙적으로는, 그리고 전문가들의 의견에 따르면, 그것은 좋은 신호였다. 끊임없이 상승하다가 한곳에 머물러 있는 페스트의 진행 곡선은 예를 들어 의사 리외가 보기에는 아주 위안이 되는 것이었다.

"괜찮은, 아주 훌륭한 그래프야."

그는 이렇게 말했다. 그는 유행병이 소위 말하는 안정기에 달했다고 보고 있었다. 이제는 기세가 약화되는 일만 남은 것이었다. 그는 그것이 카스텔의 새 혈청 덕분이라고 여겼는데, 실제로 어느 정도는 예기치 않았던 성공을 거두었던 것이다. 늙은 카스텔도 그를 부인하지 않았으나, 페스트의 역사를 돌아볼 때 예상할 수 없는 반전이 있는 경우가 종종 있으므로 아무것도 미리 장담할 수는 없다고 했다. 오래 전부터 민심을 안심시키고자 했으나 방법을 찾지 못했던 도청이, 의사들을 모아 놓고 그에 대한 보고서를 작성토록

할 계획이었는데, 의사 리샤르가, 역시 페스트로, 그것도 병세가 안정기에 접어든 바로 그때에 사망하고 말았다.

당국은, 어느 것도 증명해 주는 것은 없지만 분명히 충격적인 이 일을 두고, 초기에 무턱대고 희망적이었던 것과 마찬가지로 이유 없이 비관적이 되었다. 카스텔은 자신의 혈청을 정성을 다해 준비하는 데에만 몰두했다. 어쨌든 이제는 병원이나 격리 시설로 개조되지 않은 공공시설이 거의 없었는데, 도청을 아직 남겨 둔 것은, 어딘가 회합을 할 장소가 필요했기 때문이었다. 비교적 페스트가 안정적인 시기였기도 했지만 리외가 준비한 조직에 일손이 모자라는 일은 없었다. 지칠 대로 지친 의사들과 봉사 요원들은 그보다 더 힘든 노력을 기울일 생각은 하지 않아도 되었다. 그들은, 이렇게 말할 수 있다면, 그 초인적인 노동을 규칙적으로 반복하기만 하면 되는 것이었다. 이미 발생한 바 있는, 폐병 형태의 페스트가 마치 바람이 사람들의 가슴 속에 불을 옮겨 붙여 활활 태우기라도 하듯이 시의 전역에 퍼져 나갔다. 환자는 피를 토하다가 빠른 시간 안에 사망했다. 이 새로운 형태의 유행병으로 전염성이 더 커질 가능성이 있었다. 실은, 그에 대한 전문가들의 의견은 항상 엇갈렸다. 아무튼 안전을 기하기 위해 보건 관계자들은 소독한 가제 마스크를 계속 착용했다. 얼핏 보기에 병은 더 확산되어야 했다. 하지만 멍울을 동반한 페스트의 사례가 감소하였으므로 전체적으로 통계 곡선은 변하지 않았다.

시간이 지나면서 식량 보급의 어려움이 커지자 다른 걱정거리들이 생겨났다. 투기까지 겹쳐서 일반 시장에서 부족을 겪고 있는 기본적인 생필품들의 가격이 천정부지로 솟았다. 부유층에게는 별 부족한 것이 없었으나 가난한 가정들은 매우 고통스러운 상황에 처하였다. 사망자를 낼 때 발휘했던 효과적인 공정성으로 페스트가 시민들을 평등함을 강화시켜 줄 수도 있었겠으나, 실은 그와는 반대로, 인간 본연의 이기심을 자극하여 사람들에게 불의의 감정만을 격화시켰다. 물론 죽음이라는 완전무결한 평등이 남아 있었으나 아무도 그런 평등을 원하지 않았다. 배고픔에 시달리는 가난한 사람들은 더 큰 향수에 젖어, 자유로운 삶을 누리며 값싼 빵을 살 수 있는 이웃 도시와 가까운 시골 마을을 떠올렸다. 논리적이지는 않은 이야기이지만, 자신들에게 식량을 충분히 공급해 주지 못할 바에야 차라리 떠날 수 있도록 해 줘야 한다고 그들은 생각했다. 그래서 마침내 하나의 구호가 유행하여 그것을 벽에 써 붙이거나 도지사가 지나갈 때 외치기도 했다. '빵 아니면 공기를 달라.' 이 풍자적인 구호를 계기로 시위가 일어나기도 했으나 이내 진압되곤 했다. 하지만 모든 이가 그 심각성에는 공감했다.

언론들은 물론 그들에게 내려진 철저한 낙관론의 수칙을 준수했다. 기사들이 상황을 묘사하는 방식은, 시민들이 '침착함과 냉정함의 감동적인 모범'을 보여 주고 있다는 것이었다. 하지만 출입이 통제된 도시에서 비밀이란 아무것도 없었으며 어느 누구도 공동체가 보여 주고 있는 '모범' 따위에 속지 않았다. 그들이 말하는 침착함과 냉정함이 어떤 것인지 정확히 알려면 당국이 설치한 예방 격리소나 격리 수용소에 들어가 보는 것으로 충분했다. 서술자는 다른 일로 바빠서 그곳에 가 보지 못하였다. 그 때문에 부득이 여기서는 타루의 증언을 인용한다.

타루는 그의 수첩에 시립 운동장에 설치된 수용소에 랑베르와 함께 갔던 일을 서술해 놓았다. 운동장은 시의 출입문 아주 가까운 곳에 있었으며 한쪽은 전차가 다니는 길에, 그리고 다른 한쪽은 도시가 건설된 고원 가장자리에 닿아 있는 공터에 면하고 있었다. 그곳은 시멘트 벽으로 높이 둘러싸여, 보초를 네 군데의 문에 세워 두는 것만으로 탈주를 막을 수 있었다. 동시에 그 벽은 외부인들이 호기심에, 불행히도 격리 수용된 이들을 훔쳐보는 것을 막는 역할을 했다. 반면에 수용된 사람들은 보이지도 않는 전차가 지나가는 소리를 하루 종일 들어야 했고, 그 소리보다 더 크게 들리는 사람들의 웅성거림으로 출퇴근 시간을 짐작하곤 했다. 그렇게 그들은, 자신들이 배제된 삶이 바로 몇 미터 밖에서 계속되고 있다는 것을 알고 있었고, 시멘트로 된 벽이 두 개의 서로 다른 행성보다도 더 낯설게 두 세계를 나누고 있다는 것도 느끼고 있었다.

타루와 랑베르는 어느 일요일 오후를 택하여 운동장으로 향했다. 랑베르와 다시 만나게 된 축구 선수 곤잘레스도 동행했는데, 그는 교대로 운동장을 감시하는 일을 맡아 달라는 부탁을 결국 거절하지 못했다. 랑베르는 그를 운동장 관리인에게 소개시켜 주려던 참이었다. 곤잘레스는 두 사람을 만나자 그들에게, 페스트가 유행하기 전 같으면 경기를 시작하기 위해 유니폼을 갈아입을 시간이라고 말했다. 이제 경기장이 수용소로 사용되고 있어서 그런 일은 가능하지 않았고, 곤잘레스는 아무런 할 일이 없어진 기분이었으며, 또 그렇게 보였다. 그것이 그가 주말에만 나오는 조건으로 감시 업무를 하기로 한 이유 중 하나였다. 하늘은 반쯤 구름으로 덮여 있었고, 곤잘레스는 코를 벌름대더니, 비도 안 오고 덥지도 않은 이 날씨야말로 축구 시합을 하기에 딱 적당한 날씨라며 아쉬움을 표했다. 그는 탈의실에서의 파스 냄새며, 꽉 들어차 무너질 듯한 관중석, 갈색 운동장을 수놓는 원색의 유니폼, 휴식 시간의 레몬주스나 타는 목구멍을 천 개의 바늘로 톡 쏘듯 풀어 주는 소다수 따위를 닥치는 대로 회상했다. 덧붙여 변두리의 들쑥날쑥 파인 길을 걸어오는 내내 그 축구 선수는 돌멩이가 눈에 띨 때마다 걷어차곤 했다고 타루는 적고 있다. 그는 하수구 구멍에 돌멩이를 집어 차 넣으려고 했는데, 성공할 때마다 '1 대 0'이라고 했다. 담배를 다 피우고 나서는 꽁초를 앞으로 뱉어 놓고 허공에다 발로 다시 차올리려고 애를 썼다. 운동장 가까이에서 아이들이 가지고 놀던 공이 그들 쪽으로 굴러오자, 곤잘레스는 기어이 공을 잡아차서 정확하게 그들에게 돌려보냈다.

그들은 마침내 운동장에 들어섰다. 관중석은 꽉 차 있었다. 그러나 운동장은 수백 개의 붉은 천막이 들어서 있었고, 멀리서도 천막 속 침구와 보따리들이 보였다. 수용자들이 더위나 비를 피할 수 있도록 관중석은 그대로 두었다. 하지만 해가 지면 천막 안으로 다시 들어가야 했다. 관중석 아래에 샤워 시설을 만들어 놓았고, 예전에 선수들이 탈의실로 사용하던 곳은 사무실과 의무실로 개조했다. 수용자들 대부분은 관중석에 모여 있었다. 다른 사람들은 터치라인 근처에서 서성거리고 있었다. 몇몇은 텐트 입구 쪽에 쭈그리고 앉아 멍하니 주변을 두리번거리고 있었다. 관중석에 주저앉은 사람들은 무언가를 기다리는 것 같았다.

"이 사람들은 낮에 뭘 하고 지내나요?"

타루가 랑베르에게 물었다.

"아무것도 안 하죠."

실상, 거의 모든 사람들이 빈손으로 두 팔을 흔들거리며 앉아 있었다. 이 많은 사람들이 모인 장소치고 이상하리만치 고요했다.

"처음엔 시끄러워서 사람들 말이 들리지 않을 정도였죠. 하지만 며칠이 지나면서 모두 점점 말수가 적어지더군요."

랑베르가 말했다.

타루의 기록에 따르면 그는 그들의 심정을 이해하고 있었다. 그는, 처음에는 그들이 천막에 빽빽이 들어 앉아 파리의 윙윙거리는 소리를 들으면서 몸을 긁적이거나, 이야기를 들어줄 사람이 있을 때는 자신들의 분노나 공포를 고함 치며 토로했다고 적고 있다. 그러나 점점 시설에 사람이 많아지면서 이야기를 들어주는 사람이 없어졌다. 그래서 입을 다물고 경계의 시선을 주고받을 도리밖엔 없었다. 실제로, 붉은 천막촌 위의 잿빛 하늘은 빛나고 있었음에도, 어딘가 모를 불신이 깃든 공기가 떠다니고 있었다.

그렇다. 그들 모두는 경계의 눈빛을 띠고 있었다. 왜냐하면 그들은 다른 사람들과 강제로 격리된 것이었고, 거기에는 이유가 있었는데, 그들은 각자 나름의 이유를 찾으며 걱정에 싸인 얼굴을 하고 있었다. 타루가 쳐다본 사람들은 하나같이 초점 없는 눈빛이었고, 자신들의 삶을 이루던 그 무엇들과의 완전한 결별로 괴로워하는 듯했다. 타루는 이렇게 썼다.

그러나 가장 나쁜 것은, 그들이 잊힌 사람들이라는 것과 그들도 그것을 알고 있다는 사실이다. 그들을 그저 알고 지낸 사람들은 다른 생각을 하느라 그들을 잊었는데 그것은 충분히 이해할 수 있는 일이다. 그들을 사랑하는 사람들은 어떻게 하면 그들을 꺼내 올까 하는 수단을 강구하고 계획을 짜는 데 몰두하느라 그들을 잊고 있었다. 꺼내 오고자 하는 생각에 급급하여 꺼내 와야 할 사람들을 생각할 겨를이 없는 것이다. 그것도 이해할 만하다. 결국, 불행의 막바지에 가서는 아무도 진정으로 누군가를 생각할 수 없다는 것을 알게 되는 것이다. 왜냐하면 누군가를 진정으로 생각한다는 것은, 매 순간, 그 어느 것에도 한눈을 팔지 않고, 집안일이 걱정되어도, 파리가 날아다녀도, 식사 시간에도, 온몸이 가려워도, 그를 생각하는 것을 뜻하기 때문이다. 그러나 파리와 가려움은 늘 존재하는 법이다. 그래서 사는 것이 힘든 것이다. 이들은 그것을 너무도 잘 알고 있다.

소장이 그들에게로 오더니 오통 씨란 분이 찾는다고 말해 주었다. 소장은 곤잘레스를 사무실로 안내하고 나서 나머지 두 사람을 관중석 한구석으로 데리고 갔는데, 혼자 저만치 떨어져 앉아 있던 오통 씨가 일어서서 그들을 맞이했다. 그는 여느 때와 변함없는 차림에 칼라도 역시 빳빳했다. 타루는 그의 관자놀이 쪽 머리털이 평소보다 곤두서 있고 신발 끈 한쪽이 풀려 있는 것을 눈치챘을 뿐이었다. 판사는 피곤한 기색이었고 단 한 번도 상대방을 정면으로 바라보지 않았다. 그는 만나서 반갑다며 의사 리외에게 신세를 많이 졌으니 감사의 말을 전해 달라고 했다.

두 사람은 잠자코 있었다.

"필리프가 너무 힘들어하지 않았기를 바랍니다만."

그는 한동안 뜸을 들이고 나서 말했다.

그가 아들의 이름을 말하는 것을 타루는 처음 들었고, 무언가가 변했음을 감지했다. 태양이 지평선에 걸치면서 구름 사이로 비스듬히 비쳐 오는 햇살이 세 사람의 얼굴을 금빛으로 물들였다.

"아뇨. 아닙니다. 별로 힘들어하지 않았어요."

타루가 말했다.

그들이 자리를 뜬 후에도 판사는 햇빛이 비쳐 오는 쪽을 바라보고 있었다.

그들은 곤잘레스에게 인사를 하러 갔는데 그는 감시 교대표를 들여다보고 있었다. 축구 선수는 웃으며 그들에게 손을 내밀었다.

"적어도 탈의실은 되찾았네요. 그게 어디에요."

잠시 후 소장이 타루와 랑베르를 배웅할 때 관중석에서 지지직거리는 큰 소리가 들려왔다. 보통 때 같으면 경기 결과를 알리거나 선수 소개가 흘러나와야 할 확성기에서, 코맹맹이 소리로, 수용자들은 천막으로 돌아가 배식을 받으라는 안내 방송이 나왔다. 사람들은 천천히 관중석을 떠나 신발을 질질 끌면서 천막으로 되돌아갔다. 그들 모두가 제자리로 돌아가자 기차역에서 볼 수 있는 작은 전기 자동차 두 대가 천막 사이를 다니며 커다란 솥들을 날랐다. 사람들이 팔을 내밀자 두 개의 국자가 두 개의 솥에서 두 개의 식판에 음식을 쏟아 부었다. 그러고 나면 자동차는 다시 움직였다. 다음 천막에서 같은 동작을 되풀이했다.

"과학적이군요."

타루가 소장에게 말했다.

"그렇죠. 과학적이랍니다."

소장은 흡족한 표정으로 악수를 하며 말했다.

황혼이 깃들면서 하늘은 맑아졌다. 부드럽고 신선한 빛이 수용소를 떠돌았다. 저녁의 평온함 속에서 수저와 식기가 부딪는 소리가 여기저기서 들려왔다. 박쥐들이 천막 사이를 푸드득 날아다니다가 갑자기 자취를 감추었다. 벽 너머로 선로를 바꾸는 전차가 굉음을 쏟아 냈다.

"거참 안됐군. 판사를 위해 뭔가를 하면 좋을 텐데, 어떻게 도울 수 있을까?"

타루가 문을 나가며 중얼거렸다.

시에는 이처럼 수용소가 여러 군데 있었으나, 서술자는 꺼려지기도 하거니와 직접적인 정보를 갖지 못한 까닭에 더 이상을 설명하기가 곤란하다. 그러나 그가 말할 수 있는 것은, 그런 수용소의 존재, 거기서 풍기는 사람의 냄새, 해 질 녘 확성기에서 흘러나오는 시끄러운 목소리, 수수께끼 같은 벽들, 버림받은 그 장소에 대한 두려움 따위가 시민들의 마음을 무겁게 짓눌렀으며 사람들의 동요와 불안을 부추기고 있었다는 사실이다. 행정 당국과의 마찰과 갈등은 점점 심해졌다.

11월 말이 되자 아침 날씨가 꽤 추워졌다. 폭우가 쏟아져 도로를 씻었고 하늘을 깨끗이 닦아 반짝이는 거리 위로 구름 한 점 없었다. 강렬함을 잃은 태양이 차갑게 반짝이는 햇살을 아침마다 도시 위로 내렸다. 저녁에는 반대로 공기가 다시 포근해졌다. 타루는 그 시기를 골라서 의사 리외에게 속마음을 조금씩 털어놓았다.

길고 피곤한 하루 일과를 끝낸 어느 날 저녁 열 시경에, 타루는 늙은 천식 환자에게 저녁 회진을 가는 리외를 따라나섰다. 구시가의 집들 위로 하늘이 부드럽게 빛나고 있었다. 가벼운 바람이 소리도 없이 어두컴컴한 네거리를 건너갔다. 조용한 거리를 지나온 두 남자에게 늙은이의 수다가 기다리고 있었다. 그는, 요즘 불만 있는 사람이 있다, 해먹는 놈들만 계속 해먹는다, 그릇을 계속 밖으로 돌리다간 언젠가 깨지고 말 것이다, 그리고 계속 이런 식이라면 아마도 —이 대목에서 그는 두 손을 비볐다— 무슨 소동이 일어나고 말 거라고 떠들어 댔다. 의사가 그를 진찰하는 동안에도 그는 말을 쉬지 않았다.

그들 머리 위로 발소리가 났다. 타루가 의아해하는 것을 보고, 늙은 아내는 이웃집 여자들이 테라스에 나와 있는 것이라고 설명해 주었다. 설명을 들은 그들은 그 위에서 내려다본 전망이 훌륭하며, 테라스들이 서로 연결되어 있어서 동네 여자들이 집 밖으로 나오지 않고도 서로의 집에 왕래할 수 있다는 것을 알게 되었다.

"그래요. 위에 올라가들 보시구려. 공기가 좋답니다."

노인이 말했다.

테라스에는 아무도 없었고 의자만 세 개 놓여 있었다. 한쪽으로는 시선이 닿는 데까지 테라스들이 늘어서 있었고, 그 끝은 컴컴하고 울퉁불퉁한 덩어리와 맞닿아 있었는데, 그것이 첫 번째 언덕임을 알 수 있었다. 반대편으로는 몇몇 거리와 보이지 않는 항구 너머로 하늘과 바다가 맞닿아 요동치고 있는 수평선이 어렴풋이 보였다. 절벽으로 짐작되는 그 너머로는 어디서 오는지 알 수 없는 불빛이 규칙적으로 나타났다가 사라졌다. 해협의 등대가 지난봄부터, 다른 항구로 선회하는 선박들을 위해 계속해서 돌아가고 있었던 것이었다. 바람에 씻겨 깨끗이 빛나는 하늘에는 맑은 별들이 반짝였고, 등대의 먼 불빛이 가끔씩 잿빛을 뒤섞어 주었다. 가느다란 바람이 향료와

돌 냄새를 실어 왔다. 완전한 침묵이었다.

"좋네요. 마치 여기는 페스트가 전혀 올라오지 않은 것 같군요."

리외가 앉으면서 말했다.

타루는 그에게서 등을 돌리고 바다를 바라보았다.

얼마가 지나고 그가 말했다.

"네. 좋네요."

타루는 의사 곁에 자리 잡고 앉아서 찬찬히 그를 바라보았다. 하늘에 불빛이 세 번 밝아 왔다가 사라졌다. 거리 깊숙한 곳에서 그릇 부딪치는 소리가 그들에게까지 들려왔다. 집의 문이 닫히는 소리가 났다.

"리외, 당신은 내가 누구인지 한 번도 알려고 한 적이 없었죠? 나한테 우정을 가지고 계십니까?"

타루가 아주 자연스러운 어조로 말했다.

"그래요. 당신에게 우정을 갖고 있죠. 하지만 지금까지 우리에게 시간이 없었군요."

의사가 대답했다.

"그렇다면 다행이네요. 지금부터 그럼 시간을 가져 볼까요?"

대답 대신 리외는 그에게 미소를 지어 보였다.

"자, 그럼……."

저 너머 어느 거리에선가 자동차가 젖은 도로 위로 오랫동안 미끄러져 달리고 있는 듯했다. 차가 멀어지자 뜻 모를 고함 소리가 다시 멀리서 들려와 침묵을 깼다. 침묵은 하늘과 별의 무게로 두 사람 위에 다시 내려앉았다. 타루는 일어나서 여전히 의자에 깊이 몸을 파묻고 있는 리외의 맞은편 난간에 걸터앉았다. 그의 모습은 하늘을 배경으로 한 육중한 덩어리 형태로 보일 뿐이었다. 그는 긴 시간 동안 말을 했는데, 그의 이야기는 대략 다음과 같았다.

"간단히 말하자면 리외, 나는 이 도시와 전염병을 알기 훨씬 전부터 페스트로 고통을 받아 왔습니다. 이곳에 있는 다른 사람들과 마찬가지란 말인 거죠. 그러나 세상에는 그것이 무엇인지 모르는 사람도 있고, 그 상태로 잘 살고 있는 사람도 있는 반면, 그런 것들을 알면서 거기서 빠져나가 보려고 하는 사람들이 있어요. 난 항상 빠져나가고 싶어 했었죠.

젊었을 때 난 내가 결백하다는 생각을 가지고 살았어요. 그러니까 아무런 생각 없이 살았다고 볼 수 있죠. 고민이 많았던 것도 아니었고 사회생활도 적당히 시작할 수 있었어요. 모든 것이 괜찮았죠. 머리도 나쁘지 않았고 여자들도 꽤 따랐고요. 걱정거리가 생겨도 곧 사라지곤 했으니까요. 그런데 어느 날부터인가 난 성찰을 하기 시작했고 지금은…… 난 당신처럼 가난하진 않았다는 것을 말해 두어야겠네요. 아버지는 차장검사였는데, 괜찮은 지위였죠. 아버지는 천성이 호인이셔서 그리 티를 내지 않으셨어요. 어머니는 단순한 분이셨고 눈에 잘 띄지 않으셨는데 전 어머니를 늘 사랑했죠. 그에 대해서는 말하지 않는 것이 좋겠네요. 아버지는 나를 애정으로 대해 주셨고 심지어 나를 이해하려고까지 하셨던 것 같아요. 바람도 좀 피우신 것 같았는데, 지금은 물론 확실히 그렇다고 생각하고요. 그렇다고 화가 나거나 그런 건 전혀 아닙니다. 사람들이 기대하는 그대로 행동을 점잖게 하셔서 아무도 놀라게 하지 않으셨죠. 간단히 말하자면 그리 특별한 개성을 가지신 분은 아니셨는데, 지금은 돌아가시고 안 계시지만 성자처럼 살지도 않으셨고 나쁜 사람도 아니었다는 것을 깨닫곤 합니다. 그냥 적당히 중도를 지키셨고 그게 전부예요. 그런 사람에게 우리는 어느 정도 애정을 느끼고 계속 그 애정을 간직하게 되곤 하죠.

그래도 뭔가 특별한 점이 있긴 있었는데, 『철도 여행안내』라는 책을 늘 머리맡에 두고 계셨어요. 그렇다고 여행을 즐기시는 분도 아니었고, 휴가 때, 조그만 당신 땅이 있는 브르타뉴에 가 보시는 정도였어요. 하지만 파리와 베를린을 오가는 기차의 출발과 도착 시간이라든가, 리용에서 바르샤바까지 가려면 어디서 언제 갈아타야 하는가, 어떤 수도에서 다른 수도까지 거리는 정확히 얼마인가 하는 것을 단번에 말해 줄 수 있는 사람이었습니다. 브리앙송에서 샤모니까지 어떻게 가는지 말할 수 있나요? 역장이라도 그렇게 물으면 자신이 없을 겁니다. 아버지는 한 치의 오차도 없었어요. 거의 매일 저녁 그런 지식을 다듬느라고 애를 쓰셨고, 그에 대해 자부심도 가지고 계셨죠. 난 그런 아버지가 너무 재미있었고, 자꾸 질문을 해 대서, 정답인지 아닌지를 책에서 찾아보고 틀림이 없다는 것을 보면서 놀라곤 했어요. 이런 작은 놀이 덕분에 아버지와 가까워질 수 있었는데, 내가 당신에게 성의 있는 청중이 되어 준 셈이니까요. 내 생각에는, 철도와 관련해 최고의 지식을 가지고 있는 것이 다른 어떤 것에 대한 지식과 마찬가지로 가치 있는 일이었죠.

생각나는 대로 말하다 보니, 아버지를 대단히 중요한 사람으로 만들고 있는지도 모르겠네요. 실은 내 모든 결정에 아버지는 간접적인 영향만을 끼쳤을 뿐이니까요. 기껏해야 내게 어떤 계기를 만들어 주신 것뿐이었습니다. 열

일곱 살이 되었을 때, 아버지는 나를 법정으로 초청했어요. 그날은 중죄 재판소에서 어느 큰 사건의 공판이 있었는데, 분명히 자신의 가장 훌륭한 모습을 보여 주고 싶으셨던 것일 테죠. 또한 젊은이의 상상력을 자극하는 그런 의식을 통해서 당신이 선택한 길로 나 역시 들어서길 바라는 마음이 있었다고 생각돼요. 나는 그 초대를 받아들였는데, 아버지를 기쁘게 해 드리려는 마음도 있었고, 가족과 함께 집에서 시간을 보낼 때와는 다를 아버지의 모습이 어떠할지 궁금하기도 했죠. 단지 그런 생각을 가졌을 뿐이었어요. 그때까지는, 법정에서 벌어지는 일이 혁명 기념일의 열병식이나 무슨 상장 수여식처럼 당연하고 불가피한 것이라 여기고 있었죠. 완전히 추상적인 생각을 가지고 있었던 것이고, 그에 대해 아무런 거리낌은 없었어요.

그런데 내가 간직하게 된 유일한 그날의 이미지는 죄인의 이미지였어요. 그는 실제로 죄인이었던 것으로 기억하는데 무슨 잘못을 저질렀는지는 중요하지 않아요. 하지만 빨간 머리의 그 자그맣고 가여운, 서른 살이나 되었음직한 남자는 결심한 듯 모든 것을 다 인정했고, 자신이 벌인 짓과 앞으로 당하게 될 일로 완전히 겁에 질린 모습이어서, 얼마 지나지 않아 내 눈에는 그 사람밖에는 아무것도 보이지 않게 되었던 거예요. 그는 너무나 강렬한 햇빛에 질겁한 올빼미처럼 보였습니다. 그의 넥타이 매듭은 칼라 중앙에서 밀려나 있었고, 손톱을 물어뜯고 있었어요. 오른손이었죠……. 더 이상은 말하지 않아도 그가 살아 있는 사람이었다는 건 이해하셨겠죠.

그런데 나는 그때까지 그 남자를 '용의자'라는 편리한 개념을 통해서만 바라보고 있었다는 사실을 문득 깨달은 거예요. 아버지를 까맣게 잊고 있었다고 할 수는 없겠지만, 내 배를 쥐어짜는 듯한 어떤 느낌 때문에 도저히 다른 곳에는 신경을 둘 수가 없었던 거예요. 아무 소리도 귀에 들리지 않았고, 살아 있는 이 사람을 죽이려고 하는구나 하는 느낌에, 마치 물결처럼 어떤 어마어마한 본능이 밀려와 맹목적으로 그의 편을 들고 있었습니다. 아버지의 논고가 시작되고 나서야 나는 겨우 정신을 차릴 수가 있었습니다.

붉은색 법복을 입은 아버지는 다른 사람이 되어 있었고, 호인도 다정한 사람도 아닌 그의 입에서 엄청난 말들이 우글거리고 있다가 마치 뱀처럼 끝도 없이 기어 나오는 것이었습니다. 아버지는 사회의 이름으로 그 사람을 죽여야 한다고 주장하고 있었고, 심지어는 그의 목을 잘라야 한다고 말하는 것이었어요. 실은 아버지는 단지, '이 사람의 목은 떨어져야 마땅합니다.'라고 말했을 뿐이죠. 하지만 결국 별반 차이는 없는 거죠. 그의 목을 얻으셨으니까 사실 같은 말인 겁니다. 단지 아버지 손을 빌어서 자른 것이 아닐 뿐이죠. 이후 나는 오로지 그 사건에 관해서만은 결론이 날 때까지 재판을 방청했는데, 그 불행한 남자에게 상상도 하지 못할 친밀감을 느끼게 된 겁니다. 아버지라면 전혀 느껴 보지 못했을 법한 친밀감을요. 아버지는 관례에 따라서 우리가 예의를 갖추어 이른바 최후의 순간이라고 부르는 것에 참석하셨을 겁니다. 하지만 그 순간은 가장 비열한 살인이라고 불러야 마땅할 것입니다.

그날부터 나는 『철도 여행안내』를 볼 때마다 끔찍해서 구역질이 났습니다. 그날부터 나는 사법이니 사형선고, 형의 집행 따위에 혐오감을 느끼면서도 관심을 가지게 되었습니다. 아버지가 그런 살인 현장에 몇 번이나 입회했을 생각을 하니 현기증이 났는데, 그런 날은 바로 아침에 일찍 일어나시던 날이었던 것입니다. 그래요. 아버지는 그런 날엔 자명종을 맞춰 놓으셨죠. 그 얘길 꺼낼 엄두를 내진 못했지만 어머니를 더 주의 깊게 관찰하게 되었고, 두 분 사이에 이제는 아무것도 남지 않았으며, 어머니는 체념의 삶을 살고 계시다는 걸 깨닫게 되었죠. 그 덕분에 어머니를 용서할 수 있게 되었어요. 그 당시에 난 그런 식으로 말을 했죠. 나중에는 어머니에게 용서할 일 따위란 없다는 것을 깨닫게 되었는데, 결혼 전까지 줄곧 가난하게 살아오셨고 그 때문에 체념을 배운 것이었으니 말입니다.

내가 곧바로 집을 뛰쳐나왔다고 말하길 기대하실지 모르겠으나 그렇지 않았습니다. 몇 달을, 거의 일 년을 더 집에 머물렀죠. 하지만 마음의 병을 얻었습니다. 어느 날 저녁 아버지는, 일찍 일어나야 하니까 자명종을 가져오라고 말하셨어요. 그날 밤 난 잠을 이루지 못했죠. 다음 날, 아버지가 집에 돌아오시기 전에 난 집을 떠났어요. 후에 일어난 일을 말씀드리면, 아버지는 날 찾으셨고, 난 아버지를 만나러 가서, 아무런 설명도 없이, 나를 강제로 돌아오게 한다면 자살하겠다고 조용히 말씀드렸죠. 아버지는 받아들이셨어요. 천성이 부드러운 분이었으니까요. 자신만의 삶을 살아가는 것이 얼마나 어리석은 일인지 설교를 하셨고(내 행동을 그렇게 이해하셨던 것이고 난 굳이 해명하지 않았죠), 끝도 없이 조언을 하시더니, 진심 어린 눈물을 끝내 참으시더군요. 그 뒤로는, 아주 오랜 후의 일이지만, 어머니를 만나러 정기적으로 집에 들르곤 했고 그때 아버지를 뵈었죠. 그런 만남으로도 아버지는 만족하셨던 것 같아요. 나로 말하면 원한을 품은 것도 없고 마음에 서글픔이 좀 남아 있었을 뿐입니다. 아버지가 돌아가시고 나서는 어머니를 모시고 살았고, 만일 아직 살아 계셨다면 지금도 모시고 살았을 거예요.

이렇게 서두를 길게 끈 것은, 실은 모든 것이 거기서부터 시작되었기 때문입니다. 이제 좀 속도를 낼게요. 나는 열여덟 살에 안락한 삶에서 벗어나면서 가난을 알았습니다. 먹고 살기 위해서 안 해 본 일이 없어요. 그럭저럭 살 만했죠. 하지만 내가 관심 있었던 것은 사형선고였습니다. 빨간 머리의 올빼미에게 맺힌 그 무엇을 풀고 싶었어요. 결과적으로 난 소위 정치적인 운동에 투신하게 되었습니다. 페스트 환자가 되고 싶지 않았을 뿐입니다. 그뿐이죠. 내가 생각하기에 우리가 살고 있는 사회는 사형 제도에 기초한 사회이고, 그에 맞서 싸우는 것이 살인 행위에 대적하는 것이었습니다. 난 그렇게 믿었고, 다른 이들도 그렇게 말했지요. 대체로 그것은 사실이었습니다. 내가 좋아하던 사람들, 계속해서 좋아하고 있는 이들과 함께 일을 도모했어요. 오랫동안 그 일을 했고 유럽에서 내가 뛰어들어 투쟁을 함께하지 않았던 나라는 손에 꼽을 정도였죠. 다음 얘기로 넘어갈까요.

물론 우리들 역시 어떤 때에는 사형선고를 내린다는 것을 알고 있었어요. 하지만 사람들은 내게 말하길, 몇 사람의 죽음으로 더는 아무도 죽이지 않는 세상이 온다면 그것은 불가피한 것이라고 했습니다. 어떤 의미에서 그것은 진실이었지만, 아마도 난 그런 진실을 떠받치고 있을 수가 없었던 모양입니다. 확실한 것은 내가 주저하고 있었다는 사실이죠. 그러나 나는 그 올빼미 남자를 생각하고 있었고, 그런 상태가 지속될 수 있었어요. 사형 집행을 눈앞에서 보는 날(헝가리에서였죠)이 오기 전까지는 말입니다. 어린 나를 사로잡았던 느낌과 똑같은 그 현기증이 어른이 된 나의 눈을 캄캄하게 만들었어요.

사람을 총살하는 것을 보신 적이 있나요? 물론 못 보셨을 겁니다. 보통은 초대받은 이들만 입회하게 되잖아요. 그러니 그림이나 책에서 보신 게 전부일 테지요. 눈가리개와 기둥 그리고 멀리 떨어져 있는 몇몇의 병사들? 천만에요! 총살 집행조는 사형수로부터 일 미터 오십 센티 거리에 위치한다는 것을 알고 계셨나요? 사형수가 두 걸음만 앞으로 나서면 가슴에 총부리가 닿는다는 사실도요? 그런 짧은 거리에서 사격수들이 총구를 가슴에 겨누고 집중사격을 하면, 굵직한 총알들이 주먹 하나가 들어갈 정도의 구멍을 낸다는 것도 알고 계셨나요? 모르십니다. 그런 시시콜콜한 얘기는 아무도 해 주지 않으니까요. 인간에게 잠이란 페스트 환자에게 있어서의 생명보다도 신성하죠. 선량한 사람들이 잠자는 것을 방해해선 안 됩니다. 잠을 방해하려면 악취미라도 있지 않으면 안 될 것이고, 취향이란 애써 고집부리는 것이 아니라는 건 누구나 알고 있죠. 하지만 나는 그때부터 잠을 잘 자지 못했습니다. 그 악취미가 내 안에 남아 계속해서 고집을 부리고 있는 겁니다. 그러니까 끊임없이 그 생각만을 하고 있었던 거죠.

　그때 나는 깨달았습니다. 그 긴 세월 동안, 적어도 나는 페스트를 앓고 있었고, 페스트로부터 벗어나지 못했던 겁니다. 난 내 모든 것을 쏟아 그에 맞서 싸웠다고 생각했는데 말입니다. 간접적으로나마 수천 명의 죽음에 동의했을 뿐만 아니라, 그들을 죽음의 구렁텅이로 몰고 간 행동과 원칙들을 지지함으로써 내가 그 죽음을 초래하기까지 했다는 것을 알게 된 것입니다. 다른 이들은 그 사실을 불편해하지도 않았고, 적어도 일부러 그 얘기를 꺼내지도 않더군요. 나는 숨이 막혀 올 정도로 힘들었어요. 그들과 함께였지만 외로웠습니다. 이런 내 거리낌에 대해서 말할 기회가 있을 때마다 그들은 우리의 목표가 무엇인지를 생각해 보라면서 내가 받아들이지 못하는 것을 꾸역꾸역 삼키게 하기 위해 갖은 감동적인 이유를 대더군요. 나는 대답했어요. 그런 경우라면 붉은 법복을 입은 저 심각한 페스트 환자들 또한 나름의 그럴듯한 이유를 가지고 있으며, 만일 불가항력적인 이유들이나 보잘것없는 페스트 환자들이 주장하는 요구를 받아들인다면 중증 환자들의 이유 역시 저버릴 수가 없다고요. 그런데 그들은 붉은 법복을 입은 자들에게만 사형선고의 전권을 주는 것은 그들의 정당성을 인정하는 지름길에 다름 아니라고 지적하더군요. 그러나 나는 한 번 원칙을 양보하기 시작하면 끝없이 양보하게 될 거라는 생각이 들었습니다. 역사는 아마도 내 생각이 옳았음을 증명하는 것인지, 오늘날에 와선 그 누가 더 많이 사람을 죽이는지 경쟁하고 있잖습니까. 그들은 모두 살인에 미친 듯이 격분해 있습니다. 달리 어쩔 도리가 없기 때문이죠.

내게 중요한 것은, 어쨌든 논리를 따지는 것이 아니었어요. 빨간 머리 올빼미, 그 더러운 사건, 페스트에 걸린 더러운 입들이 사슬에 묶인 한 인간에게 죽음을 언도하고, 그가 두 눈을 멀쩡히 뜨고 살해당하기만을 기다리는 끔찍한 최후의 밤들을 보내고 난 뒤 결국 순조롭게 죽음을 맞이하도록 모든 것을 마련해 놓은 그 사건만이 내게 중요했어요. 가슴에 난 그 구멍이 내 문제였고요. 그러는 동안, 적어도 나만은 구역질 나는 살육에 눈곱만치라도, 아시겠어요? 눈곱만치라도 정당성을 부여하지 않겠다고 맹세했단 말입니다. 그래요. 나는 모든 것을 좀 더 명료하게 볼 수 있을 때까지 그 고집스럽고 맹목적인 태도를 견지하겠다고 결심한 겁니다.

이후로 난 변하지 않았죠. 그것이 간접적이었든, 선의에 의한 것이었든, 나 역시 살인자였다는 사실에 오랜 시간 동안 죽고 싶을 정도로 수치심을 느껴 왔습니다. 시간이 지나면서 내가 깨달은 것은, 다른 사람보다 더 나은 사람이라고 할지라도 오늘날 죽거나 죽임을 당하는 것을 피할 수 없다는 것이었습니다. 그것은 그들이 몸담고 있는 세계의 원칙이기 때문이며, 그런 세상에서는 죽음을 초래할 위험을 감수하지 않고는 어떤 행위도 할 수 없다는 것이었습니다. 네, 난 계속해서 수치스러웠고, 우리 모두가 페스트의 세계에 살고 있다는 것을 느끼고는 마음의 평화를 잃어버리게 된 겁니다. 그리고 지금까지도 난 그 평화를 찾고 있어요. 모든 사람을 이해하고자, 그 어느 누구에게도 치명적인 적이 되지 않고자 노력하면서 말입니다. 내가 알고 있는 것이란 더 이상 페스트 환자로 남지 않기 위해서는 해야 할 일을 다 해야 할 뿐이고, 그래야만 우리에게 평화가 깃드는 것을, 혹 평화가 아니라면 온전한 죽음을, 꿈꿀 수 있다는 것입니다. 그것이야말로 인간을 평온하게 만들 수 있는 것이며, 인간을 구원하지는 못한다 하더라도 되도록 적은 해를 끼치거나 가끔은 심지어 약간의 선을 가져다줄 수 있는 것입니다. 그런 까닭에 나는 직접적이건 간접적이건, 선의에서건 악의에서건, 사람을 죽게 만드는 것이나 죽음을 정당화하는 모든 것을 거부하기로 결심한 것이랍니다.

또한 그런 이유로, 이 유행병이 내게 가르쳐 주는 것이 아무것도 없는 것입니다. 있다면 당신들 편에 서서 싸워야 한다는 것뿐. 내가 확실히 알고 있는 것은(그래요, 리외. 당신도 알다시피 난 세상만사 모든 것을 알고 있잖아요), 우리들 각자가 페스트를 안고 살아간다는 것입니다. 이 세상 누구도 그로부터 무사하지는 못하니까요. 그러니 잠깐 방심한 사이 다른 이의 얼굴에 숨을 내뱉어 균을 퍼뜨리지 않도록 항상 정신을 바짝 차려야 하는 것이죠. 자연스러운 것이 있다면 그것은 병균입니다. 그 외의 것들, 건강, 청렴함, 순수함, 이런 것들은 모두 의지의 소산이며, 그 의지가 멈춤 없이 작동해야만 지켜지는 것입니다. 정직한 사람, 아무에게도 병균을 퍼뜨리지 않는 사람이란, 될 수 있는 한 마음을 흐트러뜨리지 않는 사람인 것입니다. 마음이 흐트러지지 않으려면 의지가 필요하고 항상 긴장해야 하는 것이죠! 네, 리외. 페스트 환자로 사는 것은 피곤한 일입니다. 그러나 페스트 환자가 되지 않으려고 하는 것은 더욱 피곤한 일인 것입니다. 그렇기 때문에 모든 이가 피곤해 보이는 거예요. 왜냐하면, 오늘날 모든 사람이 어느 정도는 페스트 환자이기 때문입니다. 그러나 페스트 환자이기를 그만두고자 하는 몇몇 사람들이, 죽음만이 풀어놓아 줄 수 있는 극단적인 피로를 겪고 있는 것 또한 바로 그런 이유에서인 것입니다.

　그러다 보니, 이 세상에 내가 더 이상 아무런 가치가 없는 사람이라는 것, 죽이는 것을 포기한 순간부터 영원한 유형자가 되고 말았다는 것을 알게 된 것입니다. 역사는 다른 사람들이 만들어 나갈 것입니다. 또한 내가 그 사람들에 대한 판단을 내릴 수 없다는 것도 알고 있어요. 내게는 이성적인 살인자가 되기 위해 필요한 자질이 없을 뿐이죠. 그러니 그건 우월한 것이 아닙니다. 지금은 나를 있는 그대로 받아들일 수 있을 만큼 겸손을 배웠어요. 내가 할 수 있는 말이란 이 땅 위에 재앙과 그 희생자들이 있으며, 될 수 있는 한 재앙의 편에 서는 것을 거부해야 한다는 것입니다. 당신에게는 조금은 단순해 보일 수도 있겠고, 실제로 단순한 것인지는 모르겠으나, 그것이 진실이라는 것만을 알고 있습니다. 내가 들은 수만 가지의 논리에 나는 혹할 뻔했고, 다른 이들은 그에 혹해서 살인에 동조하기도 했죠. 그래서 깨닫게 된 것은, 인간의 모든 불행은 그들이 투명한 언어를 쓰지 않는 데서 온다는 것이었습니다. 그때부터 나는, 바른 길을 가기 위해서 투명하게 말하고 행동하는 편을 택한 것입니다. 그러므로 나는 재앙과 희생자가 있다고만 말할 뿐 더 이상은 말하지 않습니다. 그렇게 말하면서 내 자신이 하나의 재앙이 된다고 해도, 적어도 나는 거기에 동조하지 않는 것이 됩니다. 나는 결백한 살인자가 되고자 노력하는 것입니다. 보시다시피 그리 큰 야심은 아니죠.

물론 세 번째 범주, 그러니까 진정한 의사라는 범주가 필요하겠지만 실은 그런 것은 흔히 만나게 되지 않고, 또 진정한 의사가 되는 것은 아마도 어려운 일일 테지요. 바로 그렇기 때문에 나는 어떤 경우에든 희생자들 편에 서서 피해를 줄이고자 하는 것입니다. 그들 사이에서라면, 나는 적어도, 그 세 번째 범주에 어떻게 하면 도달할 수 있는가를 모색해 볼 수가 있죠. 세 번째 범주란, 곧 평화를 말하는 것입니다."

이야기를 마칠 무렵, 타루는 다리를 흔들거리며 테라스를 발로 툭툭 건드렸다. 얼마간 침묵이 흐르고 난 뒤, 의사는 몸을 약간 일켜서는, 평화에 다다르기 위해서 어떤 길을 택해야 할지 생각해 보았는지 물었다.

"네, 그건 공감이죠."

멀리서 구급차 사이렌 소리가 두 번 울렸다. 좀 전까지 어렴풋이 들렸던 고함 소리가, 돌이 많은 언덕 근처의 시 경계 쪽으로 모여들고 있었다. 동시에 폭발음 비슷한 소리가 들려왔다. 그러더니 다시 조용해졌다. 등댓불이 두 번 깜빡이는 것이 리외의 눈에 들어왔다. 실바람이 좀 더 거세지는 듯싶더니, 동시에 바다로부터 소금 냄새를 실은 바람이 불어왔다. 절벽에 부딪혀 부서지던 먹먹한 파도의 숨소리가 이제는 또렷하게 들렸다.

"결국, 내가 관심이 있는 건 어떻게 하면 성자가 될 수 있는가 하는 거예요."

타루가 꾸밈없는 목소리로 말했다.

"하지만 신을 믿지 않잖아요."

"바로 그렇기 때문에, 신이 없어도 성자가 될 수 있는지가 지금의 내가 궁금해하는 단 하나의 구체적인 문제예요."

고함 소리가 들리던 쪽에서 갑자기 커다란 섬광이 솟아올랐고 불분명한 아우성이 바람을 거슬러 두 사람이 있는 곳까지 들려왔다. 불빛은 이내 사그라졌고 불그스름한 기운만이 멀리 테라스들의 끝 쪽에 남아 있었다. 바람이 잠시 멈춘 사이 사람들의 고함 소리가 분명히 들려왔으며, 총성과 군중의 함성이 뒤를 따랐다. 타루가 일어서서 귀를 기울였다. 더 이상 아무 소리도 들려오지 않았다.

"출입문에서 또 싸움이 벌어졌군요."

"이제 끝난 모양인데."

리외가 말했다.

타루는 끝난 것이 절대 아니며, 희생자가 좀 더 발생하게 되어 있다고 중얼거렸다.

"그럴지도 모르죠. 아무튼 난 성자보다는 패배자에게 더 연대감을 느끼고 있어요. 영웅주의나 성스러움에는 별 취미가 없는 것 같아요. 인간이 되는 것에 관심이 있을 뿐."

의사가 말했다.

"그래요. 우린 같은 것을 찾고 있는 겁니다. 다만 내가 야심이 적을 뿐이죠."

리외는 타루가 농담을 하고 있다고 생각하면서 그를 바라보았다. 그러나 밤하늘에서 내려오는 희미한 불빛 속 그의 얼굴에는 서글픔과 진지함이 묻어 있었다. 바람이 다시 불어왔고, 리외는 피부에 닿는 바람의 미지근한 감촉을 느꼈다. 타루는 몸을 흔들어 댔다.

"우정을 기념하기 위해 무엇을 하면 좋을지 아세요?"

"좋으실 대로 합시다."

리외가 말했다.

"해수욕을 하는 겁니다. 미래의 성자에게도 어울리는 취미죠."

리외는 미소를 지었다.

"출입증을 보여 주면 방파제까지 갈 수 있을 거예요. 페스트 속에 갇혀만 사는 건 너무 억울해요. 물론 인간이라면 희생자들을 위해 싸워야죠. 하지만 그러다가 아무것도 사랑할 수 없게 되면 투쟁이 다 무슨 소용이겠어요?"

"그럼요. 자, 갑시다."

리외가 말했다.

잠시 후, 자동차는 항구의 철조망 근처에 멈춰 섰다. 달이 떠 있었다. 우윳빛 하늘이 온 사방에 창백한 그림자를 던지고 있었다. 그들 뒤쪽으로 도시는 층지어 늘어서 있었고 거기서 불어오는 후덥지근하고 병든 바람이 그들을 바다 쪽으로 내밀고 있었다. 그들이 출입증을 보여 주자, 보초는 꽤 한참을 살펴보았다. 초소를 통과한 그들은 포도주와 생선 냄새가 진동하는, 나무로 된 술통들이 잔뜩 쌓여 있는 평지를 지나 방파제 쪽으로 향했다. 방파제까지 이르기 전부터 요오드와 해초 냄새가 바다가 가까이 있음을 알리고 있었다. 그리고 파도 소리가 들려왔다.

　　바다는 방파제의 커다란 블록들 아래에서 부드러운 휘파람 소리를 냈다. 그들이 그 위로 기어오르자 벨벳처럼 두껍고 짐승처럼 유연하고도 미끌미끌한 바다가 나타났다. 그들은 먼 바다가 바라보이는 바위 위에 걸터앉았다. 바닷물은 천천히 부풀어 올랐다가 내려앉곤 했다. 잔잔한 바다의 호흡은 수면 위로 기름진 반사광을 내비쳤다가는 사라지게 했다. 그들 앞에 가로 놓인 밤은 무한했다. 손가락 아래로 바위의 얼기설기한 표면을 느끼던 리외는 야릇한 행복감에 젖었다. 고개를 돌려 타루를 바라보며, 그는 친구의 조용하고 진지한 얼굴에서 똑같은 행복, 그러나 아무것도, 심지어 살인마저도 잊지 않고 있는 행복을 보았다.

　　그들은 옷을 벗었다. 리외가 먼저 바다에 뛰어들었다. 처음엔 차가웠으나 다시 수면 위로 올라왔을 때는 미지근하게 느껴졌다. 몇 번 평영으로 움직여 보고 난 그는, 그날 저녁 바다가, 몇 달 동안이나 땅속에 축적된 열기를 가져와 가을 바다의 따뜻한 느낌을 그대로 품고 있다는 것을 알 수 있었다.

그는 규칙적으로 헤엄을 쳤다. 발을 저을 때마다 뒤로 거품이 일었고, 두 팔을 따라 미끄러진 물이 다리에 가서 닿았다. 첨벙 하고 큰 소리가 나는 것을 보고 타루가 물에 뛰어든 것을 알았다. 리외는 물 위에 배영 자세로 누워 꼼짝 않고 있으며, 달과 별이 가득한 하늘을 바라보았다. 그는 긴 숨을 내쉬었다. 점점 더 또렷해지는 물장구 소리가 정적과 밤의 고독 속에서 기이하게도 맑게 울리는 것을 느꼈다. 타루가 가까이 오고 있었고 이내 그의 숨소리가 들렸다. 리외는 몸을 돌려 친구와 나란히 같은 리듬으로 헤엄을 쳤다. 타루가 더 힘차게 그보다 앞서 헤엄을 쳤으므로 그는 보다 속력을 내야 했다. 몇 분 동안 그들은 외따로 세상에서 멀어져 나와 도시와 페스트에서 해방된 채 같은 리듬 같은 힘으로 앞으로 나아갔다. 리외가 먼저 멈추었다. 천천히 돌아오던 그들은 어느 순간 얼음처럼 차가운 물결을 만났다. 바다의 갑작스러운 채찍질에 놀란 두 사람은 아무 말 없이 서둘러 헤엄을 쳤다.

다시 옷을 주워 입은 그들은 한마디 말도 내뱉지 않은 채 왔던 길을 다시 돌아갔다. 하지만 두 사람은 같은 마음이었고, 그날 밤의 기억이 달콤하게 느껴졌다. 멀리서 페스트의 보초병이 보이자 리외는 타루도 자기처럼 페스트가 자신들을 잠시나마 잊고 있어서 좋았으나 이제는 다시 시작해야 한다는 생각을 하고 있다는 것을 알 수 있었다.

그렇다. 다시 시작해야 했고, 페스트는 아무도 오랫동안 잊고 있는 법이 없었다. 12월 한 달 동안 페스트는 우리 시민들의 폐를 염증으로 불살랐고, 화장터를 밝혔으며, 격리 수용소를 빈손으로 어슬렁거리는 그림자들로 가득 채우며 절뚝거리면서도 끈기 있게 전진하기를 멈추지 않았다. 당국은 날씨가 추워지면 병의 기세가 수그러들리라 기대했으나 초겨울 추위에도 불구하고 페스트는 흔들림이 없었다. 더 기다려야 했다. 하지만 기다림에 지친 이들이 기다림을 잊듯, 시민들 각자는 미래에 대한 희망 없이 살고 있었다.

　의사에게 허락되었던 잠시 동안의 덧없는 평화와 우정의 순간은 내일의 기약이 없었다. 병원 하나가 새로 개설되었고 리외가 얼굴을 마주할 수 있는 사람이란 환자들밖엔 없었다. 그럼에도 그가 깨닫게 된 것은, 페스트가 점점 폐병 형태로 발전하는 한편, 환자들은 어떤 의미에서 의사들에게 협조적이 되어 가고 있다는 사실이었다. 낙담과 광기에 어쩔 줄 몰라 하던 초기의 태도에서 벗어나, 자신들의 이익에 대한 보다 정확한 생각을 갖는 것 같았으며 가장 도움이 될 수 있는 것을 스스로 요구하게 되었다. 그들은 계속해서 마실 것을 요구했으며 모두들 따뜻함을 원했다. 어찌됐든 피곤한 것은 마찬가지였으나, 리외는 그럴 때면, 보다 덜 고독했다.

12월 말경에 리외는 아직 수용소에 있는 예심판사 오통 씨로부터 편지를 받았는데, 그의 격리 기간이 끝났는데도, 착오에 의해 당국이 자신의 입소 날짜를 확인하지 못하여 여전히 자신을 붙잡아 두고 있다는 내용이었다. 얼마 전에 나오게 된 그의 아내가 도청에 항의를 했는데 실수란 있을 수 없다며 박대를 당했다는 것이다. 리외는 랑베르에게 도움을 청했고 며칠 뒤 오통 씨를 만날 수 있었다. 착오가 있었던 것이 분명했고 리외도 그에 대해 좀 분개했다. 하지만 그 사이 수척해진 오통 씨는 힘없이 손사래를 치면서 누구나 실수를 할 수 있는 것이라고 차분하게 말했다. 리외가 보기에 그는 어딘가 변해 있었다.

　"이제 어떻게 하실 건가요, 판사님? 처리해야 할 서류가 많으실 텐데요."

　리외가 말했다.

　"아, 아뇨. 휴가를 얻을까 합니다."

　판사가 말했다.

　"정말 좀 쉬셔야죠."

　"그게 아니라 수용소로 돌아가려고 합니다."

　리외는 깜짝 놀라서 말했다.

　"아니, 이제 막 나오셨잖아요!"

　"아, 제가 말을 잘못했네요. 수용소에 행정 자원봉사 자리가 있다고 들었습니다."

　판사는 동그란 눈알을 잠깐 굴리며 옆으로 삐져나온 한쪽 머리를 눌러서 붙이려고 애를 썼다.

"그냥, 뭔가 일을 해야 할 것 같아서요. 바보 같은 소리일지 모르지만 아들놈하고 헤어져 있다는 느낌이 덜할 것 같기도 해서……."

리외는 그를 바라보았다. 그의 단호하고 무미건조한 눈에 갑자기 따스함이 깃든다는 것은 말도 안 되는 일이었다. 하지만 그의 눈은 흐릿해졌고 금속 같은 깔끔함은 온데간데없었다.

"그렇군요. 원하신다니 제가 알아봐 드리겠습니다."

리외가 말했다.

리외는 실제로 그 일을 알아봐 주었고, 페스트에 갇힌 도시의 생활은 크리스마스까지 변함없이 이어졌다. 타루는 여전히 어디에서든 자신의 효율적인 침착함을 발휘했다. 랑베르는 의사에게, 불법이긴 하지만 두 젊은 보초들 덕분에 아내와의 서신 왕래를 할 수 있게 되었다고 털어놓았다. 가끔 아내의 편지를 받는 일도 있었다. 그는 리외에게 자신의 방법을 이용해 볼 것을 권했고 그는 받아들였다. 여러 달 만에 처음으로 편지를 쓰려니 여간 힘든 게 아니었다. 그에게 익숙했던 말들을 잃어버린 것 같았다. 편지는 발송되었다. 답장을 받는 데는 시간이 많이 걸렸다. 코타르에 대해 말하자면, 그는 모든 게 순조로웠고 이런저런 투기로 돈을 꽤 벌었다. 한편 그랑은 크리스마스 기간 동안 큰 진전이 없었다.

그해 크리스마스는 복음서의 축일이 아니라 지옥의 축일에 더 가까웠다. 텅 빈 상점들은 조명도 밝히지 않았고, 진열대엔 모형 초콜릿과 빈 상자만 덩그러니 놓였으며, 침울한 이들로 가득한 전차들까지, 어느 것 하나 과거에 알던 크리스마스를 떠오르게 하는 것이 없었다. 부자든 가난한 자든 모두가 함께 어울리는 축제였던 크리스마스는, 이제 상점의 지저분한 뒷방에서 큰돈을 주고 마련한 것들로 고독하고 부끄러운 축제 분위기를 즐기는 특권층을 제외하고는 누구에게도 의미가 없었다. 성당에는 은혜로운 기도보다는 탄식 소리만 가득했다. 얼어붙은 우중충한 도시에는 아직 자신들을 위협하는 것이 무엇인지 모르는 몇몇 아이들만이 뛰어 놀고 있었다. 누구도 그들에게, 인류의 고통만큼이나 오래되었으면서도 젊음의 희망만큼이나 새로운 바로 그 신께서 선물을 가득 안고 찾아올 거란 얘기를 해 주지 못했다. 모든 이의 마음속에는 극도로 낡고 음울한 희망, 그 때문에 사람을 죽지도 못하게 하는, 삶에 대한 단순한 집착에 불과한 그런 희망밖에는 남지 않았다.

전날 밤 그랑이 약속에 나오지 않아 걱정이 된 리외는 아침 일찍 그의 집에 가 보았으나 아무도 없었다. 모두에게 이 사실이 알려졌다. 열한 시쯤 랑베르가 병원에 찾아와 그랑이 초췌한 얼굴로 거리를 헤매는 것을 멀리서 보았는데 이내 사라졌다고 의사에게 말해 주었다. 의사와 타루는 자동차를 타고 그를 찾아 나섰다.

아직 날씨가 싸늘한 정오에 리외는 멀리 있는 그랑을 발견하고 차에서 내렸는데 그는 나무로 조잡하게 만들어진 장난감들이 가득한 진열창에 거의 달라붙어 있었다. 늙은 시청 공무원의 얼굴에 눈물이 끝없이 흘러내렸다. 그 눈물에 리외의 마음이 흔들렸는데, 그 눈물의 이유를 알고 있었기에 자신도 목이 메어 왔기 때문이었다. 리외도 그 불행한 남자가 크리스마스의 상점 앞에서 약혼했던 일, 잔이 그의 품에 안기며 행복하다고 말했던 것을 기억하고 있었다. 그 오래된 날의 기억, 미친 듯한 열정의 한가운데 있던 잔의 생생한 목소리가 그랑에게 다시 들려온 것이 틀림없었다. 리외는 그 나이든 남자가 이 순간 생각하는 것이 무엇인지 알고 있었다. 그리고 그도 마찬가지로, 사랑이 없다면 이 세상은 죽은 세상이며, 언젠가는 감옥과 직장과 신념을 다 내던지고 한 사람의 얼굴, 사랑의 감동에 젖은 황홀한 마음을 갈망하는 순간이 온다는 생각을 하고 있었다.

유리창에 비친 모습을 보고 그랑은 리외를 알아보았다. 눈물을 멈추지 않은 채 그는 돌아서서 진열창에 등을 기댄 채 리외가 다가오는 것을 바라보았다.

"아! 선생님, 아! 선생님."

리외는 무슨 말을 해야 할지 몰라서, 다 알고 있다는 듯이 고개를 끄덕였다. 그의 슬픔이 곧 자신의 슬픔이기도 했고, 그 순간 그의 마음을 괴롭히고 있는 것은 모든 사람이 함께 겪는 고통 앞에 선 자에게 솟구치는 주체할 수 없는 분노였던 것이다.

"그래요, 그랑."

그가 말했다.

"그녀에게 편지 한 통 쓸 시간이 있었으면 좋겠어요. 그녀가 알았으면 좋겠어서…… 후회 없이 행복하게 지내라고…….

리외는 거의 반강제로 그랑을 붙들어 걷도록 했다. 그랑은 끌려가듯 계속 걸어가면서 중얼거렸다.

"이게 너무 오랫동안 계속돼요. 이젠 될 대로 되라는 생각이 들어요. 그럴 만도 하죠. 아! 선생님! 제가 멀쩡해 보이지만 정상적이 되기 위해서만도 계속 엄청난 노력이 필요했어요. 그런데 지금은 너무 힘들어요."

그는 걸음을 멈추고 넋이 나간 눈을 한 채 사지를 부들부들 떨고 있었다. 리외가 그의 손을 잡았다. 불같이 뜨거웠다.

"돌아가야죠."

하지만 그랑은 손을 빼서 몇 걸음 달려가더니 멈추어서는 두 팔을 벌리고 앞뒤로 휘청거리기 시작했다. 그런 다음 제자리에서 맴돌다가 차디찬 보도 위로 픽 쓰러졌다. 얼굴은 계속 흘러내리는 눈물로 지저분했다. 지나가는 사람들이 멀리서 쳐다보다가 갑자기 멈춰 섰으나 가까이 다가오지는 못했다. 리외가 나이 든 그 남자를 두 팔로 부축해야 했다.

자신의 침대에 누운 그랑은 이제 숨 쉬기조차 힘들어했다. 폐가 감염되어 있었다. 리외는 생각을 해 보았다. 그랑에게는 가족도 없었다. 그를 병원에 이송해서 무엇하랴. 그를 돌봐 줄 사람은 타루와 자신밖엔 없는데……

그랑은 창백해진 피부에 희멀건 눈을 하고 베개에 머리를 박고 누워 있었다. 그는 타루가 부서진 나무 상자를 태워 지펴 놓은 벽난로의 가느다란 불길을 응시하고 있었다.

"몸이 안 좋아요."

그랑이 말했다. 타는 듯한 그의 폐 깊숙한 곳으로부터, 그가 무언가 말을 할 때마다 그르렁거리는 이상한 소리가 새어 나왔다. 리외는 그에게 되도록 말을 하지 말라고 하고는, 곧 다시 오겠다고 했다. 환자의 얼굴에 야릇한 미소와 함께 애정 어린 표정이 떠올랐다. 그는 힘겹게 눈을 깜빡여 윙크를 해 보였다.

"만일 내가 살아난다면 모자를 벗고 경의를 표하겠습니다, 선생님!"

그러나 곧바로 그는 탈진 상태에 빠졌다.

몇 시간 뒤, 리외와 타루가 다시 와서 보니 환자는 침대에서 반쯤 몸을 일으킨 채로 있었고, 리외는 그의 얼굴에서 몸을 불태우듯이 병이 진전되는 것을 확인하고 기겁했다. 하지만 정신은 더 또렷해 보였는데, 그는 그들을 보자마자, 낯설고도 공허한 목소리로, 서랍 속에 넣어 둔 원고를 가져다 달라고 말하는 것이었다. 타루가 종이 뭉치를 가져다주자 그는 그것을 쳐다보지도 않은 채 가슴에 꼭 품더니, 다시 의사에게 내밀며 읽어 달라는 몸짓을 해 보였다. 오십 페이지 남짓한 짧은 원고였다. 그것을 뒤적여 본 의사는 그 종이들에 오로지 한 문장을 끝없이 베껴 쓰고 고치고 덧붙이고 삭제한 것만이 쓰여 있음을 알게 되었다. 5월 달, 말을 탄 여인, 그리고 숲의 오솔길과 같은 표현들이 계속해서 서로 비교되고 다양한 방식으로 나열되어 있었다. 또한 그에 대한 설명도 빼놓지 않았는데, 어떤 때는 설명이 지나치게 길었고, 문장을 변형시켜 놓은 것도 있었다. 그러나 마지막 페이지에 가서는 꼼꼼한 글씨체로 아직 잉크조차 마르지 않은 '사랑스러운 나의 잔, 오늘은 크리스마스요…….'라는 말이 적혀 있었고, 그 위에는 끝없이 수정한 앞 문장의 최종본이 정성 들인 글씨로 쓰여 있었다.

"읽어 주세요."

그랑이 말했다. 그러자 리외가 읽었다.

"5월 어느 아름다운 아침, 한 날렵한 여인이 호사스러운 적갈의 암말에 올라앉아 숲의 오솔길, 꽃이 만발한 한가운데를 누비고 있었다……."

"그거였나요?"

늙은 그랑은 열에 들뜬 목소리로 말했다.

리외는 그에게 시선을 주지 않았다.

"아! 나도 알아요, 아름다운, 아름다운, 그건 딱 맞는 표현이 아니지."

그랑은 흥분해서 말했다.

리외는 이불 위에 놓인 그의 손을 잡았다.

"내버려 두세요, 선생님. 이제 난 시간이 없을 겁니다……."

그는 가슴을 힘겹게 들어 올리더니 느닷없이 소리를 내질렀다.

"태워 버리세요!"

리외는 망설였다. 하지만 그랑이 괴로움에 찬 목소리로, 어찌나 끔찍한 말투로 그 명령 아닌 명령을 되풀이하던지, 그는 꺼져 가는 불 속에 종이 뭉치를 던져 버리고 말았다. 방 안이 갑자기 환해지면서 열기가 짧은 순간 실내를 덥혔다. 의사가 다시 돌아왔을 때 환자는 등을 돌리고 있었는데 얼굴이 거의 벽에 닿을 정도였다. 타루는 자신과는 상관없는 광경이라는 듯, 창밖을 바라보고 있었다. 혈청을 주사하고 나서, 그랑이 밤을 넘기지 못할 것 같다고 리외가 말하자 타루는 자신이 남아 있겠다고 자청했다. 의사는 그러라고 했다.

그랑이 죽어 가고 있다는 생각이 밤새도록 의사의 머릿속을 떠나지 않았다. 그러나 이튿날 아침, 리외는 그랑이 침대에 일어나 앉아 타루와 얘기를 나누고 있는 것을 보았다. 열은 내리고 없었다. 단지 전반적인 쇠약 증세만 남았을 뿐이었다.

"아! 선생님, 내가 잘못 생각했어요. 하지만 다시 시작할 겁니다. 다 기억하고 있거든요. 두고 보세요."

그랑이 말했다.

"기다려 봅시다."

리외는 타루에게 이렇게 말했다.

정오가 되었으나 상태는 똑같았다. 저녁에 그랑은 살아났다고 해도 될 정도였다. 리외는 그가 그렇게 회복된 것을 이해할 수가 없었다.

그런데 거의 같은 시기에 리외는 한 여자 환자를 보고 상태가 절망적이라고 판단하여 병원에 오자마자 격리시킨 경우가 있었다. 젊은 여성은 심하게 헛소리를 하면서 폐병 형태의 페스트가 가진 모든 증상을 보이고 있었다. 하지만 다음 날 아침, 열이 내렸다. 의사는 그랑의 경우와 마찬가지로 아침에 일시적으로 증상이 완화된 것으로 보았고, 경험상, 보통 그것은 나쁜 징조였다. 하지만 점심이 되어도 열은 다시 오르지 않았다. 저녁에 미열이 잠시 오르다가 다음 날 아침엔 완전히 떨어졌다. 젊은 여자는 쇠약해지긴 했으나 침대에서 편하게 호흡을 하고 있었다. 리외는 타루에게 그녀는 완전히 예외적인 경우로 살아났다고 말했다. 하지만 그 주에만 의사가 맡은 환자 중 네 명이나 그와 같이 회복되었다.

같은 주말에 그 늙은 천식 환자는 의사와 타루를 맞으면서 아주 흥분한 기색을 보였다.

"됐어요. 그놈들이 다시 나온다고."

그가 말했다.

"누가요?"

"누구긴, 쥐 말이지!"

지난 4월 이후, 죽은 쥐는 단 한 마리도 발견된 바가 없었다.

"다시 시작되는 건가요?"

타루가 리외에게 물었다.

노인은 두 손을 비벼댔다.

"놈들이 뛰어다니는 걸 봐야 한다니까! 기분이 얼마나 좋은지."

그는 거리로 난 문을 통해서 살아 있는 쥐 두 마리가 집에 들어오는 것을 보았던 것이다. 이웃들 역시, 집에 그 짐승들이 다시 나타난다고 알려 주었다. 몇 달 동안이나 잊고 지냈던 바스락거리는 소리가 천장에서 다시 들려왔다. 리외는 매주 초에 발표되는 통계 수치를 기다렸다. 통계는 병의 기세가 약화되었음을 나타내고 있었다.

제5부

병세의 갑작스러운 후퇴를 예상하지 못하기도 했지만, 우리 시민들은 선뜻 기뻐하지 못했다. 몇 달을 페스트 속에서 지내 오면서 그에서 벗어나고자 하는 욕구가 커져 가긴 했으나, 그를 통해 그들은 신중함을 배우기도 했으며, 유행병의 끝이 언제인지 헤아려 보는 습관이 사라져 가기도 했다. 그럼에도 불구하고 그 소식은 사람들 입에 오르내렸고, 그들의 마음 한구석에는 입 밖으로 내지 않는 크나큰 희망이 꿈틀거리기도 했다. 나머지 것들은 그리 중요하지 않았다. 통계 수치가 내려갔다는 엄청난 사실 앞에서는 새로운 페스트 환자가 발생했다는 소식마저도 그리 의미가 없었다. 대놓고 떠들어 대는 것은 아니었으나, 사람들이 건강한 시절을 은밀히 기대하고 있다는 조짐이 보이기도 했다. 그것은 우리 시민들이 이때부터, 무관심한 척하면서도, 페스트가 물러간 이후에는 삶이 어떻게 될까 하는 것에 대해 기꺼이 말하기 시작했다는 것이다.

　과거에 누렸던 편리한 삶이 단번에 되돌아오지 않을 것이라는 데는 모두가 동의했으며, 모든 것을 다시 건설하기보다 파괴하기가 쉬울 것이라는 생각을 했다. 다만 식량 보급만은 조금 상황이 개선될 것이며 그러면 가장 시급한 문제에서는 벗어날 수 있을 거라고 추측했다. 하지만 그런 가벼운 상상의 밑바닥에서 말도 안 되는 희망 사항들이 한꺼번에 꿈틀거리고 쏟아져 나오는 바람에, 시민들은 때때로 정신을 차리며, 어쨌든 해방은 당장 내일 오는 것은 아니라며 서둘러 그 희망을 접어 두기도 하였다.

실상 페스트가 이튿날 당장 멈추지는 않았으나, 겉보기에도 사람들이 적당히 이성적으로 기대하는 것보다 빠른 속도로 약해져 갔다. 1월 초순에 찾아온 추위는 전례 없이 맹위를 떨치며 버티고 있어서 도시의 하늘을 얼어붙게 만드는 듯싶었다. 그러나 하늘이 그토록 푸른 적도 없었다. 며칠 동안이나 꼼짝도 않고 얼어붙어 있는 눈부신 하늘빛으로 도시에 끝도 없이 광채가 흘러 넘쳤다. 그 신선한 공기 속에서, 삼 주에 걸친 하강 국면을 지나고 난 페스트는, 힘을 소진한 듯, 점점 더 적은 수의 시체들을 늘어놓았다. 페스트는, 어느 한순간, 몇 달에 걸쳐 비축해 둔 힘의 대부분을 잃은 것 같았다. 그랑이나 젊은 여성의 경우와 같이 제대로 점찍어 놓은 먹이를 놓쳐 버린다든지, 어떤 지역에서 이삼 일 동안 기승을 부리다가 다른 지역에서는 완전히 사라지고, 월요일에 환자 수를 늘려 가다가 수요일에는 거의 대부분을 살려 준다든지 하는 것을 보면, 페스트는 숨을 헐떡거리며 허둥대고 있는 것 같았다. 마치 짜증과 권태로 인해 방향을 잃어버린 채, 자신에 대한 지배력과 함께 그 힘의 바탕이었던 수학적이고도 엄중한 효율성마저 잃고 있는 것 같았다. 카스텔의 혈청은, 갑자기, 지금까지 보지 못했던 일련의 성공을 거두었다. 지금까지 아무런 효과를 보지 못했던 개별적인 의사들의 조치들도 하루아침에 확실한 방법으로 자리 잡았다. 이제는 페스트가 쫓기는 신세가 되었으며, 갑작스러운 병세의 약화가 지금까지 그와 맞서 싸우던 무기력한 군대에게 힘을 실어 준 것 같았다. 단지 몇 번인가는, 병이 뻣뻣하게 버티면서 맹목적인 발악을 하느라, 완치를 기대했던 서너 명의 환자를 데려가는 일이 있었다. 희망이 샘솟는 도중에 목숨을 잃은 환자들은, 그러므로 매우 불행한 경우였다고 볼 수 있다. 격리 수용소에서 나온 오통 씨의 경우가 그랬는데, 타루가 그가 운이 나빴다고 말했을 때, 판사의 죽음을 두고 한 말인지 살아 있을 때를 두고 한 말인지는 알 수 없었다.

그러나 전체적으로 보아 전염병은 모든 전선에서 물러나고 있었고, 도청의 발표도 처음에는 조심스럽게 실낱같은 희망만을 안겨 주더니 결국 우리가 승리를 쟁취했으며 병은 전장을 버리고 퇴각하고 있다는 믿음을 대중들의 마음에 심어 주기에 이르렀다. 사실을 말하자면 정말 승리를 쟁취한 것인지는 의문이 남았다. 확인할 수 있는 것이란, 병이 마치 처음에 올 때 그랬던 것처럼 지금 그렇게 물러가고 있다는 사실뿐이었다. 병에 대응하던 사람들의 전략은 변한 것이 없었으나, 어제까지 효과가 없던 것이 오늘은 뚜렷하게 만족스러운 것이 되었다. 페스트는 저 혼자 지친 것인지, 어쩌면 자신의 모든 목적을 이루고 나서 물러나는 것 같아 보였다. 어떻게 보면 그의 역할이 끝난 것이었다.

그럼에도 불구하고 시내의 모습은 아무것도 변한 것이 없었다. 거리는 낮에는 여전히 조용했고 저녁에는 늘 똑같은 군중들이 쏟아져 나왔으나 외투와 목도리들이 주인공이었다. 영화관과 카페들도 전처럼 북적댔다. 하지만 가만히 들여다보면 사람들의 얼굴이 좀 더 여유로웠고 가끔 미소가 눈에 띄었다. 그것은 오히려 지금까지 거리에서 아무도 미소를 짓지 않았다는 것을 확인할 수 있는 계기가 되었다. 실제로는 몇 달 전부터 도시를 둘러싸고 있던 두터운 장막에 작은 구멍이 난 것이었고, 매주 월요일, 시민들 각자는 라디오가 전하는 소식을 통해 그 구멍이 점점 커져서 결국 이제 숨을 쉴 수 있게 되었다는 것을 확인할 수 있었다. 그럼에도 아직은 지극히 소극적인 안도감이어서 속 시원한 표현으로 나타나지는 않았다. 이전 같으면 어떤 기차가 떠났다든지, 배가 도착했다거나 혹은 자동차의 운행이 다시 재개된다는 소식을 들었을 때 믿지 못하는 마음이 앞섰겠지만, 1월 중순에 나온 그 소식에 놀라는 사람은 아무도 없었다. 물론 그것은 대단한 일은 아니었다. 그러나 그런 미묘한 차이가 실은 희망의 여정 속에서 시민들이 이룬 크나큰 진전임을 보여 주는 것이었다. 주민들에게 가장 보잘것없는 희망이나마 깃든 순간부터는 페스트의 실질적인 지배가 끝났다고 볼 수 있을 것이다.

그렇지만 1월 내내 시민들의 행동이 모순적이었던 것도 사실이었다. 그들은 흥분과 의기소침의 상태를 번갈아 가며 겪었다. 그리하여 통계 수치가 가장 희망적이었던 바로 그 시점에 몇 건의 새로운 탈출 시도가 보고되기도 하였다. 그것은 당국과 감시초소들을 매우 놀라게 했는데, 탈출 시도 대부분이 성공했기 때문이었다. 실제로는 그 시기에 탈출을 시도한 이들은 본능적인 감정에 따른 것이었다. 어떤 이들에게 페스트는 뿌리 깊은 회의감을 심어 주었고 그들은 그로부터 벗어날 수 없었다. 그들에게는 더 이상 희망이 깃들 자리가 존재하지 않았던 것이다. 페스트의 시대가 지나가고 난 뒤에도 그들은 페스트를 기준으로 살아가고 있었다. 사태의 흐름에 뒤처져 있었던 것이다. 반면에 다른 이들, 특히 지금까지 사랑하는 이들과 떨어져 살았던 이들 중에는, 오랜 기간 동안의 유폐와 낙담의 시기를 지낸 후 일어나기 시작한 희망의 바람으로 열에 들뜨고 조바심에 젖어, 스스로에 대한 통제력을 잃어 버린 이들도 있었다. 목표를 바로 눈앞에 두고 죽을지도 모른다는 생각, 그토록 사랑하는 사람을 만나지도 못하고 지금까지 오랜 시간 겪어 온 고통을 보상받지 못하게 될지도 모른다는 생각에, 느닷없는 공포감에 사로잡힌 것이었다. 몇 달 동안이나 지속된 감금과 유형에도 불구하고 막연한 집착으로 버티고 기다려 왔던 이들에게 한 줄기 섣부른 희망이 비치자, 공포나 절망감에도 끄떡하지 않던 그 무엇인가가 무너져 내린 것이었다. 마지막까지 페스트의 행보를 따라잡지 못했던 그들은 이제 페스트를 앞질러 가고자 미친 사람들처럼 서둘러 댔던 것이다.

　같은 시기에 낙관주의가 깃든 징조가 눈에 띄기도 했다. 물가가 현저하게 내려간 것도 그중 하나였다. 순전히 경제적인 시각으로 보면 그 현상을 설명하기는 어려웠다. 어려운 사정은 매한가지였고, 출입문에서의 검역 절차도 계속되었으며, 식량 보급이 나아진 것도 아니었다. 그것은 순전히 심리적인 현상으로, 페스트가 쇠퇴해 가면서 여기저기 반향을 일으킨 것으로 보였다. 동시에, 전에는 집단생활을 하다가 병 때문에 떨어져 지내야 했던 이들에게도 낙관주의가 깃들었다. 시내에 있던 수도원 두 곳이 다시 제 모습을 찾기 시작했고 공동생활을 재개할 수 있었다. 군대의 경우도 사정은 마찬가지여서, 비어 있던 병영으로 병사들이 다시 집결하여

정상적인 주둔 생활로 복귀했다. 그런 사소한 일들이 매우 큰 의미를 지닌 것이었다.

주민들은 1월 25일까지 그런 조용한 흥분 속에서 지냈다. 그 주에 통계 수치가 아주 낮게 떨어져서, 도청은 의사회의 자문을 거쳐 유행병이 물러간 것으로 간주해도 좋다는 발표를 했다. 발표문에 덧붙여진 내용은, 주민들이 동의해 마지않으리라 기대하지만 신중을 기하는 취지에서 시의 출입문은 이 주일간 더 폐쇄된 상태로 둘 것이고, 예방 조치는 한 달 동안 더 지속된다는 것이었다. 그 시기에 조금이라도 위험이 재발할 징후가 보일 경우 모든 조치들은 현상 유지될 것이며 그 기간도 연장하게 될 것이라고 했다. 하지만 사람들은 마지막 문구는 형식적인 것에 불과하다고 여겼으며, 1월 25일 저녁에는 기쁨에 들뜬 분위기가 도시를 가득 메웠다. 지사는 주민들의 즐거움에 일조하기 위해 등화관제를 해제하고 평소처럼 불을 밝힐 것을 명하였다. 거리거리는 환하게 등이 켜졌고, 차갑고 맑은 공기로 가득한 하늘 아래 우리 시민들은 떠들썩하게 웃으면서 무리지어 쏟아져 나왔다.

물론 많은 집의 덧문은 아직 닫혀 있었고, 사람들의 환호성으로 가득했던 밤을 침묵 속에서 보낸 가족들도 있었다. 그럼에도 불구하고 상중에 있는 많은 사람들 역시 안도의 한숨을 쉴 수 있었는데, 남은 가족이 전염될까 하는 걱정이 덜어졌을 뿐 아니라 자기 자신의 생존이 더 이상 위협받지 않을 수 있기 때문이었다. 하지만 모든 이가 누리고 있는 기쁨과 가장 동떨어져 있는 가족이라면 분명히, 바로 그 순간에도 병원에서 페스트와 싸우고 있는 환자를 둔 가족, 집에서 혹은 격리소에서 다른 사람들에게서 재앙이 떨어져 나간 것처럼 자신들에게서도 재앙이 떨어져 나가기를 기다리고 있는 가족들일 것이다. 그들에게도 물론 희망은 깃들고 있었지만, 희망을 간직해 두고 아끼고자 했으며, 정말 그것을 누릴 수 있을 때까지는 스스로 자제하고자 노력하고 있었다. 단말마의 고통과 기쁨의 중간에 서서 다른 사람들의 환희를 바라보는 그들에게는 기다림과 침묵 속에 지새우는 밤이 더욱 잔인하게만 느껴졌다.

그런 예외들이 있긴 했으나 다른 이들이 느끼고 있는 만족감에는 아무런 영향을 미치지 못했다. 물론 페스트가 아직 끝난 것은 아니었으며 앞으로 종지부를 증명할 일이 남아 있긴 했다. 그래도 모든 이의 마음속에는 이미 몇 주 전에 기차가 끝없는 철길을 기적을 울리며 달리고 있었고 선박들은 빛으로 가득한 바닷길을 가르며 나아가고 있었다. 다음 날이 되어 사람들의 마음이 진정되면 의혹이 다시 꿈틀거릴 것이다. 하지만 지금 이 순간만은 도시 전체가 들썩이고 있었고, 돌처럼 단단한 뿌리를 담그고 있던 밀폐되고 어두우며 꼼짝도 하지 않던 장소를 떠나 생존자들을 가득 싣고 조금씩 움직이고 있었다. 그날 저녁에는 타루와 리외도 그리고 랑베르와 다른 사람들도 군중과 뒤섞여 걸으면서 발걸음이 한없이 가벼웠다. 대로를 벗어나 인적 없는 골목에서 덧문이 닫힌 창들을 따라 걷는 중에도 타루와 리외의 귓전에는 기쁨의 함성이 떠나지 않았다. 너무나 피로한 탓이기도 했지만, 그들은 그 덧문들 뒤로 지속되고 있는 고통과, 좀 더 떨어져 거리를 가득 메우고 있는 기쁨을 따로 떼어서 생각하기가 어려웠다. 눈앞에 다가온 해방은 웃음과 눈물이 뒤범벅이 된 얼굴을 하고 있었다.

군중의 웅성거림이 더 커지고 기쁨으로 떠들썩하던 어느 순간에 타루는 발걸음을 멈추었다. 어두컴컴한 보도 위로 어떤 형체 하나가 가볍게 달려가고 있었다. 고양이였다. 봄이 지나고는 처음 보는 녀석이었다. 고양이는 길 한복판에서 잠시 꼼짝 않고 망설이더니, 앞발을 핥고 나서 그 발을 오른쪽 귀에 쓱 문지르고는 소리 없이 어둠 속을 달려 사라졌다. 타루는 미소를 지었다. 그 자그마한 노인도 기뻐했을 것이다.

전염병 사태가 진정되고 페스트 자신이 소리 없이 출몰하던 미지의 소굴로 되돌아가고 있는 그 순간에 적어도 시내에서 한 사람만은 망연자실하고 있었는데, 타루의 수첩에 의하면 그것은 코타르였다.

사실을 말하면, 그 수첩은 통계 수치가 떨어지던 그 순간부터 어딘가 좀 이상해지고 있었다. 피로 때문인지도 모르겠으나 글씨는 점점 알아보기 힘들어졌고 이 주제에서 저 주제로 자주 건너뛰었다. 게다가 처음으로 수첩은 객관성을 잃고 개인적인 생각들로 채워지기 시작했다. 예를 들어, 코타르에 대한 꽤 긴 내용 가운데에 그 노인과 고양이에 관한 이야기가 뒤섞여 있었다. 타루에 의하면 페스트가 그 노인에 대한 자신의 생각에 변화를 가져다준 것은 아무것도 없었고, 페스트 이후에도 이전과 같은 흥미를 가지고 있었는데, 불행히도 이제는 더 이상 흥미를 가질 일은 없을 것이며 그것은 그에 대한 자신의 호의에 문제가 생겼기 때문만은 아니라는 것이다. 그는 노인을 다시 보고자 했었다. 1월 25일 저녁이 지나고 며칠 후에, 그는 작은 골목 한 구석에 자리를 잡고 기다리고 있었다. 고양이들은 언제나처럼 약속 장소에 나타나 햇빛이 비치는 자리에서 몸을 녹이고 있었다. 그러나 시간이 지나도 덧문은 굳게 닫힌 채로 있었다. 그 후로도 며칠간 타루는 문이 열려 있는 것을 보지 못했다. 그는 묘하게도 그 작은 노인이 화가 났거나 죽었다고 결론을 내렸다. 그가 화가 났다면, 자신은 옳았는데 페스트가 자신에게 몹쓸 짓을 했다고 생각하기 때문일 것이며, 만일 죽었다면, 늙은 천식 환자와 마찬가지로 그 노인 역시 성자가 아닌지 생각해 봐야 한다고 적고 있다. 타루 자신은 노인이 성자가 아니라고 생각하고 있었으나 그에게 어떤 '징후'가 발견된다고 평가했다. 수첩에는 다음과 같이 적혀 있었다.

아마도 우리는 성스러움의 근사치에만 다다를 수 있을 뿐이다. 그렇다면 겸손하고 자비로운 악마주의로 만족해야 할 것이다.

역시 코타르에 대한 내용에 섞여 눈에 띄는 것은, 여기저기 흩어져 발견되는 수많은 언급들인데, 그중 어떤 것은 이제 회복기에 들어 아무 일 없었다는 듯이 다시 일을 시작한 그랑에 관한 것이었고 다른 것들 중엔 의사 리외의 어머니에 관한 내용들도 있었다. 함께 살고 있는 관계로 타루는 부인과 대화를 주고받을 때가 있었는데, 그 대화의 내용뿐만 아니라 노모의 태도나 미소, 페스트에 관해 했던 말들 따위가 자세하게 적혀 있었다. 타루는 특히 부인의 눈에 띄지 않으려는 태도, 간단한 문장으로 모든 것을 표현하는 방식, 조용한 거리로 난 어떤 창문을 특히 좋아해서 저녁이면 그 창가에 몸을 곧게 세우고 앉아 손을 편안하게 둔 채 노을빛이 방 안에 들어와 잿빛 배경에 그녀의 검은 그림자를 만들고 그 빛이 점점 짙어지다가 움직이지 않는 실루엣과 하나가 되는 순간까지 주의 깊은 시선을 거두지 않는 모습, 이 방에서 저 방으로 너무나도 쉽게 이동하는 날렵함, 타루 앞에서는 한 번도 구체적으로 드러낸 적이 없으나 그녀의 모든 행동이나 언사 속에서 그가 감지할 수 있었던 선량함, 마지막으로, 역시 그의 생각이지만, 부인은 생각해 보지 않고서도 모든 것을 알 수 있는 능력이 있었고 조용히 어둠 속에 있으면서도 그 어떤 빛 앞에서도 퇴색하지 않는 광채를 지녀 페스트 앞에서조차 굴하지 않을 수 있었다는 사실 따위를 강조하고 있었다. 그런데 이 대목에서 타루의 글씨에 이상한 쇠약의 기미가 보였다. 뒤따르는 문장들은 알아보기가 어려웠고 그 쇠약의 기미를 다시 증명이라도 하듯, 마지막 문장에는 처음으로 개인적인 내용을 담고 있었다.

내 어머니도 그랬다. 나는 눈에 띄지 않으려는 어머니의 바로 그런 태도를 좋아했고, 어머니야말로 내가 늘 함께하고자 했던 사람이었다. 지금으로부터 8년 전, 어머니는 돌아가셨다고 할 수는 없다. 단지 평소보다 더 눈에 띄지 않으셨을 뿐, 그리고 내가 뒤를 돌아보았을 때 그녀는 그 자리에 없었다.

코타르 얘기로 다시 돌아가야 할 것 같다. 통계 수치가 내려가면서부터 코타르는 이런저런 이유를 대며 리외를 찾아왔다. 실제로는, 매번 그를 방문할 때마다 유행병의 추이가 어떻게 되는지를 물어보는 것이었다.

"그냥 이렇게 아무런 전조도 없이 병이 끝날 수도 있는 건가요?"

그는 그 점에 관해서 회의적이었고, 적어도 그렇게 말을 하고 다녔다. 그러나 자꾸 되풀이해서 물어보는 것을 보면 그렇게 확신하는 것은 아닌 모양이었다. 1월 중순에 리외는 꽤 희망적으로 대답했다. 매번 그가 대답할 때마다 코타르는 기뻐하기는커녕 기분이 상하거나 의기소침해지는 등 다양한 반응을 보였다. 그 후부터 의사는 통계가 긍정적인 수치를 나타내기는 하지만 아직 승리의 환호성을 지르기엔 이르다고 말할 수밖에 없었다.

"다시 말하면, 아무것도 알 수 없다는 말이군요. 어느 날 갑자기 다시 악화될 수도 있다는 말씀인 거죠?"

하고 코타르가 지적했다.

"그렇죠. 반대로 더 빨리 병이 물러갈 수도 있는 것이고."

그런 불확실성은 모두가 걱정하는 바였으나 코타르에게는 안심이 되는 말이었다. 그는 타루가 보는 앞에서 동네의 상인들과 얘기를 나누던 중에 그러한 리외의 의견을 퍼뜨리고자 했다. 사실 그것은 어려운 일도 아니었다. 왜냐하면 첫 승리의 열기가 가시고 나자 도청의 발표를 듣고 환호했던 많은 사람들의 머릿속에 의혹이 되살아났기 때문이다. 코타르는 사람들이 걱정하는 모양을 보고 안도감을 느끼곤 했다. 그러다가도 이전처럼 낙심해서 타루에게 이렇게 말하기도 했다.

"그래요. 결국 출입문이 열리고 말 거예요. 그러면 사람들이 나 같은 건 쳐다보지도 않을 거라고요!"

1월 25일까지는 그의 정신 상태가 불안정하다는 사실을 모든 사람들이 알게 되었다. 오랜 시간 동안 동네 사람들이며 주변 사람들과 잘 지내보려고 그렇게 노력을 하더니, 이번에는 며칠에 걸쳐 그들과 시비를 벌이는 것이었다. 적어도 겉으로 보기에는, 세상과 멀어져서 갑자기 비사교적이 된 것 같았다. 식당에서도, 극장이나 그가 즐겨 드나들던 카페에서도 그의 모습은 보이지 않았다. 하지만 전염병 이전의 음습하면서도 절제 있는 자신의 생활로 되돌아간 것 같지는 않았다. 그는 자신의 집 안에 틀어박혀 지내면서 근처 식당에서 식사를 배달해서 먹었다. 단지 저녁에만 슬쩍 외출을 해서 필요한 것들을 사고는 상점에서 나와서 아무도 없는 거리를 쏘다니는 것이었다. 그러다가 타루가 그와 마주치기도 했으나 몇 마디 짤막한 대화 이상을 나누지는 못했다. 그러더니 밑도 끝도 없이 사교적이 되어서는 페스트에 대해 이러쿵저러쿵 지껄이다가 각자의 의견을 묻기도 하고, 저녁이면 군중에 뒤섞여 신이 나서 휩쓸려 다니는 것이었다.

도청에서 발표를 한 당일에 코타르는 완전히 사람들의 사야에서 사라졌다. 이틀 후에야 그가 거리를 헤매고 있는 것이 타루의 눈에 띄었다. 코타르는 그에게 교외까지 같이 가 달라고 부탁을 했는데, 타루는 특별히 피곤한 하루를 보냈던지라 좀 망설였다. 하지만 코타르는 고집을 부렸다. 그는 매우 흥분한 듯했으며, 몸짓을 아무렇게나 해 대며 큰 소리로 마구 떠들었다. 그는 타루에게 도청의 발표로 페스트가 완전히 물러갔다고 생각하느냐고 물었다. 물론 타루는 행정적인 발표만으로 재앙을 멈출 수는 없는 노릇이지만, 특별한 일이 벌어지지만 않는다면 유행병은 멈추리라 생각한다고 말했다.

"그래요. 특별한 일만 없으면. 하지만 항상 특별한 일은 생기기 마련이죠."

코타르가 말했다.

타루는 그러지 않아도 도청에서는 예기치 않은 일이 생길 것을 대비해 시의 문을 개방하기까지 이 주일의 기간을 두고 있다고 설명했다.

"잘한 일이죠. 일이 되어 가는 모양을 봐서는 도청이 헛짓을 한 꼴이 될지도 모르니까요."

코타르는 여전히 어둡고 흥분된 어조로 말했다.

타루는 그럴 가능성도 있지만, 그럼에도 불구하고 머지않아 시의 문이 열려서 정상적인 삶으로 돌아가는 것에 대비하는 것이 좋겠다고 했다.

"그렇다고 칩시다. 그렇다고 치자고요. 그런데 정상적인 삶으로 돌아간다는 게 무슨 뜻이죠?"

코타르가 말했다.

"극장에 새 영화가 상영된다는 뜻이죠."

타루가 웃으면서 말했다.

하지만 코타르는 웃지 않았다. 그는 페스트로 인해 도시가 달라질 게 아무것도 없고, 모든 것이 이전처럼, 그러니까 아무 일도 없었던 것처럼 다시 시작하게 된다고 생각하는지 알고 싶어 했다. 타루는 페스트로 인해 시가 달라지기도 하고 달라지지 않기도 할 것이지만, 물론 우리 시민들이 가장 원하는 바는 지금도 그렇고 앞으로도 마치 아무 일도 없었던 것처럼 되는 것이며, 그런 의미에서는 아무것도 바뀐 게 없을 것이고, 다른 한편, 아무리 노력을 해도 모든 것을 잊을 수는 없을 것이다. 그러니 페스트는 적어도 우리 마음속에는 흔적을 남기게 될 것이라고 말해 주었다. 그 가련한 연금 생활자는 사람들의 마음 따위엔 관심이 없으며 자신이 상관할 바가 아니라고 잘라 말했다. 자신이 관심을 갖고 있는 것은 도시의 조직 자체가 변화할 것인가, 예를 들어 관공서의 활동이 이전처럼 움직일 것인가 하는 문제라고 했다. 타루는 그에 대해서는 아는 바가 없다고 말하지 않을 수 없었다. 짐작하기에, 페스트 기간 중에 어려움을 겪었던 행정 활동이니만큼 곧 다시 제 기능을 발휘하기는 쉽지 않을 것이라고 했다. 새로운 문제들이 많이 생길 것이므로, 적어도 이전 기관들을 재편할 필요는 있을 거라고도 했다.

"아! 그렇겠군요. 사실 모두가 일을 새로 시작해야 할 테지요."

코타르가 말했다.

길을 함께 걷던 두 사람은 코타르의 집 근처에 다다랐다. 코타르는 활기를 되찾고 낙관적인 전망을 내놓으려고 애를 썼다. 그는 과거를 지우고 백지 상태에서 다시 출발하는 도시의 새로운 삶을 상상했다.

"그럼요. 어찌됐든 당신도 사정이 나아질 거예요. 어떤 의미에선 새로운 삶이 시작되는 거니까."

타루가 말했다.

그들은 문 앞에서 악수를 나누었다.

"당신 말이 맞아요. 백지 상태에서 새 출발이라, 그건 정말 좋은 거죠."

코타르는 점점 더 흥분해서 말했다.

그런데 복도의 어둠 속에서 두 남자가 불쑥 나타났다. 저 녀석들이 뭘 하고 있는 거냐는 코타르의 말을 타루가 채 알아듣기도 전에, 어색한 기관원 차림의 두 사내는 당신 이름이 코타르가 맞느냐고 그에게 묻고 있었다. 코타르는 알아듣기 힘든 비명을 지르면서 한 바퀴 홱 돌더니 사내들과 타루가 어떻게 해 볼 새도 없이 어둠 속으로 사라져 버렸다. 놀라움이 가시고 나자 타루는 두 사람에게 왜 그러시냐고 물었다. 그들은 알아볼 게 있어서 그렇다고 신중하고도 공손한 태도로 말하고는, 코타르가 사라진 방향으로 느긋하게 발걸음을 돌렸다.

집에 돌아온 타루는 이 장면을 기록하고는 곧 피로감을 호소했는데, 그것은 글씨체에 고스란히 나타나 있었다. 그는 덧붙이기를, 아직 할 일이 많이 남아 있으며, 그래도 준비할 일은 준비해야 할 텐데, 실상 자기 마음이 준비된 상태인지를 자문했다. 대답 대신, 마지막으로 그는, 낮이건 밤이건 어떤 때가 되면 사람은 비겁해지기 마련이고 자신이 두려워하는 것은 바로 그 시간뿐이라고 적고 있다. 타루의 수첩은 거기서 끝나 있었다.

이틀 후, 시의 문이 열리기 며칠 전이었던 날, 리외는 기다리던 전보를 받을 수 있을까 궁금해하면서 정오에 집으로 돌아왔다. 페스트가 한창이던 때만큼이나 하루 일과는 벅찼으나 완전히 해방될 날이 가까워오는 것에 대한 기대감 덕분에 그는 피로를 말끔히 잊을 수 있었다. 이제 그는 희망을 품고 기다리면서 기뻐할 수 있었다. 항상 의지를 다지며 긴장하고 살 수는 없는 노릇이며, 투쟁을 위해 축적해 놓은 힘의 무게를 서로 감정을 소통함으로써 조금씩 덜어 간다는 것은 즐거운 일이 아닐 수 없다. 만일 기다리던 전보가 좋은 소식을 담고 있다면 리외 역시 모든 것을 다시 시작할 수 있을 것이다. 그 또한, 모두가 새 출발을 하게 될 것이라는 데 동의하고 있었다.

　그는 경비실 앞을 지나갔다. 새로 온 수위가 유리창에 몸을 바짝 붙인 채 그에게 미소를 지었다. 계단을 오르면서 리외는 피로와 곤궁으로 창백해진 그의 얼굴을 다시 한번 보았다.

　그렇다. 추상이 끝나는 날, 그는 다시 시작할 것이다. 그리고 운이 좀 따라 준다면……. 그런데 그가 문을 여는 순간 그의 어머니가 맞으러 나와서는 타루 씨가 몸이 좋지 않다는 것이었다. 아침에 일어났는데 외출을 하지 못하고 다시 누웠다고 한다. 부인은 근심에 차 있었다.

"별일 아닐 수도 있어요."

아들이 말했다.

타루는 다리를 쭉 뻗고 누워 있었다. 무거워진 머리는 긴 베개 속에 파묻혔으나 튼튼한 가슴은 두꺼운 이불 속에서도 알아볼 수 있었다. 열이 있었고 두통으로 힘들어하고 있었다. 그는 리외에게 증상이 애매하지만 페스트일지도 모른다고 말했다.

"아니, 아직 확실한 증세는 없어요."

리외는 그를 진찰하고 나서 말했다.

그러나 타루는 극심한 갈증을 느끼고 있었다. 복도에서 리외는 모친에게 페스트의 시초일지도 모른다고 말했다.

그녀가 말했다.

"아! 그건 말도 안 돼. 이제 와서 페스트라니!"

그러고는 다시 말했다.

"집에서 치료하자꾸나, 베르나르."

리외는 생각에 잠겼다.

"제게는 그럴 권리가 없어요. 하지만 시의 문이 곧 열리겠죠. 어머니만 안 계셨더라면 저 스스로에게 처음으로 행사하는 권리가 되었을 텐데요."

그가 말했다.

"베르나르, 우리 두 사람을 집에 있게 해 주렴. 내가 새로 예방주사를 맞은 걸 너도 알잖니."

어머니가 말했다.

리외는 타루 역시 예방주사는 맞았지만, 아마 너무 피곤해서 마지막 혈청 주사를 빼먹었거나 몇 가지 주의사항을 잊어버렸을 것이라고 말했다.

리외는 이미 자신의 진료실로 가고 있었다. 그가 돌아왔을 때 타루는 커다란 혈청 앰풀을 들고 있는 리외를 보았다.

"아! 역시 그거였군요."

그가 말했다.

"아니요. 예방 차원에서 놓는 겁니다."

타루는 대답 대신 팔을 내밀었고, 자신이 다른 환자에게 놓던 그 끝없이 긴 주사를 맞았다.

"저녁이 되면 알 수 있을 겁니다."

리외는 그렇게 말하고 타루의 얼굴을 바라보았다.

"격리는요, 리외?"

"아직 페스트인지 전혀 확실치 않아요."

타루는 애써 웃음을 지었다.

"혈청을 놓으면서 격리 명령을 내리지 않는 건 처음 봅니다."

리외는 얼굴을 돌렸다.

"어머니와 내가 돌볼 겁니다. 여기 있는 게 나을 거요."

타루는 입을 다물었고, 리외는 앰풀을 정리하면서 그가 무슨 말이든 하면 돌아서려고 기다리고 있었다. 결국 그는 침대 쪽으로 다가갔다. 환자는 그를 바라보고 있었다. 그의 얼굴은 피로한 기색이었으나 회색 눈동자는 침착해 보였다. 리외는 그에게 미소를 지었다.

"가능하면 잠을 자 둬요. 이따가 다시 올 테니."

그가 문 앞에 다다르자 자신을 부르는 타루의 목소리가 들렸다. 그는 돌아다보았다.

그러나 타루는 자신이 하려는 말과 씨름하고 있는 것 같았다.

마침내 그는 입을 열었다.

"리외, 내게 모든 걸 다 말해 줘야 해요. 그러길 원해요."

"약속하리다."

타루는 커다란 얼굴을 약간 비틀며 미소를 지었다.

"고마워요. 난 죽고 싶은 생각이 없고 싸울 겁니다. 하지만 승산이 없다면 깨끗하게 끝내고 싶어요."

리외는 고개를 숙이고 그의 어깨를 잡았다.

"아뇨. 성자가 되려면 살아야죠. 싸우세요."

그가 말했다.

매섭던 추위는 낮 동안 조금 누그러들었으나, 오후에 우박과 함께 사나운 소나기가 퍼부었다. 황혼녘에는 하늘이 좀 개면서 추위가 다시 살을 에는 듯했다. 리외는 저녁이 되어 집에 돌아왔다. 외투를 벗지도 않은 채 그는 친구의 방으로 들어갔다. 그의 어머니는 뜨개질을 하고 있었다. 타루는 침대에 그대로 있었으나, 열로 허옇게 된 입술이 지금도 한창 병세와 싸우고 있음을 말해 주었다.

"좀 어떤가요?"

리외가 물었다.

타루는 두꺼운 어깨를 침대 밖으로 조금 으쓱해 보였다.

"어떠냐 하면, 싸움에서 질 것 같아요."

그가 말했다.

리외는 그에게로 몸을 기울였다. 타는 듯이 뜨거운 피부 아래로 멍울이 단단해지고 있었고, 가슴에는 대장간이라도 품고 있는 듯 쇠를 두드리는 소리가 울려 퍼지고 있었다. 타루는 이상하게도 두 가지의 증세를 나타내고 있었다. 리외는 몸을 일으키면서 혈청이 아직 완전히 효과를 발휘할 시간이 없었다고 말했다. 타루는 몇 마디를 꺼내려 했으나, 뜨거운 열이 목구멍으로 솟아올라 목소리가 희미해지고 말았다.

저녁을 먹고 나서 리외와 어머니는 환자 곁에 자리를 잡고 앉았다. 투쟁 속에서 타루의 밤이 시작되었고, 리외는 페스트의 사자와 겨루는 이 힘겨운 싸움이 새벽까지 지속되리라는 것을 알고 있었다. 타루의 단단한 어깨와 넓은 가슴은 유용한 무기가 되지 못했다. 그보다는 조금 전에 리외의 주사기 바늘 끝으로 뿜어 나오던 피, 그리고 그 피 속의, 인간의 과학으로는 밝혀낼 수 없는 영혼보다 더 내밀한 그 무엇이야말로 최고의 무기였다. 그는 친구가 싸우고 있는 모습을 바라볼 수밖에는 도리가 없었다. 몇 달 간의 실패를 거듭했기에, 그가 하려고 하는 일, 화농을 촉진시킨다든지 강심제를 주사한다든지 하는 것들이 어느 정도 효과가 있는지 그는 알고 있었다. 실은 그가 해야 할 유일한 일은, 대개 심기를 건드렸을 때만 작동하는 우연에게 기회를 마련해 주는 것뿐이었다. 그 우연이 작동해야만 했다. 실제로, 리외가 마주하고 있는 페스트의 얼굴은 그를 당황하게 했다. 다시 한번 페스트는 그에 맞서기 위해 세워 둔 전략을 피해 가고자 애쓰고 있었다. 페스트는 예기치 못한 곳에 나타났으며, 이미 자리를 잡았다고 판단한 곳에서는 물러나곤 했다. 또 한 번, 페스트는 모두를 놀라게 하려고 열을 올렸다.

타루는 꼼짝도 하지 않은 채 싸우고 있었다. 밤사이 단 한 번도 고통의 엄습에 몸부림으로 맞서지 않았고 묵직한 육체와 완전한 침묵만으로 대항했다. 한 번도 입을 열지 않음으로써 더 이상 한순간도 방심할 수 없음을 고백한 셈이었다. 리외는 친구의 눈을 통해서만 싸움의 경과를 따라갈 수 있을 뿐이었다. 번갈아 가며 감았다가 뜨는 그 눈, 안구를 바짝 조였다가 축 늘어지는 눈꺼풀, 어딘가를 뚫어져라 바라보다가는 의사와 그의 어머니에게 옮겨 가는 시선 따위로 말이다. 의사와 그 시선이 마주칠 때마다 타루는 가까스로 웃음을 지어 보였다.

어느 순간, 거리에서 서둘러 뛰어가는 발소리가 들려왔다. 발소리는 멀리서 우르릉거리다가 점점 다가오는 천둥소리를 피하는 듯싶었고, 곧이어 거리는 쏟아져 흐르는 물소리로 가득 찼다. 다시 비가 내리기 시작한 것이다. 곧이어 우박이 뒤섞이면서 도로에 후드득거리며 떨어져 내렸다. 창문 앞에서 커다란 장식용 천들이 물결치듯 휘날렸다. 방의 어두운 구석에 앉아 있던 리외는 비 때문에 잠시 정신이 팔렸다가, 머리맡에 놓인 램프가 비추고 있는 타루의 모습을 다시 바라보았다. 어머니는 뜨개질을 하고 있었고, 가끔씩 고개를 들어 주의 깊게 환자를 살펴보았다. 의사는 이제 할 수 있는 일은 다한 셈이었다. 비가 그치고 나자 방 안의 침묵은 짙어졌고 보이지 않는 전쟁이 일으키는 고요한 격동만이 가득했다. 불면으로 신경이 날카로워진 리외는, 침묵의 가장자리로부터, 페스트 기간 내내 자신을 따라다녔던 부드럽고 규칙적인 휘파람 소리가 들려오는 것 같은 착각에 빠졌다. 그는 어머니에게 가서 누우라고 눈짓을 했다. 그녀는 고개를 가로젓고는, 눈을 반짝이며 바늘 끝으로 그물코를 다시 헤아려 보는 것이었다. 리외는 일어나서 환자에게 물을 먹이고 다시 자리에 와서 앉았다.

행인들은 비가 잠시 멎은 틈을 이용해 서둘러 보도를 걸어갔다. 발소리는 점점 작아지더니 이내 멀어져 갔다. 리외는 처음으로, 밤늦게 산책을 하는 이들로 가득하고 구급차의 사이렌 소리도 들리지 않는 그 밤이 예전의 밤들과 비슷하다는 것을 느꼈다. 그 밤은 페스트로부터 해방된 밤이었다. 추위와 햇빛 그리고 군중들에게 쫓긴 그 병이 도시의 음습하고 깊은 구석에서 도망쳐 나와서는 따뜻한 이 방에 숨어들어, 꼼짝 못하고 누워 있는 타루의 육체에 최후의 공격을 퍼붓고 있는 것 같았다. 재앙은 더 이상 도시의 하늘을 휘저어 대지 않았다. 대신 방 안의 무거운 공기 속에서 나직이 휘파람을 불고 있었다. 몇 시간 전부터 리외의 귓전을 울리던 소리가 바로 그것이었다. 이곳에서도 그 소리가 멎기를, 페스트가 이 방 안에서도 패배를 시인하기를 기다려야만 했다.

날이 밝아 오기 얼마 전에 리외는 어머니에게로 몸을 기울이며 말했다.

"여덟 시에 저와 교대하려면 눈 좀 붙이셔야죠. 주무시기 전에 소독하시고요."

리외 부인은 일어나서 뜨개질감을 정리하고는 침대 쪽으로 다가갔다. 타루는 아까부터 눈을 감고 있었다. 단단한 이마 위로 머리카락이 땀에 젖어 엉겨 붙어 있었다. 부인이 한숨을 내쉬자 환자가 눈을 떴다. 자신을 굽어보는 부드러운 얼굴을 보고는, 열이 끓어오르는 중에도 힘겹게 지어 보이는 미소가 얼굴에 다시 떠올랐다. 그러나 이내 눈이 감겼다. 혼자 남은 리외는 방금 전까지 어머니가 앉아 계시던 안락의자에 가서 앉았다. 거리는 고요했고 이제 그 어떤 소리도 들려오지 않았다. 아침의 쌀쌀함이 방 안에 느껴지기 시작했다.

리외는 잠깐 졸았으나 새벽의 첫 마차 소리가 그를 선잠에서 깨웠다. 그는 몸서리를 한번 치고 나서 타루를 바라보고는, 일시적으로 병세가 진정되어 그가 잠들었음을 깨달았다. 나무와 쇠로 된 마차의 바퀴 소리가 멀리서 들려오고 있었다. 창밖은 아직 어두웠다. 리외가 침대로 다가가자 타루는 잠에 취한 듯 무표정한 얼굴로 그를 쳐다보았다.

"잠잔 거 맞죠?"

리외가 물었다.

"네."

"숨쉬기는 좀 편해졌나요?"

"조금요. 그게 어떤 의미가 있나요?"

리외는 잠자코 있었다. 그러다가 잠시 후에 말했다.

"아뇨, 타루. 별 의미는 없어요. 아침이면 좀 진정되는 거 잘 알잖아요."

타루는 고개를 끄덕이며 말했다.

"고마워요. 항상 정확하게 말해 줘요, 그렇게."

리외는 침대 발치에 걸터앉았다. 가까이 느껴지는 환자의 다리가 죽은 사람의 것처럼 길고 딱딱했다. 타루는 숨을 거세게 내쉬었다.

"다시 열이 나겠네요. 그렇죠, 리외?"

그는 숨 가쁜 목소리로 말했다.

"네. 아무튼 정오에는 확실히 알게 될 거예요."

타루는 힘을 가다듬으려는 듯 두 눈을 감았다. 얼굴엔 피곤한 기색이 뚜렷했다. 그는 이미 몸 깊은 곳 어디에선가 그를 휘젓고 있는 열이 올라오기만을 기다리고 있었다. 그가 눈을 떴으나 시선은 흐려 있었다. 자신에게 몸을 굽히고 있는 리외를 보고 나서야 눈빛이 맑아졌다.

"마셔요."

리외가 말했다.

그는 물을 마시고 나서 다시 고개를 베개에 떨구었다.

"오래 걸리네요."

리외는 타루의 팔을 잡았으나 그는 시선을 돌린 채 아무런 반응을 보이지 않았다. 갑자기 몸 안의 방어막이 무너지기라도 한 듯 이마까지 열이 밀고 올라오는 것이 분명해 보였다. 타루의 눈빛이 리외에게로 향하자 그는 긴장한 얼굴로 타루를 격려했다. 타루는 웃어 보이려고 했으나, 꽉 다문 턱과 희끄무레한 거품이 달라붙어 있는 입술 밖으로 미소가 나오지는 않았다. 그러나 굳은 얼굴 위로 솟아오르는 의지가 여전히 눈동자에 어려 빛나고 있었다.

일곱 시가 되자 리외 부인이 방에 들어왔다. 리외는 사무실로 가서 병원에 전화를 걸어 대체 근무를 부탁했다. 또한 그는 진료를 나중으로 미루고 진료실 소파에 잠시 누웠다가 곧 다시 일어나서는 타루가 있는 방으로 갔다. 타루는 리외 부인 쪽으로 고개를 돌리고 있었다. 그는 두 손을 모아 다리에 얹고 자신 곁에 수그리고 앉아 있는 그 조그마한 그림자를 응시했다. 그가 너무도 강렬히 그녀를 바라보고 있기에 부인은 손가락을 그의 입술에 잠시 갖다 대고는, 일어나서 램프를 껐다. 그러나 머지않아 커튼 뒤로 햇살이 새어 들어와 어둠 속에서 환자의 얼굴이 어렴풋이 보이기 시작했을 때, 부인은 그가 여전히 자신을 바라보고 있는 것을 볼 수 있었다. 그녀는 그에게 몸을 굽혀 긴 베개를 바로 놓아 주고 나서, 그의 헝클어진 젖은 머리칼 위에 손을 얹었다. 그녀는 멀리서 들려오는 듯한 희미한 목소리가 고맙다고, 이제 모든 것이 괜찮다고 말하는 것을 들었다. 부인이 다시 자리에 앉았을 때 타루는 지친 얼굴로 눈을 감았고, 꼭 다문 입술이었지만 다시 미소를 찾은 것 같아 보였다.

정오가 되자 열이 절정에 달했다. 배 속 깊은 곳에서 나오는 듯한 기침이 환자의 몸을 뒤흔들었고, 그는 피를 토하기 시작했다. 멍울은 더 이상 부어오르지 않았다. 그러나 여전히 없어지지 않은 채 관절의 패인 부분에 나사처럼 단단히 박혀 있어서 리외는 절개 수술이 불가능하다고 판단했다. 열과 기침 사이사이에도 타루는 여전히 가끔씩 친구들을 바라보았다. 그러나 얼마 가지 않아 그의 눈이 떠지는 횟수가 드물어졌고, 햇빛 속에 간간이 드러나는 엉망이 된 얼굴은 매번 더욱더 창백해졌다. 폭풍우에 휩쓸린 듯 그의 몸이 짧은 경련을 일으키더니, 그를 비추던 번쩍이는 번개도 이제는 드물어졌고, 그는 점점 폭풍 깊은 곳으로 표류해 가고 있었다. 리외 앞에는 이제 웃음이 사라진 채 미동도 하지 않는 가면이 하나 놓여 있을 뿐이었다. 그토록 친밀

했던 한 인간의 형체가, 분노로 가득한 하늘의 온갖 바람에 꺾인 채, 이제 창에 찔리고 극한의 고통 속에 불살라져 그의 눈앞에서 페스트의 물결 아래로 가라앉고 있었으나, 그는 난파하는 육체를 속수무책으로 바라만 보고 있었다. 그는 빈 두 손과 뒤틀린 마음뿐, 그 재난에 대항할 무기도 호소할 곳도 없이, 다시 한번 기슭에 남아 있어야 했다. 리외는 마침내 흐르는 무력감의 눈물 때문에, 타루가 벽 쪽으로 갑자기 돌아누워 마치 그의 몸 안에서 생명의 본질을 이루는 줄 하나가 툭 끊어지기라도 한 듯, 텅 빈 탄식 속에 마지막 숨을 내쉬는 것조차 보지 못했다.

그 후에 이어진 밤은 투쟁의 밤이 아니라 침묵의 밤이었다. 리외는 세상과 동떨어져 있는 이 방 안에 이제 옷을 갖춰 입힌 시신 너머로, 벌써 여러 날 전, 페스트가 난무하던 도시 위의 테라스에서 시의 출입문이 습격당한 직후에 느꼈던 느닷없는 정적이 떠도는 것을 느꼈다. 그는 그 당시에도 이미, 죽은 이들을 남겨 두고 온 침대 위로 떠도는 그 침묵을 생각했었다. 그것은 똑같은 정지였으며, 똑같이 엄숙한 막간이었고, 전투 후에 늘 뒤따르는 것 같은 평온함이었다. 그것은 패배의 침묵이었다. 그러나 지금 친구를 에워싸고 있는 그 침묵은 너무도 작고 단단했고, 페스트로부터 해방된 도시와 거리들의 침묵과 너무도 잘 맞아떨어지는 침묵이었기에, 리외는 이것이야말로 결정적인 패배임을, 전쟁을 끝맺으며 얻은 평화 그 자체를 치유될 수 없는 고통으로 만드는 패배임을 직감하고 있었다. 리외는 결국 타루가 평화를 찾았는지는 알 길이 없었으나, 적어도 그 순간만은 아들을 잃은 어머니나 친구를 땅에 묻은 사람에게 휴전이 존재하지 않듯이 자신에게 더 이상 평화는 가능하지 않다고 생각하고 있었다.

밖은 여전히 추운 밤이었고, 맑고 싸늘한 하늘에는 얼어붙은 별들이 박혀 있었다. 어두침침한 방 안에서도 유리창을 짓누르는 추위와 북극에서 불어오는 밤의 창백한 한숨이 느껴졌다. 리외 부인은 침대 근처에 여느 때와 같은 자세로 앉아 있었고, 오른쪽으로 머리맡 램프의 불빛을 받고 있었다. 리외는 불빛으로부터 먼, 방 한가운데 놓인 안락의자에 앉아 기다리고 있었다. 아내 생각이 스쳐 갔으나 그는 매번 그 생각을 뿌리쳤다.

밤이 시작되고 행인들의 구둣발 소리가 차가운 밤공기 속에 또렷하게 울려 퍼졌다.

"일은 다 잘 처리했니?"

리외 부인이 말했다.

"네. 전화를 걸었어요."

그들은 또다시 침묵 속에서 밤샘을 시작했다. 부인은 이따금씩 아들을 바라보았다. 그는 어머니와 시선이 마주칠 때마다 미소를 지었다. 익숙한 밤의 소음이 거리에 계속 이어졌다. 아직 운행 허가는 나지 않았으나 꽤 많은 자동차들이 다시 다니기 시작했다. 차들은 도로를 빠른 속도로 질주하고 사라졌다가는 다시 나타났다. 사람들 목소리, 누군가를 부르는 소리 그리고 다시 침묵, 말발굽 소리, 전차 두 대가 회전 구간을 지나면서 끼익 내는 소리, 불분명한 웅성거림 그리고 다시 밤의 숨소리.

"베르나르?"

"네."

"피곤하지 않니?"

"아뇨."

그는 그때 어머니가 무슨 생각을 하는지 알 수 있었고, 자신을 사랑하고 있다는 걸 느꼈다. 하지만 동시에 누군가를 사랑한다는 것이 대단한 일이 못 되며, 어쨌든 아무리 강한 사랑일지라도 그것을 적절히 표현할 방법 따위는 존재하지 않는다는 것을 알고 있었다. 그렇게 그의 어머니와 그는 언제나 침묵 속에서 서로를 사랑할 것이다. 그리고 이번에는 어머니가 ─혹은 그가─ 평생 동안 스스로의 애정을 그 이상 깊이 드러내지는 못한 채 죽음을 맞을 것이다. 그와 마찬가지로 그는 타루 곁에서 함께 시간을 보냈으나 타루는 그들의 우정을 제대로 누려 보지도 못한 채, 그날 저녁 숨을 거둔 것이다. 타루는 자신이 말한 대로 승부에서 졌다. 그렇다면 리외는 무엇을 얻었는가. 그는 단지 페스트를 겪었고 그에 대한 기억을 가질 것이며, 우정을 경험했고 그를 추억할 것이다. 그리고 애정을 알게 되었으며 언젠가는 그것도 추억으로 남을 것이다. 그가 얻은 것이라곤 그뿐이었다. 인간이 페스트와 삶의 내기에서 얻게 되는 것이라곤 경험과 기억뿐인 것이다. 아마도 그것이 타루가 말했던 승부였던가!

다시 자동차 한 대가 지나갔고 리외 부인은 의자에서 몸을 조금 움직였다. 리외는 어머니에게 미소를 지었다. 그녀는 아들에게 자기는 피곤하지 않다고 말했다. 그러고는 곧 다음과 같이 말했다.

"너는 산에 가서 좀 쉬는 게 좋겠구나. 거기 가서 말이다."

"그럴게요, 어머니."

그렇다. 거기 가서 휴양을 할 것이다. 안 될 것도 없다. 그것 역시 기억을 위한 하나의 구실이 될 것이다. 하지만 승부에서 이긴다는 것이 그것뿐이라면, 희망을 빼앗긴 채 단지 경험하고 기억하는 것만 가지고 살아 나간다는 것은 너무나 가혹한 일일 것이다. 타루가 살아온 삶이 바로 그러했을 테고, 그는 환상을 잃어버린 삶이 얼마나 황폐한가를 잘 알고 있었을 것이다. 희망이 없다면 마음의 평화는 있을 수 없다. 그러나 사람에게는 어느 누구도 단죄할 권리가 없다고 믿었던 타루, 그러면서도 아무도 남을 단죄하지 않는 삶을 살 수는 없다는 것도 알았던 그는, 희생자들 역시 언젠가는 사형 집행인이 되는 그 분열과 모순 속에 살면서 아무런 희망을 가져 보지 못했던 것이다. 그렇기 때문에 그는 성스러움을 원했으며 인간을 위해 봉사하면서 평화를 찾았던 것일까. 사실 리외는 아무것도 알 수가 없었고, 그런 것은 아무래도 좋았다. 그가 기억하게 될 타루의 유일한 이미지란 자기 차의 운전대를 두 손으로 꽉 움켜쥔 한 남자의 모습이나, 지금은 한 치의 미동도 없이 누워 있는 그의 육중한 몸일 뿐이다. 삶의 따스함 그리고 죽음의 이미지. 경험이란 바로 그런 것이었다.

　다음 날 아침, 의사 리외가 아내의 죽음을 알리는 소식을 담담한 마음으로 받아들인 것도 그런 이유에서일 것이다. 그는 자신의 진료실에 있었다. 그의 모친이 거의 뛰다시피 하여 그에게로 와서 전보를 전해 주고는 집배원에게 팁을 주려고 다시 문 앞으로 나갔다. 그녀가 돌아왔을 때 아들은 전보를 손에 쥐고 있었다. 어머니가 그를 쳐다보았으나, 그는 창 너머로 찬란한 아침이 항구 위로 밝아 오는 광경을 뚫어져라 응시하고 있었다.

"베르나르."

리외 부인이 말했다.

리외는 넋이 나간 표정으로 어머니를 살펴보았다.

"무슨 전보냐?"

그녀가 물었다.

"그렇게 되었답니다. 일주일 전에요."

리외는 솔직히 털어놓았다.

리외 부인은 창 쪽으로 고개를 돌렸다. 리외는 잠자코 있었다. 그러더니 어머니에게 울지 말라고, 이렇게 될 줄 짐작은 했었지만 그래도 가슴이 아프다고 말했다. 그렇게 말하면서 그는 다만 자신의 고통이 새삼 놀랄 일은 아니라는 것을 알고 있었다. 그것은 여러 달 전부터, 그리고 이틀 전부터 그가 느끼던 똑같은 아픔의 연속이었다.

2월의 어느 화창한 날 새벽, 마침내 시의 출입문들이 개방되었다. 시민들과 신문, 라디오는 물론 도청도 성명을 발표해 환영을 표했다. 그러니 서술자는 완전히 그들과 동화될 수는 없는 이들 중 한 사람임에도, 문이 열린 이후 그들이 누리는 기쁨의 시간을 기록하는 임무를 다할 것이다.

밤과 낮으로 성대한 축하 행사가 열렸다. 기차들은 역에서 연기를 내뿜기 시작했고, 먼 바다에서 오는 선박들은 이별의 고통에 신음하던 사람들이 다시 만나는 기쁜 날임을 확인해 주듯 뱃머리를 우리 항구로 돌렸다.

그 많은 시민들의 마음을 짓누르던 이별의 감정이 어떻게 변했을지는 상상하기 어렵지 않을 것이다. 낮 동안 시에 진입하는 기차들은 시외로 나가는 기차들만큼이나 많은 승객을 싣고 있었다. 이날을 위해 자리를 예매해 둔 시민들 각자는, 마지막 순간에 도청의 결정이 취소될까 하여 이 주 동안의 유예 기간 동안 마음을 졸였다. 도시로 들어오는 승객들 중 일부는 아직 완전히 두려움을 벗은 것은 아니었는데, 가까운 사람들의 소식은 알고 있었으나 다른 사람들의 사정이 어떠한지는 모르고 있었고 특히 시 자체가 끔찍한 모습을 하고 있지는 않은지 의심하고 있었기 때문이다. 하지만 그렇게 생각하는 이들은 그 기간 내내 열정에 불타 고통을 겪지 않았던 이들뿐이었다.

열정적인 이들은 사실 자신들만의 집착에 빠져 있었다. 그들에게 변한 것이란 단 하나였다. 그것은 바로 시간이었는데, 유배 생활 동안 떠밀고 싶을 정도로 시간이 빨리 지나가기만을 바라고 재촉하였지만, 도시가 눈에 들어오자 기차가 역에 다다라 속도를 늦출 때부터, 반대로 시간이 빨리 흐르지 못하도록 붙잡아 두고 싶은 마음이었던 것이다. 몇 달 동안이나 사랑을 잃고 지낸 그들의 막연하고도 격렬한 감정은 어떤 식으로든 보상을 필요로 했고, 기다림의 시간보다 두 배는 더 느리게 기쁨의 시간이 흐르기를 바라는 것이었다. 랑베르의 아내는 몇 주 전부터 필요한 준비를 마치고 이날 오기로 예정이 되어 있었는데, 그런 랑베르처럼 방 안에서, 혹은 기차역 플랫폼에서 그들을 기다리는 이들 또한 같은 조바심과 동요를 겪고 있었다. 페스트의 세월이 추상의 영역으로 끌어내렸던 사랑과 애정, 랑베르는 그것을 구체적인 육체를 지닌 존재, 추상을 떠받치고 있던 바로 그 존재와 연결시킬 수 있는 날을 몸서리치면서 기다리고 있었던 것이다.

그는 단숨에 도시를 탈출하여 사랑하는 이에게 달려가고 싶어 하던 페스트 초기의 자신으로 돌아가기를 원했는지도 모른다. 그러나 그것은 이제 불가능하다는 것을 그는 알고 있었다. 그는 예전의 그가 아니었고, 페스트는 그가 온 힘을 다해 부정하려고 해도 부정할 수 없는, 그래서 지금까지도 어렴풋한 불안으로 마음속에 남아 있는 어떤 해이해진 마음을 심어 놓았던 것이다. 어떤 의미에서 그에게는 페스트가 너무도 급작스럽게 끝나 버린 느낌이어서 정신을 가다듬을 틈이 없었다. 행복은 전속력으로 다가오고 있었고 모든 일은 예상보다 더 빨리 흘러갈 것이었다. 랑베르는 모든 것이 순식간에 제자리로 되돌아올 것이며, 기쁨은 너무 뜨거워서 찬찬히 음미할 수는 없을 것이라는 사실을 깨달았다.

그런데 모든 사람이 랑베르와 같은 처지였고 그들도 어느 정도는 그 사실을 이해하고 있었다. 그러므로 그 모든 사람에 대해 이야기할 필요가 있다. 한동안 멈추어 있던 사적인 삶이 다시 시작되던 기차역 플랫폼에서 그들은 여전히 서로에게 눈짓이나 미소를 나누며 공동체를 의식하고 있었다. 그러나 기차가 뿜어내는 연기를 보자마자 아찔하게 밀려드는 환희 속에서 유배의 감정은 갑자기 사라져 버렸다. 기차가 멈추었을 때, 바로 그 기차역 플랫폼에서 시작되곤 하던 끝 모르던 이별은, 이제 그 모습조차 기억에서 가물거리는 서로의 몸을 기뻐서 어쩔 줄 몰라 더듬으며 얼싸안는 순간 단숨에 종지부를 찍은 것이다. 랑베르로 말할 것 같으면, 그에게로 달려오는 그 형체를 찾아볼 겨를도 없이 이미 여인은 자신의 품에 뛰어들어 안겨 있었다. 두 팔 가득 그녀를 안은 채 낯익은 머릿결밖에는 보이지 않는 머리를 꼭 끌어당기며, 이 순간의 행복에서인지 너무 오래 참아 왔던 고통 때문인지 모를 눈물이 주르륵 흘렀으나, 어쨌든 그 눈물 덕에 자신의 어깨에 파묻혀 있는 이 얼굴이 그토록 꿈꾸던 그녀의 것인지 아니면 낯선 이의 것인지 확인할 길은 없으리라고 그는 생각하고 있었다. 실제로 그런지는 잠시 후면 알게 될 것이었다. 당장은 그도, 페스트가 왔다 갔지만 사람의 마음을 바꿔 놓지는 못했다고 믿는 듯한 주변의 다른 이처럼 행동하고 싶었다.

그들은 모두 서로의 품에 안긴 채 나머지 세상엔 아랑곳도 하지 않으며, 페스트를 물리친 승리감에 도취한 얼굴로 그간에 있었던 힘든 일도 새까맣게 잊고, 뿐만 아니라 같은 기차를 타고 왔으나 아무도 마중 나온 사람이 없는 것을 보고 오랜 침묵이 마음속에 이미 씨를 뿌려 놓은 두려움을 현실로 확인할 마음의 준비를 해야 하는 이들조차 뒤로하고, 자신들의 집으로 돌아갔다. 그 남겨진 이들, 이제 막 알게 된 새로운 아픔을 안고 살아야 하는 이들과, 지금 이 순간에도 죽은 이의 추억을 부여잡고 있는 이들에게는 사정이 전혀 다르게 흘러갔으며, 이별로 인한 그들의 슬픔은 그때 최고조에 달했다. 이름 모를 무덤에 길을 잃고 묻혀 있는 이들이나 이제는 잿더미 속에 녹아 없어진 존재들과 더불어, 삶의 모든 기쁨을 잃어버린 그 사람들, 어머니들, 배우자들, 연인들에게 있어 페스트는 아직도 계속되고 있었다.

그러나 누가 그러한 고독에 대해 생각할 것인가. 정오가 되자 아침부터 대기 중에서 씨름하던 찬바람의 기세를 꺾은 태양이, 도시 위로 쉼 없이 강렬한 햇빛의 물결을 쏟아 내고 있었다. 낮은 그렇게 멈추어 있었다. 언덕 꼭대기의 성채에서 대포들이 움직임 없는 하늘에 대고 끊임없이 포성을 울려 댔다. 고통의 시기가 마침표를 찍었으나 망각의 시간은 아직 시작조차 되지 않은 이 숨 막히는 순간을 축복하고자 모든 시민이 밖으로 뛰쳐나왔다.

광장마다 사람들이 모여서 춤을 추었다. 하루아침에 통행량이 눈에 띄게 늘어났고, 수가 많아진 자동차들이 사람들로 가득한 거리를 어렵사리 통과해 갔다. 오후 내내 시내에서는 종소리가 그치지 않았다. 종소리의 진동이 푸르른 황금빛 하늘을 가득 채웠다. 성당에서는 물론 감사 기도가 울려 퍼졌다. 하지만 동시에 흥이 넘치는 장소들도 터질 듯이 붐비어, 카페에서는 내일은 없다는 듯 남은 술을 다 쏟아 붓고 있었다. 흥분한 한 무리의 사람들이 계산대 앞에 밀려들었고, 그중 많은 커플들은 남들의 시선은 아랑곳없이 서로 부둥켜안고 있었다. 소리를 지르거나 웃음을 터뜨렸다. 영혼의 불빛을 줄여 둔 채로 지내 온 지난 몇 달 간 비축해 놓은 삶을, 마치 생존 기념일이라도 되는 양, 이날 하루에 쏟아 붓고 있었다. 내일이 되면 조심스럽게 삶 자체가 다시 시작되리라. 하지만 그 순간만은 서로 다른 배경과 고향을 가진 사람들이 너나없이 형제처럼 어울렸다. 눈앞의 죽음마저 실현하지 못했던 평등이, 적어도 그 몇 시간 동안은, 해방의 기쁨 속에서 모습을 드러냈다.

그러나 이렇게 활기 넘치면서도 진부한 장면이 모든 것을 다 말해 주는 것은 아니었다. 랑베르 주변에서 오후 늦게 거리를 메우고 쏘다니던 이들 중에는 평온한 얼굴을 하고 좀 더 미묘한 행복감을 감추고 있던 사람들도 있었다. 실제로 많은 연인들과 가족들이 그저 평화롭게 산책하는 사람들의 모습이었다. 그런데 사실 그들 대부분은 자신들이 고통을 겪었던 이곳저곳을 찾아 미묘한 순례의 나들이를 하고 있던 중이었다. 그것은 새로 온 사람들에게, 역력히 드러나 있거나 혹은 감춰진 페스트의 흔적, 페스트의 역사의 자취를 보여 주려는 것이었다. 어떤 사람들은 안내자의 입장에서, 페스트를 겪고 많은 것들을 목격한 한 사람으로서, 공포를 환기시키지 않으면서 단지 당시의 위험을 들려주는 데 그쳤다. 그런 즐거움은 해롭지 않은 것이었다. 하지만 다른 어떤 사람에게는 그 발길이 보다 민감한 것이어서, 달콤하고 불안했던 추억에 젖은 한 연인은 '바로 여기였어. 그때 당신을 그토록 원했는데 당신은 멀리 있었지.' 하고 말하기도 했다. 그럴 때면 누구나 그 열정의 순례자들을 알아볼 수 있었다. 그들은 함께 휩쓸려 가는 떠들썩한 무리들

가운데서도 자기들만의 밀어를 속삭이고 있었다. 광장의 관현악단보다도 진정한 해방을 알리는 것은 바로 그들이었다. 서로 꼭 껴안고 말을 아끼며 걷고 있는 이 황홀한 얼굴의 커플들이야말로, 승리의 행복감과 그 행복의 불공평함을 동시에 품은 채, 이제 페스트는 물러갔고 두려움의 시간은 끝났다는 사실을 떠들썩한 군중들 속에서 확인시켜 주고 있었다. 그들은 자명한 사실들에도 불구하고 태연하게 부정하고 있었다. 파리 목숨처럼 가볍게 사람을 죽여 가던 그 미친 세계를, 저 뚜렷이 드러난 야만성과 잘 계산된 광란을, 눈앞의 현재가 아닌 모든 것에 대한 끔찍한 방관을 가져왔던 저 유폐 상태를, 죽이지 않고 남겨 둔 모든 이를 아연실색하게 만드는 죽음의 향기를 말이다. 결국 그들은, 우리들 중 누군가는 매일 화장터의 아궁이에 겹겹이 쌓여 기름진 연기 속에 증발해 갔으며, 다른 이들은 무력감과 공포의 쇠사슬에 묶인 채 자기 차례만을 기다리고 있었다는 것을, 바로 우리가 그 멍하니 넋을 잃은 민중이었다는 사실을 부정하고 있었다.

어쨌든 그것이 오후의 끝 무렵에, 종소리와 대포 소리를 뚫고, 음악 소리와 귀를 멀게 하는 고함 소리 한가운데에서 혼자 교외로 향하던 리외의 눈에 띈 광경이었다. 그는 자신의 직무를 계속 수행했는데, 환자에게 휴가란 존재하지 않기 때문이었다. 도시를 내리쬐는 맑은 햇볕 속에, 예전의 고기 굽는 냄새와 아니스 향의 술 냄새가 떠다녔다. 그의 주위로 기쁨에 찬 사람들이 고개를 젖히고 하늘을 바라보고 있었다. 남자들과 여자들이 열에 들뜬 얼굴을 하고 몹시 흥분해서는, 욕망에 찬 소리를 지르며 서로를 부둥켜안고 흔들어 댔다. 그렇다. 공포와 더불어 페스트는 끝났으며, 그렇게 서로 뒤엉킨 팔들은 페스트가 실은 뼛속까지 유폐와 이별을 의미한다는 것을 말해 주고 있었다.

처음으로 리외는 몇 달 동안 행인들의 얼굴에서 읽을 수 있었던 그 엇비슷한 분위기에 이름을 붙일 수가 있었다. 이제 주위를 둘러보는 것만으로도 충분했다. 이 사람들은 불행과 결핍 속에서 페스트의 끝에 이르러, 이미 오래전부터 맡아 온 역할, 처음에는 얼굴이, 그리고 지금은 행색마저도 멀리 두고 온 고향과 그 부재를 드러내고 있는, 망명객의 역할에 걸맞은 복장을 하게 된 것이다. 페스트가 시의 출입문을 닫은 순간부터 그들은 오직 이별 속에서만 살아왔으며 모든 고통을 잊을 수 있게 하는 인간의 체온으로부터 떨어져 나간 것이다. 정도의 차이는 있겠지만 시의 구석구석에서 남자들과 여자들은 모두가 재회를 열망해 왔으며, 서로 사정은 다를지언정 그것은 모두에게 한결같이 불가능한 것이었다. 그들 대부분은 곁에 있지 않은 사람에게 뜨거운 체온과 애정을 달라고, 그 익숙한 것을 돌려 달라고 온 힘을 다해 부르짖었다. 몇몇 사람들은, 자신도 모르는 사이에 친밀한 사람들과 우정을 나눌 수 없는 상황이 되어 버려, 편지나 기차, 배편과 같은 일상적인 수단으로는 그들에 가닿을 수 없다는 사실에 괴로워했다. 또 흔치 않은 경우지만 다른 이들, 타루와 같이 무엇이라고 딱 잘라 말할 수는 없으나 유일하게 바람직한 선이라고 믿는 그 무언가와 재회하기를 바라는 이들도 있었다. 그리고 달리 적절한 단어를 찾지 못해 그들은 그것을 평화라고 부르곤 했다.

리외는 여전히 걸어가고 있었다. 그가 앞으로 나아갈수록 주변의 인파는 많아졌고, 사람들의 야단법석에 그의 목적지인 교외는 점점 멀어지는 것 같았다. 조금씩 그는 고함치는 무리들과 하나가 되었고 그들의 외침이 점점 더 잘 들렸는데, 적어도 그 일부는 자기 자신의 외침이기도 했다. 그렇다. 견디기 힘든 부재, 대책 없는 유배 생활 그리고 채워지지 않는 갈증으로 육체적으로나 정신적으로나 그들 모두는 함께 고통을 겪었다. 그 켜켜이 쌓이는 시신들과 구급차의 사이렌 소리, 운명이라고 부르게 된 그 무엇의 경고들, 집요하게도 제자리에서 발을 구르는 공포 그리고 가슴에서 솟아나는 끔찍한 반항심이 뒤섞인 가운데 어떤 크나큰 속삭임이 끊임없이 귓전에 울리며 겁에 질린 그들에게 메시지를 보내고 있었다. 그것은 그들 자신의 진정한 고향을 되찾아야 한다는 것이었다. 그들 모두에게 있어 진정한 고향은 숨막히는 그 도시의 장벽 저 너머에 있었다. 고향은 언덕 위의 향기 가득한 덤불숲에, 바닷속에, 자유로운 고장들 그리고 사랑의 번민 속에 존재하는 것이었다. 구역질 나는 나머지 모든 것에 등을 돌리고 그들은 그 고향으로, 행복을 향해 다시 돌아가고자 했던 것이다.

유배 생활과 또한 재회에의 욕망이 품고 있는 의미에 대해서 리외가 알수 있는 것은 없었다. 그는 사방에서 떠밀고 말을 걸어오는 군중들 사이를 헤집고 가면서 차츰 덜 붐비는 거리에 다다랐고, 유배와 재회에의 욕망이 의미를 가지는지 아닌지 보다는 사람들의 희망에 어떤 답이 주어졌는지가 중요할 뿐이라는 생각을 했다.

그는 이제 그 답이 어떠한 것인지 알고 있었고 인적 없는 변두리 구역의 초입에 들어서면서 보다 분명하게 그것을 알 수 있었다. 보잘것없는 자기 자신을 인정하고 단지 사랑이 깃든 집으로 귀가하기만을 바라던 이들은 간혹 보상을 받았다. 물론 그들 중 몇몇은 기다리던 이를 찾지 못하고 쓸쓸히 혼자 시내를 쏘다니고 있을 것이다. 하지만 두 번 이별하지 않은 이들은 그나마 행복할지어다. 페스트가 돌기 전, 사랑을 단번에 이루는 데 실패하고 여러 해 동안 기를 쓰고 노력한 끝에 가까스로 연인이자 적이었던 두 사람이 하나가 된 경우처럼 말이다. 그들은 경솔하게도 시간이 해결해 주리라 믿고 있었고, 리외 자신도 그랬었다. 그러나 영원히 헤어지고 만 것이다. 하지만 또 다른 이들, 의사가 이날 아침에 헤어지면서 '용기를 내요. 지금이야말로 올바른 판단을 내릴 때지요.'라고 말했던 랑베르와 같은 이들은 잃어버렸다고 믿었던 사람을 망설일 틈도 없이 되찾았던 것이다. 그들은 적어도 얼마간 행복을 누릴 것이다. 이제 그들은 우리가 언제든지 욕망할 수 있으며 또 이따금씩 얻을 수도 있을 것이 바로 인간의 애정이라는 사실을 알게 되었다.

　반면에, 인간을 넘어서 자신들이 상상조차 하지 못한 어떤 것을 기대했던 모든 이들에게는 답이 주어지지 않았다. 타루는 자신이 말했던 그 힘겨운 평화를 찾은 것처럼 보였으나, 그것이 어떤 것에도 소용이 닿지 않는 죽음 속에서만 만나 보았을 뿐이다. 그와는 달리, 리외가 집 문턱에서 바라본 다른 이들, 기울어 가는 햇빛 속에 온 힘을 다해 서로를 껴안고 격정적으로 서로를 바라보던 이들이 바라던 바를 얻을 수 있었던 것은, 온전히 자신들에게 속한 단 한 가지만을 요구했기 때문이었다. 리외는 그랑과 코타르가 살고 있는 거리로 접어들면서, 적어도 가끔씩은 단지 사람과 함께라면, 가난하지만 굉장하기도 한 사랑만으로도 충분한 이들에게 기쁨의 보상이 주어지는 것은 정당한 일이라는 생각을 하고 있었다.

이 연대기도 끝을 맺을 시간이 왔다. 베르나르 리외가 자신이 이 연대기의 서술자라는 것을 고백할 때가 된 것이다. 하지만 마지막 사건들을 서술하기 전에 적어도 그가 왜 여기까지 오게 되었는지를 밝히고, 또한 객관적인 증인의 어조를 끝까지 지키고자 노력했음을 알리는 것이 좋을 것 같다. 페스트가 유행한 모든 기간에 걸쳐 자신의 직무를 수행하느라 그는 시민 대부분을 접할 수 있는 처지에 있었고, 그들이 느끼는 다양한 감정을 기록할 수 있었다. 그러므로 자신이 보고 들은 것을 전하기에 적절한 위치에 있었다고 할 수 있다. 동시에 그는 가능한 한 신중히 그것들을 기록하고자 했다. 전반적으로 그는 자신이 본 것 이상을 말하고자 하지 않았으며 함께 페스트와 싸웠던 동지들이 갖지 않아도 될 생각을 억지로 만들어 내지도 않았고, 오직 우연히 혹은 불행한 기회로 손에 넣게 된 자료들만을 활용하고자 애썼다. 일종의 범죄라고 부를만한 일이 눈앞에 벌어진 것을 계기로 그는 그에 대해 증언을 하게 되었고, 선의의 증인에게 요구되는 조심성 있는 태도를 견지했다. 그러면서도 양심이 명령하는 바대로 그는 단호히 희생자의 편을 들었으며, 그들 모두가 유일하게 공유하는 확실한 것, 즉 사랑과 고통 그리고 이별 속에서 사람들, 동료 시민들과 하나가 되고자 했다. 그리하여 시민들의 불안이라면 어떤 것도 함께 나누지 않은 것이 없었으며, 어떤 상황도 동시에 그 자신의 상황으로 여기지 않는 것이 없었다.

충실한 증인이 되기 위하여 그는 특히 조서와 문헌 자료 그리고 소문 따위를 기록해 두어야 했다. 하지만 그가 개인적으로 하고 싶었던 말들, 자신의 기대라든지 고충에 관해서는 말을 아껴야 했다. 경우에 따라 그것들을 이용할 때는 단지 시민들을 이해하거나 이해시키고자 하는 목적이었으며, 그들 자신조차 그저 막연하게 느끼고 있던 것들에 될 수 있으면 구체적인 모양새를 입히기 위함이었다. 사실을 말하면 그런 이성적인 노력이 그에게는 조금도 힘들지 않았다. 페스트 환자들의 아우성에 자신의 속내를 얹어 보고자 하는 유혹이 느껴질 때도, 자신의 괴로움 중 어느 하나도 다른 이들의 괴로움이 아닌 것이 없으며 혼자서 쓸쓸하게 고통을 겪어야 하는 일이 빈번한 이 세계에서 그런 사정은 오히려 다행이라는 생각이 그를 가로막았던 것이다. 요컨대, 그는 모두의 목소리를 대변해야 했다.

그러나 우리 시민들 중 어느 한 사람의 목소리만은 의사 리외가 대변할 수 없었다. 그에 대해 언젠가 타루가 리외에게 다음과 같이 말한 적이 있는, 바로 그 사람이었다.

"그의 유일한 진짜 죄악은 아이들과 사람들을 죽게 한 그 무엇에 마음속으로 동의했다는 것뿐입니다. 그것말고 나머지는 다 이해할 수 있어요. 나머지는 용서할 수밖에 없는 거죠."

그러니 이 연대기가 무지한 마음을 가졌던 사람, 즉 고독했던 그 사람에 대한 이야기로 끝을 맺는 것은 이상할 것이 없다.

축제 분위기로 떠들썩한 큰길에서 빠져나와 그랑과 코타르가 살고 있는 길로 접어들었을 때 의사 리외는 경찰들이 쳐 놓은 바리케이드 때문에 발걸음을 멈추어야 했다. 예상하지 못한 일이었다. 멀리서 들려오는 축제의 소음이 그 동네를 더욱 고요하게 느끼도록 했기에, 그는 그곳엔 인적조차 없으리라고 생각했던 것이다. 그는 신분증을 내보였다.

"안 됩니다, 선생님. 어떤 미친 녀석이 군중들을 향해 총을 쏘고 있어요. 그래도 여기 좀 계셔 주시면 도움이 될 것 같네요."

경찰관이 말했다.

그때 리외는 그랑이 자신에게로 다가오는 것을 보았다. 그 역시 아무것도 모르고 있었다. 지나가지 못하게 막아서 알아보니까, 누군가 자기 집 쪽에서 총을 쏘더라는 것이었다. 멀리 보이는 아파트 정면이 따스함을 잃은 마지막 햇빛을 받아 누렇게 빛나고 있었다. 그 주변으로 텅 빈 커다란 공간이 생겨 건너편 인도까지 뻗어 있었다. 차도 한가운데에는 모자 하나와 더러운 천조각이 덩그러니 놓여 있었다. 리외와 그랑은 길 맞은편의 훨씬 먼 곳에 자신들을 막고 있는 바리케이드와 평행하게 경찰의 저지선이 형성되어 있고 그 뒤로 동네 사람들이 서둘러 오가는 것을 볼 수 있었다. 자세히 보니 집 건너편 건물의 문 안쪽에 경찰들이 몸을 숨긴 채 권총을 겨누고 있었다. 아파트의 덧문은 모두 닫혀 있었다. 그러나 삼 층의 덧문 중 하나가 반쯤 떨어져 매달려 있었다. 거리는 완전히 침묵에 잠겨 있었다. 시내 쪽에서 나는 음악 소리가 들릴락 말락 할 뿐이었다.

어느 순간, 집의 건너편 건물 중 한곳에서 총성 두 발이 들려왔고 매달려 있던 덧문에서 파편이 튀었다. 그러고는 다시 잠잠해졌다. 멀리서 지켜보는 리외의 눈에, 게다가 소란스러운 한나절을 보내고 난 그에게 이 광경은 조금 비현실적으로 느껴졌다.

"코타르의 창문이에요. 아니, 그런데 코타르는 사라졌는데."

느닷없이 그랑이 몹시 흥분해서 말했다.

"왜 총을 쏘는 거죠?"

리외가 경찰관에게 물었다.

"주의를 돌리려는 겁니다. 필요한 장비를 실은 차가 도착할 때까지요. 건물의 문으로 들어가려고만 하면 놈이 총질을 해 대니까요. 경찰 한 명이 총에 맞았어요."

"저 사람은 왜 총을 쏘는 거죠?"

"모르겠어요. 사람들이 거리에서 신이 나 있었는데 한 발을 쐈고 무슨 영문인지도 몰랐겠죠. 한 발 더 쏘고 나서야 비명이 들렸고, 사람이 다치고, 전부들 도망쳤답니다. 미친놈이라니까요!"

다시 조용해진 가운데 시간이 더디 흐르는 것 같았다. 길 반대편에서 불쑥 개 한 마리가 튀어나왔는데 리외도 정말 오랜만에 보는 개였다. 스패니얼 종이었는데 주인이 지금까지 숨겨 왔는지 더러워 보이는 것이, 벽을 따라 경중경중 뛰어다녔다. 개는 문 근처까지 와서 머뭇거리더니 엉덩이를 대고 앉아서는 몸을 꺾어서 벼룩을 잡는 것이었다. 경찰들은 여러 번 호루라기를 불어 개를 불렀다. 개는 고개를 들더니 천천히 길을 건너가서는 모자에 주둥이를 대고 킁킁거렸다. 바로 그 순간 삼 층에서 권총이 발사됐다. 개는 종잇장처럼 뒤집혀 네 다리를 마구 휘저어 대다가 몇 번 길게 경련을 일으킨 끝에 옆으로 쓰러지고 말았다. 그에 대응하여 건너편 문 쪽에서 대여섯 발의 총성이 울렸고 삼 층의 덧문은 박살이 났다. 또다시 잠잠해졌다. 태양은 좀 더 기울어서 그림자가 코타르의 창가에 이르고 있었다. 리외의 뒤쪽으로 브레이크 소리가 나직이 삐걱거렸다.

"이제 왔군."

아까 그 경찰관이 말했다.

등 뒤에서 경찰들이 밧줄과 사다리 그리고 방수포로 감싼 긴 상자 두 개를 가지고 나타나 빠르게 움직였다. 그들은 그랑의 집 맞은편 건물들을 둘러싼 골목으로 진입했다. 얼마 후에 그 건물들의 문 안쪽에서 시야를 벗어난 모종의 움직임이 감지되었다. 그러고는 다시 무언가를 기다렸다. 개는 더 이상 꼼짝하지 않았는데, 이제는 거무스름한 액체가 고인 웅덩이에 잠겨 있었다.

갑자기 경찰들이 들어가 있던 건물의 창으로부터 기관총이 발사되었다. 사격이 계속되는 동안 목표물이던 그 덧문은 다시 한번 글자 그대로 산산조각이 나서 검은 표면이 드러났으나 리외와 그랑이 있는 곳에서는 아무것도 분간할 수가 없었다. 총성이 멈추자 더 먼 쪽 건물에서 다른 각도로 기관총이 발사되었다. 유리창의 파편이 튄 것으로 보아 총알은 의심할 여지없이 창문을 뚫고 들어간 것이었다. 그와 거의 동시에 경찰 셋이 길을 건너 뛰어가 출입문 안으로 미끄러져 들어갔다. 곧이어 다른 세 명이 급히 뛰어 들어갔고 기관총 소리가 멎었다. 다시 얼마간을 기다려야 했다. 두 발의 총성이 아득하게 건물 안에 울려 퍼졌다. 그러더니 건물에서 웅성거리는 소리가 점점 크게 들리면서 셔츠 바람의 자그마한 남자가 소리를 고래고래 지르면서 끌려 나온다기보다는 업혀서 들려 나오는 것이 보였다. 그러자 약속이나 한 듯이 거리의 덧문들이 일제히 열리고 호기심에 찬 사람들이 창가를 메웠으며 사람들이 건물에서 쏟아져 나와 바리케이드 앞으로 몰려들었다. 한순간, 그 작은 사내가 길 한복판에서 겨우 땅에 발을 딛고 팔을 뒤로한 채 경찰에게 붙잡혀 있는 것이 보였다. 그는 아우성을 쳤다. 경찰 하나가 그의 곁으로 다가가서는 유유히 온 주먹에 힘을 모아 그를 두 번 후려쳤다.

"코타르군요. 미쳤나 봐요."

그랑이 중얼거렸다.

코타르는 쓰러졌다. 경찰이 바닥을 기고 있는 몸뚱이에 다시 힘껏 발길질을 했다. 이윽고 한 무리 사람들이 어수선하게 꾸물대면서 리외와 그의 오랜 친구 쪽으로 움직였다.

"자, 비켜나세요!"

경관이 말했다.

그 일행이 리외의 앞을 지나갈 때 그는 눈길을 돌렸다.

그랑과 리외는 해가 거의 저물어 버린 황혼녘의 끝자락에 자리를 떴다. 마치 그 사건이 마비 상태에서 잠들어 있던 그 동네를 깨우기라도 한 듯, 외진 거리가 다시 환희에 찬 군중들의 웅성거림으로 채워지기 시작했다. 집 앞에서 그랑은 리외와 작별을 고했다. 그는 작업을 할 예정이었다. 그러나 집으로 올라가려다가 그는 잔에게 편지를 썼다고, 그래서 이제 만족스럽다고 리외에게 말했다. 또 글쓰기를 다시 시작했다고도 했다.

"다 없애 버렸어요. 형용사들을요."

그러더니 의미심장한 미소를 지으며 멋들어지게 모자를 벗어 인사하는 것이었다. 하지만 리외는 코타르 생각을 하고 있었고, 그의 얼굴을 짓뭉개던 둔탁한 주먹질 소리가 늙은 천식 환자의 집으로 가는 길 내내 귓전을 떠나지 않았다. 어쩌면 죽은 사람을 생각하는 것보다 죄 지은 사람을 생각하는 것이 더 괴로운 일인지도 모른다.

리외가 늙은 환자의 집에 이르렀을 때 하늘은 이미 어둠으로 뒤덮여 있었다. 그 방에서도 저 멀리서 자유를 만끽하는 사람들의 아우성을 들을 수 있었으나, 노인은 여느 때와 다름없는 기분으로 콩을 옮겨 담고 있었다.

"신이 나는 것도 당연하지. 세상에는 이런 일 저런 일 다 있어야 해. 그런데 선생의 동료는 어떻게 되었소?"

그가 말했다.

몇 발의 폭발음이 그들에게까지 들려왔으나 이번에는 평화로운 소리였다. 아이들이 폭죽을 터뜨린 것이었다.

"죽었습니다."

리외가 영감의 그르렁거리는 가슴에 청진기를 대면서 그렇게 말했다.

"아!"

노인은 좀 어이없어했다.

"페스트였어요."

리외가 덧붙였다.

"그랬군."

잠시 시간이 흐른 뒤 노인은 이렇게 말했다.

"괜찮은 친구들이 가는 법이지요. 인생이 그래요. 하지만 그이는 자신이 원하는 게 뭔지 제대로 아는 사람이었다오."

"왜 그런 말씀을 하십니까?"

리외는 청진기를 집어넣으며 물었다.

"그냥, 뭐. 그 사람, 쓸데없는 말을 하진 않더군. 아무튼 내 맘에는 듭디다. 하지만 다 그런 게지요. 사람들은 '페스트야, 우리가 페스트를 이겼어.'라고 하질 않나, 무슨 벼슬이라도 되는 것처럼. 그런데 페스트란 게 다 뭐요? 그 건 바로 인생이지. 그뿐이라오."

"훈증 요법을 규칙적으로 하셔야 합니다."

"오! 걱정 말아요. 난 살 날이 아직 많이 남았으니까. 저들이 죽는 걸 보고 죽으리다. 난 어떻게 사는지 다 알고 있다오."

그의 말에 대답이라도 하듯, 기쁨의 환호성이 멀리서 들려왔다. 의사는 방 한가운데에서 걸음을 멈추었다.

"테라스에 나가 봐도 괜찮을까요?"

"물론이지! 꼭대기에 올라가서 저들을 구경하고 싶은 게로군요? 선생 좋을 대로 해요. 저들은 늘 똑같은걸, 뭐."

리외는 계단 쪽으로 갔다.

"그런데 선생, 페스트로 죽은 사람들을 위한 기념비를 세우겠다는 게 사실이오?"

"신문에 그렇게 났더군요. 비석을 세우거나 동판을 붙일 거라고요."

"그럴 줄 알았어. 거기다가 연설까지 하겠지."

노인은 숨이 넘어가는 소리를 내며 웃었다.

"벌써 뭐라고 할지 들리는데, '희생자 여러분…….' 어쩌고 하고 나서 밥이나 먹는 거지."

리외는 이미 계단을 오르고 있었다. 집들 위로 광막하고 차가운 하늘이 번득였고 언덕 근처에는 별들이 부싯돌처럼 딱딱해지고 있었다. 페스트를 잊기 위해 타루와 이 테라스에 올라왔던 그 밤과 그리 다르지 않았다. 바다는 절벽 아래서 그때보다 좀 더 요란한 소리를 내고 있었다. 가을의 미지근한 바람이 가져다주던 소금기가 사라진 공기는 잔잔하고 가벼웠다. 도시의 웅성거림은, 그럼에도, 파도 소리와 뒤섞여 여전히 테라스의 바닥에 들이쳤다. 그러나 오늘 밤은 저항의 밤이 아니라 해방의 밤인 것이다. 저 멀리 검붉은 빛이 그곳에 불 밝힌 대로와 광장이 있다는 것을 말해 주고 있었다. 밤, 이제는 해방된 밤에 욕망은 거칠 것이 없었고, 리외의 귀에까지 와닿는 것은 그 욕망의 으르렁거림이었다.

어두컴컴한 항구로부터 공식적인 환희의 첫 폭죽들이 솟아올랐다. 도시는 길고 먹먹한 함성으로 그 불꽃들을 반겨 맞았다. 코타르, 타루 그리고 리외가 사랑했으나 잃어버리고 만 남자와 여자들, 죽거나 범죄를 저지른 이들, 그들 모두가 기억에서 지워졌다. 노인의 말이 맞았다. 인간은 늘 똑같은 것이다. 하지만 바로 그것이 그들의 힘이고 그들의 결백함인 것이다. 그렇기에 모든 고통을 넘어 리외는 그들과 하나 됨을 느끼고 있었다. 더 거세지고 점점 길어지는 함성이 테라스의 발밑까지 밀려와 오래도록 울려 퍼지는 가운데, 형형색색의 불꽃 다발들이 차츰 그 수를 더해 가며 밤하늘을 가로지르는 것을 느끼면서, 의사 리외는 지금 여기서 끝맺고자 하는 바로 그 이야기를 쓰기로 결심을 하고 있었다. 침묵하는 자가 되지 않기 위하여, 페스트에 희생된 그 모든 이들을 위한 증언을 기록해 두기 위하여, 적어도 그들에게 가해진 부당함과 폭력의 기억을 남겨 두기 위하여, 단지 재앙의 한복판에서 우리가 배운 것, 그러니까 인간에게는 경멸할 것보다 찬탄할 것들이 더 많이 있다는 사실만이라도 말해 두기 위하여.

그럼에도 불구하고, 이 연대기가 완전한 승리의 기록이 될 수는 없다는 것을 그는 알고 있었다. 이 기록은, 성자도 되지 못하고 재앙을 받아들일 수도 없기에, 대신 의사가 돼 보려고 몸부림치는 모든 인간이, 자신들 개개인의 파멸에도 불구하고, 공포와 그의 지칠 줄 모르는 무기에 맞서 수행해야 했고 여전히 수행해 나가야 할 일들에 대한 증언에 불과할 뿐이다.

시내에서 올라오는 환희의 아우성에 귀를 기울이며 리외는 그 환희가 끊임없이 위협받고 있다는 사실을 떠올리고 있었다. 책에서도 찾을 수 있으나 저 기쁨에 젖은 군중들은 알지 못하는 사실, 페스트균은 결코 죽지도 사라지지도 않으며, 가구나 옷가지 속에 수십 년간 잠들어 있다가, 그리고 방이나 지하 창고, 여행 가방, 손수건이나 하찮은 서류들 속에서 끈질기게 살아남아 기다리고 있다가, 불행을 드러내려고, 혹은 인간들을 깨우치기 위해, 어느 행복한 도시에 쓰러져 죽도록 쥐들을 흔들어 깨워 몰아 내보내는 날이 올지 모른다는 사실을 그는 알고 있었기 때문이다.